有爱的青春陪伴者

图书在版编目（CIP）数据

青梅 / 平林漠漠著 . -- 成都 : 四川文艺出版社 ,
2022.7
ISBN 978-7-5411-6246-6

Ⅰ . ①青… Ⅱ . ①平… Ⅲ . ①长篇小说 – 中国 – 当代
Ⅳ . ① I247.5

中国版本图书馆 CIP 数据核字 (2022) 第 099540 号

QINGMEI
青梅

平林漠漠 著

出品人　张庆宁
责任编辑　王梓画
装帧设计　蔡　璨
责任校对　段　敏

出版发行　四川文艺出版社（成都市锦江区三色路 238 号）
网　　址　www.scwys.com
电　　话　0731-89743446（发行部）　028 – 86361781（编辑部）

排　　版　长沙大鱼文化传媒有限公司
印　　刷　长沙鸿发印务实业有限公司
成品尺寸　145mm × 210mm　开　本　32 开
印　　张　22　字　数　790 千字
版　　次　2022 年 7 月第一版　印　次　2022 年 7 月第一次印刷
书　　号　ISBN 978-7-5411-6246-6
定　　价　65.80 元（全二册）

青梅
（上）
平林漠漠 著
四川文艺出版社

contents

目录

contents

楔子

初春时节，细雨淅沥，湿冷异常。

清晨时分，位于京城小杏花巷的威远侯府一片寂静，昏黄灯光闪闪烁烁，星辰般点缀在内宅的重重楼阁间。

威远侯夫人周似锦的卧室内温暖干燥，只是弥漫着浓重的药味。

周似锦躺在床上，身子蜷缩成虾米，竭力忍耐胸腹间的剧痛。

屋子里烧着地龙，可是她却觉得很冷，冷意似从骨头缝里一点点漫出来，然后充溢了她的全身。

周似锦知道自己快死了。

她今年才二十五岁，这一生却要结束了。

这样厉害的毒，不知道孙浴泉从哪里得来的。

比起别人，她这一辈子可真算复杂了。

周似锦的生父是刚被贬谪到西北边陲的吏部尚书周胤。

她的生母兰氏原本是周胤的通房丫鬟。

周胤娶妻前夕，怀着三个月身孕的兰氏被周胤之母尚氏，卖给了在北方边陲的泽州经营书肆的商人徐智。

周似锦八岁时，继父徐智和生母兰氏相继病逝，周似锦被徐智的老娘徐老太卖入安国公府，成了安国公府二姑娘许凤鸣房里的一个小婢女。

周似锦十四岁那年，官运亨通的周胤得知周似锦的存在，派人接回了她。

回到周府不过半年，由嫡母周夫人做主，周似锦嫁给了威远侯府的庶子孙浴泉。

一直闲居在家的孙浴泉因岳父周胤的提拔，进入工部，得了实职。

为了孙浴泉仕途顺畅，周似锦拿出嫁妆供孙浴泉花用，巴结逢迎亲爹周胤，厚着脸皮与上司夫人来往交际……

不过五年时间，孙浴泉连升三级，成为工部员外郎。

恰在此时，孙浴泉的嫡兄威远侯孙沐泉身患急病而亡，孙老夫人因丧子之痛也撒手人寰。

孙沐泉无子，在周似锦的奔走周旋下，孙浴泉承继嫡兄爵位，成为新威远侯。侯夫人周似锦也夫荣妻贵，成为京城贵妇圈的红人。

国公府的一等丫鬟，十年经营，摇身一变成了位高权重年轻英俊的威远侯的夫人，知道底细的谁不说周似锦是小麻雀飞上枝头变凤凰？

人人都说周似锦有福，可此中甘苦，也只有周似锦自己清楚了。

大丫鬟素心轻手轻脚地走了进来，揭开白玉香炉的盖子，拈了些沉香屑丢了进去。

沉馥的香气顿时变得浓郁起来，屋子里的药气被压了下去。

素心走到床边，探身细细看视周似锦："夫人，您好点没有？"

周似锦正在听外面的雨声，一时没有说话——对她来说，简单的一两句话，也要耗费她极大的精力——过了一会儿，她才轻轻"嗯"了一声。

见周似锦瘦得脱了形，肌肤苍白，眼睛黑沉沉的，素心心里一阵难受，忍不住道："夫人，侯爷带着老夫人、刘姨娘和大公子、二公子去嵩山别业泡温泉了，外书房的人也说不清侯爷什么时候回来……"

周似锦没有说话，心中平静至极。

孙浴泉母子虽然敢下毒害她，却也害怕她的临死反扑，索性全逃走了。

她嫁给孙浴泉这十年，一句话便可总结——甚荒唐，到头来都是为他人作嫁衣裳。

周似锦一直以为孙浴泉和自己是患难夫妻，定然夫妻恩爱白头偕老。谁知她爹前脚被贬谪离京，孙浴泉后脚就领了表妹小刘氏和一双儿女进门——原来他早就纳了生母刘氏的娘家侄女为妾，连孩子都生了两个了，小刘氏肚子里还怀着第三个。

面对周似锦的怒火，孙浴泉坦然承认，他从来都不喜欢要强能干的周似锦，他喜欢的是小刘氏那样娇憨纯真以夫为天的女人。

得知真相的周似锦竭力维持着自尊，告诉自己：孙浴泉不喜欢我，我也不喜欢他就是，先前的付出，就当喂了狗，大不了各过各的。

谁知孙浴泉狠毒到这种地步，先假装道歉，然后在她的药汤中下了毒，亲自喂她服下。

到了弥留之际，周似锦才发现，她这一生，除了亲生爹娘和当年在安国公府侍候的二姑娘许凤鸣，竟然再也没人真心待她好过。

可是，生母早就去了，生父也被贬谪到了边远的泽州，就连许凤鸣，也在十年前殁了。

只留她一个人孤孤单单待在这冰冷的人世间……

如今快要离开这个世界了，周似锦只想趁着还有一口气，去许凤鸣坟上看一看。

外面传来一阵急促的脚步声。

大丫鬟春剑掀开锦帘急匆匆走了进来："夫人，马车备好了，跟车的人也都在二门外候着了！"

华丽的马车直接驶入了永福寺后的墓园。

因许凤鸣死前还未出嫁，按照大周朝的规矩，她未被葬入位于安国公府的家族陵墓，而是孤零零埋在皇陵附近的永福寺后的墓园。

看守墓园的人早得了春剑的贿赂，开了墓园大门便躲了起来。

裹着宝蓝缎面雪貂斗篷的周似锦被春剑和素心搀扶着下了马车，竭力支撑着向前看去。

墓园内青松郁郁，翠柏森森，甬道，明堂、神台、香炉、烛台都是青石材质，被细雨打湿，越发显得颜色暗淡萧条。

素心摆放祭品，春剑烧化纸钱。

待春剑烧罢纸钱，周似锦扶着墓碑，声如蚊蚋："让我自己待一会儿吧……"

如今她连说话都费劲，须得用尽全力。

春剑悄悄拉了拉素心，两人一起退到了不远处的松树下。

周似锦裹紧雪貂斗篷，在素心摆放的锦凳上坐了下来，静静看着许凤鸣的墓碑，往事纷纷浮上心头。

十一年前，周府派了管事妈妈到安国公府接她。

临离开，一向冷淡寡言的许凤鸣叫住了她，瑞凤眼紧紧盯着她，声音低哑："似锦，你真的要走？"

当时的周似锦犹豫片刻之后，答了声"是"。

她不想永远做许凤鸣的婢女，她想成为大家闺秀，能和许凤鸣平等往来，知己相交。

许凤鸣眼中的光芒瞬间散去，把一个鼓鼓囊囊的荷包塞到了周似锦手里，低声道："你别后悔。"

说罢，她低头继续提笔写字，不再看周似锦一眼。

周似锦屈膝行了个礼，恭谨地退了下去。

在马车上，周似锦打开荷包。

荷包里是一沓银票，共有六千两。

从此许凤鸣再不肯见她。

她出嫁前夕，许凤鸣进京，在金水河溺水身亡。

周似锦指尖控制不住地颤抖，渐渐蔓延到了全身，早已干涸的眼中泪水涌出，心像针扎一样……

她闭上了眼睛，泪水从干涸的眼中流了出来，滑入了脸颊。

周似锦自幼住在泽州丹水河畔，水性极佳。若许凤鸣落水时她在身旁，也许许凤鸣就不会死。

若是重活一世，她一定听许凤鸣的，留在许凤鸣的身边，不回周府，不嫁给孙浴泉，一定要救下许凤鸣，她们一起好好活下去。

开心地活下去。

春剑见周似锦身子前倾扑在了墓碑上，心里一惊，忙和素心一起冲了过去："夫人！"

周似锦没有回应。

她只觉得浑身轻飘飘的，刻骨的疼痛似乎在远去。

周似锦知道自己快要死了，额头抵在许凤鸣的墓碑上，准备迎接死亡的到来。

在生命的最后一刻，周似锦用蚊蚋般的声音喃喃道："姑娘，我后悔了。我真的后悔了……"

太监总管李越被宣进了御书房。

景和帝林岐正坐在檀木雕螭书案后批阅奏章。

李越躬身行礼。

景和帝专注地看着书案上的奏章，凝神思索片刻，抬笔蘸了些朱砂，批了几个字，头也不抬道："周氏葬入永福寺后的墓园。"

李越低头恭谨地答了声："是。"

景和帝默然片刻，低声道："就葬在……那个墓的旁边吧！"

不待李越回话，他马上又道："周氏的身后事，你去办，旁人不许插手。"

李越神情平静，眼神一闪，垂下眼帘沉声道："是，陛下。"

林岐抬起头，看向窗外，苍白清俊的脸上带着一抹怅然。

紫檀木落地长窗外，香樟树苍绿的叶片被初春寒风刮得啪啪作响。

和在安国公府时一样。

那时候，他的书房窗外也有两株四季常青的香樟树。

林岐还记得周似锦刚到香樟苑的时候叽叽喳喳地问他："这是什么树呀？怎么到冬天了，叶子还是绿的？是冬青吗？咦，叶子和冬青不像……"

她在外人面前懂事守礼，可是在他面前却甚是爱说话，叽叽喳喳说个不停，自得其乐，其实并不用他回答。

她有虚荣心，却虚荣得大大方方，临离开认认真真告诉他，她不想做婢女了，她想做高门贵女，想穿漂亮衣服，戴精致贵重的首饰，乘着漂亮马车四处游玩。

她一向贪嘴，脸都吃圆了还不肯节制，离开的时候还是又白又嫩一张胖圆脸。可是上次命妇朝见，他远远看见，她却甚是苗条瘦削。

他还以为她是受了京城女子以瘦为美的风气影响刻意节食，现在才明白，原来是孙浴泉造的孽。

他一直以为，他年轻，她也年轻，总是能见到的，谁知从今以后，他再也看不到她了。

再也看不到了。

景和帝垂下眼帘："孙浴泉欺君罔上，罪不容诛，着三法司会审，务必严办。"

李越答了声"是"，躬身退了下去。

景和帝胸口一阵剧痛，他用帕子捂住了嘴，瘦弱的身子像虾一样弓着，不知道过了多久，景和帝松开了帕子。

雪白的帕子上是一团紫黑的污血。

第一章
周府

周似锦被说话声吵醒了。

她一睁开眼睛，看到一个梳着双丫髻的小姑娘立在床前，伸着胳膊把帐子往帐钩上挂，口中还说着话，声音清脆，语速挺快：“姑娘，您可别睡了，孙妈妈在外面都有些不耐烦了，她老人家可是老爷的奶娘，极得老爷信任，就连夫人等闲都不敢得罪她老人家……”

周似锦盯着眼前的俏丽小姑娘——这不是春剑吗？

看着稚气犹存的春剑，周似锦大脑瞬间一片空白：这是在做梦吧？

这一定是梦！

周似锦小心翼翼地用手支撑着坐了起来，抬眼细细打量春剑。

春剑浑然不觉，挂好了帐子，见周似锦已经坐起来了，便忙又扭头叫道：“素心，姑娘醒了，快把热水、香胰子和手巾都送进来吧！”

“来了！”一个温柔的小姑娘的声音传了过来。

周似锦凝神看去。

鹅蛋脸，形容温柔，长胳膊长腿的，正是她的贴身丫鬟素心。

素心把铜盆放好，笑盈盈道：“姑娘，快起来洗漱吧，不然水就要凉了！”

周似锦“嗯”了一声，试着说话：“春剑，把我衣服拿过来。”

记忆中，此刻她应是在距离京城不远的驿站里，很快就要见到生父和嫡母了。

梳妆的时候，周似锦找出了自己的首饰匣，让春剑挑选合适的首饰——她一向得许凤鸣的宠爱，许凤鸣自己不爱插戴首饰，出挑些的首饰都给了她。

春剑看着首饰匣里的金珠首饰，眼睛一下子瞪圆了：“姑娘的首饰好漂亮！”

周似锦默不作声地端坐在杌子上，看着妆镜中年轻了十岁的自己，不知是梦是真。

素心见状，忙悄悄拉了春剑一下。

春剑也不敢多说了，忙和素心一起挑选首饰衣服。

马车驶出了驿站，进了京城北城门，穿街串巷，驶入了梧桐里的周府侧门，在内院门外停了下来。

周似锦扶着素心下了马车，随着接引的婆子进了内院，一路走到正房惠畅堂台阶下，抬头看着上方题写着“惠风和畅”四个字的黑漆匾额，这才有了真实感——

她真的重新活了！

周似锦蓦地想到了许凤鸣，既然她现在十四岁，许凤鸣在来年三月进京，三月三那日在金水河溺水而亡的。

也就是说，如今许凤鸣还活着……

想到这里，周似锦一颗心怦怦直跳，似有一股春风在她胸间鼓荡着，令她险些落下泪来。真好，许凤鸣也活着呢！

素心的手腕被周似锦捏得生疼，忙轻轻道：“姑娘，这便是咱们夫人居住的惠畅堂……”

这时，一个细长眼长挑身材的名叫水芝的丫鬟掀开锦帘走了出来，眼睛带着打量扫过周似锦，然后笑着看向被派去泽州接人的孙妈妈：“孙妈妈，这便是大姑娘吗？夫人刚才还问起呢！”

孙妈妈一听，便知已经承认了周似锦的周家女儿身份，笑着道：“对呀，正是大姑娘，烦请通禀一声。”

水芝又笑着看了周似锦一眼，微微屈了屈膝：“见过大姑娘。”

周似锦看着眼前的人，心中感慨万千，面上却笑着微微颔首。

水芝进屋通禀去了。

不过片刻，她便又掀开了锦帘：“大姑娘请进来吧！”

周似锦解了斗篷，递给春剑，进了屋子。

屋子里暖融融的，摆设简单清雅。

一个姿容清丽身材苗条的少妇端坐在紫檀木雕花罗汉床上，一双清凌凌的眼睛正看着周似锦。

周似锦低下头去：“给母亲请安。”说罢，她在面前摆着的蒲团上跪了下来，老老实实地磕头。

作为嫡母，周夫人没什么可指摘的。

周似锦其实是周胤的私生女，因为周夫人实在太爱周胤，虽然不怎么理会周似锦，却也听任周胤把她这私生女接回来上了族谱，又给她安排了与威远侯庶子孙浴泉的婚事，就连周胤私下里给她私房钱做嫁妆也装作不知……

对这样的嫡母，周似锦实在没什么可抱怨的。

周夫人背脊挺直坐着，手轻轻抚摸着怀里雪白的狮子猫，打量着眼前这个礼仪周全貌似恭顺的少女。

听说周似锦在安国公府做婢女，不过看起来一点都不像——头上绾着一窝丝杭州攒，插戴着一支金镶红宝石玫瑰钗，耳上则戴着一对泪滴形的红宝石镶金坠子，上着白藕丝小袄，下穿红罗裙子，气度从容，举止端庄，瞧着不像婢女，倒像大户人家养出来的姑娘。

周似锦起身后眼神温顺地看着周夫人。

那双与周胤一模一样的杏眼亮晶晶的，眼神稚气而温顺，周夫人心里的防备有些松动，道："瞧着不错——你识字吗？"

周夫人出身高门，出嫁前是有名的才女，素来喜欢女子读书识字，她恭谨道："启禀母亲，女儿识字。"

"识字呀。"周夫人微微颔首，"都读过什么书？"

周似锦老老实实道："启禀母亲，《诗经》和《通鉴》女儿都读过了。"

之前在安国公府，许凤鸣开蒙，她作为贴身婢女，也跟着读书。后来国公府为许凤鸣延请名师讲学，她陪着听了几年课，胡乱地读了不少书。

知道周夫人喜欢读《诗经》和《通鉴》，她特意这样说。

得知周似锦读过《诗经》和《通鉴》，周夫人问了周似锦几个与《诗经》和《通鉴》相关的问题。

周似锦一边想，一边答。

周夫人听她答得不错，的确熟读《诗经》和《通鉴》，便吩咐另一个丫鬟芙蕖："你去见戴先生，为二姑娘和三姑娘请半日假。"

她又看向周似锦："你先坐下吧，待你二妹三妹来了，姐妹彼此厮见。"

周似锦答了声"是"，由水芝引着在西边的紫檀双凤纹圈椅上坐了下来。

此时跟她记忆中的一样，生父周胤在吏部议事，不在府里；嫡出的兄弟周韶在嵩山书院读书，不在京城；唯有周夫人嫡出的两个女儿周倩兮和周盼兮，正在内院东边的桃夭阁随着女先生戴春琳读书。

而最厌恶她的周老夫人，则由二房陪着住在鄂州周氏老宅。

周夫人不爱说话，周似锦不愿多说，丫鬟们不敢出声，屋子里一下子静了下来。

周夫人端起素瓷茶盏品了一阵子，见周似锦乖巧地坐在那里，便道："我听你父亲说，当年他给你起的名字是……似锦？"

周似锦忙恭谨道："是，母亲。"

她还在娘胎里时，周胤就把她的名字起好了——周似锦。

她生母兰氏即使嫁给了徐智，也依旧让她用这个名字，不过以前叫徐似锦。即便在许凤鸣身边侍候时，许凤鸣也没让她改名字，还叫她似锦。

周夫人想起夫君与周似锦生母兰氏的那些事，心情有些复杂，一时没有说话。

周似锦知道嫡母最厌恶人多话，便也不肯多言，安安静静地坐在那里。

屋子里又静了下来。

好在周夫人和周似锦都不怕尴尬，皆安之若素地坐在那里，平静地等着周倩兮和周盼兮两姐妹过来。

约莫过了一盏茶工夫，外面响起了清脆的少女声音："母亲！"

周似锦听出了是三妹周盼兮的声音，忙起身向外看去。

锦帘掀起，两个少女走了进来，个子稍高一些的那个看似十二三岁，清丽高挑，颇似周夫人，正是二姑娘周倩兮；个子稍矮一些的杏眼桃腮，十分俏丽，正是三姑娘周盼兮。

周夫人看向两个女儿时，面上依旧没有表情，眼神却柔和了许多，温声道："这是你们的大姐，来见见吧！"

周倩兮态度从容，平静地向周似锦屈膝道福，叫了声"姐姐"。

周似锦忙回礼。

周盼兮好奇地打量着周似锦，却也听话地屈膝行礼，脆生生地叫了声"姐姐"。

周似锦微微一笑，叫了声"妹妹"回了礼。

她并没有过多亲近，记忆里姐妹间也一直不冷不热。

后来她嫁给了破落侯府的庶子，而周倩兮嫁给了当朝首辅嫡长子，周盼兮成了卫国公夫人，就更没什么来往了。

眼看快到午时了，周似锦想起周夫人一向是和两个女儿一起用午饭的，忙起身告辞。

周夫人吩咐周胤的奶娘孙妈妈去安顿周似锦住下，又叮嘱周似锦："午饭便在你自己房里用罢，用罢饭正好可以歇午觉，倒也便宜。"

她又道："我素来不讲究晨昏定省那一套，你平时不用过来请安，叫你再过来。”

她和周胤夫妻恩爱伉俪情深，也不打算让周似锦常在她眼前晃。

周似锦恭谨地答了声“是”，这才退了下去。

春剑、素心与周倩兮、周盼兮的贴身大丫鬟一起候在正房外廊下，见周似锦出来，忙上前招呼。

半个时辰后，周似锦在内院西边的兰庭安顿了下来。

躺到柔软洁净的床上，待素心放下了锦帐，周似锦才悄悄吁了一口气，闭上眼睛开始盘算。

到目前为止，一切与记忆中的一样。

既然记忆里许凤鸣是三月进京的，那她就等着许凤鸣进京好了。

只是三月初一和三月初二，接连两天她去见许凤鸣都吃了闭门羹，便没有再去，想着早晚有见面机会，谁知，三月三那日许凤鸣在城外金水河溺水而亡……

想到这里，周似锦心脏闷闷的，一阵扯着疼。

她深吸一口气，握紧拳头给自己定下一个小目标：周似锦，这一世，你可要记住，无论许凤鸣如何冷淡，你都要死缠烂打，紧紧贴着她，让她无路可逃、插翅难飞，别想靠近金水河一步！

想到许凤鸣被自己缠到生无可恋的样子，她不由得笑了起来。

晚饭周似锦一个人在兰庭用。

兰庭院子小小的，十字青石甬道，西北角种了两株蜡梅，东北角种了一株老梨树，东南角种着无数蕙兰，西南角则种着两株桂树。

三间正房带耳房，抄手游廊连着东西厢房，屋子不少，周似锦住了三间正房，春剑和素心住了两间耳房，东西厢房一直锁着，有女客来府里留宿才会打开。

用罢晚饭，见天色还早，周似锦便开始在兰庭的院子里散步。

如今正是冬日，梨树光秃秃的，蜡梅树稀稀疏疏挂着几朵晶莹剔透犹如蜜蜡雕刻的蜡梅花，散发着淡淡的寒香。

这里原先是周府的客院，专门用来招待女客的，即使她住在这里，依旧还是客院。

无论周府，还是威远侯府，都不是她的家。

春剑和素心见周似锦在院子里转，原先还忍着不吭声，后来见天都黑透了，周似锦还就着廊下挂的灯笼赏花，不肯回房里去，春剑到底性急些，试探着开口道：“姑娘，要不我去厨房要些热水，您先洗个澡？”

周似锦正嗅着一朵蜡梅，闻言想了想，记起自己在今日的亥时被叫到生父周胤的书房去了。

此刻距离亥时还有一个时辰，足够她洗澡了，便含笑道：“妆台上那个匣子里有碎银子，要水时拿二钱碎银子打赏。”

春剑没想到周似锦这么了解府里情况，不由得咧嘴笑了：“姑娘怎么知道咱们府里的规矩，去厨房要水或者点菜，是要给管厨房的媳妇妈妈打赏的？”

周似锦含笑看她：“以后素心管银钱账本，春剑你管衣服首饰。”

素心细心谨慎，春剑很会梳头装扮，所以她记忆里，一向是素心管钱，春剑管衣服首饰。

洗罢澡，周似锦还不肯睡，梳了头，穿得整整齐齐，端端正正坐在窗前榻上就着小炕桌上的烛台看书。

春剑和素心都觉得这位新来的大姑娘实在是性格古怪，也不敢多说，只在一边陪伴着。

快到亥时的时候，外面传来了敲门声。

周胤派了人来请周似锦。

周似锦认出来人正是周胤的乳母孙妈妈，当即道：“烦请妈妈带路。”

孙妈妈守寡多年，无儿无女，由周胤养老，对周胤最是忠诚，一直管着周府的外书房，就连周夫人也对她礼敬三分。

孙妈妈打量了周似锦一番，眼神柔和：“大姑娘长得真像老爷……”

二姑娘周倩兮和大公子周韶长得像周夫人，二姑娘周盼兮只有眼睛像周胤，反倒是她最像周胤。

周似锦翘起嘴角笑了。

她知道自己长得像周胤，也知道这正是自己的优势所在，一直善加利用，从周胤那里要到了不少好处。

孙妈妈见她双目晶亮，笑的时候右嘴角上翘更加明显，右脸颊还有一个可爱的小酒窝，和周胤笑的时候一样，心里更是喜欢，声音也越发温和起来：“大姑娘，外面起风了，有些冷，您有披袄没有？若有的话套在外面吧！”

周似锦的衣箱里不但有披袄，还有两件皮袄——一件大红遍地金貂鼠皮袄，一件娇绿缎面雪狐皮袄，都是许凤鸣给她的。

记忆里她为了在周胤面前博取同情，特地穿了件洗得发白的蓝色绸面披袄去见周胤。

现在可不能这样了，周似锦笑容灿烂地吩咐春剑：“春剑，把那件娇绿缎面雪狐皮袄拿出来。”

想了想，她又补充了一句：“还有那个海獭卧兔，也拿出来。”

片刻后，周似锦从东暗间卧室出来。

孙妈妈见她戴着海獭卧兔，绾着一窝丝杭州攒，插戴着一支碧澄澄的翡翠簪子，穿着件娇绿缎面雪狐皮袄，不由得心里暗惊，却不肯多言，打着灯笼引着周似锦往外书房去了。

外书房依旧是周似锦记忆中的样子，一进黑漆大门，迎面便是一座假山，就着灯笼的光，可以看到假山上盘绕着苍绿的藤萝。

院子正中铺着十字青石甬道，东北角种着一片竹子，竹叶在夜风中瑟瑟作响。

孙妈妈让春剑陪着周似锦在廊下候着，自己进去通禀。

周胤正在看书信，抬头见孙妈妈走了过来，便低声道：“妈妈，那孩子……瞧着怎么样？”

孙妈妈凑近周胤，轻声道：“老爷，大姑娘生得倒是像您……只是瞧着衣服首饰甚是华贵……”

周胤眉毛一挑：“她一直在安国公府二姑娘身边侍候，许是许二姑娘赏她的。”

孙妈妈忧心忡忡：“老爷您还是自己看吧，我去请大姑娘进来。”

周似锦立在廊下，看着红漆栏杆外的竹林，思索着待会儿如何应对。

孙妈妈掀开门上锦帘，轻声道：“老爷请大姑娘进去。”

书房是一个大通间，十分宽敞轩朗，一座比人还高的赤金枝形灯照得满室如同白昼。

一个俊美的青年正在书案后端坐着。

这漂亮青年便是周似锦的亲爹，洪武九年的探花郎，当朝吏部侍郎，洪武皇帝的心腹，二十九岁的周胤。

周似锦看着眼前年轻俊美的周胤，想到周胤被贬谪边陲时才三十九岁却已经两鬓斑白，心中感慨万千。

她垂下眼帘，端端正正地行了福礼：“似锦给父亲请安。”

听到周似锦自称“似锦”，周胤心中一阵酸楚，低声道：“起来吧！”又指着书案东侧的鸡翅木雕花圈椅道，“先坐下。”

周似锦答了声“是”，在圈椅上坐了下来。

屋子里很静，旁边掐丝珐琅的三足香炉正燃着香料，带着松柏气息的清雅

香气若有似无氤氲着。

周胤细细看着周似锦，发现她长得很像自己，尤其眼睛最像，又圆又大，亮晶晶的，眼中满是孺慕之意，不由得心里一软，声音不由自主温和了下来：“以后府里就是你的家了，要孝顺你的母亲，友爱两个妹妹和弟弟，跟着你母亲学学如何管家，针黹女红也不要落下……”

女儿已经十四岁了，说亲的事该提上日程了，也该跟嫡母学着管家了。

周似锦起身，恭谨地答了声“是”。

她这个亲爹，虽然偏心嫡出的周韶、周倩兮和周盼兮，对她却也不错，满足她的愿望，让她嫁入高门，又暗中给了她五千两银子的私房——要知道，京城的高门庶女出嫁，能陪送一千两就算不错了。

只是出嫁后，她回来哭了好几次，花样百出闹着让周胤想法子提拔孙浴泉。

后来周盼兮和周倩兮出嫁，她妒忌两个妹妹嫁得好，觉得爹爹偏心，再加上每次回娘家都不受待见，便很少回去了。

待到孙浴泉承了爵，她成了威远侯夫人，孙浴泉又仕途得意，她与娘家的往来越发少起来，倒是爹爹借口顺道，主动来看了她好几次。

没想到爹爹一朝失势，孙浴泉就对她动了手……

看到周似锦眼中的泪光，周胤眼眶湿润了，道：“你的两个妹妹都随先生在读书，你也和两位妹妹一样在桃夭阁读书吧！”

周似锦蓦地想起自己在桃夭阁与周盼兮、周倩兮一起读书的情景。

周盼兮和周倩兮倒也没别的，就是不理她。

她说话，她们就当听不到。

当时她觉得特别孤独痛苦，后来经历的人和事多了，想起那时候的孤独和痛苦，她却觉得不过如此，真是太幼稚太无聊了。

你们不理我，那我也不理你们好了。

如今重新活了，她更是不放在心上了。

见周似锦状似沉思，周胤忙又问道：“先前识字吗？若是不识字——”

周似锦忙粲然一笑：“爹爹，我在安国公府，从八岁开始就随着我们二姑娘读书，先随着周群周先生读了两年，又跟着和墨尘和先生读了四年。”

周胤闻言，表情顿时凝重：“是泽州名士周群和被称为‘帝者师’的和墨尘和先生吗？”

周似锦笑盈盈地点头：“对呀！”

周胤垂下眼帘，修长的手指在书案上“咚咚”敲了好几下，心中着实惊讶。

安国公许继顺手握兵权镇守边陲，又是许皇后的嫡亲兄长，他的女儿虽然身份贵重，却也不过是深闺女子，哪里用得着和墨尘这样的老师。

让和墨尘这样的国士去教授一个深闺女子……

难道安国公对这个女儿，有特别的期许？

想到这里，周胤看向周似锦，转移了话题：“似锦，你明年就要及笄，爹爹会叮嘱你母亲，给你寻一门好亲事的。”

周似锦闻言，眨了眨眼睛。

她手里那么多银子和珠宝首饰，为什么要嫁人？

不说她记忆里，她嫁人后，嫁妆不但为孙浴泉在官场疏通打点，供应阖家大小的花用，还用来养活孙浴泉的外室和子女，最后她死了，那些首饰珠宝和陪嫁田产怕是都落到了刘氏那老太婆及孙浴泉、小刘氏那对狗男女手里了。

有这么多银子，她吃吃喝喝玩玩，自由自在，无拘无束，岂不是更美妙？

不过周似锦知道在这个世界上，有钱而无庇护，无异于幼儿抱赤金行于闹市，下场绝对会很惨。

她最信任的人便是许凤鸣，靠天靠地靠别人，还不如去靠许凤鸣，起码许凤鸣不会用她的银子养小妾、喝花酒……

周胤见她首饰衣饰华贵，有些吃惊，轻声问道：“似锦，你在安国公府过得怎么样？”

周似锦打定了主意，抬眼粲然一笑：“爹爹，我在安国公府很好。我八岁便在许二姑娘身边侍候，她待我特别好，把我当亲妹妹看，衣服首饰都拣好的给我。”

她大大的杏眼亮晶晶：“爹爹，亲事是结两家之好，讲究的是双方身份地位相当，我的身份我自己知道，我不想高攀别人。”

周胤没想到周似锦才十四岁却如此清醒，不禁笑了，柔声道：“爹爹的门生里倒是有几个人品出众，家境却贫寒些的，到时候好好相看一个，大不了爹爹多给你些陪嫁。”

到底是父女血脉相连，他虽然第一次见周似锦，心中却满是疼爱。

周似锦见周胤和自己说话如此老气横秋，不禁觉得好笑，想要笑，却又觉得有些酸楚。

她抬眼看向周胤，杏眼圆溜溜：“爹爹，您能给我多少陪嫁？”

周胤见她傻乎乎地直接问陪嫁，不由得满是怜惜，温声道：“反正有爹爹在，不会让你过穷日子的。”

周似锦鼻子酸酸的。

周胤被贬，原因极为复杂，最根本的却是他是洪武帝的宠臣，如今的皇太

子林岐继承帝位后，周胤并没有向新帝靠拢。

若是爹爹能提前向皇太子林岐靠拢呢？

安国公府是皇太子的臂助，而许凤鸣是皇太子的亲表妹，也许能以此为契机，让爹爹与安国公府渐渐交好……

想到这里，周似锦心里有了底，抬眼看向周胤，认认真真道：“爹爹，许二姑娘待我恩重如山，我寻思着，这世上除了您，再也没人像她那样待我好了。我不想嫁人，我打算继续追随许二姑娘，在她身边侍奉。”

周胤皱着眉头：“似锦，你的意思是……做许二姑娘的陪嫁？”

这孩子真的傻啊，哪有女孩子不想嫁一个如意郎君，相夫教子，生儿育女，琴瑟和谐，反而想要孤独终老。

周似锦用力点了点头，笑盈盈道：“若是许二姑娘嫁人，我就随着她过去，帮她管理家务；若是她不嫁人，我就陪伴她，做她的女清客。”

反正她再不想嫁人了。

而且提到嫁人，她就隐隐犯恶心。

周胤眉头紧蹙，简直不知道从哪里开口劝说——这想法也太奇怪太离经叛道了！

他刚要开口呵斥，转念想起那位许二姑娘的老师是被先帝赞为“帝者师”的和墨尘，不由得沉吟起来。

当今洪武帝在先帝诸皇子中并不出众，最终脱颖而出登上帝位，手握兵权镇守西北的安国公府功不可没，洪武帝对发妻许皇后一向敬爱顺从，登基不久就下诏立许皇后所出的皇次子林岐为太子。

这些年来，纵是许皇后性情孤僻怪异，沉溺修道；即使皇太子林岐体弱多病，很少露面，洪武帝也从未有废太子之意……

让女儿拜和墨尘为师，难道安国公打算让许二姑娘入东宫做太子妃？

难道许二姑娘打算让似锦随她入东宫做女官？

想到这里，周胤眼神复杂地看向周似锦，见她大眼睛亮晶晶，满是期待地看着自己，不由得心里一软——这孩子的眼神真是像小猫小狗，清澈简单，让人简直不忍心和她说重话。

这孩子这些年不知道怎么长大的，明明都十四岁了，却纯真简单如小动物，她真的适合宫廷吗？

周胤尽量让自己平和一些，温柔一些：“似锦，这件事以后再说——你手头紧吗？缺不缺钱？”

周似锦老老实实道：“临出发，我们姑娘给了我好些银票呢！”

她拿出荷包，掏出一沓银票让周胤看：“爹爹，足足有六千两呢！”

周胤有些震惊。

安国公究竟打的是什么主意？

安国公府的那位许二姑娘，到底是什么打算？

周似锦的目的便是让周胤迷惑，让周胤误会。

她这个爹爹看着像个不谙世事的漂亮公子哥儿，可是一个公子哥儿能高中探花？能在不群不党四边不靠的情形下年纪轻轻就做到吏部侍郎？

她这爹爹心思深沉，老谋深算，也就是说凡事想得多，明明很简单的事，却要往深处去想去考虑去谋划。

她就是想让周胤多想。

因为体弱多病，景和帝做皇太子时未曾娶太子妃，登基之后也未曾立后。

所以，周似锦曾暗地里想过，若是许凤鸣没有早夭，会不会嫁入东宫做太子妃？

因此她故意这样误导周胤，以免周胤像前世一样，尽心竭力替她谋划亲事。

这会儿见周胤果真想多了，她心中得意，忙又道：“爹爹，我不要银子。我喜欢读书，您让我挑选些书拿回去读吧！”

她打算闭门读书，争取获得父亲和嫡母的好感，待明年三月许凤鸣进京，她就去寻许凤鸣。

周胤闻言，抿嘴一笑，抬手指着自己的书架：“似锦，这么多书，你随便选！”

周似锦的大眼睛眯了起来，笑容灿烂，雪白脸颊上酒窝深深：“爹爹，那我多选一些！”

周胤见她眼睛亮晶晶，欢喜得都有些傻气了，不由得暗自叹气——这孩子可真傻啊！

他又叮嘱道：“要听你母亲的话。”

周似锦点头：“放心吧，爹爹！”

周胤又拿了一个锦袋递给周似锦：“‘财不露白’，你的那些银票都收好，别让人知道。平常打赏和零碎花用就用这些碎银子。”

周似锦接过锦袋，觉得沉甸甸的有些坠手，脸上的笑容渐渐消失，沉默了下来。

她以前表面上巴结周胤，表现出孝顺得很的样子，其实在心里她一直觉得周胤偏心，因此心中总是愤愤然，一旦得势，便不怎么去看周胤了。

现在，换了种心态，她才发现自己这个亲爹是真的疼爱自己。

见周似锦稚嫩的脸上现出类似沧桑的神情，周胤更加心疼：这孩子那么小就没了亲娘，这些年流落在外，怕是没人关心她爱惜她。

他声音更加温柔："似锦，你不用怕，爹爹会为你做主的。"

周似锦眼眶已经湿润了。

低着头默然片刻，周似锦道："爹爹，我挺喜欢银子的，以后您不用给我别的礼物，给银票就行。"

看着周似锦低着头别别扭扭的样子，他不由得笑了，抬头抚了抚周似锦的鬓角："你这傻孩子……"

惠畅堂正房东暗间卧室内静悄悄的，妆台上点着一盏白纱罩灯，灯光柔和朦胧。

周夫人端坐在妆台前的紫檀绣墩上，白皙修长的手指轻轻地往脸上涂抹着，待涂抹完毕，才开口问一边侍立的王妈妈："老爷已经见过了？"

王妈妈轻声道："老爷已经见过了。去见老爷时，她的装扮比白日见您时还华贵些。"

周夫人低声道："安国公府虽然功高爵显，又是外戚，却一向低调，按说不至于一个姑娘身边的贴身丫鬟就这样衣饰华丽……"

王妈妈也有些纳闷："难道是大姑娘爱显摆，把许二姑娘赏她的旧衣服旧首饰都穿戴上了？"

周夫人没有说话。

今日周似锦来给她请安时，头上耳朵上金光灿灿，宝石纯净，珠光璀璨，瞧着可不像是旧的。

王妈妈又道："大姑娘离开书房时，老爷把一套陛下赏的文房四宝给了她，又让孙妈妈带着小厮给她送了一大箱子书。"

周夫人又往手上涂了一层香脂，一边轻轻揉搓，一边道："老爷存着弥补之心，待她好一些也是有的。她若是省事，你们也不要为难她。"

王妈妈答了声"是"，笑着道："我们这些服侍的人都知道的，老爷体贴您，爱敬您，您也给老爷面子的。"

周夫人微微一笑，正要说话，外面廊下传来小丫鬟"给老爷请安"的声音。

她眼睛顿时一亮，清丽的脸也似罩上了一层柔光。

待周胤进来，周夫人也不起来，仰首看了过去，眼中满是期待："子承！"

周胤大步流星走到了周夫人身边，双手抚在了她肩上。

王妈妈屈膝道福，悄无声息地带着丫鬟退了下去。

夜里下起了雪。

北风卷着雪粒子打在糊着雪浪纸的后窗上，发出“啪啪”的脆响。

兰庭的正房里生有地龙，甚是暖和，周似锦让春剑和素心住在她卧室南窗前的榻上，又道：“夫人让我不必去请安，明日咱们都安心睡懒觉，睡到自然醒。”

素心展开铺盖铺好，一边用手抚平褥子上的褶皱，一边迟疑道：“姑娘，咱们不去给夫人请安，是不是……不太好啊……”

周似锦拍了拍素心的肩：“素心，我自然得听母亲的。”

素心明明担心得很，可是听周似锦这么一说，一颗心当下就定了下来，笑盈盈道：“我都听姑娘的。”

春剑铺好了自己的铺盖，也接了一句：“咱们是孙妈妈挑来侍候姑娘的，自然听姑娘的！”

素心听她嘴没遮拦，吓了一跳，忙看向周似锦。

周似锦知道素心和春剑是周胤借孙妈妈的手安排到自己身边的，索性打开天窗说亮话：“爹爹都和我说了，你们都是他让孙妈妈挑选的，若是你们得用的话，让我好好待你们。”

素心这才放下心来，腼腆地笑了。

春剑快言快语道：“反正我也不懂别的，好好伺候姑娘就是了。”

主仆三人说笑了几句，周似锦这会儿还不瞌睡，从自己的行李里找出一匹松江阔机尖素白绫，吩咐春剑和素心：“你们俩一人裁一件白绫袄，剩余的料子我有用处。”

素心开口推让：“姑娘，这衣料太贵重了，使不得——”

周似锦对待自己人从来都不小气，直接道：“我不爱虚让，咱们大周朝的女孩子都得有几件白绫袄，离不了的。”

素心和春剑这才收了下来。

两人很快就把衣料裁剪好了，剩余的料子给了周似锦。

周似锦把料子收在了自己的针线簸箩里，洗漱罢上了床。

躺下之后，她这才道：“我预备给父亲和母亲一人做几双白绫袜，素心你明日去惠畅堂要一下父亲母亲的鞋样。”

素心正帮她整理锦帐内悬挂的香包，口中答应了一声。

锦褥厚实软和，锦帐内温暖馨香，周似锦很快就进入了梦乡。

周似锦被热醒了。

她一睁开眼睛，就看到了床里侧拥着锦被合目而睡的美貌少女，大脑瞬间一片空白：这是在做梦吧？！

她怎么看到了许凤鸣？

这一定是梦！

周似锦小心翼翼地用手支撑着坐了起来，凑近许凤鸣细看。

许凤鸣睡得很香。

她因为久病，身子极为单薄瘦弱，明明五官俊俏气质清冷，可是一旦睡着，脸颊就鼓鼓的，特别像小孩子，令周似锦老是想捏捏她，揉揉她。

周似锦忍不住，悄悄伸出爪子，在许凤鸣脸颊上轻轻摸了一下。

啊，又白又软又暖又细又滑，是真的活的许凤鸣！

周似锦眼泪夺眶而出。

她小心翼翼挨着许凤鸣的锦被躺了下来。

周似锦八岁那年到许凤鸣身边侍候，很快就和许凤鸣熟稔起来。

许凤鸣比她大两岁，可是自幼多病，瘦弱得很，个子还没周似锦高。

周似锦和许凤鸣比，就又高又胖，许凤鸣不知道出于什么心理，私下给她起了个绰号“白又胖”，只有她们两人在的时候就只叫周似锦“白又胖”，把周似锦气哭了好几次。

后来习惯了，她也给许凤鸣起了个绰号，偷偷叫许凤鸣“小鸡仔”。

许凤鸣很生气，好几天不和周似锦说话。

周似锦忙巴结她：“姑娘你这么好看，就像天上凤凰一般，我叫你小凤凰好不好？”

许凤鸣悻悻然，瞟了周似锦一眼，却也没说什么。

西北的冬天太冷了，婢女房里没有地龙，冷得周似锦受不了，晚上她都是赖在许凤鸣房里。

刚开始她睡在许凤鸣卧室窗前的榻上，后来窗口冷，她借口给许凤鸣暖床，抱着被子和枕头睡到了许凤鸣的床上。

许凤鸣每次都不乐意，却经不起她的纠缠，每次都被她得逞……

想到这里，周似锦心里欢喜极了，眼泪却流得更急。她一下扑过去，隔着锦被紧紧抱住了许凤鸣：“姑娘，我好开心啊！”

许凤鸣睡得正香，被周似锦吵醒了，一睁开眼睛，就看到了周似锦那张满是涕泪的脸。

她皱着眉头伸手拉高被子遮住脸，声音沙哑：“吵死了！”

周似锦才不怕她这张冷脸，双手齐上，扒拉开被子，湿漉漉的脸贴到了许凤鸣温热柔软的脸上，低声抽泣着。

许凤鸣被蹭了满脸的泪，彻底醒了过来，右手推开周似锦，左手遮住了自己的脸，闷声道：“哭什么？”

周似锦泪如雨下：“姑娘，我没事，我只是开心！”

许凤鸣沉默了半日，这才道：“你先出去，我要起来了。”

周似锦顾不得满脸的泪，麻利地跳下了床：“你收拾好就叫我。”

她侍候许凤鸣这么多年，知道许凤鸣最是讲究，不爱人贴身侍候，穿衣服洗澡之类，都不让人在旁，饶是她这最亲近的贴身丫鬟，也没见过许凤鸣的光身子。

刚走了两步，周似锦就被人摇醒了。

素心一手擎着烛台，一手拨开了帐子，探身看向周似锦，见她满脸是泪，忙把烛台放在了床头的小几上，拿了洁净帕子递给周似锦：“姑娘，您是不是做噩梦了？满脸都是泪……”

周似锦一颗心似悬在空茫之中，无依无傍，过了片刻，才明白——原来方才是梦啊……

她觉得脸上有些痒，伸手一摸，满手湿漉漉的。

那么美，却原来只是一场梦……

素心见周似锦还在发呆，忙又拿过帕子，拭去了她脸上的泪：“姑娘，我和春剑都陪着您呢，别怕，没事的……”

周似锦心里空落落的，“嗯”了一声，闭上眼睛：“你也去睡吧！”

帐子落下，架子床内光线暗了下来。

周似锦闭上眼睛，试图再续前梦，却无论如何也梦不到了。

时间再过得快一些吧，她真的好想见到许凤鸣！

雪整整下了一夜，待到周似锦起来，兰庭已经成了雪的世界。

接下来几日，周似锦认认真真地做了十二双白绫袜，给周胤的六双绣的是青竹，给周夫人的六双绣的是莲花，绣好后亲自送了过去。

周胤开心得很，给了周似锦一张一百两面额的银票：“拿去买花翠戴！”

其实他更想送女儿香墨名砚，只是周似锦爱好俗气，讲明了只要银子，他只得也俗气起来。

周似锦笑眯眯地收好银票：“谢谢爹爹！”

周夫人收到绣着莲花的白绫袜，看了看绣工和针脚，微微颔首道：“你这女红还算不错。”

周似锦在周夫人面前规矩得很：“母亲若是穿着合脚，我再给母亲做几双。”

周夫人看了她一眼，道：“白绫袜倒也不用了，你帮你父亲做两件护膝吧。天寒地冻的，他天天骑马上朝，膝盖有些受不了。”

周似锦忙答应了。

她回到兰庭，周夫人派的王妈妈带着一匹松江阔机尖素白绫和一匹大红妆花锦缎来了：“夫人说了，让大姑娘做件白绫袄和妆花马面裙穿。”

周似锦忙道了谢，让素心拿了一个小银锞子给了王妈妈：“妈妈拿去吃茶。”说完，又亲自送王妈妈出去。

等到雪化，已经是腊月初八了。

早上起来，周似锦闲来无事，便拿了针线簸箩出来，继续给周胤做护膝。

她正在忙碌，惠畅堂的大丫鬟芙蕖穿着木屐过来了：“大姑娘，今日是腊八，府里备了腊八粥，夫人请你过去。”

周似锦到惠畅堂正房廊下，就听到里面传来的欢笑声，她微微一笑，进了正房。

屋子里一片和乐。

周胤坐在罗汉床上，手上拿着一幅古画，耐心地讲解着。周倩兮和周盼兮一左一右围着他，一边听，一边提问。周夫人拿了一个金黄的砂糖橘在剥皮，眼睛含笑看着他们父女三人。

周似锦进去后，笑吟吟地屈了屈膝：“给父亲母亲请安。”

周胤见她进来，忙道：“似锦来了！”又和周倩兮和周盼兮说道，“你们姐姐也懂刘松年的画，让她和你们说吧！”

上次周似锦从他那儿挑走的书籍，其中一本正是刘松年的书画摹本。

周倩兮和周盼兮齐齐看向周似锦，眼中都带着不以为然。

周似锦抿着嘴笑了，走过去道：“不敢说懂，不过也算见过几幅刘松年真迹。”许凤鸣喜欢收集古画，周似锦受她熏陶，倒也见识过不少。

周倩兮和周盼兮相视一看，彼此会意。

周盼兮笑嘻嘻道：“姐姐，你来给我们讲讲刘松年的这幅《溪亭客话图》吧！”

周倩兮把手中的画送了过来，双目莹莹地看着周似锦。

周似锦凑过去细细看了，道：“刘松年的《溪亭客话图》描绘文人相会的场景。画面的重心偏右，笔墨精严，清丽细润，我以前见过他的另一幅《松窗读易图》……”

周胤见这三姐妹脑袋越凑越近，心中很是喜欢，伸手握住周夫人的手，轻轻道：“夫人，看她们姐妹亲近，我很喜欢。”

周夫人抬眼看向丈夫，眼波流转间也是欢喜。

她给周胤使了个眼色，两人起身去了西暗间周夫人的书房。

到了书房，周夫人这才开口道：“大姑娘明年就要及笄了，子承你有什么打算？”

周胤想起周似锦的话，也不好说周似锦还想回到安国公府二姑娘身边，便含糊道：“我还没想好……”

周夫人柔声道：“有两家还算不错。一个是威远侯的二儿子孙浴泉，今年十六岁；一个是忠顺伯的老三蒋珙，你是见过的。若是都看不上，咱们再继续看。”

威远侯夫人是她的表姐，忠顺伯夫人是她的嫡亲大姐，孙浴泉是她表姐的庶子，蒋珙是她嫡亲姐姐的庶子，不管选了这两个中的哪一个，周似锦嫁过去都有她这嫡母照应着，不至于被欺负。

周胤其实想从自己的门生里选一个家境贫寒人品好的做女婿，只是似锦那晚那样说，他也得了确切消息，明年三月宫里的确要为皇太子林岐选妃……

难道似锦真的要随着许二姑娘进东宫做女官吗？

周胤握紧妻子的手：“再等等，再等等吧！”

这时外面传来周盼兮的声音：“大姐，你真的见过赵伯驹的《江山秋色图》？都说这幅画已经湮灭了！”

周胤在妻子额头上轻轻吻了一下，道：“她们姐妹和睦，我也放心了。”

第二天早上，周似锦盥洗罢正在梳妆，周盼兮带着丫鬟仙客过来了。

她开门见山问周似锦：“大姐，我们要去忠顺伯府赏梅，你要不要跟我们一起去？”

周似锦正拿了一支金玲珑寿字簪往发髻上插戴，听周盼兮提到“忠顺伯府”，手中动作一滞。

周胤被贬谪，除了没向新帝靠拢，还有一个原因——他举荐了连襟忠顺伯蒋长青，前往西北赈灾。但蒋长青贪得无厌，贪污盗卖朝廷赈灾物资。事情败露，蒋长青下狱，周胤也受到牵连。

周似锦一边思索着，一边把发簪插戴好，微笑道：“我今日事情太多，以后有空再去。”

如今距离蒋长青出事还早，不过得寻找机会，让爹爹少与蒋长青来往……

只是忠顺伯蒋长青是周夫人的姐夫，而她人微言轻，爹爹怎么可能听她的，须得慢慢计较了。

周盼兮一片好心来邀请她，却被拒，面子有些挂不住，悻悻然道：“你不去算了。”

但她又忍不住道：“忠顺伯府的赏梅会热闹得很，梅园里还有几株罕见梅花。梅园中间用一道锦障隔开，一边是各家的公子哥儿，一边是各家的闺秀，又是赏花，又是赛诗，还饮酒行令，好玩极了——”

周似锦没想到她还有如此可爱的一面，不由得微笑起来，转移话题道：“三妹，我有一样物件，你瞧瞧怎么样？”

她从妆匣里取出一对金玲珑桂花钗，递给周盼兮。

周盼兮的两个贴身丫鬟，一个叫仙客，一个叫仙友，都是桂花的别称。周盼兮应该是喜欢桂花，这对桂花形状的金玲珑桂花钗，她应该会喜欢。

周盼兮果真喜欢，拿着这对金玲珑桂花钗细细打量：“这钗怎么这么精致，枝条这么结实，是镀金的吧？枝条上镶嵌了这么多朵桂花，桂花这么小，却连花蕊都有，真是纤毫毕现，好漂亮！”

周似锦见她喜欢，自己心里也快乐：“你既然喜欢，就送给你啦，算是姐姐给你的见面礼。”

周盼兮开心地拿着金玲珑桂花钗看了又看，笑容灿烂：“多谢姐姐！”又道，“姐姐，过年咱们全家去城外温泉庄玩，温泉庄后面的园子里有一个小楼，里面有一个大大的温泉池，到时候我带你去。”

周似锦很感兴趣，连连点头：“太好了，你可别忘记了！”

周盼兮心里觉得更亲近了，颇有些依依不舍，可是想到二姐周倩兮还在等她一起出发，只得道：“大姐，我要走了，等我回来给你带礼物。”

周似锦也很喜欢周盼兮，起身道：“我送你。”

送走周盼兮后，周似锦在廊下立了好一阵子，心中很是感慨：原来和自己妹妹亲近，还挺开心的……

到了晚上，周盼兮从忠顺伯府回来，又特地来了兰庭一趟。

她在忠顺伯府得了两盆梅花，自己留了一盆白梅，拿了另外一盆朱砂梅过来送给周似锦。

周似锦很喜欢这盆朱砂梅，凑近细看道：“朱砂梅可不好养，它的耐寒性比较差，花期在春天，忠顺伯府的花匠能让朱砂梅在腊月开花，也真算是有几分本事了。”

周盼兮听了，凑了过来，道：“姐姐，你还真懂梅花呀！”

她伸手拨了拨一朵梅花的花蕊："不过这两盆梅花不是忠顺伯府给的，是威远侯府的孙浴泉送的。"

听到孙浴泉的名字，周似锦动作一僵，不由自主地往后退了一步。

周盼兮一边拨弄着梅花，一边道："那个孙浴泉长得可真好看，就像雪中盛开的朱砂梅，清冷又明艳，我从没见过哪个人比他好看，比他气质好——可惜他生母刘姨娘是歌姬出身……"

周似锦嘴唇翕动，无声道：不，还有比他更好看、气质更好的，许凤鸣就比他好看，比他气质更好……

只是许凤鸣是个女孩子……

周盼兮离开之后，周似锦这才发现背脊冰凉黏腻——原来只是听到孙浴泉的名字，她都出了一层冷汗。

这个毒杀她的凶手！

在红梅林中遇见的令她一见倾心的明艳清冷少年，她心口的一颗朱砂痣，如今却变成了一抹恶心的陈旧的血痕。

周似锦在廊下立了好久，冬日晚风刺骨，她的脸被风刮得麻麻地刺痛，一颗心也终于平静了下来。

第二章
过年

快要过年了，周府渐渐忙碌起来，周胤的同僚门生故旧来往频繁，周夫人也在亲朋女眷间迎来送往。

这段时间周似锦带着春剑和素心两个小丫鬟在兰庭待着，读书、习字、画画、赏花、散步、做针线，正房那边再热闹，她也从不主动去凑，倒是周盼兮常来找她玩。

熟悉了之后，周似锦发现周盼兮快言快语爽利可爱，周盼兮发现周似锦为人不卑不亢，拌了几次嘴之后，姐妹俩越发亲近了。

到了除夕之夜，周似锦也被叫了过去，与周家众人一起在惠畅堂的东厢房吃团圆饭并守岁。

周胤和周夫人唯一的嫡子周韶从嵩山书院回来了。

他今年才十岁，生得颇为俊秀，性情甚是稳重，长相性格都随了周夫人。

周似锦早给周韶准备了一把檀香骨细洒金、金钉铰川扇做礼物。

这是许凤鸣从宫里得的赏赐，类似物件，许凤鸣太多了也不稀罕。

她离开泽州的时候，许凤鸣让婆子搬了一个樟木箱子放到了她的马车上，里面全是这些精致玩器。

婆子传话说：“二姑娘说了，这些小玩意儿让姑娘你收着，自己玩或者送人都行。”

之前这一箱子玩器周似锦收得严严实实，谁都没给，如今周似锦反倒不在乎这些身外之物了。

周盼兮见周似锦大冬天的送人扇子，取笑她：“大姐，你傻不傻啊，大冬天你送川扇！”

周似锦大眼睛亮晶晶的——周韶一定喜欢这个礼物。

毕竟她记忆里，周韶书房的多宝阁就摆了好多把川扇。

周韶果真喜欢得很，展开又合上，合上又展开，还放在鼻端嗅了又嗅，把玩个不停，还腼腆地向周似锦道谢："谢谢大姐，我很喜欢。"

周似锦也挺开心，颇有种"宝剑赠英雄，红粉送佳人"之感。

吃罢团圆饭，周似锦略坐了一会儿，便起身行礼："父亲，母亲，我有些瞌睡，先回去歇下了。"

周胤看着周似锦欲言又止，看向周夫人。

周夫人正和周韶一起读书，感受到丈夫的视线，便抬眼看向周似锦，开口道："明日用罢午饭，咱们阖家去城外庄子上过年，到初五才回来，你回去收拾一下行李。"

周府的传统，大年初一待周胤和周夫人从宫里回来，全家便一起去城外的温泉庄子，一直待到初五才回城。

周胤看着妻子笑了起来。

周似锦心中惊讶，面上却恭谨地答应了一声，又屈膝行了个礼，这才退了下去。

大年初一用罢午饭，周胤骑着骏马，引着一辆红锦檀香车，其后跟着两辆朱轮华盖车，四辆仆妇乘坐的黑漆平头车，在家中仆役的护送下，往京城西门方向去。

周夫人带着周韶乘坐红锦檀香车，周倩兮和周盼兮乘坐朱轮华盖车。

周似锦带着春剑和素心乘坐后面的朱轮华盖车。

如今她和春剑、素心已经颇为熟稔了，三人一路小声说说笑笑，倒也热闹。

周似锦与素心讨论京城流行的双面绣，忽然听到外面传来一阵急促密集的马蹄声，中间夹杂着马车的辘辘之声，她心里一动，把车帘掀开一条缝隙向外看去，却见几辆马车被一队穿着青衣的扈卫护着与周府车马相向而行。

她认出这些青衣扈卫正是安国公许继顺的亲兵，一颗心顿时狂跳起来：安国公府到底是谁入京了？

是安国公许继顺，还是世子许鹤唳、国公夫人，抑或是……许凤鸣？

可周似锦记得清清楚楚，许凤鸣是三月初一那日赶到京城的。

周似锦心情激荡，恨不能立刻让马车掉头追上去。

她竭力让自己冷静下来，默默思索后，决定先随着众人去庄子上，相机行事。

许凤鸣殁了之后，无数次午夜梦回，周似锦都因为悔恨而辗转反侧。

她和许凤鸣一起长大，一起经历过那么多事情，直到失去之后，她才知道许凤鸣对自己有多重要。

周夫人这个陪嫁庄子在京城西郊金水河畔，距离京城西门并不远，不过一盏茶工夫，周府车马就进入了庄子。

温泉庄子只有三进院落，外院是周胤的书房和见客之处，内院是女眷的住处，后面则是一个小小的园子。园子里修了一栋小楼，里面有专门的温泉池子。

周夫人带着周韶住进了内院正房，周倩兮和周盼兮住进了后面园子的小楼，周似锦带着春剑和素心住进了内院的西耳房。

春剑和素心一起整理铺排好屋子。

周似锦坐在罗汉床上想心事。

收拾罢屋子，春剑见周似锦依旧坐在罗汉床上倚着小炕桌发呆，不由得笑了，走过去道："姑娘，后面园子里有一片梅林，这会儿梅花应该正开着，我陪您去看看吧！"

周似锦这会儿心里乱乱的，也想出去散散心，便振作精神，起身穿上了斗篷。

她正要带着春剑出门，周夫人那边的小丫鬟菡萏过来了。

菡萏生得普通，却极伶俐，见周似锦穿着件带兜帽的宝蓝缎面斗篷，分明要出门，也不浪费时间，麻利地行了礼，脆生生道："大姑娘，忠顺伯夫人带着少夫人和两位姑娘过来做客，夫人请大姑娘去见客。"

这个温泉庄子是周夫人的陪嫁，隔壁便是周夫人长姐忠顺伯夫人的庄子。

听说是去见忠顺伯夫人，周似锦不是很想去。

忠顺伯夫人虽是周夫人的嫡亲姐姐，但她表面端庄正经，其实阴狠势利。

忠顺伯夫人最讲究嫡庶之别，偏偏她的丈夫忠顺伯姬妾丫鬟无数，生了十几个庶子庶女，只有一个庶子因为在太夫人身边养大，这才长大成人，庶女倒是存活了七个，个顶个的美貌。

忠顺伯只管生不管养，这些美貌庶女各有各的悲剧，没有最惨，只有更惨。

忠顺伯世子的发妻齐氏，乃是长信侯齐征的嫡女。后来长信侯涉入谋逆案抄家流放，按说祸不及出嫁女，可忠顺伯夫人却一根白绫弄死了怀着两个月身孕的齐氏，还很快给儿子续娶了贵女为妻。

想到这些，周似锦不由得打了个寒战，面上却含笑道："我知道了。"

说完，又给素心使了个眼色。

素心拿了粒碎银子塞给了菡萏："拿去买糖吃！"

菡萏笑嘻嘻地接过银子，本来要走了，又转身说道："大姑娘，忠顺伯夫人不喜欢姑娘家穿得太好！"

说罢，她做了个鬼脸，一溜烟跑了。

周似锦"扑哧"一声笑了，吩咐春剑："春剑，把那件半旧绣花蓝褙子拿出来。”

忠顺伯夫人管不住自己的丈夫，便把气出在了庶子庶女身上，在她看来，庶女连衣饰华丽的资格都没有。

忠顺伯夫人在忠顺伯府称王称霸，出了忠顺伯府，还对别人家的家务指手画脚。

若是哪家庶女敢穿得出挑些去见忠顺伯夫人，忠顺伯夫人马上就给她脸色看，而且一副大义凛然的样子。

因此，对忠顺伯夫人，能不见就不要见；若是不得不见，穿戴一定要朴素黯淡，态度一定要谦卑，且不可表现出过得很好的样子。

不然忠顺伯夫人会发疯。

正房明间内摆着鸡翅木家具，白瓷花瓶里供着几枝白梅，暗香浮动。

周夫人正与忠顺伯夫人坐在正房明间的罗汉床上说话，东西两侧的鸡翅木圈椅上坐了五六个女孩子，又有几个丫鬟或续茶或摆果碟，倒是热闹得很。

周似锦进去后先给周夫人行礼。

屋子里顿时静了下来，忠顺伯府的人都目光灼灼地看向周似锦——周胤可是京城权贵圈子里难得的老实人，明明风流俊美，却一向只守着周夫人一夫一妻过日子，谁知竟然凭空蹦出个庶出的长女，当真让人吃惊。

周夫人镇定自若：“似锦，快来见过忠顺伯夫人。”

周似锦大大方方屈膝行礼：“给夫人请安。”

忠顺伯夫人也不说让周似锦起来，一双利眼打量着周似锦，见她眉睫乌浓肌肤雪白，更兼杏眼朱唇，生得很是齐整，打扮却极朴素，脂粉未施，首饰简单，衣裙半旧，这才点了点头道：“瞧着不像是轻狂人——起来吧！”

周似锦起身，自去和周倩兮、周倩兮及两位表姑娘厮见。

齐氏姿容秀逸，十分和气，主动为周似锦引荐两个小姑子蒋瑜和蒋珠。

蒋瑜与姨母周夫人有些像，清丽高挑，落落大方。

蒋珠则柳眉细眼尖下巴，俏丽恬静，身材小巧玲珑。

蒋瑜微笑着打量周似锦，眼中带着审视。

蒋珠身子靠在椅背上，双手扶着扶手，上上下下打量了周似锦一番，抬着下巴道：“你生得还算不错，以后若是敢作妖，让倩兮和盼兮不开心，看我到时候怎么治你！”

周盼兮却皱着眉头道：“表姐，你别管我家闲事。”又道，“大姐，你坐我这边。”

蒋珠当即道：“盼兮，你是不知道，那起子庶女有多龌龊——”

周夫人正与忠顺伯夫人说话，嫌这边吵闹，便吩咐周倩兮：“倩兮，你带着大家去东厢房暖阁，那边你们说话也方便。”

周倩兮答应了一声，含笑招呼大家起身。

待周倩兮和周盼兮引着齐氏、蒋瑜及蒋珠出去了，周似锦才起身跟在后面。

她听力极好，在堂屋厚厚的锦帘落下的瞬间，隐隐听到忠顺伯夫人说了一句话，提到了“东宫”和“选妃”这两个词。

周似锦觉得奇怪。

再想到路上遇到的安国公亲兵护着的那辆马车，她心里越发疑惑起来。

她懒得应付蒋瑜和蒋珠，一出门，便笑盈盈道：“我屋子里还有些事，先回去了，你们好好玩吧！”

蒋珠哼了一声：“算你识趣！”

周似锦嫣然一笑，道了福，起身离开了。

蒋瑜拉着周倩兮赏了一会儿栏外探过来的蜡梅枝条，一直等到周盼兮引着齐氏与蒋珠走远，才轻声问周倩兮：“倩兮，你这位庶姐今年多大了？”

周倩兮看向蒋瑜，神情平静：“她今年十四岁。”

周倩兮今年十三岁，比周似锦小一岁。

“十四岁……那年纪正合适……”蒋瑜眼睛观察着周倩兮，嘴角噙着笑，“你这个姐姐举止优雅，气质极好，一看就是富贵窝里娇养着长大的，若是参选，说不定会脱颖而出呢！”

周倩兮神情凝重：“瑜表姐……究竟是什么意思，我竟听不懂？”

蒋瑜眼睛微闪，看向周倩兮：“妹妹难道不知道吗？如今京城高门世家都得到了消息，今年三月三皇后娘娘要在金明池行宫为皇太子殿下选妃。”

她观察着周倩兮的反应，缓缓道：“据说有爵位的人家和四品以上官员家十四岁到十六岁的未曾婚配的女儿，都可参选。姨父是正三品，你这姐姐正好十四岁，又在年前接回京城，难道都只是巧合？”

周倩兮也在观察蒋瑜：“可是我这姐姐再好，却是庶出，皇太子尊贵，她如何能配上……”

蒋瑜嘴角微翘：“你这庶姐可比大家闺秀更像大家闺秀呢！

“再说了，听人说皇太子幼年被人下毒，这些年一直缠绵病榻，极少露面，皇后娘娘这是急了，说不定更看重长相有没有福气，八字是否旺皇太子，体态是不是丰满易生养，而不是看重嫡庶之别……”

周倩兮一时默然，伸手摘了一朵玲珑剔透的蜡梅，放在鼻端轻轻嗅着。

蒋瑜抬眼看向栏杆外的蜡梅和更远处的粉墙黛瓦，悠悠道：“你这姐姐看起来康健有福气好生养，还有个好爹爹——即使她做不了太子妃，也极有可能是奉仪、昭训、承徽、良媛。若是她成了太子妾室，以后连你母亲，也要跪下向她行礼，更不用提你和盼兮了。说不定她一句话，就决定了你和盼兮的命运……”

周倩兮抿了抿嘴，没有说话。

蒋瑜看到周倩兮指间那朵小小的蜡梅花，被她捻得七零八落了，不由得弯唇一笑——她要的就是不用她自己出手，自有人替她清除登天路上的劲敌。

这次东宫选妃，她志在必得。而这吏部侍郎的庶长女周似锦，便是劲敌之一。

若是能借助表妹周倩兮之手，先把周似锦踩下去，就省得她麻烦了。

周似锦回到西厢房，让春剑沏了盏茶，一边闻着氤氲的茶香，一边想着心事。

很快，她有了详尽的计划，吩咐春剑：“你去外院问问孙妈妈，看爹爹什么时候方便，我想把给爹爹做的护膝送过去。”

一盏茶还没喝完，春剑便气喘吁吁跑了回来：“姑娘，老爷这会儿正好没见客，让您这会儿去书房！”

周似锦带着春剑一转过抄手游廊，便看到孙妈妈立在书房门口。

孙妈妈看到了周似锦，忙快步走了过来，笑道：“姑娘且等一等，老爷临时来了客人！”

周似锦正要转身回避，谁知这时书房门打开了，一个极清冷明艳的少年从里面走了出来。

那少年心事重重出了书房，抬眼看见一个衣着朴素的明媚少女立在廊下，也是一愣，他淡淡看了周似锦一眼，径直离开了。

周似锦如披冰雪，整个人似被冻在了那里——怎么会在这里遇到孙浴泉？！

周胤把一卷文章放在一边，听到周似锦给他请安，便抬头看了过去。

见周似锦身上衣服寒素单薄，他手上动作一顿：“似锦，怎么穿这么单薄？”

周似锦也不说话，黑白分明的大眼睛滴溜溜扫了一圈，然后眨了眨。

周胤不禁失笑，吩咐在书房侍候的小厮：“你们都下去吧！”

书房里只剩下父女俩了，周胤这才道：“到底是怎么回事？”又道，“过

来坐吧！”

周似锦在书案右端的榉木圈椅上坐了下来，双手乖巧地放在书案上，道：“爹爹，忠顺伯夫人来了，我去见她了。”

周胤何等聪明，一听便明白了——这傻孩子是怕忠顺伯夫人瞧不惯找碴。

他端起素瓷茶壶，倒了一盏茶，把茶盏送到了周似锦面前：“似锦，喝盏热茶暖暖身子。”

茶初入口时微苦，回味却甚甘甜，似乎还带着淡淡的花香，周似锦道：“爹爹，这茶真好喝，是闽州贡茶吧？”

周胤微笑：“你若是喜欢喝，爹爹给你一罐。”

他观察着周似锦，他下意识觉得周似锦瞧着光风霁月，活泼纯真，其实还是有些敏感的，和他年少时一样……

周似锦声音清脆答了声“是”。

她垂下眼帘，白嫩的手指交缠着，似乎犹豫了一下，低低道：“爹爹，您悄悄给我，不要让人送去……”

周胤眉毛挑了起来：“爹爹送女儿茶叶，有什么见不得人的？”

周似锦抬头看他，眼中有些惧怕：“爹爹，忠顺伯夫人还在内院，我怕……”

周胤胸腔内怒火升腾——这忠顺伯夫人管闲事管到他周胤家里了，居然如此欺侮他的女儿！

他一向深沉，饶是发怒了，瞧着也依旧是春风拂面，他柔声道：“似锦，有些人明明活得很失败，却不肯承认，还把自己的不快发泄在更弱小的人身上，我一向看不起这样的人。”

周似锦圆溜溜的眼睛看着周胤，鼻子有些酸涩。

见女儿听得认真，周胤心里涌起一股暖意，继续道：“你只要记住，你是爹爹的女儿。”

他微微一笑，加重了语气：“亲生的女儿。”

他这个长女，长得和他年少时一模一样，怎能让他不疼爱？

周似锦听懂了周胤话中之意，却要再加一把火，让爹爹更讨厌忠顺伯那两口子一些，最好见都不愿意见这两口子，就不会举荐忠顺伯蒋长青去西北赈灾了。

她双手捧着茶盏，轻轻道：“爹爹，忠顺伯可是伯爵，忠顺伯夫人是伯爵夫人，我怎么敢得罪她……”

周胤柔声道：“不要管别人的看法，你是我的女儿，爹爹会护着你的。”

他周胤的女儿，难道还要看忠顺伯夫人的脸色？

见周似锦大眼睛满是懵懂，周胤不禁微笑，道：“你平时乖一些，别惹你母亲生气。”

言下之意是周似锦只要不惹嫡母周夫人生气就行，不用理会忠顺伯夫人。

周似锦的目的是让周胤厌恶忠顺伯和忠顺伯夫人，现在还是个开始，过犹不及，她笑盈盈地点了点头：“谢谢爹爹，我知道了。”

她解开自己带来的包袱，把亲手做的护膝递了过去：“爹爹，母亲让我给您做的护膝，让您骑马时用。”

这对护膝周似锦整整做了十几日，玄狐里子，宝蓝缎面，针脚细密，十分精致暖和。

周胤心里暖洋洋的，眼神越发慈爱，声音也越发温和了：“似锦，这护膝爹爹很喜欢。”

周似锦心里蓦地涌起一股暖流，有些温暖，有些陌生，又有些尴尬，她低下头，嘟囔道：“爹爹，您喜欢的话，过完年我再给您做一对。”

周胤见闺女耳朵都红了，知道她不好意思，便转移了话题：“威远侯的二公子孙浴泉今日拿了几卷文章过来，请我评讲。勋贵子弟大多不学无术，他还算不错，喜爱读书，预备科举入仕。”

他虽然年轻，但毕竟做了父亲，知道孙浴泉那个长相很容易让小姑娘产生好感，因此他说着话，眼睛看着周似锦的反应。

周似锦十指交缠，面无表情道：“爹爹，我喜欢阳刚粗犷的男子，就像长坂坡的张飞那样的。”

周胤不知该说什么。

似锦怎么这么口无遮拦？

不对，张飞是什么样子？

话本里写张飞，是“身长八尺，豹头环眼，燕颔虎须，声若巨雷，势如奔马”！

想到戏台子上张飞一声大喝吓死夏侯杰的场景，周胤更是不知道该说什么好了。似锦这审美观是不是有些扭曲？这安国公府的许二姑娘是怎么回事？

他正要开口长篇大论教育女儿，周似锦却不愿意继续这个话题，她端起茶盏，一口气把剩余的茶水喝完：“爹爹，是不是宫里要为皇太子选妃了？”

周胤深吸了一口气，闺女的审美观可以慢慢改变，不可急在一时。

他又给她倒了一盏茶，这才道：“已经有旨意下了。有爵位的人家，以及四品以上官员家十四岁到十六岁的未曾婚配的女儿都可参选。”

周胤神情严肃：“似锦，宫闱幽深似海，爹爹不打算送你入宫参选。”

周似锦眨了眨眼睛：“爹爹，安国公府的许二姑娘好像进京了，我想去看

看她。”

周胤很担心周似锦闹着要参选，谁知周似锦只是要求去看望安国公府的二姑娘，不禁悄悄松了一口气，道：“你写个拜帖，我让孙妈妈送到安国公府去。”

不是想要进宫参选就好。

他可不想送女儿去那龙潭虎穴似的后宫。

见周胤肉眼可见地如释重负，周似锦心中暗笑，道：“爹爹，安国公府就在狮子街。”

周胤从紫檀木拜帖匣子内拿出一张拜帖，递给周似锦：“你自己写吧！”

周似锦想了又想，才提笔写了拜帖，封好后递给了周胤。

周胤叫了孙妈妈进来，当着周似锦的面交给了孙妈妈，吩咐道：“这是大姑娘给安国公府许二姑娘的拜帖，你坐了马车进城，亲自去安国府投送。”

之后，他含笑看向周似锦：“这下放心了吧？”

周似锦抿着嘴笑，起身道福：“多谢爹爹。”

这时小厮来问要不要摆饭，周胤便道：“似锦，你陪爹爹用饭吧！”又吩咐小厮，“去和夫人说一下，就说大姑娘在我这里用饭。”

饭很快就摆上了，六菜一汤，有荤有素。

周胤和女儿刚刚团聚，存着弥补的心理，在周似锦吃了一碗饭之后，亲自给她添了第二碗，还满脸慈爱道：“似锦，你太瘦了，得多吃点。”

周似锦抬头面无表情地看他，伸手捏了捏自己圆乎乎的脸颊。

他很真诚地道：“似锦，爹爹小时候也是圆脸，你随爹爹。”

忠顺伯夫人留在周夫人这里用的晚饭。

用罢饭，周倩兮引着众姊妹去了园子里的小楼，暖阁里只剩下忠顺伯夫人和周夫人姐妹俩。

忠顺伯夫人有些恨铁不成钢，伸手弹了弹周夫人的额头，恨恨道：“妹妹，一个上不了台面的庶女，你怎可如此放纵？以后别让她再和妹夫接近。这起子小妇养的，一个两个都上不了台面，还想往上爬，就得一脚把她踹下去……”

周夫人心里不以为然，却知自己这长姐有些偏执，只是端着茶盏啜饮了一口，待忠顺伯夫人说累了，这才亲自奉上茶盏：“大姐，你尝尝这茶怎么样？”

忠顺伯夫人正说得口干舌燥，接过茶盏饮了一口，尝出茶味甚好，便道：“这茶……是闽州贡茶吧？”

周夫人微微一笑：“嗯，是陛下赏给子承的。”

忠顺伯夫人心里一阵作酸，酸溜溜道：“妹夫倒是得陛下的信重。”

如今吏部尚书之位空缺，周胤虽然只是吏部侍郎，却摄理吏部，早晚会升任吏部尚书，入阁拜相指日可待，当真是青云直上。

再想想自己那不求上进什么脏的臭的都往床上拉的丈夫，忠顺伯夫人心里一阵冒火，沉默了一会儿才道："你这庶女今年该及笄了，蒋珙和她年纪相当，咱们两家也算门当户对，不如就替他们定下吧！"

周胤既然疼爱周似锦，只要她的庶子蒋珙娶了周似锦，周胤就不得不帮忠顺伯了，而且也能为自己的女儿去掉一个劲敌。

周夫人抬眼看向忠顺伯夫人。

忠顺伯夫人没好气道："不过一个庶女，你这嫡母还做不了主吗？"

见周夫人默然以应，忠顺伯夫人又开始诉苦："妹妹，你不知道我这日子过得有多苦，我的陪嫁你是知道的，这些年也花得差不多了。若是你姐夫再得不到好差事，我们一家就要去喝西北风了。"

说着，她被自己感动了，拿着帕子拭了拭泪："妹夫现在管着吏部，又得陛下信重，给你姐夫安排个好差事，对妹夫来说，不过是一句话的事。

"你既然不好出面，不如让蒋珙娶了周似锦，咱们亲上加亲，妹夫总该帮忙了吧？"

周夫人知道忠顺伯夫人想要周胤帮忠顺伯谋一个肥缺，才提出结亲，道："大姐，子承说了，我们大姑娘的婚事，他这做父亲的要亲自相看的。"

忠顺伯夫人也不哭了，一双利眼看向周夫人："妹夫不会想送周似锦进宫参选吧？"

周夫人不由得笑了："大姐你放心，子承从未有这想法。"

忠顺伯夫人将信将疑："你怎知道他在想什么？我可听说你这个庶女琴棋书画都不错，看她的行为举止，还有那吃穿用度，难道妹夫不是在着意培养她？"

周夫人默然以应。

周似锦先前在西北泽州的安国公府做婢女这件事，周胤瞒得密不透风，就连周倩兮和周盼兮都不知道，外人就更不用说了，她自然也不会在长姐面前说出来。

忠顺伯夫人在周夫人这里没得到任何承诺，却也没有气馁。

此路不通，她还有别的法子。

败坏一个姑娘的名誉，再纡尊降贵，让庶子出面求娶这姑娘，对她来说，操作起来可太简单了。

她有两个不肯屈服的庶女，就是这样被她嫁出去的。

大年初二早上，周府全家在暖阁里用早饭。

早饭过后，来拜年的拜帖络绎不绝送了进来，周胤要见男客，周夫人要见女眷，周盼兮嫌热闹，悄悄地拉着周似锦溜了出去，往园子里去了。

外面北风呼啸，滴水成冰，后园小楼的温泉室内却热气腾腾。

周似锦泡进温泉池子里，舒服得吁出了一口气。

周盼兮移了过来，挨着她靠着青石池壁泡在池子里，也吁了一口气，道："四弟陪父亲见客，二姐陪母亲见客，咱俩倒乐得清闲，干脆午饭也在这里用得了。"

周似锦还在等孙妈妈的回话，原本有些焦躁，此时也松快了下来，"嗯"了一声，又道："来，我教你游泳吧！"

温泉池子虽小，但勉强可以练习游泳。许凤鸣那样瘦弱，估计不比周盼兮重多少，她正好练习练习，以备随时下水救许凤鸣。

午睡起来，周似锦正在发呆，素心走了进来："姑娘，孙妈妈来了！"

周似锦忙道："快请！"

素心见她刚睡起来，小圆脸白里透红，头发散乱，眼睛浮肿，嘴唇也有些肿，忙笑道："姑娘还是先洗漱一下吧！"

周似锦却等不得了："孙妈妈又不是外人！"

孙妈妈进了东暗间卧室，见周似锦披散着黑缎子似的长发，素着一张小圆脸，越发显得稚嫩可爱，当下笑了起来，道福道："大姑娘，我昨日去狮子街安国公府投了拜帖，他们接了拜帖，却让我今日再去等回话。我今日一大早便过去了，一直等到了下午，终于被叫了进去。"

周似锦忙倒了一盏茶递给了孙妈妈："孙妈妈，你见到许二姑娘了吗？"

"多谢大姑娘，"孙妈妈端起茶盏饮了一口，"我没见到许二姑娘，不过见到了侍候许二姑娘的嬷嬷。"

周似锦忙问："是康嬷嬷吗？"

她用手比画着："中等个子，身材苗条，头发是自来卷，长得挺白，五官甚是端正，约莫四十岁，看起来精明能干——"

孙妈妈笑着道："正是康嬷嬷，她说许二姑娘被皇后娘娘接到宫里了。待许二姑娘回府，就把您的帖子给许二姑娘。"

周似锦得知许凤鸣真的进京了，心中狂喜。

她猛地起身，从腕上褪下一对赤金虾须镯，一把塞到了孙妈妈手里："多谢妈妈！”

孙妈妈吓了一跳，忙把赤金虾须镯又推了回来：“大姑娘，这我可不能收。”

见周似锦大眼睛湿漉漉的，似乎自己不收便要立时哭出来一般，她忙解释道：“大姑娘，我无儿无女，这辈子靠的是老爷夫人，要这些金银做什么！”又道，“您别和我客气，真的。再说了，安国公府那边也赏了我一锭银子，足有五两重呢！”

周似锦笑得脸颊上的小酒窝也出来了，非要把镯子给她：“妈妈拿着吧，爹爹那边我去说。”

孙妈妈无奈，只得接了下来。

卧室里只剩下自己一个人，周似锦扑到床上，抱紧锦被，又是哭又是笑，闹了半日。

康嬷嬷这些年一直在许凤鸣身边服侍，孙妈妈既然见到了她，说明许凤鸣真的到京城了。

许凤鸣进京了，真好！

她一定要保护好许凤鸣！

外书房内，周胤听了孙妈妈的回话，当下笑了：“这孩子，倒是不小气……”

孙妈妈也笑：“大姑娘瞧着欢喜极了，不过她也是瞧着您的面子，这才赏我的。”

周胤想了想，和孙妈妈说道：“妈妈，安国公府那边明确说许二姑娘进宫了吗？”

孙妈妈点了点头：“见我的那个康嬷嬷的确是这样说的，她的原话是——‘我们姑娘被皇后娘娘接到宫里了，待我们姑娘回府，就把周大姑娘的信给姑娘’。”

周胤沉吟了片刻，心里默默谋划着。

作为父亲，他还是接受不了周似锦不肯嫁人这个想法。

过些时候他的门生过来，须得想法子让似锦看一看，说不定似锦瞧上哪一个呢……

第三章
许凤鸣

周倩兮正在整理周夫人接到的帖子。

周倩兮年底就满十四岁了，该说亲了，周夫人把她带在身边，教她如何管理中馈，如何与高门女眷交际往来了，如今周夫人来往书信拜帖收礼回礼都是周倩兮在管着。

她拿着一个帖子看了好一会儿，半晌没有说话。

崇宁公主大年初四要在金水河畔的碧漪园举办海棠花会，给周府女眷下了帖子不稀奇，稀奇的是，这帖子上除了周夫人、周倩兮和周盼兮母女三人，居然还邀请了周似锦。

崇宁公主虽不是当今许皇后所出，却一直养在许皇后膝下，及笄后由许皇后做主，嫁给了安国公许继顺的侄子许回雁。

她很受洪武帝和许皇后宠爱，这样尊贵的崇宁公主，如何会知道周府刚接回京城的庶出长女？

难道是爹爹？

周倩兮心里一阵难受，思索片刻，悄悄把这张帖子收了起来。

全家人一起在暖阁用晚饭。

用罢，一家人聚在暖阁里说话，周盼兮见周似锦作势起身，猜到她要告辞回房，忙拉住了她："大姐，你那幅斗方山水画小景画好没有？"

周似锦扬了扬眉，得意得很："画好了，我还自己裱了。"

周盼兮一听，忙道："真的？我要看，我要看！"

周韶听了，忙也道："大姐，我也想看看。"

周似锦笑眯眯道："好呀！"

见周倩兮独自一人端坐在那里，把玩着手里的素瓷茶盏，她便笑着叫周倩兮："二妹，一起到我屋里去玩，好不好？"

周倩兮有些想去，又有些矜持，没有立即答应。

周胤早看到了他们姐弟四个的互动，微微一笑："倩兮，你去你姐姐房里看看她画的斗方，看她是不是吹牛了，回来告诉爹爹。"

周倩兮这才答了声"是"，起身走到了周似锦身边："大姐，咱们这就去吧！"

孩子们都离开了，周胤探身握住周夫人的手，柔声道："阿琳，听盼兮说后面园子的梅花开了，陪我去踏雪寻梅，好不好？"

周夫人有些娇羞："雪早就化了，哪里还有雪……"

王妈妈在一边听了，急急拿了周夫人的斗篷，眼巴巴看着这边。

周胤含笑起身，接过王妈妈递过来的斗篷，帮周夫人穿上，让丫鬟打着灯笼，夫妻俩一起去往园子里雪夜寻梅去了。

西边耳房内灯火通明，周似锦把她以前画的画都拿了出来，一一展开，铺在明间罗汉床上让弟弟和两个妹妹赏鉴，口中道："这是我这些年画的，你们看看怎么样。"

周倩兮觉得周似锦直爽坦诚，让人讨厌不起来，可想到表姐蒋瑜的话，她心里又有些不得劲，便有些沉默。

周盼兮和周韶对画都很有兴趣，一起看了一遍，又选了自己最喜欢的几幅继续赏玩，提了不少问题问周似锦。

周似锦从未与弟妹这样亲近过，觉得新奇而有趣，耐心地解答着："这幅画的是泽州城外的青龙山，我想要画出深秋林木的萧疏和山间的空旷感，便模仿了朱升《空山图》的画法，山石树木，近大远小，渐次向远处延伸……"

周盼兮和周韶听得正入神，周倩兮却忽然道："你见过朱升的《空山图》？"

周似锦正等着这一句呢，大眼睛亮晶晶，得意扬扬道："你们先等着，姐姐我有好东西让你们看！"

她先吩咐春剑准备水和香胰子，然后起身去了东暗间，很快拿了一个精致的锦袋走了出来。

周似锦用香胰子洗了手，才小心翼翼地把卷轴从锦袋中取了出来，展开让周倩兮、周盼兮和周韶看："朱升的《空山图》，看是不是真迹！"

周夫人的父亲正是前朝大学士、著名画家王友和，周夫人出嫁时，陪嫁中便有好几幅古画，因此周倩兮、周盼兮和周韶也都见过世面。姐弟三人看了又看，都沉默了。

他们都觉得这幅《空山图》是朱升的真迹。

可是《空山图》这幅千古名画，怎么可能会在周似锦手中？

最后周倩兮正色道："这幅画潇洒拔俗，线条简利，应该是朱升的《空山图》真迹。"

周似锦珍而重之地把画卷好，大眼睛扫过周倩兮、周盼兮和周韶，得意扬扬道："羡慕吗？喜欢吗？想要吗？"

周倩兮没有说话，周盼兮和周韶齐齐点头——他们真的好喜欢这幅《空山图》。

周似锦哈哈笑了起来："这、是、假、的！是许——我一个极好的朋友仿制的！哈哈哈哈哈哈！"

周盼兮又是好气，又是好笑，扑了上去，把周似锦扑倒在罗汉床上，恨恨地在她脸颊上捏了好几下："周似锦，你哪里像个姐姐的样子！"

周似锦笑得前仰后合："是你们太好骗了！哈哈哈哈哈！"

这幅画还真是许凤鸣仿制的，除了收集古代名画，许凤鸣还有一个不为人知的爱好便是仿制古画，而且水平极高，足以骗人。

周倩兮不禁也笑了。

周韶趁机道："大姐，你画的画送我一幅，我就原谅你！"

周似锦被周盼兮压在那里捏脸，闻言抬头道："随便选，随便选！"

她在泽州安国公府还留有一大箱呢！

周倩兮忍不住也道："我也想挑一幅！"

周似锦的画真的很有灵气。

周盼兮忙松开了周似锦："还有我！"

周似锦笑得眼睛晶亮粉脸泛红，爬了起来："来来来，你们三人一人选一幅，不过这幅仿制的《空山图》我得自己留着。"

这可是许凤鸣送她的。

周胤和周夫人赏梅归来，正在西暗间书房说话，听到西耳房传来的喧闹声，夫妻俩不禁相视一笑。

周夫人仰首看着丈夫，笑容甜美："子承，这下子你可算是放心了吧？"

周胤凝视着昏黄光晕中分外柔美的妻子，低声道："阿琳，我很欢喜。"

他习惯了把心事藏在心里，极少向妻子剖白过心事，此时此刻，斯情斯景，令他突然忽然有了倾诉的欲望："我对不起似锦……那时候我年纪太轻，没有担负起一个父亲应该担负的责任，我想弥补……"

周夫人依偎进丈夫怀中，轻轻道："我懂你。"又道，"似锦今年及笄，房里得有一个管事妈妈了，你觉得孙妈妈怎么样？”

周胤道：“让孙妈妈先管着吧，别的以后再说。”

初三早上，周夫人在妆台前梳妆，周倩兮帮她整理这两日收到的帖子。

她拿着一个帖子看了好一会儿，这才开口道：“母亲，崇宁公主明日在碧漪园举办海棠花会，也给咱们下了帖子。”

周夫人眼睛盯着妆镜，待芙蕖帮她把一支镶嵌红宝石和蓝宝石的凤纹金分心插戴妥当，才道：“崇宁公主自幼养在皇后娘娘膝下，驸马是皇后娘娘的娘家侄子许雁回，她既然下了帖子，咱们自然要去。”

崇宁公主的碧漪园距离周夫人的温泉庄子并不远，乘马车过去也不过一盏茶工夫。

周倩兮眼睛看着帖子：“母亲，帖子里也请了大姐。”

周夫人略一沉吟：“你大姐刚回来，崇宁公主如何会得知？”

区区一个周府庶女，如何会劳动崇宁公主下帖邀请？

周倩兮也想不明白：“会不会是姨母说出去的？”

周夫人摇了摇头：“不会是你姨母。”

忠顺伯夫人一向把庶女看作阿猫阿狗，不会在崇宁公主这样尊贵的人面前特意提起。

再说了，她这姐姐和崇宁公主的关系，也没亲近到可以随意闲谈的地步。

周夫人示意芙蕖给她戴上赤金嵌红宝石耳环，道：“你去和你大姐说一声，让她好好准备一下，明日一起过去。”

周倩兮带着丫鬟疏影到了西边耳房，却扑了个空——周似锦和周盼兮到后面园子的小楼玩去了。

她只得带着疏影又去了后面园子，终于找到了周似锦和周盼兮——她俩居然又去泡温泉了！

小楼温泉室内热气腾腾，周似锦在温泉池内游泳——池子太小，她从这头游到那头，再掉头游回来，回环往复，也不嫌烦。

池边的素瓷高脚盘里放着切好的雪梨，周盼兮靠着温泉池子泡着，一边吃梨，一边看周似锦游泳。

周倩兮见自己这姐姐和妹妹都如此心大，都不知道说什么好了，径直走过去道：“你们还玩呢，崇宁公主明日在碧漪园举办海棠花会，也邀请了咱们姐妹，姨母家的瑜表姐和珠表姐都在做准备了，你们俩却只是傻玩。”

周盼兮听说崇宁公主邀请她们去碧漪园参加海棠花会，欢喜得很："太好了！早听说崇宁公主在碧漪园有一个海棠花榭，养了不少奇花异草，却一直没机会见识见识，明日咱们都去看看。"

周似锦心里一动，迅速游了过来，双手扒在池边，双目炯炯看向周倩兮："倩兮，公主邀请我没有？"

许凤鸣的堂兄许雁回与公主成亲后，一直与崇宁公主居住在京城的公主府，崇宁公主并未去过西北的泽州，因此周似锦出嫁后才第一次见到崇宁公主，可公主待她很热情，就没少给她下帖子。

周倩兮见周似锦泡在温泉里，鬓发和脸颊都湿漉漉的，越发显得眉目浓秀唇色娇艳，心情有些复杂，道："大姐，崇宁公主也邀请了你。"

周似锦听了，回道："嗯，我一定会去的。"

许凤鸣在京中，崇宁公主是她的堂嫂，也许她会给许凤鸣下帖子，说不定明日就能见到许凤鸣了……

初四一大早，周胤被皇帝宣召进宫。

周似锦、周倩兮和周盼兮三姐妹在周夫人房里会合。

周夫人正在梳妆，见她们三人打扮都颇为素雅得体，不禁笑了，道："这样才好，你们父亲可是探花出身，打扮得珠光宝气花里胡哨会被人背后笑话。"

周府的马车刚出庄子，就遇到了等在外面的忠顺伯府的马车，两家马车会合，往碧漪园方向而去。

到了碧漪园门口，马车停了下来。

周似锦端坐在马车里，一想到有可能要见到许凤鸣，一颗心就怦怦直跳，手脚也似没处放一般，只是心慌。

周似锦和两个妹妹同车。

周盼兮见周似锦脸色苍白，双手紧握，以为她第一次出来交际紧张，便挨近周似锦，低声道："姐姐，你不用紧张，到时候咱们三姐妹一起，我做什么，你就做什么，不求出挑，不出差错就行。"

周似锦握住周盼兮的手，正要说话，马车却又重新行驶了起来，原来周府的马车已经驶入了碧漪园大门。

待马车行驶平稳了，周似锦才低声问周倩兮："倩兮，你以前去过碧漪园吗？"

周倩兮想了想，道："我是去年随母亲去的。碧漪园中最美的地方便是海棠花榭。海棠花谢建在碧漪湖边，下面是温泉暗流，因此海棠花能在过年时开放。碧漪湖与金水河连通，隔开的栅门处，有士兵日夜把守，公主府的人可以直接乘船从金水河上进出碧漪园……”

在周倩兮轻声细语的讲解中，周似锦的紧张情绪慢慢舒缓了。她吁出了一口气，藏在白绫袄袖子里的手却悄悄握紧。

今日若见不到许凤鸣，她明日便想法子去狮子街的安国公府，不管如何丢脸，她都要见到许凤鸣。

又过了约莫一盏茶工夫，马车终于停了下来。

忠顺伯夫人只带着蒋瑜和蒋珠两个嫡女。

她下了马车，一眼看到了扶着周夫人下车的周似锦，不禁皱了皱眉——这周似锦怎么也来了？

难道周胤还真打算让这庶女入宫参选，所以才让嫡母带她来崇宁公主这里混个脸熟？

周夫人似没看见长姐脸色似的，含笑扶着周似锦的手，稳稳地站在了铺着青砖的地上。

一个穿着浅蓝袄，系着秋香色绣花裙子的媳妇走上前，请罢安，引着周府和忠顺伯府的女眷进了垂花门，沿着一条松木长廊往前走。

走了约莫一炷香工夫，众人到了崇宁公主居住的院子。

一进院门，迎面便是一片桃林，虽是大年初四，春寒料峭，满树浅粉桃花却颤巍巍地盛开着。

走过桃林，自有丫鬟上前，引着众女眷带来的丫鬟、媳妇和婆子去了后罩房，原先引路的媳妇则引着周府和忠顺伯府的女眷进了上房东暖阁。

一个穿着女官服饰的女子带着两个丫鬟上前招待两府女眷：“公主说让大家不必行礼，直接去海棠花榭吧！”

一行人到了海棠花榭。

两个俏丽丫鬟在门外候着，见众人过来，屈膝行了个礼，撩开了门上的锦帘。

女官引着众人进了海棠花榭。

海棠花榭内别有洞天，庭院里一大片一大片的海棠花，如云似霞。不少客人已经到了，海棠林里三五成群全是赏花的女孩子。

崇宁公主被一群贵妇簇拥着立在栏内赏花，见周夫人和忠顺伯夫人要给她行礼，忙含笑抬了抬手：“不必多礼。”

周夫人和忠顺伯夫人还是恭恭敬敬地带着两府女眷行了礼。

崇宁公主好奇地打量着与周倩兮、周盼兮并排而立的周似锦：“周夫人，这位便是周大姑娘吗？”

周夫人含笑挽了周似锦上前：“启禀殿下，这是妾身长女，闺名唤作似锦，先前在泽州亲戚家常住，刚回到京城。”

崇宁公主笑吟吟地招手：“我瞧着周大姑娘倒是面善……来，到我这里来！”

周似锦答了声“是”，大大方方走上前。

崇宁公主握住她的手，上上下下打量了一番，道：“我是第一次见你，却像是认识了好多年一样，面善得很……”

周似锦也心生感慨：“我也觉得公主很是面善，仿佛前世见过一般。”

崇宁公主笑得眼睛眯着：“那似锦你今日就陪着我，好不好？”

周似锦自然答应了。

女官见崇宁公主不放周似锦离开，便引着周夫人和忠顺伯夫人去了贵妇们的席位。

周倩兮、周盼兮、蒋瑜和蒋珠则被引着去了闺秀们的席位。

见崇宁公主如此抬举周似锦，蒋瑜心里咯噔一下，待坐下之后，才悄悄问周倩兮：“公主以前认识周似锦？”

周倩兮摇了摇头，低声道：“没听我姐姐说过，应该是不认识……”

蒋珠道：“公主的驸马不是出身泽州安国公府吗？周似锦也从泽州来，说不定她和驸马家那些远房亲戚有什么攀扯！”

周盼兮不爱听她这样说：“我大姐能和别人有什么攀扯。”

蒋珠嘴角翘起，噙着一丝冷笑：“比如许驸马的奶哥哥的妹子的婆家小姑子的表妹——”

蒋瑜见妹妹口无遮拦，低声警告道：“阿珠，这是公主的别业。”

蒋珠看了看围坐在四周眼睛发亮看戏的闺秀们，“哼”了一声，不再多说了。

崇宁公主拉着周似锦坐在主席，絮絮问着泽州风光，又道：“我听驸马说过好多次，可他一个大男人，说得干巴巴的，弄得我现在还想不明白泽州是什么样子。”

“泽州呀……”周似锦陷入回忆，“天高云淡，青山连绵，白杨笔直……”

崇宁公主听得入神，女官却来回禀：“启禀殿下，安国公府二姑娘的船到了。”

“凤鸣到了？”崇宁公主大喜，忙道，“快请！”

她挽着周似锦的手：“似锦，你随我一起去迎！”

众女眷都知安国公府的二姑娘许凤鸣，乃是安国公许继顺之女，当今皇后娘娘的嫡亲侄女，也是崇宁公主的小姑子，只是许凤鸣从未来过京城，因此都好奇得很。

见崇宁公主去迎，众人也忙起身随着去迎接。

海棠花榭临水边停泊着一艘画船，两个英姿飒爽的青衣丫鬟簇拥着一个身材细挑的少女立在甲板上。

少女裹着深蓝披风，河上风大，披风猎猎卷起，兜帽也被风吹到脑后，雪白一张小脸，凤眼朱唇，鼻梁挺秀，清冷中却又带着极致的纯粹和琉璃易碎的脆弱感，美丽到了极点，却也清冷到了极点。

她看向众人，眼神干净澄澈，却又有刀锋的锋利。

海棠花榭中的众人似被定在了那里，没有一丝声音，眼睁睁看着周大姑娘松开了崇宁公主的手，疾步跑了过去。

许凤鸣看向周似锦，眼中似有星光闪烁。

周似锦跑得太急，脚踩到了裙裾，整个人向着许凤鸣跌了过去。

众人见周似锦扑向许凤鸣，都倒吸了一口冷气。

饶是淡定如崇宁公主，也不禁“啊”了一声。

许凤鸣见状也是一惊，上前一步，一把扶住了周似锦。

周似锦生怕自己撞倒了许凤鸣，忙借着许凤鸣的手臂，稳住了自己的重心，急急反握住许凤鸣的手腕，眼睛笼着一层泪雾盯着许凤鸣，声音颤抖：“姑娘！”

许凤鸣，我终于找到了你。

隔了十一年，我终于找到了你。

许凤鸣也打量着周似锦，最后道：“你又胖了。”

她还以为离开了自己，周似锦会衣带渐宽呢！

周似锦不知该说什么。

真的是许凤鸣。

只有许凤鸣才会这么烦人。

崇宁公主见状，笑着迎了上去，道：“甲板上风大，咱们到里面说话吧！”

到了舱房内，崇宁公主悄无声息带着人离开了。

舱房内清雅舒适，周似锦服侍许凤鸣解下外面的披风，脱去外衣，都搭在衣架上，然后扶着许凤鸣在舱房靠窗的贵妃榻上坐下，自己也在一边的圈椅上坐了下来。

舱房里只有她和许凤鸣，周似锦没来由地紧张得很，便佯装看舱房内的布置，发现所有的家具都被固定在船上，她推了推手边的黄花梨小几，根本推不动。

许凤鸣倚着锦缎靠枕歪在贵妃榻上，看着窗纸上画的泼墨山水，根本不准备搭理周似锦。

周似锦把舱房里都看了个遍，然后盯着许凤鸣看。

横亘着十一年的时光，再看许凤鸣，她发现怎么看都看不够。

许凤鸣素颜明明很好看，可是她每次出来见人，都一脸盛妆，偏偏盛妆的她又格外美丽，犹如春风中枝头盛开的雪白梨花，又似云端的仙女儿，让人不由自主想要膜拜……

许凤鸣终于看够了窗纸上的画，轻轻咳了一声。

周似锦反应快得很，忙起身摸了摸一边紫檀木案凹槽里嵌着的小暖壶，发现触手温热，温度正合适，便拿起来倒了一盏，走到许凤鸣面前，笑盈盈道："姑娘，喝盏茶润润喉咙。"

许凤鸣没有动，长长的睫毛低垂着，看都不看周似锦。

周似锦见状，心里更加欢喜，抿嘴一笑，把精致的碧瓷茶盏凑到许凤鸣唇边，喂着她喝了一口又一口。

她和许凤鸣一起长大，知道许凤鸣嘴特别硬，就算对你好十分，或者为你做了十分，她也不会说出来一分。

许凤鸣若是愿意和她怄气，就是还愿意搭理她，因此周似锦面上笑微微，心中已经乐开了花。

许凤鸣喝了茶，却依旧不打算理周似锦，拿了份书信看了起来。

周似锦从来不怕尴尬，打量四周，预备自己找点事做。

外面春寒料峭，舱房里却甚是暖和。古玉香炉内轻烟袅袅，焚着极好闻的速水香。

周似锦知道许凤鸣怕冷，她觉得舒适，许凤鸣应该会觉得有些冷，便轻手轻脚从阁子里拿出锦被，展开盖在了许凤鸣身上，还特意把许凤鸣穿着白绫袜的脚也用锦被裹住，然后坐在榻边，隔着锦被为许凤鸣按摩双腿。

许凤鸣背部和双腿在冬天和初春经常会痛，有时候会疼到弯不下腰走不动路的地步，每次许凤鸣一疼，就会让周似锦给她按摩。

许凤鸣看罢书信，才看向周似锦，见她黑白分明的杏眼盯着自己看，便挑衅道："白又胖，你看什么看！"

周似锦如今夙愿得偿，即使许凤鸣叫她最讨厌的绰号"白又胖"，她也不生气，大大杏眼中似有星光闪烁，满心的欢喜简直要溢出来了："我瞧姑娘好看……对了，姑娘，你唇上涂的是什么香膏？很衬你的肌肤呢！"

瞅了她一眼后，许凤鸣拿起雪白的帕子，在唇上用力抹了好几下，擦去了唇上涂的香膏。

她的嘴唇微启的时候肉肉的软软的，非常孩子气，可是抿嘴时却又变得薄而锋利。

周似锦觉得许凤鸣的唇很特别，是清冷高贵冷漠疏离的许凤鸣最温柔的地方，令周似锦老想伸手摸一摸，试一试手感。

许凤鸣把帕子撂在一边，有些疲惫地闭上了眼睛。

她大年初一赶到京城，一到京城就马不停蹄安排布置，现在是挤出时间来见周似锦的。

周似锦发现许凤鸣眼下隐隐有些青晕，分明熬过夜，便放松了力度按摩着。

又按摩了一会儿，见许凤鸣似乎睡着了，周似锦便不再按摩，坐在榻边看着许凤鸣，只觉怎么看都看不够。

许凤鸣忽然开口道："你出去吧，崇宁公主在外面等你。"

父皇下午会去金明池行宫看她，她必须回去了。

周似锦便轻手轻脚起身。

走到了舱门前，她忍不住回头轻轻问道："你为何来京城？"

记忆里，许凤鸣三月初一才到京城，现在她为何这么早就过来了？

许凤鸣没有说话。

周似锦看不够似的看着她，又补了一句："元宵节夜里走百病，我去狮子街国公府看你。"

等簌簌的裙裾声消失了，许凤鸣才睁开了眼睛。

按照计划，她这时候本来不该来京城的，可是她做了一个梦，在梦里周似锦死了，死在了一个面目模糊的男人手里。

那男人踩着周似锦上位，还亲自毒死了没有利用价值的周似锦。

而在梦里，她一直以为周似锦得到了她想要的，过上了她向往的贵妇生活，幸福美满快活。

所以，她提前进京，就是想亲自好好地给周似锦挑一个好男人，让她风风光光嫁过去。

周似锦眼神差，又傻乎乎的，容易上男人的当，她以后还得管着她。

待甲板上空无一人，海棠花树中的众女眷齐齐吁出了一口气，发现自己刚才居然屏住了呼吸。

周倩兮默默注视着空荡荡的甲板，犹自沉浸在方才那一眼带来的冲击之

中——这世上居然有这样的女子？

一向温柔可亲的蒋瑜难得地面无表情。

若是这许凤鸣真的要入宫参选太子妃，谁还能争过她？

这样的人会让人自惭形秽，蒋瑜想把她拉下来，往她身上泼脏水，辱骂她，践踏她，否则没法纾解被全面碾压的痛苦。

不过蒋瑜想得开，即使太子妃之位她抢不到，奉仪、昭训、承徽、良媛这些位置，她还是可以争一争的。

周盼兮放下捂着胸口的手，问周夫人："母亲，方才那位神仙姐姐便是许二姑娘吗？她可真好看！"

旁边礼部尚书韩志云的夫人抢先开口道："自然是许二姑娘了。许二姑娘是皇后娘娘的嫡亲侄女，那容颜气质身份气度，与皇后娘娘自然极像。"

周盼兮抬头看向周夫人，眼神中带着询问。

周夫人微微颔首："皇后娘娘仙姿绝世气度高华，人人皆知。"

蒋珠反应很快，拉着周盼兮质问道："盼兮，你庶姐怎么会认识许二姑娘？"

众人也想问这个问题，闻言都看向周夫人、周倩兮和周盼兮母女三人。

周夫人微微一笑，道："我家大姑娘先前在泽州亲戚家长大，泽州官场能有多大，总有见到许二姑娘的机会，承蒙许二姑娘不弃，小女有幸成为许二姑娘的闺中玩伴。"

这话滴水不漏，众女眷虽然心中依旧疑惑，却也没说什么。

崇宁公主身边的女官走进来，代崇宁公主主持，请众女眷归座，宣布宴会开始。

忠顺伯夫人和周夫人因为是亲姐妹，被安排在了一席。与她们同席的那两位贵妇，一位是礼部尚书韩志云的夫人，一位是苏贵妃的娘家嫂子镇南侯夫人。

韩夫人见都开宴两刻钟了，不仅崇宁公主这做主人的没有回来，许二姑娘和周大姑娘也没有入席，按捺不住地低声问周夫人："周夫人，许二姑娘这时候来京城，会不会是为了东宫选妃？"

周夫人摇了摇头："我不知。"

镇南侯夫人用鼻孔"哧"了一声。

忠顺伯夫人倒还罢了，一直端坐如仪，周夫人和韩夫人却都瞅了镇南侯夫人一眼，然后都低下了头。

苏贵妃所出皇长子庆王林嶂今年已经十八岁了，聪慧灵敏，身体甚是康健，如今在文华殿读书，曾被洪武帝称赞文采出众，读书有天分。

庆王年纪不大，却已经儿女双全，王妃生了一儿一女，两位侧妃共生了两个儿子和一个女儿。

而皇太子林岐如今十六岁，身体羸弱，深居简出，极少有人见过他，这几年更是未出现在人前，连洪武帝也不提让皇太子出阁读书之事，谁知这皇太子能不能担负起大周帝国的未来。

正因为如此，苏贵妃及其身后的镇南侯府都有些蠢蠢欲动。

镇南侯夫人似没注意到周夫人和韩夫人的反应，尝了尝面前的那盅佛跳墙，道："佛跳墙所用材料繁多，我却最喜这里面的海参，海参补肾益精，滋阴养血，常常食用，利于生儿育女绵延子嗣，咱们勋贵人家，讲究的可不就是多子多孙。"

席面上一片寂静，周夫人和忠顺伯夫人面无表情，就连爱说爱笑快言快语的韩夫人，也默默地低头用银汤匙喝汤。

这样明晃晃的暗示皇太子身子病弱没有生育能力，比不得庆王林嶂子女众多能够为皇室绵延子嗣，谁敢搭话啊！

镇南侯夫人没得到回应，也不生气，笑着问起了周倩兮的亲事，又说自己儿子今年十四了，也没有定亲。

周胤是洪武帝面前的红人，若是镇南侯府和周家联姻，庆王夺嫡也能多一臂助。

周夫人有些头疼，忙转移了话题。

周胤要做忠于皇帝的纯臣，她这做妻子的万万不能拖累丈夫。

这时候崇宁公主挽着周似锦的手过来了。

周夫人、韩夫人和忠顺伯夫人忙起身行礼。

镇南侯夫人也慢吞吞地站了起来。

崇宁公主抬了抬手："不必拘礼。"

她笑盈盈地挽着周似锦，和周夫人说道："原来周大姑娘和我表妹在泽州时便是好友，怪不得我一见她便觉得亲切！"

周夫人忙谦逊道："是小女给公主殿下添麻烦了。"

崇宁公主把周似锦交给了周夫人，在女官和丫鬟的簇拥下离开了。

周夫人见同席的那三位贵妇都盯着周似锦，忙伸手握住周似锦的手叮嘱道："你去你两个妹妹那里吧！"

周似锦乖巧地答了声"是"，又向韩夫人、忠顺伯夫人和镇南侯夫人道了福，往周倩兮和周盼兮那席去了。

见周似锦过来，周倩兮吩咐公主府的丫鬟在她和周盼兮中间加一个位子，让周似锦先坐下，又吩咐人另拿了一套碧瓷碗碟和牙箸来，亲自为周似锦安放

了钟箸。

周盼兮见周似锦唇上的香膏尚在，便知她还没有吃饭，便拿了公箸预备为姐姐布菜：“姐姐，你爱吃哪样？”

周似锦今日终于见到了许凤鸣心中满溢着欢喜，眼睛都似放光，摆出预备大快朵颐的姿态来：“妹妹给我夹什么，我就吃什么！”

周盼兮见她脸泛桃花眼睛发亮，分明极欢喜的样子，心中疑惑，却认认真真道：“松瓤鹅油卷和螃蟹小饺味道挺好，你先尝尝吧！”

她口里说着，手下动作不停，夹了几个松瓤鹅油卷和螃蟹小饺放在了周似锦面前的碧瓷碟子里。

周似锦夹了一个螃蟹小饺尝了尝，觉得甚是美味，便又夹了一个。

周倩兮见她一直吃点心，便问道：“席上有绿畦香稻粳米粥和酸笋鸡皮汤，你喝哪个？”

周似锦想了想：“我都要。”

绿畦香稻粳米粥清香扑鼻，酸笋鸡皮汤酸辣可口，她都喜欢。

周倩兮吩咐一旁侍候的公主府的丫鬟给周似锦盛了一碗绿畦香稻粳米粥和一碗酸笋鸡皮汤，摆在了周似锦面前，又亲自布了碧瓷汤匙。

蒋珠见周似锦慢条斯理还吃个没完了，“呵”了一声，道：“周似锦，听说许二姑娘挺待见你的，她怎么不陪你过来呀？”

周似锦放下汤匙，用帕子拭了拭唇：“我能见许二姑娘一面已经很开心了，哪里还敢奢望她陪着我过来。”

蒋珠被噎住。

蒋瑜轻咳了一声。

蒋珠会意，又问道：“许二姑娘进京，是不是为了东宫选妃？”

周似锦微微一笑：“我不知。”

蒋珠还要再追问，周盼兮不耐烦了：“珠表姐，我大姐都说她不知道了，你还一直问个没完了！”

周盼兮性子直爽，蒋珠怕闹得不好看，只得悻悻然不再问了。

公主府的丫鬟送了漱口的茶过来，周似锦接过茶盏漱了口，心里也有些遗憾——方才太欢喜了，她忘了问许凤鸣进京是不是为了参加东宫选妃，还忘了提醒许凤鸣不要乘船到金水河上。

好在来日方长。

一直到宴会结束，崇宁公主才再次露面，立在海棠花榭与众贵妇话别。

周似锦心里美滋滋，也不管蒋珠在一边含沙射影，兀自与周倩兮和周盼兮立在一处等周夫人过来。

蒋珠见周似锦任凭自己冷嘲热讽，颇有死猪不怕开水烫的劲儿，更加生气，便道："有些丫鬟养的，不要以为得了贵人一时的青目就得意！"

蒋瑜似没听见一般，和一个闺中好友躲在一边说话。

别的闺秀都含笑立在一边，看着周府和忠顺伯府这边的热闹。

周盼兮见蒋珠没完了，皱着眉头正要开口，却被周似锦拉住了。

周似锦给她使了个眼色，示意她不要在意。

和蒋珠吵起来，才真是失了体面呢！

这时，崇宁公主身边的女官走了过来，向周似锦屈膝行了个礼："周大姑娘，殿下请您过去说话。"

周似锦刚要屈膝行礼便被崇宁公主伸手扶住了。

崇宁公主握着周似锦的手，笑容亲切："似锦，我瞧着你总觉得亲切，虽是初见，却总盼着再见。"

她看向周夫人，含笑道："周夫人，待天气暖和一些，我就办一个诗画会，到时候一定要带三位千金过来呀！"

周夫人道了福，应了。

忠顺伯夫人在一边看着，一颗心似被浸入了醋坛里。

当年她的父亲大学士王友和深受先帝器重，身份清贵，她们姐妹自然也求娶者甚众，尤其是她，有"清闲贞静，守节整齐，行己有耻，动静有法"之名，而她的小妹王素琳则默默无闻无人注意。

后来她嫁给了忠顺伯蒋长青，妹妹王素琳则嫁给了只有秀才功名的周胤，姐妹两人的身份地位一下子分出了沟壑来。

谁知不过十几年时间，周胤先是考中举人，又考中进士，高中探花，成了当今天子的宠臣，如今更是连崇宁公主都要出面笼络周胤的夫人。

而她这伯爵夫人，反倒要巴结妹妹，奉承妹妹……

一定得让庶子蒋珙娶了周似锦！

忠顺伯府和周府的马车一起离开了碧漪园，先到了忠顺伯夫人的陪嫁庄子。

忠顺伯夫人掀开了车帘，一脸庄重地和周夫人说道："妹妹，过些日子父亲的生辰就要到了，到时候咱们姐妹带着儿女们过去贺寿，承欢膝下，让父亲也热闹热闹。"

周夫人自然应了。

回到温泉庄子，周似锦与周倩兮、周盼兮一起送周夫人回正房。

见周夫人脸上带着倦意坐在罗汉床上，也不说让周倩兮、周盼兮离去，分明有话要和她们两个说，周似锦便识趣地道了福，告辞离开。

周夫人歇了一会儿，饮了盏茶，这才吩咐大丫鬟水芝拿了织锦面的贵族谱书过来，细细给周倩兮和周盼兮讲解。

待周倩兮和周盼兮从母亲房里出来，天已经快黑了，婆子们正在廊下挂灯笼。

周盼兮还想着白日之事，便问周倩兮："二姐姐，我想去大姐姐那里看看，你去不去？"

周倩兮也对许凤鸣很好奇，便道："我陪你过去。"

周似锦正在灯下做针线，见她们进来，也不起身，笑盈盈道："自己找地方坐吧！"

周倩兮在妆台前的绣墩上坐了下来。

周盼兮直接坐到了周似锦的旁边："大姐姐，你这白绫袜是给谁做的？"又凑近看了看，忍不住笑了起来，"怎么在袜筒上绣小鸡啊？"

周似锦笑眯眯道："这些都是给许凤鸣做的。"

她翘起嘴角，笑容狡黠："她闺名唤作'凤鸣'，我在袜筒上绣小凤凰，可不正合适吗？"

周盼兮拿起一只做好的白绫袜看了又看："这明明是小鸡仔！"

周倩兮也笑了起来——许凤鸣瞧着跟神仙似的，怎么可能穿这样奇怪的白绫袜！

周似锦抿着嘴笑。

反正不管许凤鸣如何嫌弃如何吐槽，最后总会穿她做的白绫袜的。

素心用托盘送了三盏茶进来，一一奉给了周倩兮和周盼兮，把最后一盏放在了周似锦旁边的鸡翅木小炕桌上。

周倩兮端起茶盏尝了尝，发现是上好的闽州贡茶，便看向周似锦："大姐姐，这茶味道不错。"

这茶是皇帝赐给父亲的，原本便没多少，没想到大姐姐也得了。

周似锦大大方方道："我在爹爹那里尝到了，觉得好喝，就厚着脸皮问爹爹要了一罐。"

周倩兮不禁笑了起来："爹爹爱茶，别的都大方，就是把好茶看得特别重，大姐姐你能从爹爹那里要到闽州贡茶，可见爹爹有多疼你。"

周似锦收起针线，看着周倩兮，认认真真道："我今年就要及笄了，说不定什么时候就要离开父亲母亲了，到时候天南海北的，见一面怕是很难了。”

她既然打算追随许凤鸣进东宫做女官，宫闱幽深，此生与爹爹见面的机会，怕是不多。

周倩兮听了，心里莫名有些难受，鼻子也酸酸的。

她垂下眼帘，轻轻道：“你就算嫁到天南海北，也总有归宁的时候，哪里就见不着了。”

周盼兮饶是年纪小，却也品出些伤感滋味，看着跳动的烛焰，一时沉默了。

她本性活泼，很快转换了心情：“大姐姐，许家二姑娘怎么那样好看呀，我从来没见过比她更好看的姑娘。你以前见她时，不会觉得不敢看她吗？”

周似锦“扑哧”一声笑了，道：“那是她装扮后的模样，她卸了妆，其实很清秀。”

周盼兮和周倩兮都不信。

周似锦想到许凤鸣只要妆容不同，就像换了个人似的，不禁微笑。

距离周府的温泉庄子不远的金明池行宫，灯火通明，警戒森严。

金明池边的临水殿内外挂满了水晶灯，在清澈如镜的金明池映衬下，犹如散发着莹光的水晶宫殿。

临水殿大殿内暖意融融，速水香氤氲。

洪武帝与许皇后并肩坐在紫檀雕螭宝座上，专注地看着进入大殿的蓝衣少年。

蓝衣少年缓步而来，在厚厚的大红地毡上跪了下来：“儿臣见过父皇母后。”

洪武帝看着眼前清俊单薄的少年，神情恍惚，半日没有说话。

这是他唯一的嫡子，可是他已经整整六年没有见到他了。

原来这孩子在他看不到的地方，在遥远的泽州，已经长成了一个青竹般荏弱却坚韧的少年。

洪武帝眼中溢满了泪水。

许皇后盯着儿子看，眼泪也流了下来。

因为儿子被洪武帝林恒的爱妃毒害，她要惩罚林恒，把儿子送到了遥远的泽州，她也整整六年没有见到林岐了。

洪武帝声音微颤：“平身。”又忙不迭道，“岐儿，到朕身边来。”

许皇后偏要和洪武帝作对，叫她给林岐起的乳名：“小凤凰，来母后这边！”

林岐起身，浅浅一笑，笑容一闪而逝，他拱手答了声“是”，起身走了过去，

却在许皇后和洪武帝身前立住了。

许皇后拉着林岐的手，泪眼婆娑：“我的儿……”

她起身抱住林岐，放声大哭起来。

洪武帝也站了起来，看着已经比许皇后还高大半头的林岐，眼中也含着泪。

岐儿离开的时候，还是个淘气孩童，如今归来，已是清俊少年。

林岐安慰着许皇后，瑞凤眼干净澄澈，看向洪武帝。

洪武帝百感交集。

这样一个青竹般的少年，令他想起了被他派到西北担任林岐老师的和墨尘给他的信中提到的一句评价林岐的诗——“已识乾坤大，犹怜草木青”。

大周帝国的皇位继承人，天生站在高处，因此他不但要强悍坚定，能轻松翻转乾坤，而且要能够像怜惜一草一木的枯荣和开落那样体恤普通凡人的生死存亡和悲欢离合。

只有这样，才能成为合格的帝国皇帝。

洪武帝上前半步，展开双臂，像个普通的丈夫和父亲那样，把妻儿搂在了怀里。

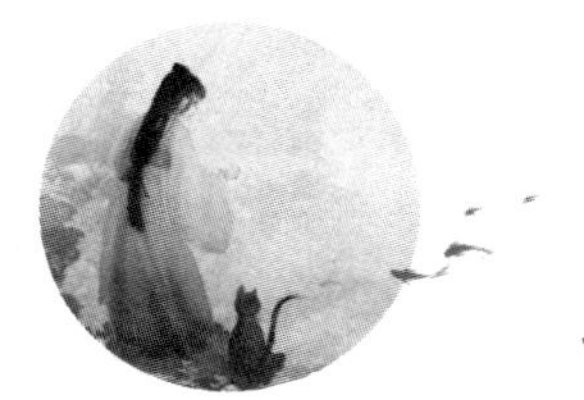

第四章

皇太子

二月全大周的地方官员要分批进京朝觐查考，此事由吏部负责，因此这几日周胤都留在吏部理事，一直到初十下午才回到位于京城梧桐里的周府。

周夫人命小厨房送了几样精致酒菜过来，亲自为周胤布菜斟酒。

周胤屏退侍候的人，让王妈妈在廊下守着，夫妻两人在房里对坐吃酒说话。

说了几句闲话之后，周胤便问起了初四那日崇宁公主在碧漪园请客的事："崇宁公主都请了哪些人家的女眷？"

周夫人知道丈夫从来不说废话，开口问必定有他的用意，便认认真真把当日去的女眷和发生的事情一一说了。

周胤微一沉吟，问周夫人："那许二姑娘瞧着如何？"

周夫人知周胤的用意，轻轻吟咏道："远而望之，皎若太阳升朝霞；迫而察之，灼若芙蕖出渌波……"

听妻子居然用曹植《洛神赋》中描摹洛神的语句来形容许二姑娘，周胤不禁陷入沉思。

这些年，皇太子林岐一直未在人前露面，朝中大臣多次以"请皇太子出阁读书"为由上书洪武帝，以确定皇太子的确能够担负起皇位继承人的职责，都被洪武帝拒绝。

昨晚，洪武帝召他和礼部尚书韩志云到御书房里说话，居然提了让皇太子出阁读书，而且让他和韩志云兼任东阁大学士，在文华殿给皇太子讲学。

明日旨意应该就会下来。

这是要他做未来的天子之师啊……

不知道皇太子究竟是怎样的人……

周胤伸手在紫檀束腰龙纹六方桌的桌面上"咚咚咚"敲了几下，轻轻道："难道许二姑娘进京，真是为了东宫选妃……"

周夫人精心描画的柳叶眉一下子挑了起来："子承，若是许二姑娘参选，绝对没有人能与她比肩，太子妃之位必然是许二姑娘的。”

周鼐若有所思。

周夫人道：“子承，你这次在宫里见到皇太子没有？”

周鼐摇了摇头，苦笑道：“皇后娘娘笃信易数，说良辰吉时未到，贸然让皇太子进宫不妥，须得等到钦天监勘定的时辰，陛下也……唉！”

六年前皇太子身中奇毒，许皇后当场扇了洪武帝一个耳光。此后，皇太子就深居简出，再也不曾在人前露面。

许皇后是洪武帝发妻，夫妻情分非同一般。

更重要的是她背后的许氏家族，如今安国公许继顺还手握兵权镇守着西北边陲，因此许皇后执拗起来，就连洪武帝也不一定能左右她的决定。

如今看来，许继顺这个女儿应是奔着东宫选妃进京的，那似锦的婚事就得快些安排了。

似锦乖巧纯真，自然要嫁一个乘龙快婿，相夫教子生儿育女，平安富足地过一辈子，他这做父亲的，怎么可能把女儿送进幽深诡谲的皇宫里去，更不用提让似锦做女官了。

这些年后宫的明争暗斗，成为牺牲品的女官都不知有多少……

如今大周后宫除了三座大山头苏太后、许皇后和苏贵妃之外，还有无数小山头。

苏太后是苏贵妃的嫡亲姑母，外家是镇守西南的镇南侯苏家；许皇后则出身镇守西北的安国公府。

不管是镇南侯府，还是安国公府，都手握重兵，雄踞一方，在外敌入侵时是国之栋梁。可如今天下太平，这两家的存在便有些尴尬，都是洪武帝的心腹大患。

可这些事情是不能和妻子说的。

周鼐道：“似锦快要及笄了，她的亲事也要抓紧了；倩兮年底就满十四岁了，盼兮也快十三岁了，也该替她们开始相看了……我的生日不是要到了吗？咱们好好庆贺一下，把亲朋好友中适龄的年轻人，还有我那些未曾婚配的门生都请过来，好好热闹一番。”

二月初十是他三十岁生日，也算是个整生日，正是个挑选女婿的好机会。

周鼐又强调了一句：“帖子上言明不要礼物。”

地方官查考在即，他又兼任了东阁大学士，若是收礼，那送礼的还不踏破大门？

而他的仕途也算到头了。

周夫人知周胤的重点是给周似锦挑选女婿，倩兮和盼兮的亲事没那么急，可以细细相看，点了点头：“子承，这件事交给我吧！”

周胤端起酒盏饮了一口，道：“给她们姐妹三人置买一些新衣服新首饰吧，这些都从公中出。”

周夫人答应了下来，想起刚接到的鄂州老宅的书信，忙道：“子承，老夫人的信今日到了，说让你给二弟谋个好差事。”

周胤脸上轻松的表情一下子消失了，道：“这事你不用管，我自会给母亲回信。”

他这弟弟周永只会风花雪月吟诗作对，偏偏自视甚高，一天到晚高谈阔论指点江山，一写诗就是什么“不才明主弃”，一股子怀才不遇的酸腐气。

周永在贵州做县令时，捅出个大娄子，被免了职灰溜溜回了鄂州老家，如今又开始折腾了。

周夫人想起老夫人的难缠和偏执，也有些心烦，转移话题道：“子承，倩兮预备给你绣一个荷包做生辰礼物。”

周胤很喜欢：“我喜欢倩兮绣的荷包，素雅大方，适合我用；盼兮绣的太鲜艳了，她爹我又不是花花公子，弄那么花哨做什么。”他的笑容加深，“似锦做的护膝和白绫袜我也很喜欢，看来人还是得有闺女，闺女最孝顺了。”

周夫人见周胤心情好转，便执壶给他又斟了一盏：“子承，你再饮一盏。”

第二天上午风停了，阳光灿烂，周倩兮和周盼兮过年不用上课，闲来无事，便一起去兰庭找周似锦玩。

周似锦在房里带着春剑和素心用朱砂梅制作香膏，见周倩兮和周盼兮进来，来不及招待，便道：“你们自己随便坐随便玩，我得先忙完这个。”

周倩兮和周盼兮都凑过去看。

白玉盒子里的香膏已经凝固，色泽鲜艳，香气扑鼻。周倩兮有些好奇：看着这样好，不知道膏体是否细腻。

周盼兮却问：“大姐姐，你这香膏闻着挺香的，不知道涂上去怎么样？”

周似锦弄完手上的活，嫣然一笑，另拿出一个旧的白瓷香膏盒子：“这里是我多做出来的，你们要不要试试？”

女孩子哪有不喜欢香膏香脂的，周似锦、周倩兮和周盼兮三姐妹齐齐在唇上涂了周似锦做出来的香膏，一起凑到妆镜前去照，镜中三个少女皆唇色娇艳笑靥如花。

周似锦把白玉盒子盖上盖子，道：“今日制的这一盒我要送人，明日你们陪我再去后面园子采些骨红梅，我给你们一人制一盒。”

周盼兮好奇地问：“大姐姐，这一盒你要送给谁呀？”

周似锦小心翼翼地用帕子拭去白玉盒子外面沾上的殷红香膏，道：“我预备送给许二姑娘。”

“原来是送给许二姑娘呀！”周倩兮看向周似锦，“姐姐你和她是好友吗？”

提到许凤鸣，周似锦声音温柔了许多：“她是我最好的朋友，一直很照顾我。我很喜欢她。”

周倩兮的神情有些微妙——姐姐和许凤鸣的关系也太亲密了吧？

她觉得自己想多了，开口转移话题，问：“姐姐，爹爹的生辰快到了，你打算送什么礼物？”

周似锦这才发现自己忘了爹爹的生辰，忙道：“我还没想好，你们打算送什么？”

周倩兮笑了：“我每年都是送些亲手做的针线，今年打算绣一个荷包送给爹爹。”

周盼兮嘟着嘴道：“我今年得换个样儿了，爹爹嫌我做的针线不好，我送他的东西，根本没见他用过。”

周似锦想了想，道：“我以前模仿宋朝皇帝赵佶的画，画过一幅《竹雀图》，不如我让人把画做旧，拿去送爹爹，骗爹爹说这是赵佶的真迹，只是不为世人所知，如今被我寻到……”

周倩兮和周盼兮想象了一下周胤被周似锦骗到的情形，不禁都笑了。

周倩兮忙道：“姐姐，这件事虽然有趣，不过咱们最后还是得和爹爹说清楚，免得爹爹在外人面前出丑。”

周似锦点了点头，笑容灿烂：“那是自然。”

她原本就打算只是让周胤开心一下的。

其实周胤书房里悬挂的几幅古画，其中至少两幅是假的，当然她没有说，怕爹爹觉得丢脸。

两个妹妹离开之后，周似锦把自己画的那幅《竹雀图》寻了出来，放进了提前挑选好的锦匣里，预备拿去求许凤鸣做旧，又把给许凤鸣做的白绫袜和朱砂梅香膏分别装进锦袋里，一同放进了锦匣里。

忙完这些，周似锦便打算去见父亲一面，想征得父亲同意，让她元宵节走百病时去看许凤鸣。

谁知周胤又被洪武帝宣进宫了，周似锦只得把这件事先放下。

傍晚周胤到家，还没回内院，贺客就接踵而至——原来洪武帝的旨意已下，着礼部尚书韩志云和吏部侍郎周胤兼任东阁大学士，即日起在文华殿给皇太子讲学。

周胤一向谨慎，直接闭门谢客，在外书房处理事情。

虽然天已经黑透了，周夫人还是把周似锦、周倩兮和周盼兮都叫了过去，宣布了这个喜讯，认认真真叮嘱她们："以后你们爹爹便处在风口浪尖上了，你们姐妹切记要谨言慎行。"

姐妹三个齐齐答了声"是"。

周似锦听着周夫人的细细教导，心里却满是疑惑。

到底怎么回事，很多事情都与记忆中不同了？

周夫人又说起了二月初十周胤生辰宴的事："这次生辰宴，你们姐妹打算给谁下帖子，都和我说一下吧，咱们一起斟酌一下。"

周似锦是长女，自然要第一个说。

她想都不用想，笑盈盈道："母亲，我在京城只有安国公府的许二姑娘一个熟人，我只给她下帖子。"又道，"母亲，元宵节晚上许二姑娘和我约着一起走百病，正要和你说一声呢！"

其实是周似锦单方面约许凤鸣，不过她怕周夫人不同意，因此才说"许二姑娘和我约着一起走百病"。

周夫人沉吟一下，道："你父亲在外书房，你去问他吧！"

周似锦毕竟不是她亲生的，这种事情还是得让周胤做主。

周似锦回兰庭，就请孙妈妈去帮着问一下，看周胤这会儿有没有时间见她。

孙妈妈如今除了管着外书房，还兼任了兰庭的管事妈妈，听了似锦的话，她直接去外书房了。

似锦刚把给周胤新做的一对护膝整理好，孙妈妈就回来了："大姑娘，老爷在书房等您。"

白日有阳光还好，到了晚上外面却依旧冷得很，须得穿上御寒衣物。

似锦一边在春剑和素心的服侍下穿上大红遍地金貂鼠皮袄，一边问孙妈妈："妈妈，爹爹这会儿没有见客吧？"

她可不想再遇见孙浴泉了。

孙妈妈手里拿着灯笼，看着灯影烛光中光华灿烂娇美可爱的周似锦，一颗心软软的，声音也柔和得很："老爷没有见客，正在书房里整理书籍，大姑娘只管去就是。"

周似锦进了外书房，却见周胤正立在书架前选书，便笑着道："爹爹，您

选书做什么？”

周胤抬手屏退侍候的人，抽出一本郑玄的《孟子注》递给周似锦，让周似锦帮他拿着：“明日开始，爹爹要给皇太子上课了，凡事预则立，得提前做些准备。”

周似锦随手翻看手里的《孟子注》，问道：“爹爹，皇太子长什么样？性情如何？”

皇太子登基成景和帝后，在一次宫中元宵节灯会，她有幸近距离见到了景和帝。

景和帝眉眼鼻子轮廓瞧着像许凤鸣，毕竟二人是表兄妹。景和帝待她很温和，还问她威远侯待她好不好。

周似锦能说什么？

这样天赐的能和皇帝直接对话的机会，她自然大肆地把孙浴泉鼓吹了一番。在她口中，孙浴泉关爱妻子，醉心事业，爱国爱民，忠心耿耿，简直是天下第一忠臣能吏。

景和帝一直耐心地看着她，听她说完。周似锦好生感动，觉得景和帝实在和蔼可亲爱民如子，不像传说中那样心机深沉，心狠手辣。

事后回想，周似锦不禁面红耳赤，觉得自己着实肉麻，不知景和帝是如何忍耐着，才能听她说完的。

周胤又抽出一卷王安石的《易解》，道：“皇太子生得甚是清俊，很能体恤臣下。”

今日上午，他和韩志云在文华殿见到了皇太子林岐。

皇太子跟周胤想象中不一样，他原以为林岐的性格也许像洪武帝那样温和而坚韧，或者像许皇后那样高傲而固执，谁知皇太子就像特别乖特别懂事的孩子。

他讲学时，皇太子认真地看着他，凤眼清澈，眼神柔软，眼中满是信任。

出宫后周胤和韩志云私下一交流，发现两人对皇太子的第一印象，都是想做皇太子的亲爹亲娘，好好地照顾他、辅佐他、保护他……

当然他俩交流时不敢把话说得如此直白，虽然他们是同科进士外加私交甚笃。

周似锦不禁笑了起来，心道：原来景和帝做皇太子时，性子就这样温和呀！

她笑盈盈地问周胤：“爹爹，王安石的《易解》总共十四卷，全都找出来吗？”

见周胤点头，周似锦便帮他把剩余的十三卷《易解》都找了出来，放在了书案上。

周胤见女儿做事麻利妥当，索性在黄花梨圈椅上坐下，拿着写好的书目指挥着周似锦找书。

待书全部找齐，周似锦额角都冒出了一层晶莹的细汗。

她接过周胤递过来的茶盏，饮了一口，趁着周胤心情好，把事说了，怕周胤不同意，还特意补充了一句："爹爹，我已经答应她了，可不能说话不算数！"

周胤端着茶盏思索片刻，道："元宵节晚上我先送你去安国公府，再陪你母亲和弟弟妹妹走百病吧！"

周似锦欢喜得差点跳起来："那就麻烦爹爹了。"

周胤看着女儿灿烂的笑颜，心里也欢喜得很，取出一沓银票给了周似锦："需要买什么，让孙妈妈去给你买。"

周似锦接过银票，见都是一百两面额的银票，至少有十张，当即欢欢喜喜道："谢谢爹爹！"

有亲爹可真好。

周胤不由得也笑了：似锦这孩子，可真是小财迷啊！

正月十五下午，周胤处理罢吏部公务，看着快到他讲学的时辰了，忙赶到了文华殿。

皇太子林岐带着六位伴读起身行礼，迎了周胤坐下。

皇太子今日银冠束发，穿着明黄圆领袍子，玉带束腰，略显瘦弱稚嫩，可是修眉凤目，鼻梁挺秀，清俊温润，有一种高华气质。

六名伴读身着一式的绣银纹白色锦袍，恭恭敬敬陪皇太子读书。

今日周胤讲的是王安石的"熙宁变法"，他重点讲解了"天变不足畏，祖宗不足法，人言不足恤"这句话，道："这句话的意思是，天象的变化不必畏惧，祖宗的规矩不一定效法，人们的议论也不需要担心。"

讲解完毕，周胤请皇太子林岐与六位伴读探讨王安石其人。

一番讨论后，林岐谈了自己的看法，最后道："王安石，实在是宋朝天降之救星，若是'熙宁变法'成功，宋朝国运，至少延续百年……时也命也！"

他眼中现出一丝悲悯，道："他之所以最终失败，实在是对宋朝朝野的实际状况了解不够清楚，推行的政策不够切合实际，一腔孤勇，以至于失败。"

周胤眼睛发亮看向林岐："殿下能否把'熙宁变法'失败的原因总结为一个或者两个字？"

林岐端起茶盏，泼了些清茶在紫檀书案上，伸出修长白皙的手指，蘸着茶水，在光滑的书案上写了两个字——"土地"，然后轻轻抹去了水迹。

周胤微微颔首，不再多讲。

皇太子殿下才十六岁，便能如此深刻地认识到王安石变法失败的根本原因，实在是天生的雄才伟略。

将来皇太子登基为帝，若是能够改变如今镇南侯苏家和安国公府许家手握重兵割据一方的局面，再解决土地问题，大周一定能够再现盛世。

想到这里，周胤不禁心潮澎湃，豪情满怀。

恰在此时，慈安宫总管太监夏飞亲自提着食盒过来了：“太后想着殿下读书辛苦，特地命慈安宫小厨房备了些茶点，吩咐咱家送了过来！”

林岐淡淡一笑，吩咐贴身侍奉的小太监李越：“赏夏公公。”

夏飞接了赏银，却不肯离开，满脸堆笑：“太后的拳拳之心，殿下不尝尝吗？”

林岐理都不理他。

周胤第一次见林岐这样冷淡，作势看了看一旁摆放的西洋金自鸣钟，笑道：“夏公公，周某该开讲了。”

夏公公知道周胤这人软硬不吃，也不敢得罪，只好行礼退下了。

又讲了一章书之后，周胤想起自己晚上还要送女儿去狮子街的安国公府，便看了一眼一旁摆放的西洋金自鸣钟。

林岐眼中闪过一丝笑意：“先生接下来是否有别的安排？我看先生看了好几次钟表了。”

他已经接到周胤替周似锦派人送到安国公府的拜帖了。

周胤见林岐如此坦白可爱，也笑了，道：“实不相瞒，今日元宵之夜，臣还得送小女去她的闺中好友家一聚。”

林岐眸中笑意加深，单手支颌歪着脑袋看着周胤，凤眼亮晶晶：“先生，不知令爱的闺中好友是哪位？”

周胤很喜欢林岐这种孩子气般的好奇，觉得更加亲近了，便耐心解释道：“正是安国公的千金，国公府的许二姑娘。”

林岐“哦”了一声，道：“原来是我表妹。”他忍着笑，又道，“既如此，我就不耽搁先生了。”

周胤骑马回家途中，想起林岐，不由得微笑：殿下可真是善解人意可人疼啊！

回到梧桐巷家中，周胤在外书房换下官袍，穿上便服，才去惠畅堂见周夫人。

周似锦、周倩兮、周盼兮和周韶已经收拾妥当了，正在惠畅堂等着周胤，得知爹爹回来，齐齐出去迎接：“给爹爹请安！”

周胤一看，便知孩子们都盼着出去，便跟周倩兮、周盼兮和周韶商议道：“我先送你们姐姐去狮子街的国公府，再回来陪你们三个去走百病，好不好？”

周倩兮、周盼兮和周韶自然都不反对。

周盼兮很想与许凤鸣结交，忙拉着周似锦道：“大姐姐，你和许二姑娘说一声，下次你带我一起去安国公府玩。”

周似锦点了点头：“我答应你，一定和她说。”又道，“等爹爹生日，我邀请她过来，到时候咱们几个一起玩。”

周盼兮喜滋滋地直点头。

周倩兮却觉得有些不靠谱——许凤鸣瞧着就不像是愿意跟凡人搭话的人，会同意来周府做客？

周似锦先回兰庭去拿给许凤鸣带的礼物。

走在兰庭的院子里，她觉得冷气侵人，不由得仰首看天，却见彤云密布，天气阴晦，是将要下雪的模样。

她其实盼着下雪的，今晚若是下了雪，她就可以趁机赖在许凤鸣那里了。

整理好要带的东西，周似锦辞别嫡母和弟妹，留春剑在家，带着素心登上停在内院门外的朱轮华盖车，随着骑着马的周胤出门而去。

周胤已提前派人往安国公府送过拜帖，因此康嬷嬷早带着几个婆子等在那里了。

周胤把似锦托付给康嬷嬷，目送似锦的朱轮华盖车驶入安国公府，才上马在随从簇拥下离开。

周似锦的马车穿行过重重院落，约莫过了一炷香工夫，停了下来。

一个白皙端庄的嬷嬷立在车门外，笑吟吟地打量着周似锦——这嬷嬷中等个子，身材苗条，头发是自来卷，约莫四十岁，看起来精明能干，不是康嬷嬷又是谁？

周似锦大喜：“康嬷嬷！”

康嬷嬷也欢喜得很，屈膝道福，道：“见过周姑娘。”又道，“姑娘在房里等你。”

周似锦一颗心似和暖春风中雀跃的小鸟一般，都快要从胸腔里跳出来了。她笑得灿烂无比，扶着康嬷嬷的手下了马车，登上台阶，进了月亮门，一边走一边问康嬷嬷：“姑娘今日怎么样？有没有觉得不舒服？她最近用饭如何？有没有挑食……”

康嬷嬷被周似锦问蒙了，笑着道：“姑娘待会儿还是自己问吧！”

素心提着盛礼物的包裹刚要跟上去，却被一个生得极为英气的青衣丫鬟拦住了。

这个青衣丫鬟笑吟吟地从素心手里接过包裹，吩咐另一个俊秀白皙的青衣丫鬟："李青，你带这位小姐姐吃茶去！"

素心还没有反应过来，便被叫李青的青衣丫鬟揽着带走了。

周似锦随着康嬷嬷进了正房明间。

明间内没有人。

周似锦鼻子灵得很，悄悄吸了吸鼻子，闻到了湿漉漉的薄荷香胰子的气息，便笑道："康嬷嬷，姑娘在洗澡，对不对？"

康嬷嬷也笑了，正要说话，谁知周似锦闻着香胰子的气息，直接撩起东暗间的帘子，闪身进了东暗间，根本就没给她反应过来的机会。

她吓了一跳，忙道："似锦！"

这时东暗间里传出了许凤鸣气急败坏的声音："周似锦，你——"

康嬷嬷："……"

似锦这小妮子也太心急了！

东暗间卧室内，许凤鸣被似锦扑倒在了贵妃榻上。许凤鸣身上穿得整整齐齐，只是头发还没来得及梳理，湿漉漉地散着，散发着薄荷气息。许凤鸣双臂格在胸前，竭力推拒周似锦。

周似锦如今对许凤鸣，简直是一日不见如隔三秋，更何况她俩从初四那日见了一面到今日，一共十一日没见了，细算起来可不就是隔了三十三年？

她再热情，也怕自己压坏了许凤鸣，手忙脚乱爬到许凤鸣旁边，也不说话，只是看着许凤鸣笑。

许凤鸣理了理白绫袄的衣襟，扶着榻坐了起来，见裙子被周似锦弄得乱七八糟，忍不住道："白又胖，你晚上吃了多少东西？怎么这么重！"

周似锦这才觉出些饿来，道："我还没吃晚饭，你吃了没有？没有的话咱俩一起吃吧！"

许凤鸣起身吩咐人送晚饭过来，转身见周似锦也起来了，忙道："你别过来，坐那里就好。"

周似锦才不管呢，径直走到妆台前，找到檀木梳子，道："我服侍你上妆梳头。"

许凤鸣双臂环在胸前，懒洋洋道："又不出去见人，上妆做什么？"

周似锦坐在绣墩上仰首看她。

卧室内点着水晶罩灯，莹洁朦胧光晕中，许凤鸣穿着白绫袄，系了条蓝缎裙，身姿高挑单薄，眉目清俊，肌肤白嫩，越发显得稚气了。

看着活生生在眼前的许凤鸣，周似锦鼻子一阵酸涩，眼眶早湿润了："小鸡仔，那我只给你梳头好了。"

许凤鸣听出了周似锦声音中的哭意，也顾不得周似锦叫自己"小鸡仔"了，走过去细细打量周似锦："哭什么？谁欺负你了？"

周似锦仰首看着近在咫尺的许凤鸣，大大杏眼里溢满泪水——许凤鸣还活着，待她最好的人还活着，真好！

她展开双臂，一把抱住了许凤鸣，脸贴到了许凤鸣身上，声音闷闷的："没人欺负我，我就是见了你开心。"

知道周似锦没事，许凤鸣松了一口气——她最放不下傻乎乎的周似锦了——转念她觉出些不对，伸手捧着周似锦的脑袋把她从自己身上推开："白又胖，你又把泪水蹭我衣服上！"

周似锦摇头晃脑试图挣脱许凤鸣的双手，却发现她的手劲儿挺大，根本挣脱不了，忙求饶道："小凤凰，我错了！我错了！"

见周似锦求饶了，许凤鸣往后退了半步，才松开了周似锦。

许凤鸣转身整理罢衣服，扭头见周似锦依旧坐在那里，杏眼湿漉漉含着泪呆呆地看着自己，心里蓦地一软，声音不由自主放柔了："怎么了？"

说着话，许凤鸣拿了方洁净帕子走过去，弯下腰，左手捏着周似锦的小圆脸，右手细细擦去她脸上的泪水。

周似锦刚才就发现许凤鸣的手不像记忆中那般，当即拉过许凤鸣的手细看，发现她的手依旧白皙，却比自己的手大了不少，手指也比自己的手指长了不少，便拿着许凤鸣的手和自己的手贴在一起比了比，道："小凤凰，你的手怎么变得这么大？"

而且许凤鸣的个子也比周似锦记忆中高了不少，她记得许凤鸣只比自己高一点点，可是刚才两人面对面立在一起，似乎许凤鸣比自己高了大半头。

许凤鸣甩开她的手，道："你以为谁都像你，白胖胖软绵绵小手小脚！我都十六岁了，自然长高了，手也比以前大了。"

周似锦想起自己这次来的目的，忙道："小凤凰，你这次来京城，是不是要参加东宫选妃？"

许凤鸣一愣，有些错愕："东宫选妃？你听谁说的？"

她怎么不知道？

周似锦见许凤鸣是真的不知道，也有些惊讶："三月三那日宫里要在金明池行宫为皇太子选妃，这消息已经传开了，你不知道吗？”又道，“我还以为你到京城，是要参加东宫选妃呢！”

许凤鸣倚着妆台立着，瑞凤眼清澈而平静：“你呢？也想参选吗？”

周似锦仰首看着许凤鸣：“我没打算参选。我原本想着你若是参选，一定能选上太子妃，到时候我就随你进宫，做女官陪伴你。”

许凤鸣伸手捏了捏周似锦软嫩的脸颊：“那我若是不参选呢？”

周似锦笑盈盈道：“你不参选，我就随着你，做你的女清客，帮你照管家务！”

许凤鸣眉头一皱：“那你不嫁人了？”

这小傻子脑子里在想什么？

周似锦摇了摇头：“我不想成亲嫁人。”

想到嫁给孙浴泉时自己的欢喜雀跃，十年婚姻的道道凌迟，临死前的无限悔恨，周似锦声音中多了些苍凉萧瑟：“我自己有钱，嫁人做什么。反正有你保护我，我就开开心心活着好了。”

许凤鸣不知为何，心脏阵阵抽痛。

屋子里一下子静了下来。

周似锦抬头看向许凤鸣，咬字清楚，认认真真：“我不想嫁人。我想一直追随你，你到哪里，我就去哪里。”

许凤鸣明明只比她大两岁，可是和许凤鸣在一起，她就觉得特别安心，有许凤鸣在，她什么都不用担心。

因为她知道，事情交给许凤鸣，许凤鸣都能办得妥妥当当。

许凤鸣抬手扶着额头，过了一会儿才道：“容我再想想……”

这时，外面传来康嬷嬷的声音：“姑娘，消夜送来了！”

许凤鸣面对难题时，一向是迎难而上，这次难得地逃避了：“白又胖，咱们出去用消夜。”

周似锦也笑了：“我先帮你梳头。”

屋子里生有地龙，暖和得很，这会儿，许凤鸣的长发已经干透了，柔软顺滑犹如黑色软缎，摸上去手感极好。

周似锦把许凤鸣的长发全都梳了上去，拢在一起，用一根宝蓝缎带绑成一个高马尾：“反正你也快要睡了，先这么将就着。”

许凤鸣“唔”了一声。

两人进了卧室东边与卧室相连的浴间，一起用香胰子洗了手，才去了明间。

康嬷嬷亲自提了食盒进来，一一摆在了黄花梨方桌上，然后退了下去。

周似锦凑过去一看，见是四样精致小菜、一罐面汤，另有两碗西北肉臊子面，当即饥肠辘辘："有臊子面，太好了！"

周胤来自鄂州，习惯米饭为主食；周夫人出身江南世家，习惯江南饮食，因此周府的厨房很少做面食。

周似锦在西北长大，回来这一段时间，早就盼着吃西北的臊子面了。

许凤鸣见她馋成这样，不由得笑了。

两人面对面坐下，拿起红箸开始用消夜。

周似锦很快把面吃完了，见许凤鸣只拣了些菜吃，根本没吃几口面，便知她用过晚饭，为了陪自己才用消夜，便道："小凤凰，你的面还吃吗？"

许凤鸣摇了摇头："我不饿。"

周似锦伸手把许凤鸣的碗端了过来，很快就吃完了。

许凤鸣把瓦罐里的面汤给她盛了一碗："原汤化原食，再喝点汤。"

周似锦勉力又喝了半碗汤，捧着肚子道："好撑啊！"又道，"我好久没吃这么饱过了。"

她很久没在人前这样肆意放纵不讲仪态了。

许凤鸣其实极讲仪态，可周似锦可以在她这儿放纵，见她着实撑得慌，便道："那你去罗汉床上躺着。"

康嬷嬷带着人进来收拾整理。

周似锦忙交代她："嬷嬷，随我来的素心，你让人给她送些消夜去吧！"

康嬷嬷笑着道："早送过去了，姑娘放心。"

她带着人退下了。

屋子里只剩下许凤鸣和周似锦，两人皆倚着锦缎靠枕歪在罗汉床上，中间隔着一个黄花梨小炕桌。

外面朔风渐起，风声呜呜，寒意隐隐；屋子里温暖如春，氤氲着淡淡的薄荷清香。

许凤鸣想起周似锦口口声声"不想嫁人"，便一阵郁闷——周似锦长得可爱，又会女红，又会算账，琴棋书画也都不错，不想嫁人，这算什么？

许凤鸣想到周似锦说要跟着自己，便开口问她："似锦，你说想要跟着我，那我要是嫁人呢？"

这个问题周似锦早就想好了的，道："你若是嫁人，我就跟你过去，做你的女清客兼女管家。"

她甚是理直气壮："反正我是私生女，不过是庶女罢了，只要我一直不嫁，熬过了三十岁，连给糟老头子做继室都没有资格了，就不会有人再提嫁人的事了。"

想到得知许凤鸣溺水去世后自己的心情，她心中一阵酸楚，过了一会儿方道："反正我打定主意了，以后你去哪儿我就去哪儿，你别想甩开我。"

许凤鸣手放在脸上，默默思索着：还是得给似锦选个好丈夫……

许凤鸣那六个伴读家世出身长相性情都不错，倒是可以好好挑选一番……

春闱在即，也许能从新科进士中选一个好的……

似锦不想嫁人，难道还能不喜欢孩子？

想到这里，许凤鸣有了灵感，坐起来道："似锦，成亲了才能生孩子呀，你不喜欢孩子吗，你亲生的孩子？"

提到孩子，周似锦可就不瞌睡了，她换成侧卧的姿势，眼睛闪闪发光："小凤凰，你早些成亲生几个吧，到时候我给你带！"

见周似锦目光灼灼打量许凤鸣的腹部，许凤鸣只觉得肚子一痛，忙抬手遮住腹部："我不生。你这么喜欢孩子，自己生去。"

周似锦放平身子，看着雪白的承尘，道："我生不了的。"

她一直到死，都未曾有过身孕。

许凤鸣："没试试你怎么知道？小孩子白白嫩嫩多可爱，等你成亲了，你就生五六个，到时候我自有好处给他们。"

周似锦不愿意继续这个话题，懒洋洋地躺着："小凤凰，你家有没有温泉池子？"

许凤鸣看着她："国公府没有，不过……我的别业里有一个挺大的温泉池子，你若是想泡澡，我可以安排一下。"

周似锦伸手握住了许凤鸣的手："我想教你游泳。"又道，"我在水中有一个特殊的本领，必须得教你学会。"

许凤鸣见她天马行空，也有些好奇："什么本领？"

周似锦一下子精神了，坐起来，一边比画一边说："我若是落了水，能够不用力气浮在水面上，只用双腿偶尔动一动——这可是我的不传之秘，只教你一个，你别太感激我，好好学就是了。"

许凤鸣不知该说什么。

周似锦行动力超强："小凤凰，你的别业里不是有温泉池子吗？我明日没事，你若是有空，咱们一起去你那个温泉池子，我教你！"

许凤鸣："我明日一早还有事。"

周似锦才不会轻易放过她：“那后日呢？”

“待我有空就去找你。”许凤鸣急急转移话题，“你说给我带了礼物，究竟是什么礼物？”

周似锦知道逼得太紧许凤鸣会躲她，反正距离三月初三还有时间，起身拿了包裹，取出礼物，一一摆在了小炕桌上：“这是我给你做的白绫袜，这是我亲手给你制的朱砂香膏。”

又把那幅画拿出来。

“这是我画的《竹雀图》，你有空的话帮我做旧，二月初十是我爹三十岁生辰，我预备送他做生辰礼物。”

许凤鸣答应了一声，拿过周似锦做的白绫袜看，见雪白袜筒上绣着小鸡仔，简直无语了：“你怎么又绣小鸡仔？我不穿！”

周似锦才不管呢，兀自起身，撩起裙裾看许凤鸣的腿，见她赤着脚，用手一摸，凉凉的，便拿了新做的白绫袜为许凤鸣穿上，口中道：“我做的白绫袜和别人不同，里面蓄了一层清水棉，很暖和的……”

许凤鸣知道反抗无效，便死鱼般躺在那里，任凭周似锦忙活。

周似锦给许凤鸣套好了白绫袜，忽然道：“小凤凰，你的脚怎么长长了？幸亏我做的白绫袜留有余地！”

许凤鸣：“我个子也长了不少啊，脚自然也会长。”

周似锦捧着许凤鸣穿着白绫袜的脚，有些忧愁：“脚这么大，以后姑爷嫌弃你，可怎么办？唉！不过你长这么好看，人人见到都会爱你的，没人会嫌弃你……”

许凤鸣躺在那里，听着周似锦捧着许凤鸣的脚自言自语，过了一会儿才道：“外面好像下雪了。”

周似锦乐滋滋道：“那正好，我今晚不回去了，和你一起睡。”又道，“我好久没和你一起睡了。”

许凤鸣一口拒绝：“不要，我爱自己睡。”

周似锦睡熟后老爱挤人，好几次半夜把她挤到床下去，绝对不能让周似锦和她一起睡。

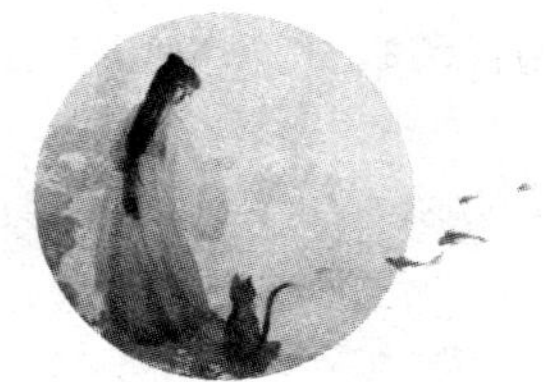

第五章

夜谈

周似锦摆出畅谈一番的架势来，预备说服许凤鸣：“你不是怕冷吗？我身上热乎乎的，和你挤着睡，你就不冷了。”

许凤鸣直截了当：“不要。”

周似锦见许凤鸣非要自己睡，只好爬起来道：“你不是自己睡觉怕黑——”

这时候外面传来康嬷嬷的声音：“姑娘，周老爷来接周大姑娘了！”

“我爹来接我了？”周似锦马上道，“我这就回去！”

她担心周胤在外面等久了受冻，起身后和许凤鸣说道：“姑娘，我要走了，不要忘了一起去泡温泉池子学游泳的事。”

许凤鸣原本被她缠得快要烦死了，这会儿见她毫不留恋地要离开，心里又有些空空的，也跟着起身。

康嬷嬷拿过周似锦的斗篷，服侍周似锦穿上。

周似锦扭头和许凤鸣说道：“姑娘，我三妹上次见你，惊为天人，想要和你结交一番。等你去我家，我介绍你和她认识，好不好？”

许凤鸣看着康嬷嬷为周似锦绑斗篷的系带，口中道：“我不和小妮子玩。”

周似锦“扑哧”一声笑了：“知道了，大妮子。”

许凤鸣伸出右手，托起周似锦斗篷后的兜帽，抬手将之合在了周似锦头上，送她出门。

这时，一个青衣小厮捧着一个锦缎包裹急急赶来，恭谨地躬身行礼道：“主子，东西准备好了。”

许凤鸣把包裹递给了周似锦：“你那幅《竹雀图》我慢慢做，里面有一幅赵佶的《枇杷山鸟图》，你拿去给你爹做寿礼。”

周似锦从不和许凤鸣客气，想着这应是许凤鸣做旧的假古董，便接过包裹拿在手里。

她该走了，却又恋恋不舍，立在门外看着门内的许凤鸣。

许凤鸣双臂环在胸前，高高的长马尾垂到了腰间，如云雾披散开来，有几绺滑到了身前。

昏黄的灯笼光照在许凤鸣的脸上，许凤鸣的眉梢眼角带着雪色和寒意，可眼底却有一抹温柔。

不知为何，周似锦心一颤，忙叮嘱许凤鸣道：“外面冷，你身子弱，别送了，快回去吧！”

许凤鸣抿了抿嘴唇，道：“我本来就没打算要送你。”

周似锦见许凤鸣又嘴硬，不由得笑了，屈膝道福，在康嬷嬷、素心和两个打灯笼的丫鬟的簇拥下进入漫天雪幕中。

下了台阶，走到庭院里，周似锦忍不住又回头。昏黄灯笼光晕朦胧，许凤鸣依旧立在那里，乌发白衣，似一朵孤独的高山雪莲，高高在上，不可攀折……

她不敢再看，怕自己舍不得，低头急急去了。

许凤鸣目送周似锦的身影消失在雪中。

庭院的青砖地上原本笼着一层薄雪，上面留下了一串杂乱的脚印。渐渐地，雪花飞舞，很快就把脚印遮住了。

身着青衣的李越悄无声息出现：“殿下，今夜回东宫吗？”

许凤鸣清俊的脸上没有一丝表情：“回。”

周似锦不在身边，他又变回了那个清冷自持，冷漠疏离的皇太子殿下。

回到房里，许凤鸣吩咐李越：“你去打听一下东宫选妃到底是怎么回事？”

李越答了声“是”，自去安排。

雪断断续续下了两天就停了，可到了正月二十上午，朔风一起，雪花便又开始飞舞。

这日轮到周胤给皇太子讲学。

待周胤一节书讲完，林岐吩咐小太监李越送入各样细巧果品，小金壶内盛满温热美酒，亲自斟了一盏，奉给了周胤：“先生请！”

周胤接过金盏一饮而尽。

文华殿长窗上嵌着水晶，能够看到外面雪花纷纷扬扬落下。

殿内生有地龙，碧瓷花瓶插上瑞草白梅散发着幽香，一边紫檀架子上摆着一个白玉盆，里面养着正盛开的重瓣水仙。

酒香、梅香和水仙花的香气氤氲在一起，师生畅谈，一时气氛和乐无比。

林岐不着痕迹地把话题引到了说亲这件事上。

他的这六个陪读都是精挑细选出来的，个个都是人精，收到林岐的暗示，便开始畅谈起来。

周胤乐呵呵听了几句，就得到了不少有用的信息。

比如在座的陪读中有一位秦羽，今年十五岁，是工部侍郎秦涟的次子，剑眉星目，身材高挑，性格开朗，尚未说亲。

更妙的是，这位秦羽生母早逝，继母一直无所出，而且继母笃信佛教，一个月有二十日住在城东地藏庵里做居士。

上面继母不理事，中间有长兄长嫂顶门立户，做秦羽的妻子一定省心得很。

林岐怕周胤看出端倪来，点到为止，又开始和众人探讨晋州有可能挖出煤矿的地方，还吩咐李越取了晋州的舆图过来，平铺在书案上，与大家一起探讨。

周胤支持皇太子殿下研究实务，因此也加入进去，和七个学生一起研究。

晚上回到家，周胤洗漱罢出来，特地问周夫人："阿琳，你与工部侍郎秦涟的夫人相熟吗？"

"我自是认识，"周夫人含笑道，"怎么了？"

她拔开一个玉瓶的塞子，将玉瓶递给周胤。

周胤接过玉瓶，倒了些散发着竹叶清香的透明液体在手心，轻轻拍在了脸上。

他年近三十，还能被誉为六部第一美男子，和他愿意保养分不开。

待肌肤得到了润泽，周胤这才道："我听说秦涟的次子秦羽还没有说亲，你想法子探探秦夫人的口风。若是有戏，二月初十我的生辰宴，也给秦夫人下个帖子。"

秦羽是皇太子陪读，也算是他的学生，一定会来拜寿的，倒不用另外再下帖子了。

周夫人听了，知道周胤看上了秦家的次子，笑了起来，道："秦涟这位夫人是继室，原是庶女出身，她比秦涟小十多岁，在闺中时就性格恬淡，爱养小猫小狗，是个好相处的。"

周胤点了点头，道："喜欢小猫小狗，性子想必良善……到时你探探口风吧！"

见周胤为周似锦的亲事如此上心，周夫人莫名有些不舒服，便道："子承，卫国公夫人很喜欢盼兮，上次托韩夫人和我说了，我想着似锦和倩兮的亲事还没有定下，便没有答应她。"

周胤把玉瓶递给了周夫人，道："卫国公……我记得卫国公只有一个独生子……"

他一向信任妻子，只道："盼兮还小，不急于定亲，卫国公府那边，咱们慢慢相看，不可冒进。”

周夫人答应了一声，微微一笑：“我都听子承的。”

这日下午周似锦正在房里读书，周夫人房里的小丫鬟菡萏跑了过来：“大姑娘，夫人请您过去呢！”

周似锦看了春剑一眼。

春剑会意，从拣妆里抓了一大把西域葡萄干给了菡萏：“挺甜的，你也尝尝。”才开口问菡萏，“菡萏，夫人叫大姑娘去做什么呀？”

菡萏一边吃葡萄干，一边道：“老爷生辰快要到了，夫人给老爷准备寿宴，想着姑娘们到时候要会客，就让人叫了琳琅阁和锦绣坊的女伙计过来，让姑娘们挑选首饰衣服。二姑娘三姑娘都去了，就差大姑娘了。”

惠畅堂东厢房热闹非凡，周夫人端坐在罗汉床上吃茶，北边临窗的炕上摆满了各样首饰和衣料样品，琳琅阁和锦绣坊的女伙计立在一边，为周倩兮和周盼兮介绍着带来的货物。

周似锦进去后，先屈膝向周夫人行了个礼：“给母亲请安。”

“起来吧。”周夫人淡淡道，“我命人把琳琅阁和锦绣坊的人请到了家里，这样你姐妹三个挑选衣服首饰也自在些。”

周盼兮扭头叫周似锦：“大姐姐，快过来！”

琳琅阁和锦绣坊的女伙计齐齐屈膝行礼：“给大姑娘请安。”

她们专门做京城高门和权贵家的女眷生意，对各家内宅之事门清，知道这位周大姑娘是探花郎周胤的庶出长女，一直养在泽州亲戚家，刚被接到了京城，因此行了礼后，一边招呼，一边打量着这位周大姑娘，发现周大姑娘一看便是探花郎周胤的亲生闺女。

琳琅阁的女伙计笑容灿烂，甚是热情：“大姑娘先看首饰吧，选了首饰再搭衣服。”

周似锦并不缺首饰，见周倩兮选了一套赤金镶嵌红宝石头面，周盼兮选了一套赤金镶嵌珍珠头面，她便选了一套亮银镶嵌的翡翠头面。

为了搭这套翡翠头面，周似锦又选了件玉色绣金线蝴蝶穿花的锦袄，配了条京城正时兴的绣花百褶裙。

周倩兮选了两套衣服，周盼兮选了三套衣服。

琳琅阁的头面是现货，当场就交付了，锦绣坊却是先挑选款式，再测量身量，得做好才能送来。

姐妹三个正在测量身量尺寸，小丫鬟进来禀报，说忠顺伯夫人带着三姑娘、

六姑娘和二公子到了。

忠顺伯府是男女分别排行的，三姑娘是蒋瑜，六姑娘是蒋珠，二公子便是唯一活下来的庶子蒋珙了。

周似锦便看向周夫人："母亲，我去屏风后避一避。"

她今年该及笄了，蒋珙也十六岁了，按照京城这边的规矩，和蒋珙见面不合适。

周夫人看了她一眼："去吧！"

周似锦起身去了屏风后，在绣墩上坐了下来，见紫檀小几上摆着一本《楚辞》，随手拿起来翻看着，可是看了半日也没看进去。

在她心中，孙浴泉是吐着芯的漂亮毒蛇，蒋珙便是没心没肺的恶毒黄鼠狼。

这样的蒋珙，生得人模狗样，却一心想发绝户财。

忠顺伯夫人和周夫人姐妹彼此厮见过，携手在罗汉床上坐下了。

两家的小辈也彼此见了，蒋瑜和蒋珠熟不拘礼，蒋珙却恭恭敬敬给周夫人拱手行了个礼："给姨母请安。"

周夫人点了点头，吩咐似锦："似锦，给你姨母请安。"

周似锦隔着屏风道："给姨母请安。"

得知周似锦在屏风后，忠顺伯夫人看了蒋珙一眼。

蒋珙会意，越发表现得温柔又风趣。

琳琅阁和锦绣坊的女伙计也上前见过忠顺伯夫人。

蒋珠见了，艳羡得很，眼珠子一转，拉着周盼兮的手，脆生生道："原来姨母在给你们选衣服首饰呢，我们来得不巧！"

周夫人当即吩咐琳琅阁和锦绣坊的女伙计："把你们的货物名录拿过来，让我这两位外甥女也挑选一番，到时候归总结账。"

蒋珠喜滋滋走上前："多谢姨母。"

蒋瑜一脸不好意思："姨母，让您破费了，我就算了……"

周夫人柔声道："别和姨母客气，你尽管去选。"

蒋瑜恭谨地答了声"是"，莲步轻移，也跟着去北边挑选衣服首饰去了。

蒋珙陪着忠顺伯夫人和周夫人说话。

因蒋珙问起周韶，周夫人含笑道："他在嵩山书院读书，昨日已经回书院了。"

蒋珙一副温柔腼腆的模样，奉承了周夫人几句，便告辞退下了。

周夫人待蒋珙出去了，这才叫了周似锦出来。

周似锦也知自己在这里，周夫人与忠顺伯夫人说话不方便，陪着说了两句话也出去了。

小丫鬟见周似锦要出去，忙撩起了明间门上挂的厚暖帘。

素心拿了斗篷，在廊下服侍周似锦穿上。

周似锦带着素心往外走，刚出了惠畅堂大门，一个人速度极快地登上门外的台基，立时就要和她撞个满怀。

她反应很快，拉着素心往西边一闪。那人撞了个空，踉跄了一下，扶着门框，收住了脚步。

周似锦抬眼看去，见那人柳叶眉桃花眼，俊俏秀美，体态风流——不是蒋珙又是谁？

蒋珙桃花眼含笑，拱手行礼，温柔中带着几分腼腆："是似锦表妹吗？对不住了，方才是为兄莽撞……"

周似锦面无表情地道福，带着素心离开。

一直走到了惠畅堂的大门外面，周似锦犹觉得如同芒刺在背。

方才若是蒋珙撞到她身上，再趁势把她抱在怀里……门口的婆子都看着呢，她跳到黄河都洗不清了，只能嫁给蒋珙了。

此时再想起蒋珙的种种恶心行为，周似锦才醒悟原来自己也是蒋珙这样的人眼中的一块肥肉。

是啊，她虽是庶女，却有丰厚的嫁妆，更重要的是，她爹是吏部侍郎，皇帝宠臣，那些人不敢奢望嫡出的周倩兮和周盼兮，自然退而求其次，把庶出的她当作猎物了。

回到兰庭，周似锦发现背上出了密密一层汗，潮湿黏腻，难受得很，默然片刻，吩咐春剑："去厨房要几桶热水，我想洗个澡。"

洗罢澡，周似锦让素心取出周夫人命王妈妈送来的松江阔机尖素白绫和大红妆花锦缎，打算给许凤鸣做一件白绫夹衣和一件大红妆花锦缎褙子——元宵雪夜她和许凤鸣腻在一起，早把许凤鸣的尺寸腰围给记住了。

许凤鸣的胸比她平得多，腰围和她差不多，肩比她宽，个子约莫比她高了四寸……

开始裁剪缝制衣物，周似锦纷乱的心渐渐平静了下来。

惠畅堂那边，蒋瑜、蒋珠表姐妹四个一起去了周倩兮和周盼兮居住的蒹葭院，东厢房暖阁内终于清静了下来。

忠顺伯夫人和周夫人说起儿女的婚事，道：“阿瑜、阿珠出嫁，我准备给她姐俩一人一万两千两银子，妹妹你呢？”

她的陪嫁都花得差不多了，不过她前年和去年打发出去三个庶女，一个给七十岁的晋州富商做继室，一个做了巡盐御史的外室，还有一个嫁给了西域来的富商，总共得了两万四千两银子聘礼，给蒋瑜和蒋珠这两个嫡女做陪嫁倒是够了。

周夫人没想到忠顺伯夫人会陪送女儿这么多——一般公侯之女出嫁，陪嫁五六千两已经不算少了。她想了想，道：“我预备给倩兮和盼兮一人八千两陪嫁。”

忠顺伯夫人端坐在那里，似乎是随口问了一句：“那周似锦呢？”

周夫人道：“我们老爷说了，似锦的嫁妆，不用公中出，他自有打算——京中官宦人家庶女出嫁，一般一两千两银子也差不多了。”

忠顺伯夫人简直不知道该说什么好了。

周胤绝对不可能只给周似锦一两千两银子做陪嫁的！

周似锦是周胤的亲生女儿，周胤又不像蒋长青是个管生不管养的废物，怎么可能给嫡女八千两银子陪嫁，只给庶女陪嫁一两千两银子？

她看了周夫人一会儿，转移了话题：“你瞧蒋珙怎么样？”

她这妹子一向高傲，有些不听人劝，何必多说？

周夫人微微颔首：“看着倒是知进退的样子，生得也好，甚是温柔腼腆。”

忠顺伯夫人又问道：“父亲的生辰，你预备送什么礼物？别比我高太多了，到时候我面子上不好看。”

周夫人说了声“我晓得”，开始和姐姐商议如何给父亲王学士准备生辰礼物。

忠顺伯夫人一直待到了傍晚才提出告辞。

周夫人带着周倩兮和周盼兮姐妹送忠顺伯府一行人，直把人送到了二门外。

忠顺伯夫人挽着周夫人的手，颇为依依不舍：“父亲的寿辰，咱们姐妹好好聚一聚，父亲喜欢热闹，记得把你这三个女儿都带上，我也多带几个女儿，到时候也热闹些……”

蒋珙立在忠顺伯夫人身后，游目四顾，却没找到周似锦，不禁悻悻然——他在女孩子面前向来无往而不胜，面对这周似锦却“老虎吃天，不知道从哪儿下口”。这小妮子不出现，饶是他有满身的本领，也使不出来。

这一天周似锦都待在兰庭闭门不出。

晚上，周似锦拿了个锦匣出来，让几个丫鬟挑选首饰。

素心选了一对赤金并头莲瓣簪和一对赤金莲瓣耳坠子，春剑选了一支赤金点翠的头钗和一对金镶玉耳坠。

还有四个十岁左右的小丫鬟，正在分首饰，兰庭的门却被人敲响了。

周夫人命菡萏过来，叫周似锦去惠畅堂。

周似锦刚走进二门，听到前方传来隐隐约约的琴声，驻足倾听，听出是《梅花三弄》。

周倩兮一曲弹罢，屋子里静悄悄的，连周夫人也沉浸在琴音之中。

这时，外面廊下传来清脆的拍手声，接着便是周似锦清脆悦耳的声音："前面悠远飘逸，凸显了梅花傲雪的风骨；后边节奏急促，表现了凛冽寒风中梅花的不屈。忽静忽动，忽柔忽刚，当真是'君子之风'。"

周夫人不禁微笑："你这做姐姐的，也太护短了——倩兮的弹奏哪有你说的那样好。"

周似锦裙摆轻移，进了正房明间，道："我还没见过哪家闺秀弹奏《梅花三弄》，比倩兮还好呢！"

正房西侧临时放了张琴台，周倩兮在琴台前坐着，被姐姐夸得脸都红了。

周夫人难得地和颜悦色道："似锦，你也懂琴吗？"

周似锦微微一笑，道："启禀母亲，不能说懂，只是略通一二而已。"

在泽州国公府，她做许凤鸣的伴读，跟着许凤鸣，琴棋书画都没落下。

她有时懈怠不愿意学了，许凤鸣就忽悠她，说将来她可以凭借这些技能去权贵家内宅做女先生。

许凤鸣还教她："你轻易不要提你会这些，然后在一个似不经意的场合展现一番，定叫人刮目相看。"

周夫人看了自己这个庶女一眼，道："你来弹一遍《梅花三弄》。"

周似锦温婉地答了声"是"，心里却跃跃欲试。

周夫人对她不言语刻薄，生活上也不苛待，更不像忠顺伯夫人那样卖庶女成瘾，这样的嫡母其实已经很好了。

只是她天性高傲，目无下尘，并看不上周似锦这庶女。

周似锦以前就常暗中摩拳擦掌，想让嫡母看看自己真正的实力。

可惜，一直到死，她都没有机会表现，现在可算有机会表现一番了。

周倩兮起身，请周似锦在琴台前坐下。

周似锦坐下，调了调琴弦，这才开始弹奏。

周夫人起先还是没有表情，渐渐神情专注起来，最后肃容倾听。待周似锦

弹毕，她微微颔首，点评道：“技巧甚好，弹到主旋律处疾速适当，快而不乱；弹到写意暴风雪处，十分疾猛，显出梅花之高洁——在你这个年纪，能有这样的琴艺已经很不错了。”

她略一沉吟，道：“后日你们外祖父六十寿辰，你也过去，你们外祖父最喜听《梅花三弄》，到时候你为他老人家弹奏一曲。”

什么叫“搬起石头砸自己的脚”？这就是“搬起石头砸自己的脚”！

她心中懊悔，面上却甚是恭谨：“是，母亲。”

周倩兮悄悄松了一口气。

原本母亲要她在外祖父寿辰上当众弹奏，没想到姐姐主动跳出来，倒是救了自己。

她笑盈盈地走上前：“姐姐，外祖父喜欢玉兰，学士府种满了玉兰树，如今正是玉兰花期，特别美——到时候我陪你一起去赏花。”

周似锦笑容真切起来：“我也好想看玉兰花。”

事已至此，单懊悔没用，反正到时候她防着忠顺伯府的人就是。

周夫人命人叫周似锦过来，是想着她的字不错，让她帮着写二月初十请客的帖子。此间事了，便命人备了笔墨纸砚，让周似锦开始写帖子。

写完帖子已近亥时。

春剑和周倩兮的丫鬟暗香一人打着一个灯笼走在前面，周似锦和周倩兮并肩而行。

出了二门，周倩兮要往东回蒹葭院，周似锦要往西回兰庭，姐妹俩却齐齐在门外停住了脚步。

周似锦忍不住笑了：“倩兮，你先说。”

周倩兮也笑了，道：“姐姐，外祖父家和大姨母家不太一样……舅母和表姐妹们都很和气的，就算是王舒表兄，人也很好。”

周似锦明白周倩兮是在委婉地告诉她外家王家的人不像忠顺伯府那样势利，让她放宽心。

这样的周倩兮让周似锦觉得温暖。

周似锦忽然展开双臂上前一步抱住了周倩兮。

周倩兮四肢僵硬——她还不习惯和姐姐这样亲密接触。

周似锦松开了周倩兮，笑容灿烂：“我很开心。倩兮，谢谢你。”

周倩兮有些不好意思，喃喃道：“姐姐你也……挺好玩的。”

周似锦笑了起来：“以后你会发现我不是挺好玩，是特别好玩！”她摆了摆手，洒然往西去了。

回到兰庭，周似锦还有些兴奋，有好多话想要和人说，可能听她胡言乱语的人只有许凤鸣。

她命素心准备了笔墨，在书案前坐下，对着案头的琉璃罩灯，提笔写了起来。

周似锦给许凤鸣写信，写的都是大白话，不知不觉啰啰唆唆写了好几页。

写到最后，周似锦想起后日要到王学士府，便加上一句："对了，我后日要随母亲到王学士府贺寿，待寿宴结束，我顺路去狮子街国公府拜访你。不管你在不在，我都要去一趟，顺便把我给你做的衣服送过去……"

把信封好，周似锦伸了个懒腰，吩咐春剑："去准备热水、香胰子、牙擦和青盐，我要洗漱了。"

今天可真是充实的一天啊！

早上起来洗漱罢，周似锦请了孙妈妈进来，把信交给了她："孙妈妈，拜托您老人家送到狮子街安国公府，把这封信当面交给康嬷嬷。"

孙妈妈接过信，却把周似锦同时递过去的金马镫戒指退了回来："姑娘，这我不能要。"

她笑容亲切："老爷疼爱姑娘，若是知道我勒索姑娘银钱首饰，会不开心的。"

周似锦不由得笑了，不再客气："多谢妈妈。"却又拿了一个小银锞子给了孙妈妈，"即使妈妈你不要车马费，可安国公府守门的小厮也还要通禀的好处费呢，你就收下吧！"

孙妈妈这才收了。

不过一上午时间，周似锦就把白绫夹衣做好了，大红妆花锦缎褙子也做好了大半。

因为长时间做针线，周似锦眼睛有些累，便让素心帮她熨做好的白绫夹衣，自己则带了小丫鬟国色和幽客到兰庭的院子里散步。

兰庭西北角种着两株蜡梅，如今蜡梅花期已过，枝头稀稀疏疏挂着几朵有些干枯的蜡梅花，犹自散发着淡淡的寒香。

周似锦摘了朵蜡梅，正放在鼻端轻嗅，周夫人的陪房王妈妈来了。

周似锦有些惊讶，一般周夫人派人传话，都是菡萏那个小丫鬟，今日为何会派王妈妈来？

她忙笑着迎上前："妈妈可是稀客，先进屋吃杯茶吧！"

王妈妈笑得满面春风："大姑娘，今日可没工夫，还是下次吧！"

她上上下下打量周似锦，见周似锦穿着件半旧的淡青色绣袄，系了条浅粉锦裙，便道：“大姑娘，夫人让你去见客，快去换一身出挑些的衣服。”

周似锦见王妈妈催得急，便进屋换了件杏黄色绣了繁花的锦袄。

王妈妈跟着进去，见周似锦发髻上没插戴首饰，忙道：“姑娘，毕竟是见客，发髻上还是得插戴些簪环。”

周似锦从善如流，又插戴了一支垂着流苏的赤金镶红宝石凤钗，含笑扭头让王妈妈看。

王妈妈这才满意了：“甚好甚好，快走吧，别让夫人等急了。”

待走到惠畅堂外面，周似锦已经打听出王妈妈的来意。原来工部侍郎秦涟的夫人乔氏过来做客，因没见过周似锦，所以周夫人命王妈妈来叫她过去，好让秦夫人看看。

周似锦不由得疑惑：倩兮未来的婆婆见我做什么？

初春带着寒意的风吹拂，走到惠畅堂台阶下时，周似锦停住了脚步。

她终于想起来了。

她和孙浴泉成亲不久，曾陪着威远侯夫人去地藏庵打醮，遇到了秦夫人。秦夫人拉着她的手，连说了好几声“可惜”。

当时周似锦有些丈二和尚摸不着头脑，现在想来，的确有些怪异。

王妈妈已经去通禀了：“夫人，大姑娘来了。”

周似锦抬眼一笑，登上台阶。

过去就过去了，专注眼前最重要。

秦夫人三十来岁，面如满月，很是和气，身上带着淡淡的檀香气息。

她拉着周似锦的手，细细看了又看，笑道：“真是个好孩子，一看就是有福气的。”又絮絮问周似锦女红怎么样，爱看书不爱，喜不喜欢小狗，喜不喜欢写字。

周似锦一一应了，应答颇为得体。

得知周似锦喜欢书法，曾经练过几年卫夫人的簪花小楷，秦夫人笑容更加和气：“练过簪花小楷好，抄写佛经特别好看。”

周夫人心中诧异，她只是拜托韩志云的夫人做中人，略微试探了一下，谁知秦夫人当真过来相看了。

工部侍郎秦涟素来低调，在六部侍郎中似乎没有什么存在感，可是秦涟主管着全大周的兵器铸造，年轻时曾造出使用火药的武器，前途不可限量……

秦羽作为秦涟的嫡子，能看上周似锦这样一个庶女吗？

可见秦夫人似对周似锦很满意，周夫人也就没有多说什么。这件亲事如果能成，对倩兮和盼兮的说亲也有帮助的。

送走秦夫人后，周夫人叮嘱周似锦：“今日之事，别和外人提起。”

她怕事情不成，周似锦被人在背后乱嚼舌头。

周似锦恭谨地答了声“是”，心里却道：难道秦夫人是来相看我的？

这可是倩兮未来的婆婆，感觉好怪异。

不过兵来将挡，水来土掩，反正她认准了许凤鸣，谁也别想拗过她。

周似锦的信被送到林岐手中时，已经快午时了。

东宫大殿华丽而空旷，虽然生有地龙，可林岐依旧觉得冷。

他一向怕冷，因此重回东宫后，住在冬暖阁的时候居多。

林岐开始读周似锦的信，嘴角的笑都没停过。

看到周似锦说为他做了一件白绫夹衣和一件大红妆花锦缎褙子，林岐想笑又有些笑不出来，嘴角抽了抽：周似锦这小傻子！

外面传来请安行礼的声音：“给皇后娘娘请安。”

林岐不慌不忙把周似锦的信叠好，放入信封中，然后又把信放入了抽屉里。

许皇后在女官、宫女的簇拥下走了进来。她一脸盛妆，丽色无双，犹如神仙。

林岐起身行礼。

许皇后扶起林岐，见他瞧着气色尚可，便道：“小凤凰，午膳用了吗？汤药喝了吗？”

林岐微笑，乖巧可爱：“母后，午膳用了，汤药也喝了。”

许皇后伸出白皙修长的手指点了点他的额头：“我不是问你。”

她看向一边侍立的李越：“李越，本宫问的是你。”

李越悄悄瞅了林岐一眼，吞吞吐吐道：“启禀皇后娘娘，小的……”他又瞅了林岐一眼。

许皇后一看便知林岐既未用午膳，也没服汤药，当下吩咐李越：“把午膳和汤药都送来吧，本宫亲自喂殿下。”

李越喜不自禁，利落地答了声“是”，欢欢喜喜地退了下去。

李越很快就指挥着小太监摆好了午膳。

许皇后作势道：“来，本宫喂殿下用膳！”

林岐哪里会让许皇后喂他吃饭，只得勉力吃了些，又在许皇后的催促下，把一碗汤药全喝了。

见林岐漱口后脸色苍白，神色萎靡，许皇后亲自扶他在榻上躺了下来，为他盖上锦被，然后摆了摆手。

侍奉的女官、太监和宫女潮水般退了下去。

待暖阁里只剩下她和林岐母子，许皇后这才低声道："林嶂的一个侧妃又怀孕了。"

林岐闭上眼睛，长睫毛颤抖："林嶂的妾室怀孕，和我有什么关系？"

许皇后道："你应该知道我要给你选妃的事了。我把名单给你留下，你好好看看，其中对你最有利的那几家闺秀的名字前我都做了记号，你看一看，挑一个自己喜欢的做太子妃，剩下的再选出一个良媛、一个良娣，太子妃和良媛良娣不可选同一派系，要不偏不倚。"

林岐忽然坐了起来，眼睛亮得吓人："我病还没好，母后就让我选妃，是想让人知道我有病？"

他冷笑一声："母后是让我继续父皇的老路，在自己的妻妾中搞制衡？难道母后不知道搞制衡的结果是什么？我难道不是父皇在后宫和前朝搞制衡的牺牲品？"

林岐说着话，眼泪溢出了眼眶："母后，不管是朝堂，还是后宫，与其费尽心机搞制衡，不如想办法全抓在自己手里。他朝我若为帝，朝堂和后宫必须全听我的。"

他才不怕在史书上留下"排除异己""独断专行"这样的骂名。

许皇后心脏阵阵抽搐，疼得她快要支撑不住了。

是啊，林岐，她身上掉下来的肉，唯一的麟儿，比她的命还要重要的宝贝，不就是林恒搞制衡的牺牲品？

想到林岐遭受到的那些苦难，许皇后半日方道："小凤凰，你若是不愿意，这件事……容我再想想……"

回到福宁宫，许皇后一直竭力维持的凤仪再难维持，疾步进了寝殿。

服侍许皇后的女官王云芝屏退侍候的人，又吩咐亲信守在殿外不让人靠近，才进去服侍。

许皇后扑倒在宽敞华丽的凤榻上，压抑的哭声隐隐传来。

王云芝心里难受极了，她侍立一侧，一言不发。

一定得让皇后娘娘哭出来，她实在是憋太久了，若是再不发泄，会疯掉的。

待许皇后哭声渐止，王云芝才轻轻道："娘娘，太后说苏嫔这一胎必定为皇上诞下皇子，因此把苏嫔接到延寿宫，亲自照管，又催着皇上把苏嫔的孪生妹子也封为嫔了。”

大苏嫔和小苏嫔这对孪生姐妹花是苏贵妃的庶妹，生母乃老镇南侯的西洋歌姬，大苏嫔和小苏嫔姿容艳丽，颇具异域风情，很得洪武帝宠爱。

皇后娘娘在悲伤沮丧的时候，只有敌人才能让她重新焕发斗志。

片刻后，许皇后沙哑的声音传来：“扶本宫起来。”

为了林岐，为了远在泽州的许氏家族，她必须得披上铠甲，坚强起来。

林岐倚着锦缎靠枕歪在榻上，静静想着心事。

他和他的母亲，虽然是同盟，却永远有着隔阂。

林岐想要这万里河山更加壮美，想要在这片土地上辛苦耕耘的芸芸众生更加安乐。而他的母亲，想要他君临天下，也想要许氏家族割据一方无法撼动永保富贵。

李越走了进来，凑近林岐用极低的声音道：“殿下，药已经送过来了。”

林岐面无表情道：“试验过了吗？”

李越低声道：“和先生已经在兔子等活物上试验过六轮了，雄性服用之后，欲心消减，而且不能令雌性生育。”

林岐声音平静无波：“给小苏嫔送去吧！”

李越答了声“是”，自去安排。

出身镇南侯府的大小苏嫔是皇太子殿下布的暗棋，这个秘密就连皇后娘娘也不知道。

今日下午申时到酉时是林岐练习骑射的时间。

林岐坐在圈椅里，修长的双腿伸了出去，等着小太监李青服侍他穿鹿皮快靴。

李青拿着崭新的鹿皮快靴，看看皇太子脚上的白绫袜，再觑一眼皇太子，试探着问道：“殿下，不换双白绫袜吗？”

林岐浑不在意道：“不用换了。”

不过去练一个时辰骑射，还重新换白绫袜，麻烦不麻烦呀！

李青“哦”了一声，拿起鹿皮快靴，小心翼翼地套在皇太子的脚上，还特地绑紧了靴筒上的皮质系带，免得露出白绫袜筒上绣的粉嫩可爱的小鸡仔。

也不知怎么回事，皇太子对这几双绣了小鸡仔的白绫袜格外喜爱。

林岐刚换好骑装，小太监就来禀报：“启禀殿下，秦二公子来了。”

秦羽在外间候着，见林岐出来，忙上前行礼。

他今年才十五岁，剑眉星目，英气勃勃，开朗得很：“殿下，我母亲今日去了周府，见到了周大姑娘。”

林岐含笑看着秦羽，等着秦羽继续往下说。

秦羽因穿着骑装，显得特别挺拔潇洒：“我母亲说周大姑娘长得好看，是有福气的面相，仪态风度也都很好。”

林岐嘴角噙着一丝笑意。

他的白又胖，又白又胖又可爱，当然有福气了。

秦羽觑了林岐一眼，见他心情甚好，便大着胆子道：“殿下，明日周大姑娘要随着周夫人前往王学士府贺寿，我想混进去瞧瞧……”又道，“我有一个好朋友，叫王舒，是王学士的孙子，我打算让他帮忙……”

虽然是殿下暗示他爹和他的，可毕竟是他娶妻，秦羽还挺想亲眼瞅瞅那个周大姑娘。

林岐若有所思，没有发表意见。

他总觉得听了秦羽的话，自己莫名地有点不舒服，却又不知道为什么不舒服，略一思索，道：“明日我也去。”

秦羽自己去，总是有些不好意思，闻言大喜：“殿下，那咱们可得好好谋划一番了！”

林岐微笑：“先去演武场吧，邱正彤他们估计都到了。”

邱正彤是辽州总兵的次子，也是他的伴读。

这时，外面传来邱正彤粗犷的声音：“殿下，我等到了，快出来吧！哈哈哈！”

林岐不由得笑了，与秦羽肩并肩走了出去。

秦羽、邱正彤等少年鲜衣怒马，簇拥着林岐往东宫演武场去了。

第六章
雨夜

第二天上午，周府大门洞开，一辆红锦檀香车在前，一辆朱轮华盖车在后，后面缀着四辆丫鬟媳妇乘坐的黑漆平头车，一队车马驶出了周府大门，在骑着马的周胤护送下往东去了。

周夫人独自乘坐前面那辆红锦檀香车，周似锦、周倩兮和周盼兮姐妹三个一起坐在后面的那辆朱轮华盖车里。

周盼兮正在向周似锦介绍外祖家的那些表亲：“外祖父家是先帝赐的宅子，比咱家要大得多，先前外祖母当家，规矩大得很，我都不喜欢去。如今舅母当家，不像以前那样规矩森严了，表兄弟们倒是不避讳见面的……”

周倩兮一个人坐在倒座上，见她俩凑在一起叽叽咕咕八卦个没完，故意道：“我真后悔和你们两个同车，要是早知道你俩这么聒噪，我就听母亲的，坐到母亲车上去了。”

周盼兮笑嘻嘻地拆穿她：“我知道，我和大姐姐再吵，你也喜欢和我们坐同一辆车，你明明喜欢看我们热热闹闹的，何必惺惺作态！”

周似锦闻言笑了起来——她也发现了，周倩兮和许凤鸣有些像，都是死鸭子嘴硬。

姐妹三个说说笑笑，转眼间王学士府就到了。

得知周府的马车到了，王学士的长媳简氏带着儿媳田氏亲自迎到了二门外。

彼此厮见罢，简氏笑着迎了周夫人一行人往里走：“大妹妹已经到了，我还说着二妹也该来了，谁知京城地邪，我话音刚落，婆子就进来禀报，说二姑奶奶到了！”

周夫人本不是爱说爱笑的人，闻言也只是微笑而已。

简氏语速比一般人快一些，一边走一边说：“父亲如今搬到了春晖园住，他老人家不爱热闹，到时候咱们去给他老人家磕个头，祝他老人家福如东海寿比南山……”

周似锦与倩兮、盼兮一起跟在后面，听着简氏叽叽呱呱说个不停，根本不给周夫人说话的机会，不由得都笑了。

到了正房明间，简氏有话要与忠顺伯夫人和周夫人说，也不绕弯子，干脆吩咐嫡女王蕙和庶女王菁："阿蕙，阿菁，你们两个陪众姊妹去后花园赏花，好好松快松快！"

王蕙和王菁答应了一声，招呼着众表姊妹往后花园去了。

这次忠顺伯夫人除了蒋瑜、蒋珠，还带了一个叫蒋瑛的庶女过来，自然也跟着过去。

王学士府的后花园十分阔朗，种了不少玉兰树，如今刚到花期，白色紫色的玉兰花盛开在高高的枝头，雅致中带了几分孤独之意。

大家走着走着，自然而然就分成了两拨：蒋瑜、蒋珠和王蕙一拨，走在前面；周似锦、周倩兮、周盼兮姐妹三个与王菁一拨，连带着一直跟着她们的蒋瑛，一起走在后面。

后花园里有一处假山，上面有一个亭子，可以登高远眺，蒋瑜三人便往假山那边去了。

蒋瑛却被路边的秋千吸引了，拉了拉周盼兮的手，小心翼翼道："盼兮表妹，这里有秋千架呢……"

周盼兮最喜欢荡秋千了，当下对周似锦说道："姐姐，咱们在这里玩儿吧，爬山有什么意思。"

周似锦笑着看向王菁和蒋瑛："我们姐妹要在这里打秋千，你们要不要一起玩？"

王菁微微一笑，道："我说周大姑娘，你可是客人，怎么反客为主了？"

她今年十五岁，长相普通，瞧着寡言少语的，可是周似锦却知道王菁内秀，绘画技艺高超，而且很会莳花弄草，熟了之后也是爱说爱笑的。

前世王菁嫁给了京畿祥符县的县尉曹翔，曹翔官职不高，可是与王菁夫妻和美，甚是恩爱。

周似锦也笑了："你想和我们一起玩，就直接说呗，还要做张做智。"

王菁见周似锦性子爽利，也不客气了，道："等一下咱们互相推送，这样才能荡得高，玩得痛快！"

周似锦笑盈盈地看向蒋瑛："蒋七姑娘，你要不要一起玩打秋千？"

蒋瑛约莫十四岁，容颜娇美，小巧玲珑，是个香扇坠儿似的小美人。

她娇滴滴地说道："我想玩，可我不会，胆子又小，有些怕怕的……"

周似锦觉得蒋瑛挺有意思。

蒋瑛和孙浴泉的表妹小刘氏是一类人，特别的娇弱、胆小，娇滴滴，软绵绵，让男人满心怜惜，占有欲和保护欲都油然而生，恨不得把小美人紧紧抱在怀里，或者和水给吞到肚子里去。

若周似锦是男人，自然要十分有男子气概地说“不要怕，我教你”，可她是女子，因此她含笑道：“你不会没关系，在一边看着我们玩也行。”

王菁在一边低头微笑。

周盼兮却已经坐到秋千架的踏板上去了：“姐姐，快来帮我推送！”

周似锦让周盼兮挽定彩绳坐稳，然后和王菁一人一边将其推送。

周盼兮坐在秋千上，被周似锦和王菁推送着飞到了半空中，犹若飞仙。

她兴奋极了，咯咯直笑：“姐姐，再用力些，再高些！”

周似锦一边叮嘱她“一定握紧彩绳”，一边和王菁一起抓紧彩绳用力推送，让周盼兮荡得更高。

周盼兮嘴里嚷嚷着“姐姐，我腿软了”，却还不断催促“再高些再高些”，开心极了。

周盼兮玩得腿都软了，实在坚持不下去了，这才停了下来。

轮到周倩兮了。

她虽然不像周盼兮那样活泼外露，却也极享受荡秋千的乐趣，一边荡，一边低声请求周似锦：“姐姐，再高一些吧！”

周似锦和王菁果真把她推送得更高。

周倩兮闭着眼睛，享受着整个人飞起时那种眩晕感，觉得今日实在是快活极了。

简氏的小儿子王舒按照和秦羽约定好的时间，来到了西偏院那边供学士府下人进出的偏门，却发现秦羽已经带着一个极清俊的少年等在那里了，忙低声道：“快进来吧！”

进了偏门，王舒打量了那个清俊少年一眼，低声问秦羽：“秦羽，这位是——”

这少年生得挺打眼的，不过身上穿的只是普通的蓝松江布袍子，围的腰带也是普通的玄色缎带，分明是寒门子弟的装束，没见过也就不奇怪了。

秦羽揽着王舒的肩膀，一边走一边说：“这是我的一个好朋友，姓许——对了，你见过周大姑娘吗？”

王舒摇了摇头：“我还没见过。”

秦羽看了林岐一眼，心里也觉得纳闷：殿下为何想让我娶周探花的女儿？

周探花是皇上的亲信……难道是为了笼络周探花？啊，这就对了！

周探花不但深受洪武帝信重，掌管吏部多年，而且在清流中颇有名望，又是天下皆知的风流俊俏周探花，确实值得殿下用心笼络。

单是师生关系还不行，再用婚姻关系来巩固，殿下的势力才会更加巩固……

想到这里，秦羽心潮澎湃，一股舍我其谁的豪情油然而生：殿下把如此重要的任务交给我，我也是殿下信重的人啊！

王舒引着秦羽和那清俊少年专走僻静小道，七绕八绕，从一个小门进了后花园。

听到秋千架那边的笑声，王舒就引着秦羽和林岐往秋千架那边走去。

周盼兮、周倩兮和王菁都荡过之后，周似锦见蒋瑛羞羞怯怯不肯荡，便不再推让，自己站上了踏板，不让周盼兮和王菁给她推送："我给你们展现一下泽州那边的荡秋千技术吧！"

几个女孩子都好奇极了，退到一边，等着周似锦展现。

周似锦在泽州时就爱荡秋千，许凤鸣对荡秋千不感兴趣，却被她纠缠不过，命人在香樟苑装了一架秋千，在青龙山别业也装了一架秋千，让周似锦想玩就玩。

后来周似锦到了京城，一直小心谨慎做人，生怕被人小瞧了去，就再也没有酣畅淋漓地荡过秋千了。

如今她不盼着嫁入高门了，反倒卸下了包袱，摩拳擦掌要痛痛快快玩一次。

周似锦双手握紧彩绳，身子笔直，双脚牢牢踩定踏板，往前一送，一起一伏之间，越荡越高，看得周倩兮、周盼兮和王菁都捂住了嘴，不敢出声，生怕惊住了周似锦。

立在不远处的林岐也不由自主地屏住了呼吸。

周似锦一直很爱荡秋千，他每次看到都觉得心里一紧，偏偏又拗不过周似锦的纠缠，不得不让人给她装秋千架。

秦羽探着脑袋往那边瞅，口中道："哪个是周大姑娘？是那个穿大红羽缎袄系了条蓝裙子那个吗？那个长得最好看！"

王舒："呃……那是周家二姑娘。"

秦羽："难道是小巧玲珑个子最矮的那个？那个长得也好。"

林岐："那个也不是。"

这时王舒忽然道："蒋珙这是要干吗？人家女孩子们玩，他过去做什么？"

秦羽和林岐随着他的指点看了过去，却见一个面若桃花的锦衣少年摇摇摆摆走到了秋千架前，极为造作地和女孩子们见礼。

林岐一向有一种野兽般的感知危险的能力，心下觉得不对，当下也不多说，疾步往那边走去。

王舒和秦羽也忙跟了过去。

蒋瑛一直在等蒋珙过来，见他终于来了，便悄悄盯紧周似锦，待周似锦荡到了高处，便忽然跳了起来，拍打着身上，发出极尖厉高亢的叫声："啊——啊——啊——"

周似锦正专心致志荡秋千，被蒋瑛的尖叫声吓了一跳，握着彩绳的手一下子软了，整个人向前扑了出去。

正在和周盼兮、王菁说话的蒋珙等的就是这一刻，忙一个箭步冲上前去，预备一把抱住周似锦，然后滚倒在地上。

谁知蒋珙刚冲到秋千前，却有一股大力向他屁股袭来，他收势不住，整个人跌向前方，一下子跌了个狗啃泥。

周似锦反应极快，见蒋珙冲过来，心里一惊，电光石火之间，小臂齐齐往后绕到了彩绳上，瞬间绕了好几圈，双脚用力，踏稳了踏板。

秋千被周似锦用小臂、腿脚的力量给定住，堪堪在展开双臂的林岐面前停了下来。

周似锦浑身发软，手臂被彩绳勒着，却都顾不得了。她背脊上冒出一层冷汗，额头上也有汗，站在踏板上，眼睛瞪得圆溜溜，盯着近在咫尺的少年——这少年是谁？

咦？他怎么和许凤鸣没上妆时这么像？

不过细看的话，皮肤没有许凤鸣白，眉形和许凤鸣不同，鼻子似乎比许凤鸣大，眼睛比许凤鸣小，嘴唇比许凤鸣要薄一些。

这人长得像前世的……景和帝……

对，像景和帝，只不过年纪要小不少，是景和帝少年时的模样。

林岐看了周似锦一眼，往后退了一步，和秦羽、王舒立在一旁，仿佛刚才飞起一脚踹在蒋珙屁股上，把蒋珙踹了个狗啃泥的不是他一般。

方才那一连串事情发生得太快，众人都似被定在了那里，到了这时，才都醒了过来。

周倩兮和周盼兮忙跑过去，一左一右把周似锦的小臂从缠绕的彩绳中解救了出来，王菁则蹲下身子，用手扶着踏板，让周似锦从踏板上下来。

蒋瑛忙又尖叫了一声，继续表演——她还真弄出了一只虫子，"啊啊啊"地扔到了众人眼前，以示自己真的是被虫子吓住了，可惜没人理她。

周似锦给那长得像许凤鸣的少年使了个眼色。

这件事她能自己处理，何必连累好心的路人。

林岐见周似锦如此，就和王舒、秦羽一起离开了。

这时候蒋瑜领着蒋珠和王蕙赶了过来，见众人都围着周似锦，周倩兮和周盼兮正隔着衣袖在给周似锦揉手臂，蒋瑛孤零零立在一边满脸的晦气，见蒋珙则拱在旁边的草地里，没有动静，不由得皱起了眉头，知道蒋珙的计谋失败了。

原本她母亲的计划是让蒋瑛配合蒋珙，令蒋珙和周似锦在众目睽睽之下有肢体之亲，然后蒋瑜再过来把事情闹大，威吓引诱周似锦答应嫁给蒋珙，到了这一步再去见姨母周夫人，谁知计划居然失败了。

蒋瑜看了蒋珙一眼，抬头要找人扶他，却见方才还在场的王舒和另外两个少年已经不见了，只得招手叫了个丫鬟过来，吩咐道："去叫两个婆子过来。"

丫鬟一溜烟地跑去叫人了。

蒋瑜扫了众人一眼，开口问道："到底是怎么回事？是谁把蒋珙给踹倒的？"

周似锦忍着小臂的疼痛，正色道："瑜表姐，没有人踹蒋珙。我们几个正在打秋千，蒋珙忽然跑了过来，因为跑得太急摔倒了。刚才王舒他们都在场，都看到了的。"

蒋瑜的视线划过在场的周倩兮、周盼兮、王菁和蒋瑛。

方才大家都没带丫鬟，在场的除了晕倒在地上的蒋珙，就剩下眼前这几个人了。

周倩兮语气平静："瑜表姐，我当时正在看我姐姐打秋千，看得真真的，珙表哥过来时走得太急，被什么给绊了一下，一下子摔倒了。"

周盼兮眨了眨眼睛，补充道："可把我们给吓坏了，我们玩得正开心，他突然过来，若不是我姐姐反应快，抓紧了彩绳，还指不定怎样呢，说不定就要把他给撞飞了！"

王菁点了点头，道："正是如此。"

蒋瑜心中恨极，面上却依旧雍容，看向蒋瑛："瑛妹妹，是这样吗？"

蒋瑛嗫嚅着："我……我……"

周似锦微微一笑："方才瑛妹妹不是被虫子吓坏了吗，怎么还有工夫看我们这边？"

蒋瑛脸色苍白："是……是啊……我没看到……"

蒋瑜见实在是难以挽回败局了，便含笑道："既如此，对不住似锦妹妹了。"

她笑微微地对着周似锦屈膝道福，叫了婆子搀扶蒋珙去了。

得知周夫人在简氏那边的暖阁里更衣理妆，周似锦理了理衣裙预备过去。

周倩兮和周盼兮紧紧跟着周似锦。

王菁见状，也要跟着过去。

周似锦忙拦住了周盼兮和王菁："咱们都去，太惹眼了，我和倩兮去就行。"

其实她真不觉得今天的事情怎么样，就算蒋珙真的抱住了她，也不过是让她的名声不太好，以后嫁入高门不那么容易罢了。

问题是，她就没想着嫁入高门啊！

周似锦恨的只是蒋家的无耻下流罢了。

想到记忆中爹爹正是因为举荐蒋长青受到牵连的，周似锦就知道自己必须来见周夫人。起码要让周夫人知道，蒋家人究竟是什么货色。

周夫人正坐在妆台前理妆，听了周似锦和周倩兮的讲述，正色道："你们都是大姑娘了，还去玩荡秋千，到底有些不尊重，以后不可如此。"

她自然清楚蒋夫人的为人，可毕竟是一母同胞的亲姐姐，无论怎么说，还是得给姐姐留些体面。

想到这里，周夫人看向周似锦："蒋珙不过是小孩子淘气，见你们玩乐就凑了过去，这件事也不是什么好事，以后不必再提了。"

周似锦小心翼翼地卷起衣袖，露出两条小臂："母亲，我的手臂受伤了，琴怕是没法弹奏了。"

周夫人看了过去，见周似锦雪白丰润的手臂上有好几圈瘀痕，虽然没有破皮，瞧着却也甚是凄惨。

她心里一惊，忙起身走过去："让我看看。"

周似锦听话地把两条手臂递到了周夫人面前。

周夫人看了片刻，心情复杂："晚上回去，去惠畅堂拿药膏涂一涂。"

周倩兮这时候忽然道："母亲，姐姐手臂受伤了，今日筵席上还是由我来给外祖父弹《梅花三弄》吧！"

周夫人点了点头，倒也没说别的。

寿宴结束，周夫人和忠顺伯夫人因大嫂简氏挽留，决定在娘家多留一日，明日再听一天戏。

周似锦却一刻都不想在学士府停留了，谁知道接下来忠顺伯府那些人还会生什么幺蛾子，便以和安国公府的许二姑娘有约为由禀了周夫人。

周夫人待周似锦说完，便吩咐王妈妈："去安排一下车马，你跟车送大姑娘去狮子街。"

周似锦恭谨道："母亲，我去和父亲辞行。"

与其等爹爹从别人口里知道这件事，不如她自己去说，也免得被人添油加醋。

周夫人看了她一眼，道：“你父亲在莲榭歇息，让王妈妈带你过去吧！”

莲榭是周夫人未出嫁时的闺房，如今还保留着，每次回娘家停留，他们夫妻都被安排在莲榭居住。

寿宴结束，周胤刚回到莲榭，大舅子王令诚和忠顺伯蒋长青就跟了过来。

王令诚亲自用红泥小炉煮水沏茶，摆出要和蒋长青、周胤两位妹夫恳谈的架势来。

周胤端着茶盏，慢慢品着茶，听王令诚和蒋长青说话。

王令诚由品茶发散开去，侃侃而谈：“……王、周、蒋三家，一荣俱荣，一损俱损，必须守望相助，方能保得长久富贵……”

周胤知道这些话是说给自己听的，心中颇不以为然。不过他素来喜怒不形于色，含笑听着罢了。

正在这时，小厮进来禀报道：“老爷，大姑娘来了。”

周胤见赶客的机会来了，当即道：“让大姑娘在明间等着，我这就过去。”

人家女儿过来了，王令诚和蒋长青没法再留，只得起身告辞了。

反正周胤又没长翅膀能一下子飞走，晚上再来秉烛夜谈也是可以的。

周胤坐在书案后，周似锦立在书案前的木地板上，神情平静，一五一十把在王学士府后花园荡秋千时发生的事叙述了一遍，没有丝毫的添油加醋。

周胤听罢，全都明白了——蒋珙这是想算计他的女儿啊！

蒋珙年纪不大，后面也许有人指使，这人会是谁？是蒋长青，还是忠顺伯夫人？

最大可能是蒋长青和忠顺伯夫人两口子都参与了，因为他这个做父亲的，对忠顺伯府有利用价值。

他的女儿，实在是怀璧其罪。

想到这里，周胤低声道：“似锦，今日之事交给爹爹，爹爹会处理的，只是以后不要再提，你母亲面上不好看。”

做官做到了他这个地步，摆布忠顺伯府其实并不难，周胤只是担心妻子的反应，因此须得慢慢计较。

周似锦没有说话。

她就知道会是这个结果。

在父亲这里，她永远都不会是第一选择。

前世如此，重活一世，依旧如此。

周胤抬眼看向周似锦，这才发现她脸色苍白，神情萎靡，分明受到了极大的惊吓，忙道：“似锦，爹爹这就陪你回家。”

周似锦垂下眼帘，低声道：“爹爹，我想去狮子街国公府。”

她怕周胤不同意，忙又道：“我和许二姑娘约好了的，母亲也同意了。”

朱轮华盖车摇摇晃晃驶出了王学士府，向狮子街方向驶去。

康嬷嬷在安国公府内院二门外迎接周似锦。

她服侍周似锦坐上肩舆，低声道：“二姑娘在房里等你。”

周似锦轻轻“嗯”了一声。

肩舆一直抬进了许凤鸣住的梧桐苑，这才在台阶下停了下来。

周似锦扶着素心下了肩舆，一抬头，却见许凤鸣正立在台基上看着她。

她再也忍不住了，哽咽着叫了声“姑娘”，忍了多时的眼泪夺眶而出。

许凤鸣心里酸酸的，张开手臂，声音低哑：“过来。”

周似锦奔上台阶，一下子扑进许凤鸣怀里，放声大哭。

每次遇到令她难过的事，她就会像小雏鸟怀念出生的鸟巢一样怀念着许凤鸣。可许凤鸣已经死了，她只能独自默默舔舐伤口。

如今许凤鸣还活着，真好。

周围的人无声无息地退了下去。

许凤鸣低声道：“先进屋。”

外面太冷了。

周似锦“嗯”了一声，乖乖地跟着许凤鸣往屋里走。

许凤鸣在罗汉床上坐了下来。

周似锦在许凤鸣旁边坐了下来，想到自己受到的那些委屈，一时悲从中来，哭得更大声了。

许凤鸣一动不动坐在那里，一向纯净温润的眼睛有些暗沉。

周似锦哭着哭着，觉得有许凤鸣陪着，似乎不那么难过了，便停止了哭泣，接过许凤鸣递过来的白绫帕子，擦了擦眼泪，然后把帕子捏在手里，抽噎了几声。

许凤鸣见周似锦终于哭够了，便道：“胳膊伸过来。”

周似锦乖乖把右手伸了过去。

许凤鸣垂下眼帘：“左右都伸过来。”

周似锦把两条胳膊都伸到了许凤鸣面前。

许凤鸣把她的衣袖卷了起来，专注地看了看，然后不知从哪儿拿出了一个精致的水晶瓶，拔开塞子，倒出些淡绿色的浓稠液体，涂抹到了周似锦手臂紫

色的勒痕上。

周似锦觉得抹过药的地方凉阴阴的，特别舒服，抬手闻了闻，发现是好闻的药草香。

许凤鸣收起水晶瓶，看向周似锦：“说吧，到底是怎么回事？”

周似锦当下便一五一十把今日之事说了，最后恨恨道：“我觉得今日在王学士府的后花园，蒋珙、蒋瑜和蒋瑛绝对是在互相配合演戏。就是从蒋瑛提醒我们那边有秋千架开始的，主使一定是忠顺伯夫人。”

她在周夫人和周胤面前诉说这件事，一点都不能添油加醋，免得影响整体的真实性。可在许凤鸣面前，因为知道许凤鸣永远是偏心自己的，因此理直气壮地把自己的猜测给说了出来。

许凤鸣听罢，道：“你想怎么惩罚蒋珙？”

周似锦好不容易找到自己的靠山了，自然要好好过过嘴瘾了，握着拳头道：“把他阉了才好呢！”

蒋珙祸害过那么多女孩子，阉了才能给那些被他坑陷的女子报仇雪恨。

许凤鸣声音平淡：“好。”

周似锦在许凤鸣这里，就像刚从风雨中归来，脱光衣服钻进晒了一天蓬松暖和的厚棉被窝里，被带着阳光气息的棉被包围着，暖和又安全。

她开玩笑似的道：“蒋瑜盼着做皇太子的姬妾，就让她做皇太子哥哥的姬妾吧！”

皇太子林岐只有一个兄长，就是庆王林嶂。

前世的林嶂，以妻妾众多，爱救风尘出名，内宅女眷类型多样，宅斗内容花样翻新，闹出了不少笑话，还参与卖官鬻爵内外勾连，最后皇太子登基，林嶂阖家发往极北之地。

想到蒋瑜被拘在一年有半年见雪的地方，还天天和一群宅斗高手待在一起，周似锦就觉得开心，忍不住笑了起来。

许凤鸣瞅了周似锦一眼，见她这么快就开心起来，不由得也笑了，原先有些暗沉的凤眼变得清澈温润：“好。”

许凤鸣又道：“不是还有忠顺伯夫人？她怎么处理？”

周似锦眼珠子滴溜溜一转：“忠顺伯夫人不是最喜欢尊荣富贵，最讲究身份体面吗，夺了她家的爵位，让她做庶民吧！”

想象着忠顺伯夫人因为接受不了由贵妇变成庶民崩溃的样子，周似锦眼睛亮晶晶的，开心极了。

许凤鸣觉得周似锦可爱得很，瞟了她一眼，道：“不是还有一只小老鼠吗？”

“小老鼠？哦，是蒋瑛啊……”周似锦不愿意和蒋瑛这样拼命挣扎的弱者计较，道，“随她去吧，忠顺伯府就像养蛊的罐子，她能从罐子里跳出来，也不容易，随她去吧，看她能走多远，能跳多高。”

对于蒋瑛这样的庶女，周似锦不愿意像蒋瑛那样为虎作伥，却也能对蒋瑛的处境感同身受。

许凤鸣抿嘴笑了：“好。”

周似锦过了一番嘴瘾，觉得舒服极了，挨着许凤鸣道：“小凤凰，这世上有你可真好。也就你能顺着我，让我痛痛快快过过嘴瘾，而不是义正词严地教训我。”

她把脑袋放在许凤鸣肩上：“这就叫护短。”

似锦又道：“对了，小凤凰，你今日为什么这么温柔？”

按照正常情况，她把身子靠到许凤鸣身上，许凤鸣的第一反应应该是把她推开的。

许凤鸣没说话，心道：因为我刚刚发现，原来在这人世上，别人对你都不怎么样。

他原先认为，周似锦到了京城，成为周探花之女，再嫁入高门，这一生定会尊荣富贵快快乐乐。可今日之事令他明白，没有人会像他一样无条件保护周似锦。

而他只要周似锦能吃能睡开心康健。

她活着，她开心，她康健，这就可以了。

想到这里，许凤鸣扪心自问：我是不是把周似锦当女儿养了？

想到自己才十六岁就充满父爱，许凤鸣内心极为惊悚。

他看向周似锦，见周似锦似乎瘦了些，脸没先前那么圆了，便问道：“白又胖，你饿不饿？想吃什么面？臊子面、蘸水面、油泼面、酸汤面、糊汤面，厨房都能做。”

周似锦原本觉得好气好气，气得中午一口饭都没吃，这会儿听许凤鸣一说，她忽然觉得自己好饿。

自己觉得天大的委屈，在许凤鸣这里根本就不算个事儿，与其难过，沉浸在不开心的情绪里，不如吃一碗美味的西北面。

她想了又想，觉得都想吃，最后忍痛道：“一小碗臊子面，一小碗蘸水面，一小碗糊汤面，再来一罐面汤，这就可以啦！”

许凤鸣忍着笑，起身吩咐人去准备，转身却问周似锦：“瞌睡吗？用热手巾擦把脸，然后睡一会儿吧！”

周似锦原本不瞌睡，可是被许凤鸣这么一说，她就真的觉得瞌睡了，便懒洋洋道："我好累啊，你帮我擦……"

许凤鸣眼睁睁看着方才还圆睁杏眼笑意盈盈的周似锦，这会儿似没了骨头一般枕着靠枕躺倒在了罗汉床上，口里还喃喃道："帮我拿条锦被盖上……"

周似锦身上很快就多了条锦被。

她闭着眼睛，感受着许凤鸣用温热的手巾擦拭着她的脸，不知不觉睡着了。

周似锦是被许凤鸣给叫醒的："白又胖，起来用晚饭。"

她拉高锦被遮住脸，装作没睡醒，不肯起来。

许凤鸣似乎刚从外面进来，身上还带着些许寒意。他一向是行动派，话不多说，凉乎乎的手直接贴到了周似锦温热的脸上。

周似锦"嗷"了一声——这下彻底清醒了。

安国公府的厨子很善解人意，果真做了三样面送来，一碗臊子面、一碗蘸水面、一碗糊汤面，还有一罐面汤，只是不管是碗，还是盛汤的罐子，抑或是盛蘸料的汤盘，都比正常尺寸小了不少。虽然都是名贵的官窑素瓷，可是看起来跟过家家似的，还挺有趣。

周似锦把三个袖珍碗里的面全吃了，又喝了面汤，觉得自己还能再吃一碗糊汤面。她看向对面的许凤鸣，见许凤鸣慢条斯理细嚼慢咽的，居然也把三碗面全都吃完了。

周似锦一向好动，用罢晚饭，就想出去散散步，便满怀期待看向许凤鸣："小凤凰，我陪你散散步消消食，好不好？"

许凤鸣直接拒绝："不好。"

周似锦眼珠子一转，再接再厉："那我今晚留在你这儿，好不好？"

许凤鸣看了周似锦一眼，道："好。"

周似锦："那我可真留下了？"

许凤鸣不说话，只是看着她。

许凤鸣的眼睛生得特别漂亮，薄薄的双眼皮，眼尾有些翘，是标准的凤眼，眼珠子亮晶晶的，这样在烛光中看着周似锦，越发显得清澈干净。

周似锦忽然觉得不敢看许凤鸣了——许凤鸣太好看太耀眼了，单是这样看着，她是个女的，也觉得心跳有些快了——她移开视线，玩弄着双手，继续讨价还价："那我们俩一起睡，好不好？"

"不好，"许凤鸣干脆地拒绝了她，"我睡床，你睡榻。"

周似锦早就猜到这个结局了，也不失望，当即道："那我先洗澡去。"

许凤鸣瞅了她一眼：“你的胳膊……能洗澡？”

周似锦故意叹了口气：“我也不愿意洗，可是我白天出了好多汗——”

“好了，你快些洗去吧！”许凤鸣不待她说完，急急催促道。

周似锦爱逗许凤鸣，看向对面的许凤鸣，笑嘻嘻道：“姑娘，我还没和你一起洗过澡呢，要不要……”

“不要。”许凤鸣干脆起身出去了。

夜深了，外面淅淅沥沥下起了雨。

周似锦舒舒服服睡在被窝里，和睡在床上的许凤鸣说话：“今天踹飞蒋珙救了我那个人，长得和你挺像的，不过——”

“不过什么？”榻和床距离并不算远，许凤鸣的声音却有些悠远。

周似锦想了想，道：“他没你好看，肌肤太黑了，眉毛太浓了，明明脸不大，鼻子却那样大，还有嘴唇，比你的薄，一定没你的嘴唇软……”

许凤鸣原先只是听着，可是听着听着却觉得不对劲儿了：“你怎么知道我嘴唇是软是硬？”

她小时候偷偷亲过呀，许凤鸣的嘴唇真的好软好嫩。

可是周似锦不敢说出来，怕自己会被许凤鸣打死。

她笑嘻嘻道：“我猜的呢！”

许凤鸣没有吭声。

他和周似锦从小待一块，一起长大，他也记不清到底周似锦碰过他的嘴唇没有。

周似锦不敢再继续了，免得许凤鸣想起小时候的事，当即改变了话题：“小凤凰，谢谢你陪我，我送你个礼物吧……你有没有想要的？”

许凤鸣居然认真地想了想，然后道：“再给我做几双白绫袜吧，比上次尺寸略大些。”

周似锦声音有些低：“放心吧，我上次过来，摸过你的脚了，早把尺寸记住了。我这次给你做十二双，对了，还有我给你做的衣服，你在家可以穿……”

许凤鸣正听着，却发现没声音了，原来周似锦说着话竟然睡着了。

许凤鸣在黑暗中笑了，轻轻道：“真是头猪，贪吃又可爱的猪猪锦。”

从小时候到现在，许凤鸣最佩服周似锦的便是这瞬间入睡的本事，她似乎根本不知道失眠是什么滋味。

不过有周似锦在，一向难以入眠的许凤鸣也很快就睡着了。

第二天周似锦醒来，发现床上已经空了，许凤鸣已经起身了。

听到里面的动静，康嬷嬷忙在外面道："周姑娘，这会儿起身吗？"

周似锦道："嗯，我要起身，你们进来吧！"

康嬷嬷很快就带着素心和两个青衣丫鬟进来，麻利地服侍周似锦穿衣洗漱梳妆。

知道周似锦一定会问许凤鸣的行踪，她一边忙碌，一边解释道："宫里皇后娘娘宣召，姑娘一大早就进宫了，交代我照顾周姑娘。"

梳妆的时候，周似锦在妆镜中看到康嬷嬷拿了一支宝光璀璨的嵌宝衔珠金凤簪便要往她发髻上插戴，忙道："康嬷嬷，这不是我的。"

康嬷嬷笑了，道："这是姑娘给周姑娘的。"

周似锦就没有再推辞了。

她觉得自己和许凤鸣的关系，早已超脱了珠宝金银这些外物层面，到了另一种境界。

她愿意全身心追随许凤鸣，这样看的话，许凤鸣送她的珠宝，其实还属于许凤鸣。

嗯，这样一想，周似锦就更加坦然了。

梳妆罢，康嬷嬷又命丫鬟拿出了给周似锦准备的衣物："姑娘，您看这一套可以吗？"

周似锦看了看，见是一件月白绣花锦袄，一件青金闪绿缎面银鼠褙子，裙子则是杨妃色绣花绵裙，便点了点头："甚好。"

康嬷嬷用国公府的马车把周似锦和素心送回了梧桐里周府。

周似锦回到房里，闲来无事，便开始给许凤鸣做白绫袜。

第二日早上醒来，周似锦正躺在床上发呆，素心跑了进来，急急道："姑娘，忠顺伯府出事了！"

第七章
古画

周似锦还没彻底清醒，反应慢了半拍，没有出声。

春剑捧了一沓衣服过来："忠顺伯府出什么事了？"

周似锦人虽然躺着没动，一双杏眼却看向素心，等着素心回答。

素心一向沉稳，这会儿声音中却有着控制不住的兴奋："忠顺伯府的二公子，昨天晚上和几个朋友去胭脂巷吃酒，喝醉了和人争一个唱戏的小倌儿，结果那人手狠，把他给……"

春剑见她说话吞吞吐吐，有些心急："哎呀，到底把蒋二公子怎么了？"

周似锦没说话，圆溜溜的杏眼却似会说话，对着素心眨了眨。

素心又是笑，又是害羞："嗯，就是……就是……"

周似锦反应过来了，她坐了起来，右手手指并拢，做了个切的手势，道："是不是蒋二公子以后可以进宫做太监了？"

素心连连点头："嗯嗯，正是这样。"

她又道："蒋二公子太坏了，可见老天有眼，那些坏人啊，不是不报，时候未到。"

周似锦明明该欢喜的，却又无限悲凉。

她想起了被蒋珙坑陷的查氏，想起被蒋珙先骗后弃的那些可怜的女孩子，她们的仇终于有人替她们报了。

可是周似锦又想起自己的结局。

做了许多善事帮了许多可怜人的她死在了许凤鸣墓前，而孙浴泉花着她的银子，小刘氏戴着她的珠宝首饰，他们的儿女享用着她挣下的产业……

这不是"杀人放火金腰带，修桥补路无尸骸"是什么？

老天哪里有眼了！

与其坐等老天降罪于坏人，不如自己想办法报仇。

春剑把衣服放在了床边："我的天，那蒋二公子以后怎么办？真的进宫吗？

忠顺伯夫人那样狠，看他没用了，会不会把他给扔到僻巷里自生自灭啊！”

周似锦听了，不禁微笑起来。

恶人自有恶人磨，有忠顺伯夫人这样的嫡母在，没有利用价值的蒋珙，可真是要“街死街埋，路死路埋，倒在阴沟里就是棺材”了。

这也算是恶有恶报，善有善报吧！

周似锦心情愉快，吩咐道：“忠顺伯府这件事，咱们在屋子里悄悄议论过也就罢了，出了门不要再提。”

春剑笑嘻嘻道：“我知道，咱们不能背后议论夫人的亲戚。”

周似锦也笑：“知道就好。”

盥洗罢对镜梳妆，周似锦用指尖蘸了些香膏涂抹到了唇上，轻轻晕开。

似有什么在她心头拂过，带来刺刺麻麻的感觉。

周似锦忽然想起了她和许凤鸣的对话。

许凤鸣问她“你想怎么惩罚蒋珙”，她为了过过嘴瘾，就说“把他给阉了才好呢”。

然后蒋珙就真的被人给阉了？

周似锦越想越觉得惊悚，不敢再继续往下想了，忙转移注意力，问捧了个汝窑美人觚进来的小丫鬟幽客：“孙妈妈不是去忠顺伯府打听消息了吗，她老人家回来没有？”

幽客小心翼翼地把插了几枝迎春花的美人觚放在周似锦的妆台上，这才道：“姑娘，我也不知，我去前面看看去。”

周似锦笑：“去吧！”

幽客是和孙妈妈一起回来的。

孙妈妈神情肃穆，先屈膝行了个礼，然后道：“大姑娘，夫人现如今在忠顺伯府，一时回不来，说让您先管着家里的事，决断不了的再去忠顺伯府问她。”

周似锦起身看着孙妈妈：“忠顺伯府现如今怎样了？”

孙妈妈看起来有些不高兴，道：“忠顺伯夫人还好，就是忠顺伯疯了。夫人把老爷也叫了过去，如今忠顺伯发了疯一般，跳着闹着要拉老爷去告御状，说什么其中必有重大阴谋，定是有奸人要害他蒋家子嗣——他家又不是皇上家，有皇位要继承，他家的子嗣有那样重要吗！”

她一向宽厚，只是忠顺伯想要拉周胤蹚他家的浑水，这才说话刻薄了些。

周似锦又不着痕迹地探问了忠顺伯府的状况，得知忠顺伯府如今鸡飞狗跳，她心里美滋滋的，简直是神清气爽，便道：“妈妈放心吧，你在前院，我在内宅，有什么事，咱们一起理会。”

孙妈妈离开之后，周似锦实在是太开心了，简直想要长啸三声。

小时候她陪着许凤鸣在泽州青龙山读书，有时开心了，就和许凤鸣一起对着幽谷放声长啸，简直是痛快极了。

如今身为大家闺秀，她自然不能发出长啸以表内心的快乐了，便笑吟吟道："我要去庭院里踢毽子，你们谁要去？"

素心倒也罢了，春剑连忙举手："姑娘，我……我会踢毽子！"

幽客和香祖这两个小丫头也都举了手。

周似锦和幽客一队，春剑和香祖一队，四人到兰庭的庭院里踢毽子去了。

受胜负欲强的许凤鸣影响，周似锦做什么都专注得很，要么不做，要做就要做好，就连踢毽子，她也踢得不错，花样繁多，身姿矫健灵活，把毽子踢得令人眼花缭乱。

幽客、春剑和香祖，也都是踢毽子好手，四个人一起玩，倒也算是棋逢对手。

周似锦把毽子踢到半空，正要抬脚去迎，却见孙妈妈拿了个拜帖进来了："大姑娘，有人来见老爷，是夫人那边的亲戚……"

周似锦抬手接住毽子，递给春剑，又从素心手里接过手巾拭了拭额头的汗，抬眼看向孙妈妈。

孙妈妈忙解释道："是威远侯府的二公子，过几日便要会试了，他拿了些功课过来请教老爷，这会儿正在门房里等着。"

威远侯夫人，正是周夫人的表姐。

而威远侯府的二公子，正是孙浴泉。

周似锦再也不想看到孙浴泉了。

在她心目中，孙浴泉就像一条漂亮的毒蛇，再好看，心也是冷的毒的。

周似锦觉得一个人力求上进，想要过更好的生活，一点错都没有，她自己也是这样的人。

她想要上进，却从来没想过要损害别人，更没想到谋财害命。

可孙浴泉就能用十一年的时间，谋她的财，借她的势，害她的命。

周似锦似笑非笑道："威远侯夫人是母亲的表姐，自然也是忠顺伯府的亲戚了，怎么忠顺伯府出了那么大的事，孙二公子居然不知道，还特地拿了功课来请教爹爹？"

威远侯夫人是周夫人的表姐，也是忠顺伯夫人的表姐，忠顺伯府出了事，威远侯府会不知道？

这孙浴泉指不定是玩什么花样呢！

说句不怕脸大的话，周似锦觉得孙浴泉是精选了这个时候过来的，目标就是她！

试想一下，周胤夫妇不在家，倩兮她们也都不在，周府只剩下周似锦一个姑娘家理事，这会儿一个风流俊丽好学上进的侯府公子哥儿求见，彼此还是表兄妹关系，孙浴泉生得极好，周似锦又是知慕少艾的少女，可不就对孙浴泉一见钟情了？

那时候她就是这样子喜欢上孙浴泉的。

想到这里，周似锦一阵恶心，皱了皱鼻子，道："我父亲不在家，让他去忠顺伯府见我爹吧！"

这孙浴泉装什么装呢，二月初是大周三年一度的会试，只有各州县的举人才有资格参加，孙浴泉不过是个秀才，会试和他有什么关系？

还是周似锦嫁过去后，拿出自己的嫁妆为孙浴泉买了贡监身份，让他有资格进入国子监读书，然后又求了周胤，让孙浴泉凭借监生的身份，没有经过科举直接做官的。

周似锦对孙浴泉那些伎俩简直是门清，因此越发厌恶起来。

她还没想着报仇，只想着桥归桥路归路，以后再也没有牵涉就行了，谁知这孙浴泉还是把她当作猎物，已经开始行动了。

人不犯我，我不犯人，若是孙浴泉非要步步紧逼，那她自然也要反抗的，总不能摊开肚皮任人剖腹剜心。

孙妈妈觉得周似锦这主意不错，道："我这就和孙二公子说去！"

周似锦回到房里，只叫了春剑和素心进房，问起了春剑家里的事，不知不觉便把话题转到了春剑的哥哥身上。

她记得春剑有一个哥哥，名叫孙秀，在京畿祥符县县衙做衙役，三街六巷都串遍，最是消息灵通。前世小刘氏进了威远侯府，周似锦就是托孙秀去打听小刘氏底细的。

春剑笑了起来："姑娘，我这哥哥淘气得很，爱交狐朋狗友，被我娘骂了好几次，就是不改！"

周似锦让素心拿出十个银锞子递给春剑："你把这几个银锞子给你哥哥，让他帮我打听桩事……"

春剑不肯接银锞子："姑娘请说，我哥哥别的不说，打听消息倒是一把好手。"

周似锦垂下眼帘，春葱般的手指在小炕桌上点了点，慢慢道："城西有一个臭水巷，是祥符县辖区，臭水巷里有一户人家，家主是个小娘子，姓刘，你让你哥哥细细打探一下这刘小娘子是什么来历，平常都和谁往来，有没有生子，或者有没有身孕……”

算算时间，这会儿即使小刘氏的第一个孩子还没有生，她也该怀着身孕了。

孙浴泉不是喜欢小刘氏吗？那让他俩有情人早成眷属有错吗？

春剑满口答应：“正好傍晚时我哥哥要来给我送些吃食，顺便拿走我的月银给我娘看病，等他来了我告诉他。”

周似锦道：“把银锞子收下，以后遇到名医，正好给你娘看病。”

素心也知道春剑家的情形——春剑和哥哥孙秀挣的银钱，全都花到了她娘身上，家底早就空了。

她忙跟着劝解道：“春剑，咱们姑娘的一番心意，你就别推辞了。”

春剑早发现周似锦从来不玩虚的，是什么便是什么，若是给银子，就是真的要给，便不再推让，收下了这十个银锞子，垂着头低声道：“姑娘放心，我哥哥一定会尽心尽力的。”

周似锦猜到春剑哭了，怕她不好意思，起身道：“我去西暗间做活儿去。”

西暗间临窗大炕，被她铺设布置了一番，如今周似锦都是在那里做女红的。

周似锦让孙妈妈帮她在外面买了好几个绣花用的绷子，大的比一般的砂锅还要大一些，小的有茶杯口那么大，很是方便。

如今她绣白绫袜筒上的小鸡仔，用小绷子最顺手。

绣着绣着，周似锦想起了那日在王学士府花园里遇到的那个少年，心道：怎么那么像前世景和帝的模样？会不会真的是皇太子林岐微服去了王学士府？

想到这里，她不禁“扑哧”一声笑了，觉得自己怪会想的，狗血得简直可以去写话本了。

待周似锦把十二双白绫袜全都做好，天已经黑透了。

周似锦是个爱操心的性子，不担负起责任也就算了，如果要她负责哪件事，她就会认认真真盯紧细节，绝对不能出纰漏。

因此到了亥时，周似锦带着孙妈妈及几个粗使婆子，打着灯笼，拿着棍棒，把前院、后院和后面园子都巡视了一遍，确定没有问题了，亲眼看着婆子锁上各道门，然后才回了兰庭。

因内院只有周似锦一个主子，孙妈妈不放心，这两日都是在兰庭住着陪伴周似锦。

周似锦盥洗罢，穿着寝衣预备上床，孙妈妈还没有离开，和素心、春剑一起服侍周似锦睡下。

她老人家服侍着周似锦，心里想的却是周胤，道：“哎呀，老爷公务那样繁忙，多少公文等着他批复，多少人等着他接见，对了，老爷还得给皇太子上课，夫人还非要他管忠顺伯府那个烂摊子，唉！”

周似锦低头暗笑：孙妈妈也太偏心自己的奶儿子周胤了，周胤若是不想帮忙，周夫人再怎么着急上心也强迫不了他的。

被窝被素心用汤婆子暖过了，周似锦钻进被窝，觉得暖融融的舒服极了，闭上眼睛道："我要睡了，你们也都歇息去吧！”

周似锦没有猜错，从忠顺伯蒋长青吵着要告御状开始，周胤就有些烦了。

他看上去很有耐心，很体贴，可是心里早烦得要死，在心里已经抡起大锤把蒋长青这废物捶了个半死了。

当忠顺伯喝了几杯酒，又开始纠缠周胤，让周胤带着他面圣，周胤就再也没法忍耐了。他轻声细语道："伯爷，陛下这几日如何，朝中重臣有谁不知，谁敢去触陛下的霉头？伯爷真的要去？”

蒋长青原本脸红脖子粗闹得正欢，听了周胤这句话，一下子滞在了那里——他虽是伯爵，却不曾担任实职，哪里会清楚洪武帝的情形。

周胤和蒋长青共同的大舅子王令诚如今担任宫中书画院的待诏，是常常见到洪武帝的，忙道："依我说，妹夫还是少去触霉头的好！”

洪武帝这几日浮躁得很，动不动就大发雷霆，连他也被洪武帝给轰出去过。

蒋长青一时不知道自己是要继续闹，还是偃旗息鼓。

周胤见状，吩咐忠顺伯府的管家："你们伯爷累了，还不扶伯爷回书房歇下！”

说罢，他便以要给皇太子上课为由告辞离开了。

周胤是真的要到文华殿给皇太子上课。

皇太子好洁，而周胤在忠顺伯府这两日，弄得浑身都是腌臜气，他怕被皇太子嫌弃，因此先去吏部，在吏部的轮值房里匆匆洗了个澡，换了洁净衣物，看看上课的时辰快到了，这才出发去文华殿。

林岐已经在文华殿候着了，得知周胤过来，带着六个伴读出殿迎接。

周胤这两日在忠顺伯府见的人要么油头粉面，要么粗糙污浊，要么是自作聪明的蠢货，要么是愚笨无比的废物，要么是没什么见识还要乱出主意的酒囊饭袋，弄得都郁闷了。

而眼前的皇太子林岐面如傅粉，唇似涂丹，俊秀洁净，月白锦袍，黑玉腰带，如临风玉树，雨中青竹，令周胤整个人都心旷神怡起来，含笑道："怪不得谢安要说‘譬如芝兰玉树，欲使其生于庭阶耳’，原来世间真有殿下这般的人物呀！”

林岐心情甚好，笑得像一个小孩子，眼神特别干净清澈纯真：“先生会夸的话，尽量多夸夸我，我喜欢听。”

周胤：“哈哈哈哈哈！”

他不禁拊掌大笑——皇太子可真是太可爱了！

这孩子太好太乖巧了，眼神干净澄清，让人想要保护他，把天下最美好的东西都给他。

上完课，林岐认真地和周胤说道：“先生，您今日有空吗？若是有空，去御书房看看父皇吧，他今日情绪不太好，我很担心他。”

这两日洪武帝忽然变成了一个随时都会自己点燃的大爆竹，暴躁得很，亲信们都躲着他，周胤自然也不例外。

可是看着皇太子那清澈纯真的眼睛，他怎么能拒绝这个孝顺乖巧的孩子？

因此周胤慨然应诺：“殿下，臣这就去见陛下。”

送走周胤，林岐笑得可爱极了，带着伴读回了东宫，直接去了西偏殿。

其实林岐没觉得周胤做错。

偏心不能算是错。

他父皇有几十个儿女，可对他还算是偏爱。

世上那么多人，林岐只偏心白又胖。

林岐就是看不得有人让他的白又胖伤心。

白又胖要的又不是她爹偏心她，她要的只是她爹也把她放在心上。

见皇太子一行人过来，小太监忙打开了西偏殿殿门上的第一重大锁。

李越拿出钥匙，打开了第二重锁。

宽阔轩朗的大殿内整整齐齐摆放着一座座博古架，上面满满当当全是林岐的玩具，比如一个博古架上摆着一个又一个匣子，里面全都是易容用具；再比如一个博物架上摆的全是各种瓶瓶罐罐，这是林岐进行古画做旧的材料；还有一个博物架上全是各种小锦袋，里面盛的全是各种粮食、植物种子……

这些都是安国公府的人专门从泽州青龙山的别业运过来的。

如今大殿中央摆着一个巨大无比的沙盘，只完成了一点点，这是林岐的最新玩具。

沙盘旁边则是一摞一摞的图册，正是大周各州县的舆图。

自从回到东宫，林岐就开始做大周全域的沙盘，所有的河山、城池、关隘、森林、草原、沙漠，他都要在沙盘中做出来。

秦羽、邱正彤等伴读都和林岐一起套上罩衣，预备开始干活。

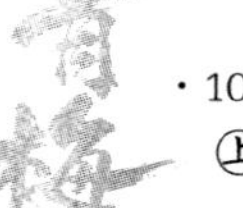

他们做事都极专注，一忙起来就忘记了时间，最后还是李越担心皇太子，带着人送来了一桌席面：“殿下，该用晚膳了！”

用罢晚膳，其余伴读都告辞离开了，只有秦羽寻了个理由留了下来。

林岐刚服过汤药，正趴在榻上，跟着林岐从泽州过来的大夫正给林岐做肩背部的按摩。

待大夫退下，林岐这才问秦羽：“什么事？”

秦羽有些忸怩，看了看一边侍奉的小太监李越和李青。

林岐道：“无妨，李越和李青是我的心腹。”

秦羽想了想，心道：反正就试一试，若是殿下不同意，那就算了。

他鼓足勇气道：“殿下，您让我娶周大姑娘，是不是为了笼络周大人？”

林岐原本温和纯净的眼神一下子变得凌厉起来，不过他很快垂下了眼帘，浓长的睫毛又给他增添了几分稚气。

秦羽被林岐那一眼吓得浑身一哆嗦，可是事到临头懊悔迟，只得硬着头皮道：“若是为了笼络周大人，我其实不必娶周大姑娘的，周二姑娘是嫡女，我娶了她岂不是更加合适？”

那日在王学士府后花园见了周大人的三位千金，他已经从王舒那里弄清楚了，小圆脸大杏眼长得可爱的那个是周大姑娘，红袄蓝裙清丽无双的那个是周二姑娘，形容还小的那个是周三姑娘。

想到周大姑娘荡秋千时的样子，秦羽就觉得不是很喜欢，他自己都够活泼好动了，不想娶个同样活泼好动的妻子。

再说了，周大姑娘脸圆圆的，他不喜欢。

倒是清丽苗条少言寡语的周二姑娘更合他的心意。

林岐默不作声地趴在榻上，不知道自己到底该作何反应。

本来他应该生气的，毕竟他的计划被秦羽给打乱了。

可是听到秦羽不想娶似锦，他又有些如释重负……

秦羽见林岐沉默不语，若有所思，嘴唇紧紧抿着，忙哭丧着脸道：“殿下，我错了，为了您的大业，我愿意牺牲自己娶周大姑娘……”

林岐看了李越一眼。

李越忙和李青一起走过去，小心翼翼地扶着林岐坐起来。

林岐坐舒服了，又变回了那个纯真可爱的少年郎，眼睛亮晶晶，笑容明媚：“秦羽，不用你牺牲，你若是喜欢周二姑娘，尽管让你母亲去提亲吧。只是以后不要再提周大姑娘了，这件事和她没关系，没必要牵涉她。”

咦？皇太子又变脸了？

他忙抓住这个机会，答了声“是”，告辞离去了。

林岐这会儿有些理不清思绪，也不管他，自顾自坐在那里发呆。

周胤初到御书房，一直小心翼翼陪洪武帝聊天品茶。

起初洪武帝跟快要点着的爆竹似的，句句都堵周胤，后来君臣二人谈起洪武帝最爱的古画来，洪武帝终于转嗔为喜，不再四处喷人：“子承，朕不信你的那幅《枇杷山鸟图》是真的，你别是被人骗了吧？”

周胤得意一笑：“陛下，臣已经请画院的王待诏和永福寺的济世大和尚看过了，他们都认为臣的那幅《枇杷山鸟图》是赵佶的真迹。”

前几日似锦送了他赵佶的《枇杷山鸟图》，说是偶然间得来，送他做生辰礼物。

周胤赏鉴之后，感觉是赵佶的真迹，又特地请大舅子王令诚和永福寺的济世大和尚看了，这两位书画名家也认为这幅画是赵佶的真迹。

因此周胤得意得很，忙不迭地在洪武帝这里炫耀。

洪武帝见周胤如此笃定，心里也有些犯嘀咕了，道：“朕这里也存着一幅《枇杷山鸟图》，明日把你那幅拿来，和朕的这幅比较一番，看看到底哪个是真的。”

周胤欣然应允，又陪着洪武帝聊了一会儿，见洪武帝情绪稳定了下来，这才告辞退下。

周胤离开之后，洪武帝也不心烦意乱了，忙吩咐大太监何琛：“去把朕那幅《枇杷山鸟图》拿来。”

何琛想了想，小心翼翼道：“陛下，您那幅《枇杷山鸟图》不是已经赐给皇太子了吗？”

他想起来了，林岐一回京城，就从他这儿勒索走好多名画，其中就有这幅《枇杷山鸟图》。

洪武帝原本要吩咐何琛去东宫把那幅《枇杷山鸟图》借过来，明日和周胤好好比较一番，看看到底谁的是真迹，可是转念一想，已经很晚了，林岐怕是已经睡下了，何必惊扰他，就道：“算了，岐儿怕是已经就寝，此事明日再计较。”

何琛试探着道：“陛下，今晚去哪位娘娘那里安歇？”

洪武帝摆了摆手：“就在御书房歇下吧！”

他一向精力充沛，极好女色，如今不知怎么的，有些力不从心，还是独寝算了。

洪武帝要找《枇杷山鸟图》的消息，当晚就传到了林岐那里。

林岐正独自一人在西偏殿做沙盘，听了李越的回禀，丝毫不在意：“没事，让父皇找我要好了。”

给他的东西，就是他的了，想再要回去，没门。

到了第二天早上，这件事延寿宫的苏太后也知道了。

苏太后命人宣了庆王林嶂过来，如此这般交代了一番。

庆王连连点头，自去安排不提。

今日没有朝会，周胤却还有许多事要处理。

前几日因为王学士府和忠顺伯府的事，他无暇处理公务，今日天不亮就起来了，所有的幕僚也都行动起来，整个外书房高效而忙碌。

孙妈妈最关心奶儿子，见周胤连早饭都没用，小厮们也都不敢打扰他，便亲自提了食盒去了外书房。

周胤还是给奶娘面子的，便把公务暂时放在一边，用香胰子洗了手，专心用起迟到的早膳来。

孙妈妈亲自在一边侍候。

周胤一边用银汤匙喝粥，一边问孙妈妈：“似锦这几日怎么样？”

孙妈妈道：“大姑娘挺好啊，白日做做女红，和丫鬟们踢踢毽子，去花园赏赏花；晚上读读书，到了亥时还带着媳妇、婆子巡视内院，瞧着挺不错的。”

得知女儿情绪还好，周胤放下心来，又问道：“她从安国公府回来时，瞧着怎么样？”

孙妈妈想了想，道：“大姑娘气色不错，回来时穿戴和去时不同，应该是国公府的许二姑娘赠她的。”

周胤闻言，细问了一番，最后道：“你去叫似锦过来，我有话要和她说。”

许二姑娘是似锦的闺中好友，好友相交，贵在知心，而不是老占别人便宜。

这个道理他得好好和似锦说说。

似锦还不到八岁就没了亲娘，孤苦伶仃的，也没人教她，自己这当爹的得多用些心。

周似锦很快就过来了。

听了周胤的话，她点了点头：“爹爹请放心，我都明白。”

周胤忽然想起似锦给他的生辰礼物，忙道：“那幅《枇杷山鸟图》是谁给你的？”

不会也是许二姑娘吧？

周似锦闻言立即笑了：“爹爹，是许二姑娘给我的。”

怎么能收人家这么贵重的礼物！

他深吸一口气，预备好好教导周似锦一番，可是一抬眼，见似锦正乖乖地看着自己，小圆脸犹带着婴儿肥，杏眼亮晶晶，心里一软：似锦这孩子还没满十五岁呢，哪里懂那么多。

他原本准备的大篇说教都说不出口了，从匣子里拿出一摞银票给了她：“许二姑娘既然送了你这么重的礼，你亲自去琳琅阁买份重礼还回去。”

周似锦接过银票，笑容灿烂：“爹爹，您给我多少银子啊？”

周胤心情很好：“你自己数数不就得了。”

周似锦从来不和自己亲爹客气，果真拿着银票数了起来。

数到最后，她眼睛一下子瞪圆了：“爹爹，怎么这么多？”

足足一千两银子！

周胤的母亲周老夫人，对周胤表达母爱一向是只用嘴说，从不去做；对老二周永则是嘴上不说，要啥给啥。

因此周胤从小发誓要和自己的娘不同，他表达父爱的方式是从不只是嘴上说说，直接给好处。

见似锦这么开心，周胤也开心得很，推心置腹道：“似锦，你也大了，有些话爹爹得和你说了。倩兮、盼兮她们两个的陪嫁，公中是一人八千两，另外还有几个庄子铺子，还有你母亲给她们的私房。这是她们应得的。”

他神情渐渐严肃起来：“家和万事兴，爹爹不能让公中出钱给你陪嫁，可你也是爹爹的女儿，所以我和你母亲商议了，你的陪嫁由爹爹来管。

“以后爹爹给你的银票，该花就花，该用就用，不必吝惜。等你出嫁，爹爹再给你五千两银子做陪嫁。”

周似锦低低“嗯”了一声。

先前也是这样，除了常常给她零花钱不说，临出嫁，爹爹又悄悄给了她五千两银子的私房。

所以周似锦出嫁之后，特别有底气，威远侯府同辈的媳妇中，虽说她的出身比不上那些公侯之女，却最有钱。

那时候周似锦甚至觉得，把许凤鸣给她的和爹爹给她的银子加一块，若是京城排一份女富豪排行榜，她估计要榜上有名了。

这样一想，爹爹对她也是真的好，尤其是在银子上，特别大方，那她还苛求什么呢？

舍得用银子来表达父爱的爹爹，也是好爹爹呀！

想到这里，周似锦笑盈盈道：“爹爹，手里有了银子，我觉得好暖心啊，

谢谢爹爹！”

她故意又道：“爹爹，您不如先把我的陪嫁银子给我，这样我就更加暖心了！”

他抬手在周似锦脑袋上敲了一下，不禁也笑了起来，道：“你这孩子！”

似锦这闺女，烦人的时候是真烦人，性情太敏感了。

可是她欢喜的时候，也真可爱，真是他的开心果呀！

周似锦忽然想起那幅《枇杷山鸟图》，忙道：“对了，爹爹，我送您的那幅《枇杷山鸟图》是假的，您可别当真的了！”

周胤目瞪口呆：“不会吧？我请你舅舅和永福寺的济世大和尚看了，他们都说是真的。”

周似锦摆了摆手：“那幅画是许二姑娘做旧的，是假的，那样的画我那里好多，我这就去拿了让爹爹看。”

周胤简直不知道说些什么好了，最后道：“你去拿吧，爹爹在这里等着。”

周似锦很快就抱了一个锦缎包裹回来了。

她把包裹放在周胤的书案上，解开包裹，露出里面的七个盛画的长锦袋，把七幅画一一取了出来，展开铺在书案上让周胤看：“爹爹，您看，有米芾的《春山瑞松图》，赵佶的《听琴图》，居然的《秋山问道图》，赵幹的《江行初雪图》，徐熙的《雪竹图》，卫贤的《高士图》，董源的《寒林重汀图》，都是许二姑娘做着玩，送我作纪念的。”

周胤一一细看，可是无论怎么看，都觉得是真的。

他思索片刻，吩咐似锦：“似锦，等下你去屏风后，我请几个懂书画的人来瞧瞧。”

周似锦觉得好玩，道：“爹爹，真是假的，许二姑娘她特别厉害，只要是她想学的，就没有学不精的。”

几个幕僚很快就过来了。

周胤把那幅《枇杷山鸟图》也拿了出来，道：“我得了几幅画，有些难辨真假，烦请各位来瞧瞧。”

幕僚们应酬了几句，便开始赏鉴起来。

看了半日，大家都有些莫衷一是，觉得都像是真的，却又不敢肯定——这天下，除了皇帝，谁能一下子拿出这么多古画真迹？

其中一位幕僚正是陕州有名的画家，拈须道：“在下冒昧，觉得这八幅画都是真迹。”

这位一开口，其余几个幕僚清客都有了底气，纷纷道：

“在下也觉得是真的。”

“魏某惶恐，实在瞧不出哪幅是假的。”

“这若是假的，那造假做旧之人的本领，实在是冠绝古今！”

“……”

周似锦在屏风后听了，简直是心花怒放：哎呀，我们姑娘可真厉害，造假做旧技术堪称冠绝古今！

送走这些幕僚，周胤心情复杂，心道：若这些画都是真的，以安国公府的底蕴而言，倒也真有可能。

只是许二姑娘能把这些千古名画送给似锦，那她和似锦到底是什么关系？

周胤脑洞大开，越想越悚然，心道：得赶紧给似锦许个人家了。

似锦现在年纪小，不懂事，等成了亲，有了儿女，应该就好了。

想到这里，周胤愈发温柔起来：“似锦，这些画先放在爹爹这里几日，让爹爹好好看看，你先回去吧！”

周似锦忙道：“那爹爹您记得还我。”

周胤快笑不出来了：“好，爹爹记得。”

待似锦一走，周胤就叫来小厮吩咐道：“去准备马车，我要进宫。”

他要进宫让洪武帝也惊诧一番。

这世上居然有这么厉害的古画造假本事。

洪武帝正在御书房召见首辅韩朝和次辅赵贡，听何琛禀报说周胤来了，当下提笔写了张字条给了何琛：“你把这个给岐儿，让他带着那幅赵佶的《枇杷山鸟图》过来，朕借来看看就还他。”

何琛答了声“是”，行了个礼便退了下去。

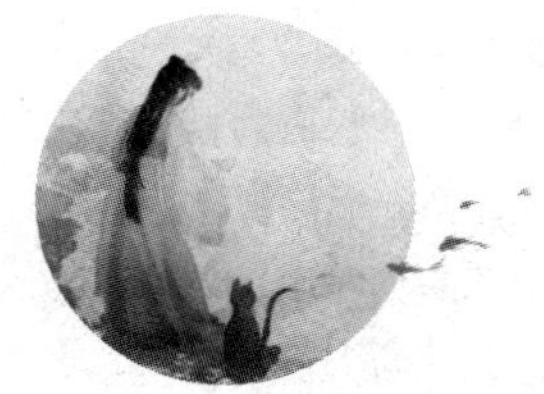

第八章

亲事

周胤进了御书房，先躬身向洪武帝行了礼，然后又含笑与首辅韩朝、次辅赵贡见了礼。

洪武帝方才正与韩朝和赵贡谈圣寿节诸属国的朝贡礼仪，内容枯燥，乏味至极，一见周胤进来，当即欢喜道："子承，你的《枇杷山鸟图》呢？快拿来让朕看看！"

周胤原本就是来哄洪武帝开心的，可是首辅韩朝和次辅赵贡都在这里，他有些担心这两位认为他引诱皇帝玩物丧志，便答了声"是"，然后含笑看向韩朝与赵贡："韩相，赵相，不如一起来赏鉴一番？"

韩朝城府极深，又以八面玲珑著称，自然不会拆周胤的台，微笑道："内阁还有事情需要处理，我就不凑这热闹了。"

赵贡却知皇太子要来了，有心要当面观察，以便匡正皇太子的言行，当即答应了下来。

韩朝自是猜到了赵贡的用意，看了他一眼，拱手退下了。

作为内阁首辅，对同僚赵贡这没眼色的行为，韩朝真是无语。

洪武帝和周胤却都习惯赵贡如此，不禁笑了起来。

赵贡是个干实事的人，廉洁奉公，从不结党，在洪武帝的内阁中，有着不可替代的作用。

只是他的性格却有些过于耿直，恪守礼法，不知变通。

不过也正因为赵贡的"恪守礼法，不知变通"，洪武帝任命赵贡担任皇太子林岐的老师，专门讲授礼法。

洪武帝还算了解自己的儿子，他觉得林岐是个天才的政治家。

林岐天生尊贵，锦衣玉食，却对天下苍生怀有极大的悲悯，而且性格坚韧，愿意为自己的理想去奋斗。

可在洪武帝看来，林岐也有极大的缺点——性情独断，睚眦必报，做事不讲规矩，不讲手段，只要结果。

如果林岐出身世家，以成为权臣为目标，这样也没错，问题是他是未来的皇帝，必须能够胸怀天下，恪守礼法。

正因为如此，洪武帝在为林岐选择先生的时候，既选择了精通四书五经状元出身的韩志云和宽厚风趣才高多识的周胤，也选择了耿直敢言恪守礼法的赵贡。

周胤含笑道：“既如此，赵大人请！”

他把拿来的八幅古画都取了出来，一一摆在了洪武帝的御榻上，然后笑微微道：“陛下，赵大人，请来鉴别一二。”

洪武帝极爱收集古画，当即走上前，一一看了，忍不住笑道：“瞧着都像是真迹，可是朕却能肯定，这些全是赝品。”

周胤刚要说“不可能”，一眼扫到了肃颜立在一边的赵贡，当即改了口，道：“陛下为何如此肯定？”

洪武帝得意扬扬道：“因为这几幅画都是朕的收藏，且朕在潜邸时已经拥有它们了！”

“可这八幅画也太真了……”周胤将信将疑，道，“不知微臣有没有荣幸欣赏一下陛下的珍藏？”

洪武帝笑容一滞：“它们如今都在岐儿那里……”

他但凡得了新的古画，林岐总是能闻风而来，勒索而去，这八幅“赝品”的真迹，恰都在被林岐勒索去的那些古画之中。

而且不少古画，还都是林岐在泽州时写信给他，隔空勒索走的。

听了洪武帝的话，周胤和赵贡都沉默了。

皇太子在某一层面上，简直是天降的洪武帝的克星。

御书房一时静了下来。

恰在这时，外面传来何琛的声音：“启禀陛下，太子殿下到了！”

洪武帝闻言，眼睛一亮，忙道：“宣。”

皇太子林岐洒然走了进来：“见过父皇！”又向周胤、赵贡拱手行礼，“给两位先生请安。”

周胤和赵贡因是林岐的老师，坦然受了礼。

洪武帝看着林岐，见他眉清目秀，肌肤白皙，身材细挑，一身杏黄春袍，说不出的清新俊逸，心中欢喜：“岐儿，今日气色甚好，定是昨夜睡得早。”

林岐笑了，眼睛亮晶晶的，纯净清澈，像林中温顺的小鹿：“父皇，我昨夜失眠，约莫到了丑时才睡着。”

洪武帝被噎了一下。

再瞧林岐，他眼中就满是怜惜了：“你这孩子，定是功课太多，劳心劳力，因此失眠。”

作为皇太子的先生之一，赵贡一听就不乐意了，当下作势向前，便要开口。

周胤知道赵贡这直货不明白这是父子俩在表现亲情，忙咳嗽了一声。

赵贡看都不看周胤，直接上前一步，拱了拱手，道：“启禀陛下，太子殿下天资聪慧，效率极高，领悟力极强，臣等为殿下准备的功课，对殿下来说轻而易举，绝对谈不上劳心劳力。”

御书房里瞬间寂静。

林岐挺喜欢赵贡这位先生的，自然要为他解围，吩咐何琛：“把那幅画呈上吧！”

何琛忙献上从东宫拿来的《枇杷山鸟图》，展开后递了过去。

洪武帝把周胤带来的《枇杷山鸟图》和林岐带来的《枇杷山鸟图》并排放在御榻上细看，却发现一模一样，没法鉴定。

他有些蒙，看向林岐：“岐儿，你再来看这几幅画，朕不是把真迹都赐给你了吗，这……到底是怎么回事？”

林岐瞅了周胤一眼，心里门清，吩咐何琛：“你去东宫一趟，让李越把这几幅画送来。”

他一一把其余七幅古画的名字说了一遍。

周胤在一边听了，也不禁惊叹皇太子的记忆力——方才皇太子只是扫了一眼，马上就把这几幅画的名称都记了下来。

何琛离开之后，林岐走到榻前，一一翻看那些古画，神情极为专注认真，弄得洪武帝也不敢打扰他了。

何琛很快就和李越一起过来了。

十六幅古画两幅一组展开摆在宽大无比的御榻上，洪武帝招呼林岐、周胤和赵贡一同上前赏鉴，翻来覆去看，却都看不出真假来。

洪武帝和周胤这两位资深古画收藏者，面对此等场面，自是连连叹息。

就连严肃寡言如赵贡，这时候也紧锁眉头，一副不得其解的神情。

林岐眼睛亮晶晶，看看洪武帝，看看周胤，再看看赵贡，不禁笑了起来：“父皇，我能分清哪幅是真迹，哪幅是赝品。”

洪武帝摇头不信：“朕不信。你凭什么认定？”

林岐笑容狡黠：“因为这八幅赝品，都是我亲手制作的。”

御书房陷入寂静。

林岐大步走上前，似是无意地翻动着，把所有的画打乱顺序，然后招手示意这三位都围过来，然后一一讲解起来，把真迹和赝品的区别清清楚楚讲了出来。

讲完之后，林岐看向洪武帝三人，眼神乖巧可爱，不说一句话，可浑身上下却在喊：我说完了，你们快来夸我吧！

周胤不禁微笑，道："殿下临摹做旧古画的技术，可真是登峰造极啊！"

林岐笑得眼睛眯着："先生谬赞！"

他又看向洪武帝。

洪武帝接收到儿子这求称赞的眼神，忙大力夸赞起来："岐儿的确天赋极高，父皇自叹不如。"

赵贡眉头一皱，正要斥责皇太子沉溺旁门左道，谁知林岐看向他，清澈温润的眼睛里满是期待，他只得咽下斥责，勉勉强强道："殿下天资聪慧，技艺高超，以后要更加用功读书，知行合一，了解百姓之疾苦，为大周奋斗，做一个胸怀天下的优秀储君。"

林岐笑得像个小孩子："谢谢先生！"

赵贡还要继续说教，被林岐这样可爱的眼神一瞧，也说不出来了，脸也板不起来了，默默地把剩下的话全都咽进了肚子里，预备另寻时机，继续教育皇太子。

林岐乐滋滋地去收拾铺满了御榻的画，洪武帝却反应了过来："岐儿，你造的赝品，如何会到了子承手中？"

御书房里第三次静了下来。

三双眼睛都看向林岐，看他这下如何解释。

林岐是从来不怕尴尬的。

他微微一笑，道："我练习临摹做旧时做了不少，正好当时安国公府的表妹也在，就随手给了她几幅，谁知竟到了周先生手中。"

闻言洪武帝神情微妙。

他自是知道所谓的"安国公府的表妹"，可不就是林岐自己。

周胤笑了，道："在下长女是安国公府许二姑娘的闺中好友，这些画的确是小女从许二姑娘手中得到的。"

林岐麻利地卷起八幅画，一一装进锦袋里，还给了周胤："先生，物归原主。"

周胤想起似锦要求他"爹爹您记得还我"，当下含笑收了下来。

正在这时，小太监在外禀报："陛下，庆王求见！"

洪武帝看了林岐一眼，道：“宣。”

庆王林嶂很快就进来了。

见林岐、周胤和赵贡也都在，他心知肚明，毫不惊讶。

行罢礼，庆王便恭而敬之地把一个卷轴奉了上去：“父皇，儿臣偶然间得了曹知白的这幅《疏松幽岫图》，经画院待诏王令诚、朱煜明联合鉴定，确定是曹知白的真迹，特来敬献给父皇。”

何琛走过去，接过来奉给了洪武帝。

庆王笑吟吟看着洪武帝。

林岐老是索要父皇的珍藏，而他则常常向父皇献上宝物；林岐临摹造假欺瞒父皇，而他每每敬献真迹。

他就是要通过这样鲜明的对比，让父皇和朝中大臣知道自己与林岐的差别，正是高贵与贪婪，孝顺与自私的对立。

周胤心里清楚庆王的用意，默然立在一边。

赵贡皱着眉头，若有所思。

林岐懒洋洋地立在那里，如春日的微风和暖阳，闲暇而舒适。

洪武帝接过画，鉴赏了一番，夸奖了几句，然后道：“庆王很好，是朕的好儿子——这样吧，朕赐你一幅字！”

他命人准备笔墨，提笔饱蘸香墨，写下了“慎思笃行”四个酣畅淋漓的大字，亲自盖上印章，赐给了庆王林嶂。

见状，周胤嘴角噙着一丝笑意，赵贡眉头也舒展开来。

陛下这是想借此告诉臣子，庆王就是庆王，皇太子就是皇太子，陛下虽然制衡，却也没有夺嫡之念。

林嶂大喜，连连道：“多谢父皇赐字！”

“慎思笃行”出自《中庸》，意思是必须广博地学习，审慎地询问，慎重地思索，明晰地辨析，踏实地履行，才能真正达到理想的人生境界。

父皇赐给他这幅字，岂不是告诉他，只要能做到“慎思笃行”，就能达到他的理想境界——代替林岐成为大周帝国的皇位继承人吗？

洪武帝看看得意扬扬喜不自禁的林嶂，再看看神情乖巧眼神清澈的林岐，悄悄叹了口气。他这些儿子觉得林岐稚嫩病弱，软弱可欺，都想捏林岐一下，以林岐这睚眦必报的性子……唉！

罢了，过几日再寻机会吧！

周胤被洪武帝留了下来。

御书房里静了下来，外面春风吹动宫殿檐牙下的铁马，发出清脆的叮叮当当声。

洪武帝端坐在御榻上，双目炯炯看着周胤，心里却道：周胤的长女不知道是什么形容……

要知道，林岐从小护食，他喜欢的东西，连父皇母后都不给的，谁也别想弄走。

那位周大姑娘到底是什么天仙，居然能从林岐那里得到那么多画，即使是赝品，也是林岐用心做的啊！

周胤坦然坐在紫檀木圈椅上，不肯妄测圣意，等着洪武帝主动开口。

洪武帝想了想，开口问道：“子承，听说你的长女，先前是在泽州的安国公府？”

周胤知道此事瞒不过耳目遍天下的皇帝，因此根本不打算说谎，当即老老实实道：“是，陛下，微臣长女自幼与微臣失散，在安国公府许二姑娘身边长大，去年冬天才认祖归宗。”

洪武帝继续问道：“子承，你这长女可曾婚配？”

他其实早知道林岐在泽州之时，身边有一个小婢女，陪着林岐一起长大。林岐把小婢女护得严严实实，因此他和许皇后都有待林岐长大些，让林岐把那婢女收房之意。

只是没想到半路杀出个周胤，那小婢女居然是周胤庶出的长女，而且林岐居然答应让周胤接走了那小婢女。

当时他还想着林岐待那婢女不过如此，谁知还有后话……

周胤一边猜测着洪武帝的用意，一边字斟句酌道：“如今正在相看人家，工部的秦涟秦大人倒是有意联姻……”

他生怕洪武帝把似锦指给哪个皇子做妾，因此含含糊糊说工部侍郎秦涟有意和他家联姻。

洪武帝听了，盯着周胤看了又看，然后转移了话题：“子承，吏部地方官查考之事进行得怎么样了？”

林岐与赵贡一起出去。

师生两个一边走，一边说着话——赵贡说，林岐听，赵贡性格急躁，语速很快，因此林岐听得很是专注。

走到大躬门外，赵贡索性停下了脚步，一边比画，一边滔滔不绝说个不停。

庆王林嶂得意扬扬地出了大躬门。

见林岐与赵贡在大躬门外说话，他满面春风走上前拱了拱手："二弟这是在向赵相请教什么呀？"

林岐眨了眨眼睛，看上去有些稚气，拱了拱手还了礼，叫了声"大哥"。

赵贡却是个暴脾气，当场就发作了："太子殿下，您是君，庆王是臣，先君臣而后兄弟，庆王无知，太子殿下也不懂吗？"

林岐早习惯了赵贡的脾气，又是赵贡的弟子，因此坦然听着。

四周不少朝臣走过，可是大家都知道次辅赵贡性子暴躁，只要见到不平之事，见人都喷，偏偏每次都占理，到了洪武帝面前也照样敢争得脸红脖子粗，因此就连首辅韩朝都轻易不敢惹他，这些朝臣就更不敢招惹他了。众人见庆王吃瘪，却都似没看到一般，低头匆匆而过。

林嶂天潢贵胄，何时被人这样当面狠狠打过脸，一张俊脸涨得通红，耳朵红得滴血，恨不能找个地洞钻进去。

等到赵贡带着林岐走远，这才有人上前安抚："王爷，那赵贡就是条疯狗，您不必和疯狗一般见识！"

林嶂脸色由红转白，拱了拱手，匆匆转身又进了大躬门，往苏太后那里告状去了。

这场戏被不远处勤政楼二楼窗内立着的首辅韩朝从头看到了尾。

赵贡虽然暴躁却始终有理有据，占据了道德的制高点，让人一点毛病都挑不出来——他是皇太子的老师，做老师的教育弟子，岂不正是理所应当？

皇太子殿下年仅十六，纯善诚挚，尊敬师长。

庆王已经十八岁了，儿女成行，却不尊礼仪，自高自大，最后狼狈而逃。

最重要的是，不管真的还是演戏，皇太子瞧着就是个乖巧可爱老实懂事的好孩子，让人不由自主打心眼里疼爱，而庆王虽然高大英俊，仪表堂堂，却偏于油滑，兄弟两个立在一处，简直是对比分明，让人心里的天平不由自主地偏向皇太子那边。

韩朝的夫人出自镇南侯苏家，一般人也把他归入镇南侯一派，其实他并未真正向镇南侯投诚。

向洪武帝回禀了吏部负责的地方官员查考之事后，周胤回了吏部。

他还没处理几桩公事，礼部尚书韩志云就溜溜达达过来了。

周胤屏退侍候的人，让亲信在外面守着，亲自给韩志云倒了一盏茶，两人各自在圈椅上坐了下来。

韩志云凑近周胤，低声道："我听说赵贡当众斥责庆王的事了，不知陛下会如何处置此事？”

周胤眼中飘过一丝笑意：“两位皇子哪个看着格外可人疼？”

韩志云“咦”了一声，抬头看向周胤。

周胤笑得狡黠：“陛下是天子，也是父亲。”

作为天子，洪武帝要使用权衡之术，让皇太子和庆王及他们身后的安国公府和镇南侯府彼此牵制，保持平衡。

作为父亲，洪武帝却始终是偏心的。

而他偏心的那个人，正是皇太子林岐。

韩志云笑了，道：“那孩子就是可人疼，没办法！哈哈！”

下午周胤正在文华殿给林岐上课，洪武帝命太监何琛过来宣林岐去延寿宫见太后。

林岐不慌不忙地起身，临出门还叮嘱周胤：“‘今日事，今日毕’，先生等我回来，继续把这一章讲完。”

周胤不禁笑了。

庆王上午去延寿宫寻苏太后告状了，皇太子这会儿去延寿宫，说不得会受苏太后一顿排揎，能不能回来继续上课还不一定呢！

谁知不过半个时辰的工夫，林岐就带着随身侍候的小太监李越回来了：“先生，我回来了！”

周胤待他在书案后坐下，这才含笑问他：“不知殿下有何收获？”

林岐笑得稚气可爱：“太后骂了我一顿，说我不友爱兄长，罚我三个月不准上朝听政。”

周胤笑道：“还有呢？”

林岐清澈的瑞凤眼闪过一丝狡黠：“父皇做主，让我把崇宁公主的碧漪园别业借了过来，让我在里面读书明理。”

碧漪园别业里有一个大大的温泉池，若是加入药草进行药浴，对他的病应有助益。

周胤：“庆王呢？”

林岐单手支颌，笑眯眯道：“父皇说大哥被赵先生气坏了，让大哥以身体为重，不宜劳累，在王府闭门休养三个月。”

这若是不叫偏心，还有什么叫偏心？

看着林岐可爱纯真的笑颜，周胤有一种感觉：皇太子待自己，就好像小猫咪待有好感的陌生人一般，想要接近自己，亲近自己，却先伸出小猫爪轻轻挠

自己一下以作试探。

想到这里，周胤心底有些温软，温声道："殿下，我闲时就在家中书房闲坐读书。我的书房藏书虽然纷繁杂乱，却也有一些海内孤本。殿下若是不嫌弃，我倒是很欢迎殿下到我这书房来看书。"

他在吏部做主官多年，掌管着全大周文官的任免考核，手里自然有一些不管是皇太子还是庆王都需要的东西。

不过周胤不准备像洪武帝那样偏心，小太子想要从他这儿拿到需要的东西，还是得让他认定小太子是大周最适合的皇位继承人。

林岐黑白分明的瑞凤眼一下子瞪得圆溜溜："先生说的是真的？"

周胤不由得想笑——皇太子的眼睛平时看着细长，眼尾上挑，格外的清俊舒展，可是瞪大眼睛时却又圆溜溜的，特别地天真孩子气。

他微微一笑，道："自然是真的。"

林岐似乎是有点不好意思："那我可要常常去贵府叨扰先生，向先生请教学问了。"

周胤还怪想在林岐脑袋上拍一下以示鼓励的，可是手都抬起来了，想起眼前这位可爱少年是大周未来的天子，便把手又放了回去："欢迎之至。"

课业结束之后，林岐一脸疲惫回了东宫。

他今日可真是累坏了。

回到东宫，李越抱着那个装满画的包裹："殿下，这些画放哪儿？"

林岐浑不在意道："放回原处。"

不过是赝品，他随时能再做一遍，也不用格外珍惜。

他给似锦的那些画其实是真迹。

原来在泽州时，似锦说想要做贵女嫁高门，他想着这些画给她做压箱底的陪嫁，因此给的全是真迹。

没想到似锦这小傻瓜居然真当赝品拿给她爹看了，下回见面得说说她。

李越一听便知这些全是赝品，自去放置不提。

周似锦今日得了空，给倩兮和盼兮一人做了一盒红梅香膏。

她刚把做好的香膏放在妆台上，就听到外面传来一阵急促的脚步声，接着便是春剑和人说话的声音。片刻后，春剑掀开卧室门上的绣花门帘进来："姑娘，孙妈妈让韩勇媳妇过来，说夫人回来了。"

似锦点头："我知道了，这就去迎接母亲。"

素心知儿，取了一粒碎银子给了春剑，让她给韩勇媳妇做赏钱。

似锦原本穿着家常衣服，上面是件白绫袄，下面系了条百花裙，这时候便在外面套了件宝蓝遍地锦罗缎褙子，又对镜照了照，觉得没有不妥，这才带了春剑去迎接周夫人。

周夫人的马车在二门外停了下来。

似锦见状，上前两步，搀扶了周夫人下车，然后行礼："给母亲请安。"

周夫人脸色苍白，略有些憔悴，摆了摆手，道："起来吧！"

这时候倩兮和盼兮从后面的马车下来了。

姐妹不过几日没见，却恍若隔世，彼此道福，算是见了礼。

周夫人回到惠畅堂，宽了见人的大衣服，换上家常袄裙，洗了手脸，舒舒服服地在紫檀木雕花罗汉床上坐下，这才吩咐似锦、倩兮和盼兮三姐妹："我想歇歇，你们姐妹也都散了吧！"

似锦三人齐齐答了声"是"，正欲退下，却听周夫人又道："倩兮，盼兮，我已经命人去接戴先生了，戴先生明日不到，后日也就到了。等她一到，你们就继续回桃夭阁上课。"

倩兮、盼兮齐齐答了声"是"，和周似锦一起退了下去。

周夫人身心俱疲，待女儿们一出去，便懒懒地靠在了身后的锦缎靠枕上。

众丫鬟被王妈妈指使得团团转，片刻之间，周夫人身后又加垫了一个锦缎靠枕，身上也搭上了宫里赐的金丝绒毯子。两个小丫鬟一边跪一个，一个给周夫人捶腿，一个给周夫人捏脚。

周夫人闭上眼睛，惬意地舒了一口气。

过了一会儿，泽芝送来了参茶。

王妈妈跪在榻上，用银汤匙喂周夫人一口口喝了。

用了参茶，周夫人又歇了会儿，恢复了些精神，这才吩咐道："泽芝留下，其余人先出去吧！"

除了大丫鬟泽芝和王妈妈，其余丫鬟都退了下去。

周夫人看着手边小炕桌上摆的官窑粉青觚，没有说话。

官窑粉青觚里插着几枝玉兰花，有盛开的，有含苞待放的，精致玲珑，散发着怡人的清香。

屋子里暖融融的，并没有关门闭户好几日特有的霉味。

她不在家的这几日，家里维持得还算不错。

王妈妈觑了周夫人一眼，替她开口问泽芝："夫人不在家的这几日，大姑娘是如何管家理事的？"

这也正是周夫人想知道的，她微合的双目睁开，看向泽芝。

周似锦毕竟是周胤的女儿，将来嫁到秦侍郎府上做儿媳妇，若是什么都不懂，丢的也是周家的人，须得好好看看，如果真是不妥当，待和秦家的亲事定了，就把周似锦叫到身边教一教。

泽芝是王妈妈的娘家侄女，说话一向细声细气，她想了想，道：“大姑娘先把内院的人都叫去，明确了一下职责，让大家各司其职，务必不能出错，否则等夫人回来就禀了夫人处置。”

她接着道：“每晚亥时，大姑娘就带着孙妈妈和几个婆子，打着灯笼把内院巡视一遍，每道门都是看着人落锁，然后才回兰庭歇下。”

王妈妈又问道：“这几日老爷歇在哪儿？”

泽芝忙道：“老爷这几日都是在外书房，没进内院。”

王妈妈盯着她：“老爷可曾叫丫鬟去外书房侍候？”

泽芝连连摇头：“外书房都是孙妈妈和小厮服侍。”

周夫人轻轻咳了一声。

她觉得自己这个陪房有些小家子气，周胤又不是那爱偷鸡摸狗的人，这样问丫鬟，分明是小瞧了周胤。

王妈妈会意，忙把泽芝打发了出去。

周夫人自言自语道：“咱们大姑娘，也没人教她，居然挺会管家。”

安国公府的许二姑娘可真是个人物，周似锦不过是她身边的一个丫鬟，结果不但琴棋书画样样精通，而且会管家理事，见人接物的礼仪也都一丝不乱，比一般的大家闺秀还要强不少……

王妈妈跪在榻上，拿了美人拳为周夫人捶着腿：“夫人，大姑娘在国公府嫡出姑娘身边，自是被调教得不错了。”

周夫人点了点头，道：“以后倩兮、盼兮和她亲近，你不要拦着，毕竟是亲姐妹……”

想到自己的亲姐姐忠顺伯夫人，周夫人叹息道：“真的出了事，也只有亲姐妹会守望相助了。”

王妈妈答了声“是”，又道：“夫人，即使大姑娘将来能小麻雀飞上枝头变凤凰，您也是她的嫡母，她也得尊敬您、孝顺您。”

周夫人还是觉得王妈妈小家子气，只是累极了，懒得说，她闭上眼睛假寐，迷迷糊糊就睡着了。

没睡多久，周夫人就被王妈妈给叫醒了：“夫人，韩尚书的夫人来了！”

周夫人蹙眉道：“她这时候过来做什么？”

都快申时了，转眼间天就要黑了，一般人要么早些来，要么索性明日来，不会来得这么匆忙。

韩夫人定是有什么急事。

送走韩夫人，周夫人犹自愤愤坐回了紫檀木雕花罗汉床，默想了一会儿，突然抬手拍在了手边的紫檀木小炕桌上，震得上面摆着的官窑粉青觚都晃了晃：“秦家欺人太甚，先来相看我们家长女，再来求娶次女，不过是个小小的工部侍郎，谁给他们这么大的脸！”

王妈妈也觉得棘手，道：“秦夫人上次来，不是单独见的大姑娘吗？看起来还是挺满意的，为何没几日，就换成求娶二姑娘了？”

周夫人用手支着额头，低声道：“许是先看上了大姑娘，结果回去一商议，觉得嫡子配庶女，有些不般配……”

她不由得叹了口气：“上次秦夫人对大姑娘的喜爱表现得太明显了，我也觉得八九不离十，这下怎么和大姑娘说？怎么和老爷说？”

王妈妈试探着道：“夫人，韩尚书是大人的同年，韩夫人来替秦家做媒人，您这样一口拒绝，会不会太不给人面子了？老爷那边——”

周夫人摇了摇头，道：“秦家这事做得不地道，老爷只会比我更生气。”

她又躺了回去：“我先在这里眯一会儿，等老爷回来了再叫我。”

都枕着靠枕躺下了，周夫人又交代道：“你去交代一下，今日这件事不许说出去，若是传出去被我知道，必定严惩不贷。”

王妈妈答应着，把金丝绒毯子又搭在了周夫人身上：“您这几日太累了，先歇一会儿吧！”

周似锦回到兰庭又做了一会儿针线，估计倩兮和盼兮都沐浴更衣罢了，这才带了那两盒红梅香膏去了蒹葭院。

住在一楼的倩兮正在整理笔墨纸砚，见似锦过来，笑盈盈道：“姐姐，过来看我抄写的诗。”

似锦正在看倩兮抄写的诗，住在楼上的盼兮也下来了。

倩兮的丫鬟暗香送上茶点，三姐妹围坐在黄花梨圆桌边吃点心饮茶说闲话。

似锦问起了忠顺伯府的事：“忠顺伯府到底是怎么回事？”

倩兮默然。

盼兮端起青瓷盏饮了一口杏仁茶，满不在乎道：“这两日在忠顺伯府住着，忠顺伯府内宅里撕个不停，闹得没了体面，我才知道那些大家公子哥儿能恶心人到什么地步，一个个瞧着人模人样的，背地里居然那样恶心，包粉头、养戏

子、争小倌……蒋珙就是和人争一个唱戏的小倌儿，被人给……那个了。姨母哪里会管他，命人赶了车，送他去青州那边的庄子上了。真是活该。”

周似锦听了，想起很多事情，道：“是咱们府里干净，外面一般的高门大户，哪有如此干净的？包粉头、养戏子、争小倌还不算最恶心的，还有叔嫂通奸……”

倩兮和盼兮听了，都恶心得作呕。

周似锦看向两个妹妹，安国公府一门武将，女眷也极重礼法，她在安国公府不曾见过这些。

后来嫁到了威远侯府，周似锦可算是开了眼了：“有的人是富贵过，如今穷疯了，就对着别人的财产红了眼，什么肮脏龌龊事都能做出来；有的人富贵了，什么东西都容易到手，就要寻求更刺激的。

“你们将来说亲，一定要和母亲说好，定亲前一定要派得力能干之人去好好打听，免得嫁过去了才发现进了老鼠窝，到时候真是追悔莫及。”

周似锦想起前世这两个妹妹和嫁入破落侯府的自己不同，倩兮嫁给了首辅嫡子，盼兮成了卫国公夫人，这两家的家风都是出了名的好，不由得笑了起来，道：“哎呀，我和你们这两个小姑娘说这些做什么。来，看看我给你们做的红梅香膏，好用的话等月季花开了，我再用月季花给你们做。”

倩兮和盼兮也不想继续这个沉重的话题。

盼兮接了香膏，拉了似锦到镜前涂抹去了。

女孩子家哪有对胭脂香膏水粉没有兴趣的，倩兮也跟着过去了。姐妹三个很快就忘记了方才的沉重，嘻嘻哈哈互相描眉装扮，彼此赏鉴，开心极了。

晚饭似锦是在蒹葭院用的。

用罢晚饭，她略坐了一会儿，带着素心打着灯笼回去了。

春剑正在兰庭门口打着灯笼候着，见似锦回来了，忙迎了上去：“姑娘！”

似锦一看便知春剑有话要和自己说，当即道：“回房再说吧！”

素心知几，当下拎了水壶去给养在廊下栏杆外的常春藤浇水，以防有人靠近偷听。

似锦在窗前榻上坐定，这才问道：“说吧！”

春剑忙道：“姑娘，我哥哥傍晚时过来了一趟。他去祥符县主簿那里查了户籍，果然臭水巷有一家女户，户主姓刘，是个小娘子，今年十六岁了，和她娘刘妈妈住在一起。娘俩没登记什么产业，房子也是用三十两银子典来的。”

似锦在心里算了算，小刘氏比她大一岁多将近两岁，今年的确是十六岁了。

春剑继续讲述：“我哥哥又去了臭水巷，专门打听那刘氏小娘子。那小娘子生得小巧玲珑，雪白娇嫩，甚是美貌。她很少露面，但凡出门，都带着一个小丫鬟，一向采买都是她娘刘妈妈出来。”

似锦点了点头。

小刘氏爹死了，只有一个娘，娘俩无以谋生，靠定了孙浴泉。

可是孙浴泉是庶子，没什么收入，也就靠每个月的那点儿月钱。

因此等她嫁过去，刘妈妈和小刘氏娘俩，以及小刘氏跟孙浴泉的那几个孩子，可不都是她周似锦在养着。

“我哥又观察了两日，终于从刘家邻居那里打听到一个消息，”春剑眼睛在烛光中闪闪发光，语气兴奋起来，“小刘氏是一个贵人的外室，而且已经有了四个月身孕，那贵人包了小刘氏娘俩的衣食，得空就来走一趟，和小刘氏两个郎情妾意，恩爱得很呢！”

似锦笑了：“邻居怎么知道人家恩爱得很？”

春剑笑嘻嘻道：“因为小刘氏给那人弹拨月琴唱曲，夜里静，隔壁听得清清楚楚，全是什么‘玉郎一去无消息，一日相思十二时’之类的小调！”

似锦听到“弹拨月琴”，更加确定是小刘氏了，前世小刘氏得空就爱弹拨月琴。

她略一思索，低声吩咐春剑：“你和你哥说……”

春剑一边听，一边点头：“姑娘，我知道了。”

似锦想着她年纪小，还不放心，便道：“你再重复一下我的话。”

春剑果真重复了一遍。

似锦发现没有遗漏，便笑了起来，吩咐春剑：“让你哥用心些。你们家不是租别人的屋子住吗？这次事成，我给你二十两银子，典两间房住。”

前世她得知春剑的哥哥因为没有房住，喜欢的女孩子要嫁别人，就拿了二十两银子给了春剑，让春剑哥哥孙秀典了个小房子住，娶了那个女孩子。

孙秀两口子生儿育女夫妻恩爱，还带着小孩子去威远侯府给她磕头……

春剑有些不好意思：“多谢姑娘。”

她又道：“我一定交代我哥哥，让他按您的交代好好去做。”

安排了这件事，似锦起身，自言自语道：“不知道爹爹回来没有……”

爹爹拿走她那几幅画，虽是赝品，但也是许凤鸣赠她的，她得赶紧要回来。

素心进来，听到了便道：“姑娘，不如让幽客去外书房问一下孙妈妈，看她老人家今晚还回不回兰庭住了。”

周似锦也正有此意：“去吧！”

孙妈妈先前搬到兰庭是为了陪她，如今夫人和倩兮、盼兮都回来了，内院人都在，自然不用陪她了。

周胤从吏部回来，先去了外书房，在外书房换上了便服，这才回了惠畅堂。

惠畅堂灯火通明，周夫人正坐在正房明间的罗汉床上，抱着雪白的狮子猫想心事，听丫鬟通禀说周胤回来了，忙把怀里的猫递给泽芝，就要出门去迎。

周胤大步流星走得极快，很快就上了台阶："夫人，不必出来接了！"

说着话，见丫鬟已经掀开门帘，他当下便进了明间。

夫妻有两日没见了，周夫人却甚是忐忑，一直等到周胤在罗汉床上坐下，接了茶盏尝了一口，她这才开口道："子承，我去让厨房给你弄几样小菜，你想吃些什么？"

周胤也是满腹的心事，道："阿琳，你看着办就行。"

今日洪武帝问起似锦的亲事，周胤至今想起还在担心，生怕洪武帝一动念头，把似锦也当作棋子，许给哪个皇子做妾。

他是真不想女儿被牵涉入皇室内部权力争夺之中。

另外似锦和许二姑娘的关系过于亲密，总是令周胤忧心，生怕似锦什么都不懂，被许二姑娘给诱骗了。

他不能生硬地阻止似锦和许二姑娘来往，因此得想出个好法子。

想到这里，周胤就暗自感叹：人啊，为什么要生孩子？

可真难呀！

周夫人亲自安排好周胤的消夜，这才回来和周胤说话。

周胤见夫人进来，便示意侍候的人出去，然后才道："夫人，似锦和秦家老二的亲事，得快些定下来了。"

周夫人闻言，知道躲不过去了，便伸手握住周胤的手："子承，今日韩夫人过来了，秦家托她先来试探一下咱们的口风，若是咱家应允，就要托她做这媒人。"

周胤没想到秦家也这么着急，当下扬眉道："如此甚好，让人看个好日子，咱们和秦家就可以换庚帖合婚，把似锦和秦羽的亲事定下来了。"

周夫人猛地捏紧了周胤的手，艰难地开口道："子承，秦家要求娶的是倩兮，不是似锦。"

周胤不敢相信自己的耳朵，皱着眉头道："阿琳，你说什么？秦家求娶的是……倩兮？"

周夫人深吸一口气，点了点头。

周胤甩开周夫人的手，起身在明间里转了好几圈，这才看向周夫人："秦夫人来相看的不是似锦吗？怎么会变成倩兮了？”

周夫人怕丈夫误会自己从中作梗，忙解释道：“我也纳闷，觉得秦家这件事做得很不地道，已经拒绝了韩夫人。”

周胤冷笑一声，道：“怕是秦家又去打听了一下，得知似锦是庶出……罢了，既如此，我再重新给似锦相看一个好子弟，倩兮将来值得更好的人家，秦家以后不必再提。这件事到此为止。”

他最讨厌背信弃义的人了，看来这秦涟治家不过如此。

这件事计议已定，周胤回到罗汉床上坐下，见周夫人还看着自己，心里一软，忙安抚道：“阿琳，我知道你，我没怀疑你，我只是气秦家人不讲信用。”

周夫人性格高傲，却最爱丈夫，听丈夫这样一说，眼泪都要出来了，忙掩饰道：“我去看着人在东暖阁摆饭。”

周胤见状，忙拉住了周夫人的手：“且等片刻。”又吩咐小丫鬟菡萏，“你去兰庭一趟，让大姑娘去外书房等着我。”

待菡萏出去了，周胤这才道：“让人把消夜摆在这里吧，你陪着我用。”

周夫人心里暖融融的，答了声“是”，叫了人进来安排了一番。

周似锦到了外书房，发现周胤不在，便自己在书架上找了一本书看了起来。

周胤用罢消夜赶过来，见周似锦趴在他的书案上读书，心中喜欢，道：“似锦，你喜欢读书，爹爹很欣慰。”

周似锦把书合上，单手支颌笑吟吟地看向周胤：“爹爹，您到底想说什么，快点说吧！”

她爹爹可不是爱说废话的人。

看着明亮烛光中似锦天真可爱的笑脸，再想想秦家的背信弃义，周胤简直是心如刀割，垂下眼帘，笑了笑，道：“似锦，爹爹告诉你一件事，不过你得坚强一些。”

周似锦：“爹爹您快说吧！”

周胤缓缓地把秦家求亲这件事的来龙去脉说了一遍，然后道：“似锦，秦家家风不好，爹爹定会为你重新挑选一个家世清白的好儿郎，你放心！”

周似锦先是开心极了，特别想笑，忍笑忍得嘴角都快抽抽了，接着想到前世倩兮就是嫁给秦羽的，忙笑着道：“爹爹，我估计秦家不是因为有嫡庶之见，而是因为秦羽看上的人是倩兮，不是我。强扭的瓜不甜，何必勉强。

“听说秦羽是皇太子伴读，那他自然也是你的学生了，他为人如何，你还能不知？若秦羽真是一个好儿郎，他又欢喜倩兮，你这样粗暴拒婚，岂不是有

违天和？”

周胤没想到似锦这么能说，而且说得条理清晰句句在理，极有说服力。

他扶着脑袋“嗞”了一声，道：“让爹爹再想想……”

周似锦想到以后秦羽的爹秦涟可是要做首辅的，何必要爹爹为了自己得罪未来首辅，忙道：“爹爹，我可听人说，工部侍郎秦涟是清官能吏，人品很好。这样的人家不结亲，您难道想要找忠顺伯府这样的亲家？”

周胤抬头打量着周似锦，忍不住笑了起来：“似锦，说吧，你说这么多，究竟打什么主意？”

女儿的性格和他小时候挺像的，既敏感又理智，既冲动又善良，而且善于观察。

他拿十四岁时的自己设身处地想一下，大致能猜到似锦的心思。

不过他可比十四岁的似锦聪明有智慧多了，这孩子有点傻乎乎的。

周似锦笑容狡黠：“我嘛，天性善良，只要天下有情的人都能相聚，我就很开心了，不过——”

“不过什么？”周胤觉得似锦这个笑容莫名有些熟悉，似乎刚在哪里看到过一样。

周似锦收敛笑意，做出垂头丧气的样子来，道：“我刚刚舍己为人，没有破坏倩兮的姻缘，其实心里还是有些失落的，毕竟秦家看上的人不是我……”

周胤虽然知道女儿是在演戏，可是见她如此，心中还是难过，忙安慰道：“你放心，你的亲事有爹爹做主。”

周似锦忙道：“爹爹，我不想成亲，说过多少次了，您先忙倩兮的事吧，别管我了！”

周胤听了，却更加坚定了自己的想法——这孩子不懂事，定是被许二姑娘给引诱了，须得赶紧给她定下亲事，断了她的念想。

不过十四五岁的孩子，最是容易冲动，此事得缓缓而行。

想到这里，周胤微微一笑，端起茶盏饮了一口，然后转移了话题：“似锦，秦家之事，你受委屈了，想要爹爹怎么补偿你？”

周似锦从不和亲爹客气，当即道：“爹爹，我一听见有人要把我和‘嫁人’‘亲事’‘说亲’这三个词联系起来，就想干呕，想吵。瞧在我如此宽容善良识大体的份儿上，别再把我和这三个词联系起来了，好不好？爹爹，求您了！”

似锦这孩子，嘴里说没关系，到底还是被伤着了。

做爹爹的，还是得多操心闺女的亲事啊！

周胤心思百转千回，面上却满口答应了，语气温柔："似锦，我这几日不会再提起了。"

"爹爹，说话要算话。"周似锦心满意足，"对了，我的那七幅画呢？"

她来找爹爹，为的就是那七幅画。

周胤指了指屏风旁边那张花梨大理石大案："在那儿呢！"

周似锦忙起身走过去，解开锦缎包裹，一一展开细看。

周胤见了，酸溜溜道："不过几幅赝品，也就你当宝了！"

周似锦一边检查，一边道："爹爹，咱们虽是父女，可是亲归亲，贵重物品得分清，我还是得检查一遍。"

周胤端着茶盏走过去，喝了一口，探身看了看周似锦的手腕，见上面的勒痕已经看不到了，便问道："小臂上的伤口已经好了？"

周似锦都忘记自己小臂上的勒痕了，专注地盯着画检查："爹爹，您别转移我注意力好不好！"

他气得转身回书案那边坐下了。

周似锦检查完毕，发现一切照旧，乐滋滋地辞谢父亲回去了。

周胤又处理了一下白日的书信拜帖，这才回了惠畅堂。

周夫人刚洗罢澡出来，听了周胤的话，简直不敢相信自己的耳朵，感叹道："似锦这孩子可真是……光风霁月。"

若是有些心胸没那么宽广的女孩子，我的不成，你也别想成，索性大家一拍两散，谁知周似锦居然如此襟怀坦荡，她只能用"光风霁月"来形容了。

周胤道："似锦一直是个懂事的孩子。"又道，"秦家的事不要上赶着，等他们再来求吧！"

周夫人点了点头："我明白。"

周胤明日的确有公务要忙，自去洗漱沐浴不提。

第二天上午，周似锦把给许凤鸣做的十二双白绫袜和给许凤鸣的信一起包好，请孙妈妈乘了家里的车送到狮子街安国公府。

她爹的三十岁生辰近在眼前，似锦想邀请许凤鸣那日过来玩。

第九章
侍疾

一大早周倩兮和周盼兮的女先生戴春琳就到了。

桃夭阁收拾得洁净整齐，周倩兮和周盼兮开始上课了。

似锦自己不用上课，见倩兮和盼兮上课，还是很庆幸很开心的。

她见今日春风和暖，阳光灿烂，实在是个好天气，便开始整理自己的春装。

这一收拾，似锦发现自己从去年到今年长高了不少，去年的春装如今都小了，衣裙虽多，却没几样能穿的，便叫了韩勇媳妇进来，让她陪着春剑去外面选些衣料回来，预备自己动手做衣服。

似锦前脚把韩勇媳妇和春剑使出去，舅母王夫人后脚就带着两个表姐王蕙和王菁来周府做客了。

王夫人是受了秦夫人的拜托来做说客的，因此在惠畅堂明间坐下后，便笑着吩咐王蕙和王菁："我和你们姑母说话，你们在这里没趣，去找姊妹们玩吧！"

王蕙去桃夭阁寻周倩兮和周盼兮，王菁则去兰庭寻周似锦了。

周似锦正在兰庭院子里，一边对着画板画庭院里的兰草，一边等去安国公府送信的孙妈妈的消息。

王菁带着小丫鬟进了兰庭，见周似锦穿着深蓝罩袍，手里拿着炭笔起身相迎，忙走上前道："似锦，你在画画吗？"

似锦"嗯"了一声，道："我想画这丛蕙兰。"

王菁也喜欢画画，凑过去看了看，道："我爱画写意，用薄宣纸或者绢就行了。你画工笔，得用厚宣纸，你这宣纸可有点薄。"

似锦笑了："家里如今没有厚宣纸，我先画着玩。"

王菁也是庶女，知道一般庶女吃穿用度能维持就不错了，若是再开口要什么画画用的薄宣纸厚宣纸、头号排笔大南蟹爪的，未免就有些不识趣了，便点了点头，道："我那里倒有些厚宣纸，明日我让人给你送来些。"

似锦侧首看她，笑容明媚："谢谢菁表姐！"

她又道："菁表姐，我让人再准备一个画板，咱们一起画吧！"

王菁是真喜欢画画，也喜欢周似锦，也不客气，点了点头："好。"

表姐妹两个便并排坐在小凳子上，一人一个画板，一个画蕙兰，一个画庭院西南角那两株老桂树，也不多说话，阳光灿烂，鸟鸣声声，很是和谐。

似锦正画得入迷，被她派到安国公府送信的孙妈妈回来了。

孙妈妈行罢礼，见王家的表姑娘也在，不由得欲言又止。

似锦笑了："妈妈，菁表姐不是外人，说吧！"

王菁嘴巴特别严，事情到了王菁这里，从耳朵进去，是绝对不会从嘴巴出来的。

孙妈妈也笑了，道："大姑娘，安国公府的人说他家二姑娘和崇宁公主一起去城外的碧漪园别业了，康嬷嬷也去了，不知道什么时候才能回来，让我不必再等回信了。不过他们答应派人把包裹送到碧漪园别业给许二姑娘。"

似锦听了，心中略有些失落，不过很快就微笑起来："我知道了。孙妈妈，辛苦你了。"

孙妈妈离开没多久，韩勇媳妇和春剑就回来了，后面跟着两个粗使婆子，抬着几匹绫罗绸缎。

素心收好这些绫罗绸缎，拿了些碎银子出来，当着粗使婆子的面给了韩勇媳妇："你们几个拿去分了，给家里孩子买点心吃。"

王菁把这些都看在眼里，待韩勇媳妇带着两个粗使婆子出去了，这才轻轻道："这些绸缎都是你自己出银子买的？"

周似锦笑眯眯地点了点头，解释道："我去年到今年长高太多了，以前的春装都没法穿了，得做几件，又用不了多少银子，何必去烦扰母亲。"

王菁很是理解，道："多一事不如少一事，何必让人觉得咱们事多。"

她又问道："怎么你们府里打赏都这么多？"

素心给那媳妇的几块碎银子，加起来差不多快五钱了。

似锦的月银也不过一个月十两银子，哪里经得起这样的打赏？

看来似锦在周家过得也很艰难呀！

似锦轻轻道："媳妇婆子在府里都有各自的差使，让人家额外干活，若是不打赏，以后谁乐意去。"

她又身子左倾凑近王菁，低声道："我银子不够用了，就去找我爹要。"

王菁不由得也笑了："看来大家都一样，我有时实在短缺，就悄悄去找我爹要。"

想到方才那个妈妈说安国公府的许二姑娘没理似锦，而是陪着崇宁公主去

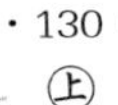

城外玩了，王菁心里怜惜似锦“一片真心向明月，奈何明月照沟渠”，待似锦越发温柔了。

两人画着画，王菁说起了三月初八是自己的十五岁生日，王夫人要给她办及笄礼：“似锦，我也给你下个帖子吧！”

似锦最喜欢凑热闹，当即答应了下来，又道：“我得好好想想，给你准备什么礼物。”

王菁不愿意她破费，笑吟吟道：“我喜欢画，你的这幅蕙兰画好裱了，送给我就行。”

似锦白了她一眼：“你以为我傻啊，哪有好友的及笄礼不送簪环首饰，送一幅画的？”

王菁喜欢她开朗风趣，也笑了起来：“随你，别太贵重就行。”

惠畅堂内周夫人正和嫂子王夫人说话。

王夫人是受秦夫人拜托专门来做说客的：“秦夫人起初的确看上的是你家大姑娘，可是你知道她的难处，她是继母，家里又是大奶奶管着中馈，她一向不管事的。

“二公子原先答应得好好的，谁知突然就变了卦，似乎是那日在我家园子里瞧见了倩兮，一眼就相中了，然后就开始闹秦大人。秦大人拗不过儿子，秦夫人只得又托韩夫人来你这里试探，昨日又亲自去我家，托我今日来说。

“二妹，要我说，秦家这诚意是够了，他家和你家门当户对，嫡子配嫡女，也算般配，更重要的是，秦家不兴纳妾、纳婢那一套，秦大人都四十多了，房里一个人儿也没有。倩兮若是嫁过去，以后婆婆是继婆婆，家务事大嫂管着，小两口只管尊荣富贵就行……”

和秦家联姻的好处周夫人都知道，只是碍于先有了秦夫人相看周似锦的事，她不好立即答应，当下含含糊糊道：“再等等吧，等我们大姑娘的亲事定下来，再理会倩兮的亲事。”

王夫人得了这句话，便知自己这媒人做成功了，笑着拍了拍手：“那我和韩夫人就吃定你家的媒人酒了！”

午饭是众人一起在惠畅堂东暖阁用的。

用罢午饭，就连倩兮和盼兮也不用去上课了，女孩们都被留下陪周夫人和王夫人说话。

周似锦和王菁一起坐在北边的圈椅上，王蕙和周倩兮坐在南边的圈椅上，周盼兮则挨着王夫人坐在罗汉床上，有的品茶，有的吃点心，有的玩弄衣带，都在听王夫人高谈阔论。

王夫人爱说爱笑，语速又快："三月三那日，皇后娘娘要在金明池行宫为皇太子选妃，我家蕙儿接到帖子了，我下午预备带她去一趟锦绣坊和琳琅阁，给她置办些衣服首饰。"

她说了太多话，有些口渴，端起茶盏饮了一口，看向周夫人："你家呢？不是说有爵位的人家和四品以上官员家十四岁到十六岁的未曾婚配的女儿，都可参选吗？妹夫是正三品，你家也有符合要求的。"

"我家还没接着帖子呢。"周夫人不愿当着姑娘们的面多提此事，转移了话题，"不是说大哥打算谋外放，如今有消息没有？"

王夫人闻言，脸上的笑意收敛了："你大哥只会画画，哪里会管理地方，他自己踌躇满志，我却担心他去了只会纸上谈兵误了地方百姓。"

周夫人深以为然："大哥待在画院，吟诗作画，侍奉陛下，多么清贵，何必去那僻远州县受苦。"

这其实也是周胤的意思。

他这大舅子王令诚，画了一辈子画，一生只懂"琴棋书画，诗酒花茶"，派到地方去，还不被属吏和幕僚坑死？还不把地方百姓坑死？

反正王老爷子做官时很能捞钱，王家家资丰饶，王令诚不如老老实实在画院待着，做洪武帝的清客近臣，既有面子，又有里子。

周似锦在一边认真听着，想到前世王令诚也是一直在画院待诏这个位置上牢牢待着，不由得低下头笑了。

正在这时，小丫鬟进来禀报，说威远侯府的二公子过来给周大人和周夫人请安。

周夫人和王夫人相视一眼，都有些惊讶。

王夫人道："我记得表姐家的二公子浴泉是庶出吧？就算是给你和妹夫请安，为何不让世子沐泉过来？世子如今刚捐了监，有了监生身份，正该到妹夫面前走动走动了。"

如今正是吏部查考地方官员的时候，不知道有多少官员要被罢黜。监生是有资格做官的，威远侯世子孙沐泉多到周府来走动，说不定什么时候就能得了个好差事。

周夫人知道自己嫂子一向心直口快，什么都敢往外说，忙咳嗽了一声，道："请他进来吧！"

周似锦如今听到孙浴泉的名字就恶心，看到本人就更恶心了，忙起身道："母亲，雪宝该晒晒太阳了，我抱了雪宝陪着姐妹们去后面园子里赏花去吧！"

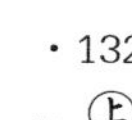

雪宝是周夫人的爱猫，雪白冷艳，美貌动人，周似锦一直喜欢得很。

惠畅堂东夹道有一道小门，能直接通到后面园子里去，这时候她抱了猫出去，恰好能避开孙浴泉。

周夫人微笑颔首：“去吧！”

似锦这样识大体又懂事，真是让人省心。

王蕙却有些嫌周似锦多事，低声嘀咕道：“大家都是表兄妹，见一面又有什么，自己心里龌龊，看什么都龌龊。”

她上次见孙浴泉，简直是眼前一亮——这世上居然有这样的美少年，如冰雪雕成，清冷而俊丽。

如今天赐的好机会能再见面，她自然想要再见一见的。

周倩兮、周盼兮和王菁都没理会她，起身随着周似锦一起出了东暖阁。

王蕙不情不愿的，刚走出门，就“哎哟”了一声，说：“我脚崴了一下，脚踝有些疼，我不去玩了，你们自己去吧！”

周似锦猜到王蕙是留下想看孙浴泉，也不拆穿，抱着雪宝与周倩兮、周盼兮和王菁从东夹道那个小门出去，到花园玩去了。

原来孙浴泉是来向周夫人请安，顺便请周胤看他写的文章的。

周夫人让他留下文章，然后道：“待你姨父回府，我就让他帮你看看。”

孙浴泉答了声“是”，向周夫人和王夫人行了礼，也不多话，恭谨地退了下去。

王夫人自己话多，倒是喜欢寡言的人，待孙浴泉下去了，便低声和周夫人说道：“表姐这庶子不是还未定亲嘛，你家大姑娘也没定亲，这孩子这么好看，你家大姑娘也不错，倒是可以亲上加亲——”

周夫人摇了摇头，道：“大姑娘的亲事自有我们老爷管，我做不得主。”

王夫人一听周胤要亲自管这件事，就不再提了。

王蕙从屏风后出来，恰巧听到了母亲那句话，心里就不大痛快——她自己碍于身份，自然是不可能嫁孙浴泉的；可若是周似锦要嫁孙浴泉的话，她又觉得周似锦配不上孙浴泉。

等到周似锦等人从后面园子回来，王蕙和周似锦说话时语气就有些刺人，还故意当着众人的面提起三月三金明池行宫的皇太子选妃盛会：“国有国法，家有家规，也不是每个合乎要求的人都能接到请帖的。”

意思是周似锦明明合乎要求，却因庶出身份没有接到请帖。

大家都能听懂，却没人理会她。

周似锦也懒得搭理王蕙，见王菁给她使眼色，便预备寻个理由带王菁回兰庭玩。

她刚要开口，大丫鬟水芝就进来向周夫人回禀："夫人，崇宁公主派身边的管事女官拿了拜帖来了，说是要接大姑娘去城外的碧漪园别业玩耍！"

明间里一下子静了下来，众人都看向周似锦——周似锦什么时候成崇宁公主的座上客了？

周似锦却不意外，先前她和崇宁公主就莫名投缘，崇宁公主常邀请她去公主府玩。

再说了，许凤鸣在碧漪园别业，接她过去，不是很正常吗？

周夫人当下道："快请。"

王菁是知道许二姑娘如今也在碧漪园的，对着周似锦眨了眨眼睛，也为她开心——原来似锦与许二姑娘，并不是似锦剃头挑子一头热。

崇宁公主派来的女官是公主府的正五品管事女官叶韶红，周夫人与王夫人都是认识的，彼此厮见罢，叶韶红便说明了来意。

周夫人当即答应了下来，又让周似锦、周倩兮几个小姑娘过来见过叶韶红。

见周似锦也要屈膝行礼，叶韶红忙起身扶起，笑吟吟道："周姑娘太多礼了。"又道，"公主殿下自从上次海棠花会一别，一直惦念着姑娘，今日见碧漪园玉兰花开得好，就命我来接姑娘过去赏花。"

周似锦谦逊了几句，双目盈盈看向周夫人。

周夫人含笑道："你回去收拾一下，不要让叶女官等太久。"

周似锦答了声"是"，自去收拾行李不提。

王菁的画画了一半还在兰庭，便跟着周似锦一起回去了。

进了兰庭，见身边没了外人，王菁笑眯眯道："似锦，许二姑娘是不是也在碧漪园别业？"

周似锦点了点头，又叮嘱王菁："别和别人提。"

叶女官方才只说是崇宁公主邀请，提都没提许凤鸣，周似锦不知许凤鸣是什么用意，却下意识地绝口不提许凤鸣也在碧漪园。

王菁笑了："放心吧，我不是话多的人。"

周似锦指挥着素心和春剑收拾行李。

王菁在一边陪着她，实在是按捺不住好奇心了，便问周似锦："似锦，上次海棠花会我没去，不过我听说许二姑娘特别美，美得跟天仙似的，是不是真的呀？"

说到这个，周似锦就来劲了："哎，她真的特别好看。她不化妆的话，小脸白皙细嫩，眉目俊秀至极；她若是化了妆，简直是绝了，换了个妆容，就像换了个人似的，却都特别美。她美到什么地步呢？就是美到我一个女的，还是

她的闺中好友，常常见到她的，我还会看呆的地步……”

王菁不由得笑了，口中道：“果真这么美？那我有机会可要见识见识了。”心里却在想：似锦可真是许二姑娘的崇拜者啊，都把许二姑娘当成神了。

周似锦已经很久没有机会向人大夸特夸许凤鸣了，一下子说了个尽兴，最后意犹未尽道：“二月初十我爹的生辰，她有可能过来，到时候我介绍你认识，让你亲眼见见她能好看到什么地步。”

王菁掩唇而笑：“好。那我可要等着了。”心里却道：似锦这可真是“好友眼里出西施”，哪有人会好看到那种地步。

到了傍晚时分，周似锦扶着叶女官的手，登上了停在二门外的公主府的十锦檀香车。

马车在众女眷的目送中缓缓启动，向外驶去。

马车驶入碧漪园，又行驶了约莫一盏茶工夫，这才停了下来。

周似锦下了马车，发现外面暮色苍茫，眼前黛瓦粉墙月亮门，月亮门上方写着“玉堂春”三个字。

玉堂春是玉兰花的别名，这园子里应该种的是玉兰花。

叶女官正要引着周似锦和素心主仆进去，谁知月亮门内传来一阵急促的脚步声。

脚步声由远而近，紧接着崇宁公主一脸愁容在一个女官和四个丫鬟的簇拥下走了出来。

一见到立在月亮门外的周似锦，崇宁公主当即转愁为喜，上前一步，握住了周似锦的手：“周姑娘，小凤凰病了，你快去看看他吧！”

周似锦一愣：许凤鸣怎么病了？

接着便想起了许凤鸣的体弱多病和生病时的难缠，忙道：“交给我吧！”

崇宁公主松了一口气，忙吩咐叶韶红：“你留在玉堂春照应，一切都听周姑娘吩咐。”

叶韶红答了声“是”。

崇宁公主快被许凤鸣给折磨疯了，如今周似锦来了，她可算是卸下了一个大包袱，当即浑身松快急急往外走，口中犹自道：“我先去歇歇，周姑娘这里就拜托你了。”

周似锦见崇宁公主几乎算是落荒而逃，不禁笑了。

生病时的许凤鸣实在是个小恶魔，除了周似锦，换个人都受不了。

玉堂春内果真种了不少玉兰树，玉兰树还都在花期，树枝上挂了不少琉璃灯笼，莹洁灯光映照着晶莹玲珑的玉兰花，美得像是仙境。

周似锦这会儿没有赏景的心思，随着叶韶红分花拂柳，往玉堂春深处疾步而行，终于到了一栋精致的两层小楼前。

一进去，周似锦就听到巨大的黄花梨寿字龙纹屏风后传来许凤鸣的声音："白又胖？"

声音低低的，听上去有些委屈，有些可怜巴巴，周似锦顾不得许凤鸣叫她绰号了，径直快步走了过去，却见屏风后是一张黄花梨木拔步床，锦帐挂起，床头的小几上点着水晶灯，许凤鸣正在床上躺着，一双碧青凤眼正眼巴巴看着她，一向薄薄的眼皮有些浮肿："白又胖，我好难受……"

此时的许凤鸣没有妆容，青丝散在雪白枕上，真是稚气又可怜。

周似锦一阵心疼，忙走过去俯身细看，见许凤鸣脸色苍白，唇色浅淡，很是憔悴，便道："是不是老毛病？"

许凤鸣"嗯"了一声，眼睛湿漉漉的，似小鹿般只是看着周似锦。

他幼时中过毒，直到如今体内还余毒未清，每次雨雪将至，他都会提前犯病，骨头疼到难以忍受的地步。

"发烧没有？"周似锦正要抬手去摸许凤鸣的额头，想起自己还没用香胰子洗手，便把额头凑了过去，像小时候那样贴了上去，发现许凤鸣额头滚烫，知许凤鸣发烧了，便低声问，"有没有喝药？"

许凤鸣心虚地眨了眨眼睛，没有说话。

周似锦一见便知许凤鸣还没有喝药，当下便吩咐道："把姑娘的药送来吧！"

待周似锦洗罢手，脱下外面的大衣服，一个俊秀白皙的青衣丫鬟用托盘端着药过来了。

周似锦认出这个青衣丫鬟上次在狮子街国公府见过，似乎是叫李青。

见托盘里既有药汤，又有蜂蜜水，还有一碟江南衣梅和一沓白绫帕子，很是齐备，周似锦接过托盘，含笑道："好了，你先退下吧！"

接下来发生的事绝对不能让别人看到。

这个叫李青的丫鬟似乎有些不放心，眼睛看向躺在床上的许凤鸣。

许凤鸣也不愿外人在场，哑声道："出去。"

李青忙答了声"是"，退了下去。

屏风后只剩下周似锦和许凤鸣了。

周似锦把托盘放在了床头的小几上，卷起白绫袄的袖子，露出雪白的手腕来，然后在床头坐下，左手伸到许凤鸣颈下，一把将许凤鸣托了起来，右手伸过去把药碗端了过来，自己先尝了尝，觉得温度适宜，只是苦得很，然后左手

控住许凤鸣，右手端着药碗，对着许凤鸣的嘴便灌了下去。

许凤鸣早有心理准备，身体却依旧抗拒挣扎着，不过周似锦熟能生巧，无论许凤鸣怎样反抗，她都能第一时间把许凤鸣的反抗镇压下去，很快就把一碗药汤全给灌了下去。

她都不用眼睛看，直接把空碗撂在了托盘上，伸手端了蜂蜜水过来，喂许凤鸣喝了一口，然后才拿了方白绫帕子，拭去了许凤鸣嘴角的褐色药汁。

许凤鸣干呕了好几声，又被周似锦喂了两口蜂蜜水。

他实在是太难受了，闭上眼睛，竭力忍耐着。

周似锦左臂环着许凤鸣，右手遮在许凤鸣眼睛上，轻轻哼着小调："月奶奶，黄巴巴，爹织布，娘纺花，娃哭哩，哄不下，买个烧饼哄娃娃。爹一口，娘一口，咬住娃娃哩手指头。爹卜拉，娘卜拉，卜拉哩娃娃笑哈哈……"

在周似锦低而婉转的哼唱声中，许凤鸣不知不觉睡着了。

周似锦一直待许凤鸣睡稳，这才轻手轻脚把许凤鸣放回枕上，把锦帐放了下来，自己在屏风后的榻上坐了下来，等许凤鸣彻底入睡。

许凤鸣睡熟了，呼吸声轻浅。

周似锦坐在榻上，听着对面床上许凤鸣熟悉的呼吸声，一时间恍若梦寐。

初到许凤鸣身边，她八岁，许凤鸣十岁。

她没爹没娘，许凤鸣与爹娘并不亲近。

那时她陪着许凤鸣在青龙山读书，冬天一下雪，夏天一下雨，许凤鸣就生病，一生病就闹腾个没完，只有她能制住许凤鸣，让许凤鸣把药给喝下去……

许凤鸣生病时难受，身上骨头疼，疼得睡不着，她就给许凤鸣唱娘亲给她唱的这个小调，哄许凤鸣睡觉。

其实，周似锦不到八岁就没了娘，只记得娘亲很温柔，别的都不记得了。

说句不怕脸大的话，周似锦觉得自己和许凤鸣算得上是相依为命，一直到她十四岁离开泽州……

周似锦觉得有些饿，便起身走到屏风外，见李青和另一个叫李涵的丫鬟在屏风外候着，便压低声音道："姑娘已经睡着了。我有些饿，把晚饭送过来吧！"

李青答了声"是"，留下李涵答应，自己去取晚饭了。

许凤鸣醒来时，夜已经深了。

周似锦正在伸手摸她的额头看烧退没有，手一移开便看到了许凤鸣眼睛睁开了，吓了一跳："你醒啦，烧好像退了，要不要请大夫来看看？"

许凤鸣说了声"不要"，又哑声道："我饿了。"

许凤鸣可是难得主动要吃饭的，周似锦忙起身吩咐道："李青，把粥送过来。”

见许凤鸣疑惑地看着她，周似锦解释道：“我让人给你准备了青菜瘦肉粥，你吃了也能增加些体力。”

许凤鸣一脸嫌弃：“青菜瘦肉粥又难看又难吃，我不吃。”

周似锦扶起许凤鸣，在许凤鸣身后垫上白绫靠枕，让许凤鸣舒舒服服靠在那里。

听到脚步声，周似锦扭头去看，却原来是崇宁公主亲自用托盘端着一盏碗粥过来了。

一见公主莅临，周似锦马上变得恭谨知礼：“殿下，我来喂小凤凰吃粥吧！”

许凤鸣嫌弃地看了一眼绿莹莹的粥，评价道：“太难看了。”

周似锦当着崇宁公主的面，温柔得很：“你还在病中，这粥不好看，却好消化，而且有肉有菜有米，有利于增加体力。”

许凤鸣不吭声了。

周似锦用银汤匙舀了些粥，觉得略有些热，便吹了几下，这才喂许凤鸣吃下。

许凤鸣满心满脸的不情愿，却也一口一口把这碗粥给吃完了。

崇宁公主旁观良久，惊讶得嘴巴都合不拢了——咦，小凤凰居然有这么乖的时候？

对了，这位周姑娘待小凤凰可真温柔啊！

要知道，生病的小凤凰极难伺候，每每要闹到天怒人怨，堪称烦人精中的烦人精，却原来就吃周姑娘这温柔手段。

明日进宫，得去和母后说一说去。

周似锦送崇宁公主离开。

傍晚时还是夕阳漫天的晴天，这会儿却下起了雨。雨有些大，湿漉漉的地上落了许多白色的玉兰花花瓣，星星点点的。

崇宁公主的随从女官和丫鬟拿着油纸伞在廊下候着。

崇宁公主照顾了许凤鸣半日，快要被活活气死了，如今看着能够让许凤鸣喝药吃粥的周似锦，简直如看见救星，挽着周似锦的手，都有些情意绵绵了：“似锦，下雨天，留客天，这可是天留客，你就在这里住几日吧，我舍不得你走。”

周似锦略觉得有些肉麻：前世崇宁公主没这样啊！

洗漱罢，周似锦在屏风后的榻上睡下，觉得枕头柔软馨香，锦被厚实暖和，真是舒服极了。

她长长地叹了口气道："小鸡仔，你不要以为我老想着和你一起睡，其实和你睡一个屋子怪不方便的。"

许凤鸣没想到周似锦还会嫌弃自己，有些好奇："怎么不方便了？"

周似锦道："我试过了，不穿寝衣光溜溜睡挺舒服的，可是屋子里有你，我觉得挺不好意思的。"

许凤鸣默然片刻，悻悻道："就算屋子里有我，你也可以光溜溜睡。"说完，又嘀咕道，"又白又胖，有什么好看的……"

周似锦"扑哧"一声笑了："不是我自卖自夸，虽然一般少年郎爱的都是你和我二妹倩兮这样高挑瘦削的姑娘，可是结亲的时候是少年郎做主吗？不是，是少年郎他娘做主，当娘的见了我，都觉得有福气，所以我还是有些优势的。"

她想了想，伸手到胸前比了比，道："起码我胸比你大啊，你的胸可真平！哈哈哈哈哈哈！"

许凤鸣："哼！"又似有不甘道，"你的胸……也没大到哪里去。"

周似锦得意扬扬道："比你大。"

许凤鸣忽然觉得自己被白又胖带得有些傻了。

外面雨声滴答，隐隐还有不远处碧漪湖湖水的澎湃声。

周似锦想起自己这次来的目的，拉高锦被，让自己更暖和一些。

思索片刻，周似锦这才开口道："小凤凰，我问过别人了，京城天气和泽州很像，也是冬天有雪，夏天多雨。落雪下雨时，你的病总是容易复发，这时候若是我在你身边，喂药喂粥，按摩肩背腿脚……"

许凤鸣没说话。

周似锦继续说服许凤鸣："而且我还有积蓄，不用你养活我。"

想了想，她又加了一句："不过你的儿女将来得为我送终，葬礼不用花太多银子，简简单单就好。"

一想到前世她的财产都落入孙浴泉和小刘氏之手，周似锦就恨得牙痒痒："对了，我的遗产将来留给你的儿女。"

许凤鸣听着听着，觉得胸间一阵抽痛，难受得很，闷声道："你才十四岁，说什么傻话。"又道，"睡吧。"

周似锦从来不是轻易放弃的人。

她嘀咕道："这里不是有温泉吗？等你病好了，我教你游泳去……"

许凤鸣过了一会儿才慢悠悠道："白又胖，我会游泳。"

而且水性很好呢！

周似锦那边没有回应。

许凤鸣侧耳细听，听到了她绵长的呼吸声，知道周似锦又是瞬间入睡，简直不知道说什么好了。

听着周似锦的呼吸声，他渐渐也睡着了。

周似锦醒来，发现屋子里光线暗淡，也不知是什么时候了，她慌忙起身去看在对面拔步床上睡的许凤鸣。

许凤鸣果真又不见了，床上锦被叠得整整齐齐，雪白床单也没有一丝褶皱，好像不曾有人在这里睡过一样。

周似锦不由得有些失落，不过转念一想，好像每次她和许凤鸣住一个屋子，早上醒来，屋子里都是只剩下她自己。

这样一想，周似锦又觉得自己有些矫情了。

公主府的首席女官叶韶红带着几个丫鬟进来服侍。

盥洗梳妆罢，周似锦起身，随着叶韶红到了二楼暖阁。

二楼暖阁窗前的黄花梨木圆桌上已经摆好了早饭。

叶韶红请周似锦在黄花梨木圈椅上坐下，亲自为周似锦安放碗箸。

周似锦见圆桌上只摆着一双红箸，便问叶韶红："叶女官，许二姑娘这会儿去哪里了？"

许凤鸣一定还没服药，也没用早饭。

叶韶红恭谨道："周姑娘，许二姑娘有些事要处理，处理罢就回来了。"

这话说了等于没说。

不过周似锦早就习惯了许凤鸣这样神出鬼没，不再多想，专心致志用起早饭来。

公主府的早饭甚是清淡美味，黄花梨木圆桌上摆了十六个精致的青瓷小碟子，盛放着各种荤素小菜，又有小小的馒头、包子、甜点，连粥都准备了好几种，很合似锦的胃口。

用罢早饭，周似锦闲来无事，便起身去外面散步。

外面雨已经停了，不过天气阴沉，四处潮湿暗淡，铺着青砖的庭院里虽然没有积水，却也湿漉漉的。

周似锦正趴在栏杆上看庭院里的白玉兰，却听到一阵清脆的"啪嗒啪嗒"木屐声，抬头一看，却是崇宁公主。

崇宁公主在女官丫鬟的簇拥下走了过来，身上披着大红斗篷，脚下却踩着一双木屐。

周似锦微微一笑，走上前便要见礼："给殿下请安！"

崇宁公主扶住了她，笑吟吟道："小凤凰有事需要处理，我怕你寂寞，过来陪你。"

两人登楼去了二楼暖阁，围着窗前的黄花梨木圆桌坐了下来。

崇宁公主笑着问周似锦："似锦，你喜欢玩什么？若是喜欢踢毽子什么的，我都可以陪你。"

小凤凰交代她，说周似锦喜动不喜静，因此崇宁公主特意这样问周似锦。

周似锦却知崇宁公主不好动，最爱做各种花翠，便道："殿下，咱们做花翠玩，好不好？"

崇宁公主大喜，忙吩咐叶韶红："去把我的皮箧拿过来。"

叶韶红很快就把皮箧拿来了。

崇宁公主打开皮箧让周似锦看。

皮箧分了好几层，每一层都有好几个小抽屉，有的抽屉里放的是一卷一卷的金丝银丝，有的抽屉里放的是一粒粒的珍珠，有的则放置着各色宝石，简直是宝光璀璨。

周似锦前世陪崇宁公主做过这个，因此看着崇宁公主演示了一遍，便可以自己做了。

崇宁公主见她手法甚是巧妙，便笑着道："你既然会做，就给自己做一个呗。我看看你做得到底怎么样，我的这些零碎，你随意用。"

周似锦知道她大方，也不和她客气："我看小凤凰耳朵上没有戴耳坠子，我想用金丝和珍珠给她做一对耳坠。"

崇宁公主"啊"了一声，眼神复杂地看着周似锦："是吗？我都没注意到呢！"

周似锦刚做好一对金丝耳坠子，听到许凤鸣的脚步声，忙起身推开窗子往下看，果真看到了戴着兜帽披着宝蓝披风的许凤鸣，忙招手道："二姑娘，我在这里呢！"

许凤鸣带着李青和李涵正要上台阶，听到声音仰头一看，见是周似锦，便摆手示意了一下，很快也上楼来了。

周似锦起身，接过许凤鸣解下的披风，挂在了一边的衣架上，然后道："我和公主殿下串珠花玩呢，你要不要看看？"

许凤鸣"唔"了一声，在周似锦右手边的圈椅上坐了下来。

周似锦见李青随侍在侧，忙道："李青，你们姑娘的药汤可曾服用？早饭可曾用了？"

李青眼睛滴溜溜转，却不说话。

周似锦全都明白了，便吩咐道："你去让人准备吧，等一下送到楼下床前的小几上。"

李青看向许凤鸣，见许凤鸣面无表情，却也没反对，便答了声"是"，下去准备去了。

崇宁公主没想到许凤鸣居然会这么柔顺，看看面沉似水的许凤鸣，再看看若无其事的周似锦，压下惊诧，笑吟吟地故意提醒周似锦道："似锦，你的金丝耳坠子做好没有？"

周似锦这才想起自己给许凤鸣做的那对金丝耳坠，忙一手拎一个凑到许凤鸣面前让她看："小凤凰，你看我给你做的耳坠，华贵却简洁，别有韵致，正适合你。"

许凤鸣顿时笑了起来，如春花乍放，明月朗照："是很美，你自己戴吧！"

周似锦凑近许凤鸣，去看许凤鸣的耳垂，却发现许凤鸣的耳垂长时间不戴耳坠，耳洞都要长在一起了，便道："这里有现成的细银丝，我给你通通耳洞，然后就能戴耳坠了。"

许凤鸣脸上的笑一点点消失。

周似锦又去看许凤鸣的脸，见许凤鸣今日分明是装扮过的模样，脸上薄薄施了一层粉，眉也描画过了，唇上涂了豆沙色的香膏，却更添丽色，便道："今日你的妆容好漂亮，唇上香膏的颜色是豆沙色吗？我还没用过这个颜色呢！"

许凤鸣笑微微地起身道："我怎么知道什么是豆沙色……"

他说着话，人却往楼梯那边移动——再不走，周似锦就要揪着他用细银丝通耳洞了。

周似锦早料到许凤鸣的动作，当即也跟了过去，路过崇宁公主时还特地小声解释道："公主，我跟小凤凰下去，看着小凤凰喝药。"

崇宁公主坐在圆桌边看了一场大戏："不用管我，快去吧！"

过了片刻，崇宁公主拎着裙裾，轻手轻脚下了楼，原本想要到屏风后看一看周似锦如何说服小凤凰喝药，却被屏风前立着的李青和李涵拦住了。

她只得立在原处等着。

屏风后一点动静都没有，片刻后传来周似锦的声音："好了，把早饭送过来，摆在楼上暖阁。"

这时候许凤鸣从屏风后走了出来，满脸的不开心。

崇宁公主扫了一眼，就发现许凤鸣嘴上的香膏已经没了，不禁惊讶地捂住了嘴：难道似锦是嘴对嘴喂药的？

似锦到底知不知道小凤凰是男的啊！

若是知道，倒也罢了，小两口挺会玩的。

若是不知，难道周似锦喜欢……女子？

想到第二个可能，崇宁公主简直不知道该说什么好了，看向许凤鸣的眼神也充满了同情。

许凤鸣倒是没注意到，皱着眉头，抿着嘴，一脸的不开心，上楼用早饭去了。

崇宁公主实在是舍不得放弃这难得的看小凤凰吃瘪的机会，便也跟着周似锦上楼去了。

周似锦殷勤得很，自己不吃，却体贴地给许凤鸣布菜，见有一小砂锅碧粳粥，一小砂锅鸭子肉粥，便道："我给你盛一碗碧粳粥吧？"

许凤鸣皱着眉头："太清淡了。"

周似锦依旧温柔："鸭子肉粥呢？"

许凤鸣一点食欲都没有："腻得慌。"

崇宁公主看到这里，才松了一口气——嗯，烦人的小凤凰还在，并没有离开嘛！

这时候许凤鸣抬眼看到了崇宁公主，当即道："你怎么还在这里？"

崇宁公主没法继续看戏了，笑着起身道："那我走了。"

似锦送了崇宁公主回来，见许凤鸣正在吃面前放着的半碗碧粳粥，便没有再说什么。

许凤鸣用罢早饭，和周似锦披着披风，戴着兜帽去园子里赏玉兰花去了。

见身边侍候的人都离得远远的，周似锦这才低声道："小凤凰，你方才对公主的态度，是不是不太对啊！"

许凤鸣扭头看向周似锦，眼神清澈纯净。

周似锦伸出手臂，挽着许凤鸣道："小时候，咱们一起跟着和墨尘和先生读书，和先生讲《霍光传》，说了班固评价霍光的话，你还记得吗？"

许凤鸣停住脚步，看向周似锦，清清楚楚地背诵了出来："霍光受襁褓之托，任汉室之寄，匡国家，安社稷，拥昭，立宣——"

"'虽周公、阿衡何以加此'，"周似锦把剩下的那句话接着背诵了下来，"可是这样一位权倾天下，为大汉续命几十年的人物，却因纵容妻女的狂妄最后导致家族的覆亡，'死才三年，宗族诛夷'。"

她仰首看许凤鸣："崇宁公主虽是你的表姐，却也是皇帝的女儿，你对她的态度，实在是有些不够尊重。"

安国公许继顺手握重兵，驻守西北边陲，雄踞一方，就连皇室公主也会让着他的女儿，可一旦权力不在了呢？

前世周似锦可是经历过景和帝登基，一步步削弱西北许氏和西南苏氏的势力，最终把军权全部抓在手中这个过程。

许氏还好，交还军权，阖家迁回京城，安享尊荣富贵，成了富贵闲人；苏家却是树倒猢狲散，子孙处死的处死，流放的流放，一朝败亡。

许凤鸣瞅了她一眼，低声道："我知道了。"

周似锦见许凤鸣愿意听自己的劝，心里怪舒服的，伸出胳膊想要搂许凤鸣，谁知许凤鸣个子比她高了不少，没搂成肩膀，就顺势把手放在了许凤鸣腰上，口中道："你下午有没有空，有空的话陪我逛锦绣坊，好不好？"

她好不容易离开家一次，自然想要逛个够本了。

"不好。"许凤鸣不假思索，立即拒绝，却发现周似锦居然揽着自己的腰，当即拿开周似锦的手，大步流星向前走，"你不要老是这样腻着我。"

周似锦急急跟了上去："女孩子在一起不就这样吗？我和王菁表姐一起去逛园子，我们俩还手拉手呢……"

"肉麻！"

"对了，二月初十我父亲生辰宴，你要不要去？"

"不去。"

"不去算了。"

傍晚时分，周胤亲自来接似锦回家。

要离开了，似锦颇有些依依不舍，非要和许凤鸣挤在一起坐着，握着许凤鸣的手絮絮交代着："烧虽然退了，你还得按照大夫的安排，再服一天的汤药。以后待人谦逊些，不要老是怼人……"

许凤鸣背脊挺直坐在那里，忍耐着似锦的唠叨，可是听着听着觉得不对了，侧脸看向似锦。

似锦犹自不觉，还在唠唠叨叨："我自己在家怪没趣儿的，我爹老想着让我嫁人，他看上的人看不上我，看上我的人都是图我爹的势力和我的嫁妆……"

许凤鸣心里有些酸楚，心道：白又胖这么好，别人怎么就发现不了呢？

想到看上周倩兮却看不上白又胖的秦羽，许凤鸣觉得秦羽真是白长了一双人眼。

周似锦平常在周府一直谨言慎行，难得有机会一吐心声："小凤凰，可我真的不想嫁人，我一想到要成亲，就觉得好难受，凭什么我要带着嫁妆嫁过去，我自己养自己，还要给他纳妾，还要照顾他的妾室和妾室生的崽子们？"

许凤鸣原本对一夫一妻多妾制的婚姻制度没什么感觉的，可是听似锦这么一说，他也觉得这制度太不合理了。

似锦继续倾诉："我这么有钱，我可以不嫁人啊，我自己置办个宅子，养一群美少年，我也不怎么他们，我就看着养眼，多好！"

许凤鸣再也听不下去了："周似锦你可真敢想啊，我还没这么想呢！"

周似锦贴着许凤鸣，笑嘻嘻道："那你养一堆美少年，我看也行啊！"

许凤鸣好不容易生发出的一点离情别绪被周似锦这么一搅和，全没了，拽了周似锦起来，满腔的不耐烦："快走吧，你爹在外面等急了。"

周似锦就是想缠着许凤鸣，赖着许凤鸣，被许凤鸣如此对待，也丝毫不觉得生气，嘻嘻哈哈道："小凤凰，二月初十我爹生日，你记得过来！"

许凤鸣："不去。"

待出了玉堂春的月亮门，看到了等在外面的素心和孙妈妈，周似锦又变回标准的大家闺秀，一举一动一颦一笑都合乎标准。

孙妈妈屈膝行了个礼，道："大姑娘，老爷在外面和驸马说话，咱们这会儿出去时间正好。"

周似锦微微颔首，忍不住又回头去看。

月亮门内花木葱茏，楼宇深深，她根本看不到许凤鸣。

周似锦深吸一口气："咱们走吧！"

崇宁公主正带了人在不远处等着，见周似锦过来，笑吟吟地迎上来，挽了似锦的手一边往外走，一边道："似锦，三月三上巳节，咱们再见面吧！"

周似锦想起三月三上巳节皇太子要在金明池行宫选妃，到时候崇宁公主怕是没时间见她，便嫣然一笑："那我倒要看看公主殿下那日有没有时间见我了。"

崇宁公主抿着嘴笑，却不多说，挽着周似锦漫步走在绿意盎然的长廊之中。

周胤正和驸马许雁回立在宝瓶门外说话，见崇宁公主携了似锦出来，当下上前给公主行礼。

行罢礼，他又看向似锦，见似锦白里透红气色挺好，当下放下心来，和驸马许雁回及崇宁公主拱手作别。

在马车上坐定之后，周似锦身子靠在贴了浅绿绸的车壁上，眼睛酸酸的。

或许是因为前世十一年的分离，她和许凤鸣每一次的相聚，对她来说，都像是最后一场狂欢。

周似锦乘坐的朱轮华盖车和孙妈妈、素心乘坐的黑漆平头车驶入周府时，已是掌灯时分，周府处处灯火通明。

马车在内院门外停了下来。

周似锦扶着素心的手下了马车。

周胤正要走过来和似锦说话，却见孙妈妈指挥着粗使婆子从车上卸箱笼，当下问道：“这是什么？”

孙妈妈笑着道：“老爷，这些都是许二姑娘送给咱们大姑娘的，也没说是什么，让人直接装车上了。朱轮华盖车上装了两箱，黑漆平头车上装了两箱，整整四箱。”

周胤看着婆子们卸下的齐齐整整四个樟木箱，简直无语了：用樟木箱盛放礼物，这是要嫁女？这位许二姑娘难道把自己当似锦的爹了？

似锦走了过来：“爹爹，不管是什么，咱们先抬回去再说吧！”

这里毕竟是大门口，到底不方便。

兰庭正房明间内烛台高烧，亮堂堂的。

四个樟木箱全都打开了，一个装的是各种精致的玩器摆件，一个装的是各种胭脂水粉和珠宝首饰，还有两个箱子里是一套套锦绣衣裙。

周胤简直无语了：这可真是嫁妆配置啊！

许二姑娘和似锦果真有些不对劲儿，得赶紧张罗似锦的亲事了。

他毕竟是官场上待久的人，心里波涛汹涌，面上却温和慈爱：“似锦，明日我让人置办些礼物，让孙妈妈送到国公府做谢礼。”

周似锦也没想到许凤鸣还留了这一手，这会儿还在吃惊呢，听了父亲的话，当下答了声“是”。

看着懵懵懂懂的似锦，周胤简直痛心疾首，又不能表现出来，抬手摸了摸似锦的脑袋，转身离开了。

第十章
寿宴

周似锦原本要宽去外面衣服，转念想到自己起码得去周夫人那里请个安，便走过去看樟木箱里的东西，打算挑几样做礼物。

春剑在一边道：“姑娘，今日上午王学士府的菁姑娘使了婆子过来，给您送来了一大卷厚宣纸和一盒子颜料，我先放在西暗间书房了。”

周似锦笑着点了点头——王菁待她的好，她心里都明白。

她大略看了看这四个樟木箱里的东西，重点看了那箱各种胭脂水粉和珠宝首饰。

见那些胭脂水粉香膏全是宫造的，周似锦不禁吃了一惊：全是宫造的，应是许皇后赐给许凤鸣的，她怎么全给我了？这也太多了吧？

想到许凤鸣待她总是大方得很，什么都给她，似锦心里暖暖的。

她亲自挑选了几样胭脂水粉香膏香露，预备送给王菁和倩兮、盼兮。

想起周夫人喜欢莲花，周似锦又挑选出一瓶宫造的青莲花露，然后吩咐道：“幽客跟着我去惠畅堂给夫人请安，素心、春剑你们两个把这四个樟木箱都锁好收起来，明天再理。”

素心、春剑齐齐答应了一声。

这会儿天已经黑透了，寒气也下来了，比白日要冷不少。

小丫鬟幽客打着灯笼走在前面，似锦想着心事走在后面。

想到许凤鸣居然不声不响地命人往她的车上装了四个樟木箱，周似锦不禁笑了起来——小鸡仔可真是嘴硬啊，和小鸡仔说话时，小鸡仔一口一个“不”，谁知私下里竟这样体贴。

周似锦如今住在周府，虽然不缺钱，可是不能随意出门，一换季，衣服还是有些短缺。

倩兮和盼兮还可以撒娇，让周夫人请锦绣坊的人上门定做，似锦却只能自己想办法。

还有胭脂水粉，倩兮和盼兮都是从周夫人那里得的内造的，她的都是让孙妈妈去外面买的，孙妈妈是守寡的人，哪里懂这些，有些似锦只能将就着自己做了。

不过似锦也没觉得这样有什么不对，周夫人又不是她亲娘，嫡母能做到像周夫人这样，已经很不错了。

人只要不宽以待己严以律人，就会活得更开心更快乐。

周似锦觉得自己以前太严以律己，也太严以待人了，总想着自己付出了，别人也得对自己好，因此才活得那么累。

周夫人接过周似锦奉上的青莲花露，拔开塞子闻了闻，只觉得青莲芬芳扑鼻而来，沁人心脾，喜欢得很，一向端庄自持的脸也漾出了笑意来："这是宫造的青莲花露，因为宫造局的产量太少，所以后宫的娘娘们都不一定能得到呢。似锦，你这是从哪儿得的？"

周似锦笑得腼腆："母亲，这是许二姑娘送我的，我想着母亲素爱莲花，就特地给母亲送来了。"

周夫人听了，心里也欢喜，道："你有心了，多谢你。"

周似锦笑眯眯地屈膝道福，又道："母亲，太晚了，我回去了。"

周夫人温声道："天太黑，走路小心一些。"

周似锦接收到了周夫人难得释放的温情，答了声"是"，便退了下去。

一进兰庭，似锦就觉得里面热闹得很，心道：不会是倩兮和盼兮过来了吧？

这时候春剑迎了出来："姑娘，二姑娘和三姑娘来看你了。"

周似锦顿时笑了起来，加快脚步道："我也正想去看她们呢！"

得知周似锦回来，倩兮和盼兮迎了出来："姐姐！"

周似锦快步登上台阶："我走了这两日，你们两个小妮子有没有想我呀？"

倩兮笑了，道："自然是想姐姐了。"

盼兮淘气，道："我没想你，只是妒忌你，我们俩被戴先生逼着读书写字练琴，你却在碧漪园泡温泉赏美景。一想到这个，我的心就如同浸在醋汁子里一般，都快酸死了！"

姐妹三人笑着一起进了东暗间，倩兮和盼兮在窗前榻上坐了下来，周似锦则在素心和春剑的服侍下宽去外面的娇绿缎面褙子，又洗了手，这才在妆台前摆着的绣墩上坐下，和倩兮、盼兮说话。

盼兮还惦记着要认识许凤鸣，急急地问周似锦："姐姐，你上次去狮子街国公府，和许二姑娘说我想认识她没有？"

"说了，"周似锦笑嘻嘻道，"可她说不想搭理小妮子。"

“你才是小妮子呢！”盼兮噘着嘴，“反正她总会来瞧你的吧？哪一天她来了，我就借口寻你借东西，过来瞧瞧她，她能把我给赶出去？有姐姐你在，她可得投鼠忌器。”

似锦反应很快：“哦，你是小老鼠呀！”

盼兮：“你才是小老鼠，我是器……不对，我还真是小老鼠……”

倩兮看她俩斗嘴，在一边笑得手里的茶盏都没法端稳了，只得放回了手边的鸡翅木小几上。

似锦笑得受不了，吩咐素心：“把我给倩兮和盼兮准备的东西拿过来。”

素心很快就用托盘送了几样东西进来，摆在了妆台上。

似锦招呼倩兮、盼兮：“过来一人选两样。”

妆台旁是一座莲花枝形灯，几支蜡烛同时点着，妆台前极为亮堂。

倩兮和盼兮一起过去，发现托盘里放着几瓶宫造香露和两对耳环。

倩兮喜欢梅花，选了素梅香露，盼兮则选了桂花香露。

似锦拿起两对耳环让她们看：“这是我和崇宁公主一起做的，你们若是不嫌弃，一人选一对吧！”

倩兮笑了，道：“姐姐，你老是送我和盼兮东西，若再挑三拣四，那可真是尴尬人了。”

她让盼兮先选。

盼兮知道两个姐姐都不和她虚让，便选了一对细银丝穿的珍珠耳坠。

倩兮便拿了剩下的那对细金丝穿的赤金梅花耳坠。

似锦撩起散发让她们看自己的耳朵：“你们俩戴的是我做的，我戴的这对是崇宁公主做的，你们看，是不是很好看！”

倩兮和盼兮凑过去看，原来是一对银丝穿的泪滴形状的翡翠耳坠，都笑了。

盼兮故意道：“还是姐姐这个好看，我们的不好看。”

姐妹们笑闹了一阵子，待孙妈妈给似锦送了消夜过来，又一起用了消夜，看夜已深了，这才各自散了。

第二天上午，似锦让韩勇媳妇往王学士府跑一趟腿，把自己精心挑选出来的一件首饰和一瓶玉兰花香露给王菁送了过去。

她带着春剑和素心把四个樟木箱里的物品都整理了一遍，然后拿了两枚金马镫戒指，给了春剑和素心一人一枚。

院子里的四个小丫鬟国色、幽客、幽兰和香祖，似锦一人赏了她们一对自己在国公府时戴的银镯子。

转眼就到了二月初十。

这日不是休沐日，周胤特地请了一天假，专门在家过生日。

这次生辰周胤不愿大办，只请了几个关系好的同僚和同科进士，另外就是常来常往的几个门生，再就是王学士府和忠顺伯府的子弟了。

周夫人已经准备了一段时间了，处处都很妥当，男客都在外书房，女客则在后花园望花楼。

似锦和倩兮、盼兮得帮着周夫人待客，因此一大早就盛装打扮，随着周夫人去迎客了。

王夫人这次还是带了王蕙和王菁过来。

似锦随着周夫人上前迎接，王菁对着她眨了眨眼睛，然后笑盈盈地指了指自己的发髻。

她的发髻上簪着一支宝光灿烂的嵌宝石蝶恋花金簪，正是似锦赠送给她的。

似锦不由得也笑了，雪白脸颊上小酒窝都笑出来了。

王蕙还以为似锦在对着自己笑，“哼”了一声，昂首挺胸随着接引丫鬟进了二门。

忠顺伯夫人带着蒋瑜和蒋珠也来了。

似锦定睛一看，发现蒋瑛也跟在蒋瑜和蒋珠后面，不禁挑了挑眉——蒋瑛还真厉害，居然还没被忠顺伯夫人当作弃子。

迎罢客人，周夫人带着三个女儿回去陪客。

似锦其实知道许凤鸣说不来，定是真的不来，却一直抱着万一的希望，谁知一拨又一拨的女眷前来，却都不是许凤鸣，心里到底还是有些失落。

这次女眷并不多，还是夫人太太奶奶们聚在一起，未婚的姑娘们聚在一起。

周似锦特地叮嘱过安排座位的大丫鬟芙蕖，因此她避开了忠顺伯府的那几个姊妹，和王菁坐在一起。与她们同桌的是礼部尚书韩志云的女儿和侄女，都不是多事的人，似锦省心很多。

周夫人怕请戏班过来不安全，因此请了四位京城有名的歌妓来弹唱曲子，众女眷吃酒听曲，倒也开心。

王菁悄声问似锦：“你去碧漪园，见到那个谁……没有？”

周似锦知道她说的是许凤鸣，不由自主地弯起嘴角笑了，低声道：“见到了。”又轻轻道，“我送你的那支簪子，便是许凤鸣送我的，我借花献佛，转赠给你，做你的及笄礼。”

前世王菁的及笄礼她也去了，当时正宾给王菁插笄，用的是王夫人当年的旧金簪，式样老，而且也没有重新炸一炸，显得有些陈旧，女孩子们私下里都在议论。

后来似锦和王菁成了好友，就很遗憾自己没有提前送王菁一支好簪子。

如今重来一次，她正好可以弥补前世的遗憾了。

王菁自是知道似锦心意，鼻子一阵酸楚，眼眶也湿润了。她低下头缓了缓，过了一会儿方道："似锦，我请你做我及笄礼的赞者，好不好？"

按照大周的礼俗，女孩子的及笄礼需要一个有德行的女性长辈做正宾，为及笄者插笄；需要一个司者，为及笄的人托盘；还需要一个赞者，协助正宾行礼。

似锦满心欢喜地搂住她："我正要毛遂自荐呢，谁知你竟先开口了。"

王菁又问起了许凤鸣："今日姑父过寿，你约许二姑娘没有？"

似锦轻轻道："我口头约她了，不过她有事要忙，不肯来。"

这时候邻桌的王蕙扭头看过来，道："周似锦，上次崇宁公主接你去碧漪园，到底是为了什么？"

王蕙声音不小，周围几个桌子的姑娘们基本都听到了，都好奇地看向周似锦。

崇宁公主居然请这位庶出的周大姑娘去碧漪园了？公主为何请周大姑娘过去？

其中顶数蒋瑜和蒋珠最震惊，蒋瑜还好，心里再怎样，面上依旧斯文贞静，倒是蒋珠，傲气惯了，丝毫不肯掩饰，大声道："哟，周似锦，你可真能钻营啊，居然巴结上崇宁公主了！"

周似锦背脊挺直，笑容灿烂，双目晶莹看向王蕙："蕙表姐，崇宁公主接我过去，是让我帮她穿珠花呢！"

她故意抬手虚虚抚了抚发髻："我发髻上插戴的这支翡翠簪子，就是公主殿下赏我的。"

王菁配合默契："咦，我记得你戴的翡翠耳坠，也是公主殿下赏的吧？"

在座女孩子们都以为周似锦起码会假做谦虚实则炫耀，谁知她竟然赤裸裸炫耀出来，反倒没那么讨厌，甚至有些可爱了，大家都笑了起来。

其中韩尚书府的两个姑娘都鼓起掌来，其中韩三姑娘最是快言快语，笑道："大姐姐，让我看看公主殿下给你的翡翠簪，好沾沾喜气。"

似锦笑盈盈地拔下那支翡翠簪，递给了韩三姑娘："看吧！"

一时之间欢声笑语，热闹得很。

正在这时，王妈妈快步走了进来，因为走得太急，被门槛绊了一下，发髻都有些散了："夫人，夫人，皇太子殿下到了！皇太子殿下到了！"

望花楼内瞬间静了下来，就连那四个弹唱姐儿也都停下了琴筝琵琶，都看向王妈妈。

王妈妈脸有些红，眼睛发亮，还有些气喘："夫人，皇太子殿下来给咱们老爷贺寿了！"

众女眷都目光灼灼看向周夫人——皇太子给臣子贺寿，这可是天大的荣耀啊！

再说了，皇太子极少露面，女眷们也都想瞻仰一下皇太子的丰姿，回去好做谈资。

周夫人先喜后惊，喜的是皇太子亲临周府贺寿，这是天大的荣耀；惊的是后宫朝堂夺嫡之争早已开启，而周胤一直未曾明确站队，皇太子这次来，是不是要逼周胤做出选择？

虽然心中千回百转，周夫人却依旧维持着贵妇的风仪，眼神沉静，声音平稳，吩咐王妈妈："你去问一下老爷，女眷需不需要给皇太子请安？"

王妈妈定了定神，一颗狂跳的心渐渐稳了下来，答了声"是"，慢慢退了下去。

周夫人含笑吩咐弹唱的歌妓："好了，继续吧！"

琴筝之声铮铮响起，歌妓轻摇罗袖，摆动鲛绡，继续唱曲："想当初，相逢在瑶台……"

女眷也开始说起话来，只是声音压低了许多。

和周似锦同桌的韩三姑娘问周似锦："周大姑娘，你见过皇太子没有？"

周似锦摇了摇头，道："我去年冬天才从泽州过来，还没见过皇太子呢！"

前世她倒是见过做了皇帝的皇太子林岐。

大约是表兄妹的关系，景和帝长得与许凤鸣挺像的，只是一个是男子，一个是女子，好像也没什么可比性。

韩三姑娘用鲛绡捂着嘴，轻轻道："我听家父说，皇太子身子有些弱，长得特别清俊，性格也好。"

同桌的韩五姑娘想必早听过这样的话了，只是笑，不说话。

王菁却是第一次得知，瞪大了眼睛："殿下的身子真的弱吗？那庆王——"

周似锦伸手在桌下轻轻拉了王菁一下。

王菁这才意识到自己的失言，心思急转，当即改为："那真实情形还不知如何呢！"

韩三姑娘和韩五姑娘是厚道人，都明白王菁是想说皇太子体弱，庆王是不是虎视眈眈，见她及时改口，便都装作没听出来，又把话题转到了三月三金明池行宫的皇太子选妃一事上。

周似锦听了片刻，这才想起韩三姑娘的父亲是礼部尚书韩志云，韩五姑娘的父亲是青州巡抚韩志鹏，她们两个都符合皇太子选妃的条件，不由得微笑，心道：韩家这两个姑娘生得端庄秀丽，性格温厚，家世清贵，倒是太子妃的理想人选。

想到这里，周似锦看向周夫人，见她虽然带着笑，却分明忧思重重，便猜到周夫人是在担忧周胤在夺嫡之争中的站队问题。

前世周胤并没有做皇太子的老师，因此也没有今日这一出，周似锦也不知道以后会怎样，但她能肯定的是，皇太子林岐一定会登基为帝。

因为景和帝实在是太厉害了，他不显山不露水，一步步坚定地向着自己的目标往前走，把所有阻拦他的势力或碾压，或拨开，把大周立国百年的痼疾一个个解决，军权、政权全部收回手中。

周似锦虽然去得早，但她到了现在依旧坚信，景和帝一定会成为青史留名的伟大君主。

王妈妈一去不回，周夫人渐渐有些焦躁起来，神情也有些显露出来，藏在衣袖中的手不停地绞着手帕。

正在这时，她听到旁边有人说："母亲，我陪您去后房换衣服匀脸吧！"

周夫人抬头一看，原来是周似锦。周似锦双目莹澈看着她，目光纯净平和，带着安抚人心的力量。

周夫人正需要人支撑一下，便微微颔首，扶着周似锦起身，去了后房。

周似锦示意芙蕖在外守着，自己陪着周夫人进了里间。

待周夫人在绣墩上坐定，周似锦净了手，取了粉盒香膏等物，一边为周夫人匀脸补妆，一边用极轻的声音道："母亲，我曾听父亲说起过皇太子性情坚毅，聪明睿智，乃不世出的雄杰。父亲还说了，一日为师，终身为父。"

周夫人其实极聪明的，只是今日之事涉及了周氏家族和她背后的王氏家族的盛衰存亡，因此才紧张。如今听周似锦这么一说，她整个人慢慢轻松了下来。

是啊，周胤既然做了皇太子的老师，那就已经做出了选择，她何必自寻烦恼地担忧呢！

想到这里，周夫人抬眼看向周似锦，眼中多了些赞赏："似锦，你是个好孩子。"

周似锦嫣然一笑，道："母亲，我再给您涂些香膏吧，这样精神些。"

此时周胤正陪着林岐在外书房里说话。

外书房四周围了一圈青衣侍卫。

这些青衣侍卫虽然未穿甲胄，却都带着御赐雁翎刀，把整个外书房围得铁桶似的，没有人敢靠近半步。

林岐穿着杏黄圆领春袍，腰围玉带，脚蹬粉底皂靴，背着手在书房内四处走动，原本细长的凤眼因为好奇瞪得圆溜溜的，口中不停地提问：

“先生，这是什么花？”

“这本书我怎么没见过？”

“这幅画是谁画的？题名‘繁花似锦’，没听说过哪位书画名家号为‘繁花似锦’啊！”

“这个坐垫很漂亮啊，绣的是兰草吗？”

“……”

周胤看着今日格外青春朝气的林岐，不由自主地笑了，却耐心地解释着：

“这是吊兰的花。”

“这书是坊间印刷的话本，讲述的是民间男女相爱的故事，过于朴野，宫中自然没有。”

“这幅画是小女习作。”

“这坐垫是小女所绣，绣的正是兰草。”

林岐扭头看了周胤一眼，凤眼亮晶晶：“先生，这幅画——”

“这幅画我很喜欢，恕不赠送殿下。”周胤知道林岐的促狭，猜到他要逗自己，因此不等林岐开口，就先拒绝了。

林岐长长地“哦”了一声，又去看书架上的书去了。

周胤不再管他，自顾自在茶案后坐下，亲自为林岐烹水沏茶。

林岐发现周胤这里有不少海内孤本、珍本，兴致勃勃地选了好几本，正要继续挑选，却听到周胤道：“殿下，来尝尝微臣为您沏的茶。那些书就在那里，您随时都可以过来取阅，不急在今日。”

林岐答应了一声，果真走了过来。

他原本预备在周胤对面的黄花梨榻上坐下，却发现没有坐垫，便直接问周胤：“先生，这里的坐垫呢？”

茶香袅袅，周胤微笑不语。

茶案对面本来是没有坐垫的，前些日子似锦送来了两个坐垫，一个给了他，另一个收了起来，似锦过来时才取出自坐。

林岐何等聪慧，从周胤的反应里推测出真的还有一个坐垫，便道：“先生，我可要自己找了！”

周胤实在是太喜欢这个孩子了，根本不忍心拒绝他，便道：“还有一个，不过是在下长女家常用的……”

林岐一听，眼睛亮了一下，笑容更加可爱："咦？在哪里呢？我自己找出来吧！"

他装模作样东找找，西找找，然后飞快地拉开茶案旁边的柜子抽屉，从里面取出一个崭新的锦垫，举了起来，笑容灿烂："先生，我找到了！"

白又胖的性格他最清楚，她那么懒，一定会把锦垫放在伸手就能够到的地方，因此应该就在这个柜子的抽屉里。

周胤不禁笑了起来——林岐实在是个小机灵鬼！

林岐坐在绵软厚实的锦垫上，端起茶盏尝了尝，心道：白又胖待她自己可真好，这锦垫坐着还挺舒服。

周胤陪着林岐饮了一盏茶，放下茶盏，看向林岐："殿下，您这次来，是为了地方官查考之事吗？"

林岐微微一笑，不知道从哪儿拿出一张长长的字条，放在了茶案上："先生，您自己斟酌就是，若是能用我的人，我还是很开心的。"

他务必要抓紧时间在地方安插自己的势力，最快的法子，就是借助吏部侍郎周胤的手。

吏部这些年尚书空缺，侍郎周胤一直摄理尚书一职，整个吏部被周胤牢牢掌握，由周胤来进行此事，是最快最有效的。

周胤毫不犹疑地取过字条展开，飞速看了一遍，确定把名单和履历牢记在心了，便当着林岐的面，把字条凑近红泥小炉的火焰，看着字条一点点燃烧化为灰烬，把剩余的部分也扔进了火焰中。

他既然决定支持林岐，就不会再首鼠两端。

林岐知道周胤会答应，却没想到周胤居然这样容易就答应了。他原本还准备着一长篇劝说的话呢，如今都没了用武之地。

周胤抬头看林岐，见他注视着红泥小炉，犹带稚气的脸上显现出怅然之意，当下笑了："殿下这是觉得微臣答应得太快了？要不，微臣再矜持矜持，和殿下提一些要求，比如请殿下迎娶微臣女儿为太子妃？"

"先生的长女吗？"林岐不假思索，脱口而出，"我愿意。"

说罢，林岐悚然而惊：我这是怎么了？

见林岐说完"我愿意"，俊秀的小脸都白了。周胤当即笑了："微臣开玩笑呢，小女的终身，微臣早有安排。"

林岐定了定神："不知先生打算怎样安排令长女的终身？"

第十一章
赐婚

周胤伸手端起碧瓷茶壶，为林岐斟满，这才缓缓道：“如今京城正是会试之日，微臣不想女儿远嫁……”

林岐瞬间懂了。

“如今京城正是会试之日”——周胤想在新科进士中挑选一个女婿。

“微臣不想女儿远嫁”——新科进士中，只有最优秀的进士才能够进入翰林院，能留在京城，因此周胤是想选一个翰林做女婿。

而大周朝素有“非进士不入翰林，非翰林不入内阁”的规矩，因此周胤对白又胖的未来夫婿，要求还是挺高的。

周胤的想法和林岐不谋而合。

这次入京参加会试的各州县举人中最优秀的那几位，林岐这几日私下里都会过了，而且把未有婚约、未曾成亲的都遴选了出来，此时他在脑子里又一个个过了一遍，一边思忖，一边缓缓道：“闽州的举人陈友伦，嗜甜，饮食上怕是与令爱不合；蜀州的举人赵青林，身高估计和令爱相似，也不合适；肃州的举人王景伦，虽然未曾订婚，可他今年都二十八岁了，对十四岁的令爱来说，王景伦太老了；苏州的举人范真，长相俊美，举止温柔，却又怕令爱这北地女儿欣赏不来……”

周胤目瞪口呆：殿下您这是怎么了？您是我闺女的爹，还是我是我闺女的爹？我还打算等殿试结果出来再进行谋划，殿下您却已经跑去相看女婿了？

林岐说完，皱着眉头低首思索，总觉得适合白又胖的男子实在是难找，最后叹了口气道：“令爱才十四岁，年纪尚小，其实不必着急。与其盲婚盲嫁，不如好好相看，细细打听，寻到合适之人再嫁。”

说罢，他抬头看周胤，这才发现周胤神情微妙看着自己，略一回想，也发现自己有些忘形了，当即补救：“喔哟，我还真是‘忧先生之忧而忧’了！哈哈！”

周胤暂时收起心里的疑惑，娓娓道来：“殿下有所不知，微臣长女是庶出，不敢高攀翰林，想的是在一般进士中选择一位合适的，若是彼此愿意，亲事成就，微臣就想法子把未来女婿安排在京畿的祥符、开封等县任职。这样即使女儿出嫁，微臣也能常常见到女儿。”

林岐：“不知令爱是何想法？”

周胤想起似锦口口声声“想哕”“我不嫁人”，头都大了，倒吸了口气道：“微臣这女儿，并不是特别期待嫁人……”

林岐当然知道白又胖一点都不想嫁人，和周胤简直是感同身受，他连连点头，给周胤出主意道：“先生，虽说婚姻大事‘父母之命媒妁之言’，可日子却是儿女自己过的，还是得她自己乐意才行。”

周胤觉得在理，点了点头，觉得皇太子年纪虽小，在对待女儿亲事上和自己极是谈得来，堪称知音。

想到这里，周胤忽然发现自己和皇太子的谈话走偏了方向，从女儿要不要嫁入东宫，变成了两个老父亲推心置腹的交流，不禁大吃一惊：皇太子可太能忽悠了，一不小心就会被他带偏方向，吐露真意。

意识到自己已经被皇太子带偏了，周胤当即打算把话题拉回去。

此时外书房内只有林岐和周胤两人，周胤有些话也敢说出口了：“殿下，刚才看您的反应，难道您认为臣想把自己女儿送进皇宫里去吗？”

周胤微笑起来：“殿下，您放心，微臣的女儿决不踏入东宫半步，微臣可以再次立誓。”

他忙打了个哈哈：“哈哈哈！先生开什么玩笑！”

不知为何，林岐的心有些慌。

好像要掩饰什么似的，林岐端起茶盏一饮而尽。

周胤微笑：“殿下，您的茶盏早空了，来，微臣再给您斟上。”

今日真是一而再，再而三地失态，奇怪！

周胤则思忖：殿下似乎认识似锦，而且听上去很熟悉的样子，到底是怎么回事？

林岐今日的目的已经达到了，觉得有些累，便拱手含笑道：“今日是先生寿辰，林岐祝先生一生安乐、心想事成。”

周胤笑了：“借殿下吉言。”

林岐起身预备离开，扭头看到自己刚刚坐过的坐垫，便道：“先生，这个坐垫我已经用过了，未免有玷，不宜再让令爱使用，不如交给我处理吧！”

不待周胤拒绝，他便轻轻咳了一声。

外面守着的李越立即走了进来，取出一块青绸把那坐垫包了起来。

周胤心说：算了，殿下可真是太讲究了。

要送林岐离去了，周胤又忍不住道：“殿下若是有空，微臣这里随时欢迎殿下莅临。”

因得罪了苏太后，林岐在五月之前不能上朝听政，也不能去文华殿读书，想要见他，怕是不易，因此周胤才有此提议。

林岐已经走到庭院里了，闻言笑了，阳光下他的眼睛特别温柔、纯净、澄澈：“先生，我会来的。”

送走林岐后，周胤叫了亲信幕僚金世文进来，低声吩咐道：“今年来京赴试的举人中，你去想法子探问一下这几位——”

他沉吟一下，把林岐提到的那几位举人的名字一一报了出来：“闽州举子陈友伦，蜀州举子赵青林，肃州举子王景伦，苏州举子范真，不，肃州举子王景伦就算了，他都二十八岁了……

“对了，记得打听一下性情、人品、家里的境况、父母的为人。”

金世文答了声“是”，把名字默记在心中，自去探问不提。

周胤又独自在外书房待了一会儿，把林岐给他的名单和履历过了一遍，心里有了谱，这才出去重新见客。

外书房被青衣侍卫重兵把守，王妈妈根本不敢靠近，更不用说去寻周胤问要不要女眷来给皇太子请安了。她扶着外书房大门外的一棵松树站在那里，远远看见一群青衣侍卫簇拥着一个头戴玉冠身穿杏黄衫的清俊少年离去，这才急急回后面向周夫人禀报：“夫人，皇太子已经离开了！”

周夫人闻言，微微颔首，倒也没说什么。

礼部尚书韩志云的夫人却笑着问道：“王妈妈，皇太子是什么形容呀？”

学士府的王夫人也附和：“对呀，我们都想知道！”

众女眷都笑着连声附和着。

因皇太子这些年一直避世静养，她们这些常往后宫请安的贵妇，也都没见过长大后的皇太子，因此都好奇极了。

王妈妈觑了周夫人一眼，见她没有反对，便笑着屈膝行了个礼，道：“皇太子天庭饱满，地阁方圆，卧蚕眉，丹凤眼，悬胆鼻，面如冠玉，相貌堂堂，威风凛凛，身姿挺拔，猿臂蜂腰……”

众女眷：“……”

周似锦“扑哧”一声笑了：“这是评话中说的关羽吧？”

众女眷这才反应过来，都笑了起来，一时望花楼内充满欢声笑语。

韩三姑娘忍着笑低声道："上次在碧漪园见到了安国公府天仙般的许二姑娘，都说许二姑娘长得像皇后娘娘。皇太子是皇后娘娘亲生子，自然像皇后娘娘，这样看来，皇太子应该生得很俊秀，天神一般了。"

周似锦没有说话，却悄悄点头：皇太子的确和许凤鸣生得有些相似，而且真的很好看，反正到了二十多岁还是很好看。

宴会一直到晚上才散。

周似锦见周夫人很是疲惫，便主动请缨，出来主持生辰宴的收尾。

她把一切安排妥当，又带着孙妈妈和王妈妈验收了，这才去惠畅堂向周夫人回禀。

周夫人正倚着靠枕歪在罗汉床上，听了周似锦的回禀，道："辛苦你了。"

周似锦谦逊了两句，屈膝道福，告辞回去了。

做这样的事，对她来说驾轻就熟，并不费事。

回到兰庭，周似锦洗罢澡，又看了一个时辰的书，这才睡下了。

第二天晚上，周似锦被叫到外书房为父亲弹琴，见自己那个锦垫不见了，一问，这才知道因皇太子坐过，那个锦垫就被皇太子拿去毁尸灭迹了。

她一向心胸宽广，听了也只是觉得有些可惜，故意道："唉，我又不嫌弃皇太子，他那么自卑做什么，真是大可不必。"

周胤看了女儿一眼，不禁笑了起来，道："你重新做五六个，还放这里，没了一个，还有候补。"

周似锦满口答应了下来。

只要爹爹不提她的亲事，她和爹爹就是和睦相处的父女俩，一个坐垫算什么？五六个坐垫也是小意思。

转眼到了二月二十。

这日上午，忠顺伯夫人来探望妹妹，因天气晴朗，花园桃花盛开，姐妹俩便一起去后花园散步去了。

姐妹俩正在赏花，大丫鬟水芝分花拂柳而来，满脸喜色道："夫人，刚才张保回来报信，说老爷升了吏部尚书！"

周夫人闻言，饶是清冷惯了的，也有些欢喜了："张保现在在哪儿？"

张保是周胤贴身侍候的小厮，一向抱着毡包随着周胤上朝的。

水芝细长的眼睛笑得快要看不见了："夫人，张保如今正在前面等着见夫人。"

送走忠顺伯夫人，周夫人才命人把张保叫了进来："消息确实吗？"

张保是个十七岁的清秀小厮，闻言龇着白牙笑了："夫人，朝廷的敕令已经下了。”

周夫人心里一块石头落了地，整个人也松快起来，吩咐水芝：“拿一两银子赏给张保。”

水芝一向喜欢张保，也不用戥子称，直接拿了两块碎银子撂到了张保手里，抬着下巴道：“夫人赏你的，拿去攒着吧！”

攒够百十两银子，在周府后巷典个带院子的小宅子住，将来成了亲，每日来府里答应差事也方便。

张保看了水芝一眼，笑了，把银子塞进了衣袖里。

芙蕖在一边瞧了，觉得足足有一两五钱了。不过她一向是事不关己高高挂起，与人方便自己方便，因此只是看了看，没有声张。

周夫人又吩咐小丫鬟莲瓣：“你去一趟桃夭阁，传我的话，让二姑娘和三姑娘今日安生读书，不要出桃夭阁。”又吩咐另一个小丫鬟菡萏，“你去一趟兰庭，让大姑娘在兰庭里做女红读书，也不要出来。”

老爷既然升任吏部尚书，“穷在闹市无人问，富在深山有远亲”，今日不知道有多少亲戚要来贺喜了。

外人能拦住，亲戚却是没法不见的，不然会被人说“官大了，瞧不起穷亲戚了”，只能让家里的三个女孩子躲着人，免得被不三不四的人撞见。

菡萏和莲瓣出去后，周夫人站了起来，吩咐大丫鬟泽芝：“送盏参茶到卧室。”

她要养精蓄锐，等待接下来的迎来送往。

周夫人在卧室窗前的榻上和衣躺下，睡了没多久，丫鬟就进来禀报，说威远侯夫人、威远侯世子求见。

周夫人扶着芙蕖的手坐了起来，纳闷道：“表姐来得倒是快……”

威远侯夫人四十上下年纪，慈眉善目，重下巴，中等身量，身材颇为丰满。

她是带着世子孙沐泉一起来的。

孙沐泉刚满十八，身材高大英挺，浓眉大眼，五官颇为英俊，只是瞧着眼下有些青晕，看上去莫名有些阴柔之意。

彼此见礼罢，寒暄几句后，威远侯夫人就直奔主题：“表妹，我这次过来，是想让你看看我这儿子怎么样。”

周夫人一听，心里一惊——表姐不会是想要求娶倩兮吧？

她拨弄着手上的宝石手串，含笑道：“世子自是好的。”

威远侯夫人最疼爱儿子，笑了起来：“我也觉得沐泉很好，又懂事，又爱读书。国子监钱大人也夸他读书刻苦。”

周夫人含笑看着威远侯夫人，等她的下文。

威远侯夫人把儿子夸了一番之后，这才道："我想为我家沐泉求娶你家长女，不知道能不能配得上？"

她其实有意为儿子求娶的是周家的嫡女倩兮，谁知孙沐泉坚决要娶庶女周似锦。她拗不过儿子，这才退而求其次，求娶周胤庶出的长女周似锦。

威远侯府世子配吏部尚书庶出长女，其实算是低娶了，这周家应该不会拒绝。

正因为如此自信，威远侯夫人这才不要媒人，自己上门提亲。

周夫人看向威远侯世子孙沐泉，见他垂眉敛目，面无表情，便知这母子俩是有备而来，当下思索一番，道："我家大姑娘的亲事，一向是我们老爷做主，待老爷回来，我问了老爷，再向表姐回话，可好？"

威远侯夫人自忖此事必能成就，当即答应了下来，道："那我就静候表妹佳音了！"

兰庭的小丫鬟幽客和惠畅堂的小丫鬟菡萏是好朋友，很快就把威远侯夫人的来意打听了出来，告诉了周似锦。

周似锦听了，忙问幽客："威远侯夫人提起亲事时，威远侯世子确定也在场吗？"

幽客年纪小，神情天真，歪着脑袋想了想，道："菡萏说，夫人是在明间招待威远侯夫人和世子的，总不会特地把世子支出去吧？"

周似锦听后半日无语，前世威远侯府那些晦暗的往事齐齐涌上心头……

不知道过了多久，周似锦这才道："好了，我知道了。"

她是绝对不会嫁给孙沐泉的。

想到孙沐泉对自己的觊觎，想到孙沐泉和庆王的特殊关系，周似锦不禁打了个寒战。

前世孙浴泉再坏，可是他弄死孙沐泉，却也算是为人间除了一害。

想到孙沐泉曾经觊觎自己，周似锦捂着嘴干呕起来。

幽客被吓坏了，忙跑出去叫春剑、素心："姐姐，姐姐，姑娘身子不舒服！"

春剑和素心忙进了东暗间卧室："姑娘，你怎么了？"

周似锦摆了摆手，自己端过一盏浓茶饮了一口，压下那阵秽恶之气，道："我没事。"

若是被孙沐泉盯上了，必然极难善终，须得好好计较一番。

威远侯夫人的马车离开周府，在梧桐街尽头与骑着马的世子孙沐泉分开，马车转而驶往忠顺伯府。而孙沐泉则戴上眼纱，在小厮护持下骑马去了庆王府。

忠顺伯夫人屏退侍候的人，含笑与威远侯夫人说道：“表姐，今日可是我给你递的消息，你打算怎么谢我？”

威远侯夫人走得急，拿了帕子一边扇，一边道：“八字还没一撇呢，你这谢礼要得太早了。”

忠顺伯夫人笑容可掬：“表姐，若是想要这件亲事八九不离十，我倒是有一个法子……”

威远侯夫人这会儿利欲熏心，忙道：“什么法子？”

忠顺伯夫人凑近她道：“让人去外面散布消息，就说世子和周大姑娘心心相印，两家正要定亲……到时候满城风雨，女儿家的声名在那儿放着，我二妹骑虎难下，不得不答应。”

忠顺伯夫人实在是不能忍受一直不如自己的妹妹周夫人居然过得比自己好，走得比自己顺，还在自己面前摆起了尚书夫人的谱儿，如今得了个机会，必定要让她栽一个跟头，吃一个暗亏。

威远侯夫人想了想，道：“我想想再说吧！”

她得回去和儿子商议一番。

庆王府最深处的一处高台上，红纱高挂，鲛绡垂地，乐声缠绵，歌童莺声呖呖。

一身白袍的庆王一手端着酒盏，一手搂着孙沐泉，吃着酒，听着曲，甚是惬意。

庆王喜欢女子，也喜欢孙沐泉这样高大俊朗的公子哥儿。

只是世间好女子易得，威远侯世子孙沐泉世上却只有一个，因此比较起来，庆王倒是更偏爱孙沐泉一些。

得知威远侯夫人已经前往周府提亲，庆王笑了起来，心道：周胤不是投靠了林岐嘛，那孤就让他好好品尝一下焦头烂额的滋味。

他涩声道：“沐泉，你陪陪孤，孤就进宫去见太后，请太后为你赐婚，好不好？”

庆王觉得自己真的好聪明，这可真是一箭三雕，既得到了孙沐泉的柔顺配合，又恶心了周胤，还破坏了林岐与周胤刚刚建立的联盟。

孙沐泉笑了起来，笑容竟带着几分柔媚：“那要看王爷能不能……”

威远侯府已经连着两代没有人出仕了，一步步走向没落。

为了威远侯府，他必须做官，他也想做官，可是付出了那么多，庆王却一直吊着他，他只能想法子攀上新任吏部尚书周胤了，而娶了周胤的女儿，就是最快的法子。

外面春日灿烂，阳光和暖，花香四溢，御书房里速水香氤氲，清雅静谧。

洪武帝放下朱砂笔，看向来谢恩的周胤："子承，知道举荐你的人是谁吗？"

周胤微笑："陛下，臣不知。"

洪武帝观察着周胤神情，见他似是真的不知，便道："是赵贡向朕举荐了你。"

周胤挑了挑眉："原来是赵相啊……"

他虽然做出一副惊讶的样子，其实心里清清楚楚。

内阁次辅赵贡虽然是皇太子四位讲师中待皇太子最严厉，跟皇太子说话最不客气的，也是最耿直的。

按照赵贡认死理的性子，他一旦认定了皇太子，估计这辈子就不会再改变。

赵贡举荐周胤，在周胤看来，就是皇太子在投桃报李——朝廷前日发布的吏部地方官员查考名单，林岐名单上的人，全部到了想去的地方。

洪武帝很满意周胤这个反应，道："朕也没想到。"

他又道："岐儿被太后罚了三个月不能上朝听政，这孩子就真的常居碧漪园闭门读书了，朕已经好些日子不曾见过他了。"

周胤气定神闲道："陛下，微臣倒是比您幸运，前些时候微臣生辰，殿下亲自莅临寒舍给微臣贺寿。"

洪武帝听了，颇有些羡慕："岐儿这孩子瞧着乖巧随和，其实最是倔强执拗，他若是坚持三个月不进宫，朕也没法子……"

说到最后，他有些意兴阑珊，长长地叹了口气。

周胤倒是能理解洪武帝。

他的这四个儿女，似锦、倩兮和周韶看起来是乖的，其实这三个都挺执拗。只有最淘气的盼兮最听话。

想到这里，周胤开口安慰洪武帝："陛下，微臣若能见到殿下，一定想法子告知殿下陛下的心意。"

洪武帝情绪低落，并不抱太大希望："随缘吧！"

周胤略一思索，道："陛下，殿下也没去探望皇后娘娘吗？"

洪武帝苦笑了一下，道："岐儿这点倒是好，不偏心，不偏不倚的，不肯见朕，也不见皇后。"

有时候真的好奇怪，在他和韩志云、赵贡这样的外臣面前，皇太子乖巧可爱懂事，可是一到了洪武帝和许皇后面前，皇太子就化身为熊孩子，洪武帝和许皇后也都拿皇太子没办法。

洪武帝难得和人说自己的烦心事，说罢心里好受多了，道：“子承，你赶快回去吧，朕觉得贵府今日会贵客盈门。”

周胤微笑：“微臣的一切皆陛下所赐，唯尽忠陛下而已。”

周胤告退之后，洪武帝又处理了一会儿政务，正要命人宣内阁首辅韩朝过来，大太监何琛进来禀报道：“陛下，太后娘娘刚颁了懿旨，为威远侯世子和周胤周大人长女赐婚。”

此时崇宁公主正在福宁宫中陪伴许皇后。

紫檀木案上摆了一个大大的花篮，里面插满了各种鲜花瑞草。

崇宁公主用金剪修剪着手中的一枝白芍药，修剪好就插入一边放着的水晶花囊中，口中絮絮道：“母后，您记不记得当年小凤凰身边那个小姑娘？”

许皇后端坐在长案后：“小凤凰身边的小姑娘？那个又白又胖的女孩子？”

崇宁公主不禁笑了：“母后，白又胖是小凤凰给她起的绰号，她其实不算胖的，而且不仅不算胖，还很甜美可爱呢！”

见许皇后看向自己，眼中带着疑问，崇宁公主便道：“原来她是吏部周大人的庶出长女，如今已经认祖归宗，回到周大人身边了，闺名唤作似锦，我前几日刚请她去碧漪园做客了。”

许皇后想起林岐也在碧漪园，眉头挑了起来，与林岐极为相似的凤眼专注地看着崇宁公主。

崇宁公主又拔出一枝红玫瑰，道：“那日下了雨，小凤凰病又犯了，我实在是没法让他服用汤药，就叫似锦喂他喝的。”

许皇后好奇地问：“喂下去了吗？”

崇宁公主笑了：“喂下去了，而且连喂了好几顿，一直到小凤凰烧退。”

许皇后神情凝重起来，正要说话，福宁宫首席女官王云芝走了进来：“皇后娘娘，方才太后颁下懿旨，为威远侯世子和周胤周大人长女赐婚。”

崇宁公主刚要说话，便被许皇后抬手阻止了。

许皇后看着水晶花囊中插的雪白芍药，道：“这件事让小凤凰自己处理，我不能帮他一辈子。”

崇宁公主很喜欢周似锦，忍不住道：“母后，似锦她、她很好的，您救救她吧，求您了！”

许皇后从花篮里抽出一枝海棠花，放在眼前看了又看，道：“若是小凤凰选择救她，说明她对小凤凰很重要；若是小凤凰没有救她，这也就是她的命。”

人活在世上，哪有那么顺心，就像她，贵为皇后，天下之母，被禁锢在这深宫内苑，一日一日熬着日子，不也只得忍受吗？

若小凤凰真的很喜欢周似锦这个女孩子，愿意为她和苏太后杠上，就把这当作对他的一次试炼吧！

要想一步步往上走，登上至尊至贵的那个位置，他只能接受一个接一个的试炼，放弃一个又一个的负累。

包括她自己，小凤凰的亲生母亲，在必要的时候，也是可以被放弃、被牺牲的。

崇宁公主低下头去，答了声“是”。

周胤骑着马刚出了宫门，外面就下起了雨。

雨起初很小，连油布斗篷都不用穿，谁知还没走到梧桐街，雨势越来越大，周胤不得不让张保取了油布斗篷当街穿上。

周胤刚回到梧桐街周府，就被人给拦住了。他的同科和几个好友以及大舅子王令诚都在，笑着起哄，让他请客。

三十岁的吏部尚书，大周立国百年来的头一个，可不是要请客嘛！

周胤好说歹说，才奉上一盏清茶以茶代酒，把这些人给劝走了。

天晚了，又下起了雨，内院的客人也都离开了。

周胤和周夫人，一个在前院，一个在后院，却如同隔了银河天堑一般，到了此时，才得以见面。

两口子坐在罗汉床上，四目相对，既有欢喜，又有辛酸，当真是百感交集。

周夫人起身，笑吟吟地对着周胤道福：“妾身恭喜探花郎荣升吏部尚书。”

周胤不禁笑了起来，伸手扶起周夫人：“阿琳，你也辛苦了。”

屋子里侍候的丫鬟们都笑了起来。

王妈妈是从周夫人幼时就开始在身边侍候的，笑着笑着就抹起了眼泪：“老爷和夫人太不容易了……”

这时候外面响起了盼兮的声音：“我们姐妹来给父亲母亲贺喜了！”

话音刚落，丫鬟掀起明间门上的锦帘，似锦、倩兮和盼兮三姐妹鱼贯而入。

三姐妹都打扮得花枝一般，笑盈盈走上前，齐齐屈膝行礼：“恭喜父亲母亲。”

看着眼前三朵娇花般可爱的女儿，周胤和周夫人也都欢喜极了。

周胤连声道：“都起来吧，今晚备办家宴，咱们一家人松快松快。”

周盼兮得意扬扬道：“阖家团聚，只缺阿韶，可怜的韶弟啊，三姐姐会努力把你的那份酒也给吃了的，你就在嵩山书院努力攻读吧！”

众人都笑了起来，连周夫人也不禁莞尔："盼兮，你可真是淘气。"

家宴很快就摆上了。

周似锦作为长女，先端起一盏酒："祝父亲母亲事事顺心，福寿安康！"

一家人笑着端起酒盏一饮而尽。

接着又是倩兮敬酒。

酒是上好的玉梨春，十分甘甜，周似锦一盏接一盏饮着，心中的欢喜都快要溢出来了。

这一世真的与前世不同了。

虽然还有种种不如意，可是全家人和睦相处，她最在意的许凤鸣还好好地活着，一切都还来得及。

至于孙沐泉求亲的事，反正只是威远侯夫人提了提，并没有真的定亲，还来得及。

她今日若是没有机会开口，就明日去寻父亲，务必把这件事掐在萌芽状态。

若是爹爹非要她嫁孙沐泉，那她就剪了头发到地藏庵出家去。

正因为心里有此准备，周似锦今日格外放得开，接连喝了好几盏酒。

这时盼兮端了酒盏过来："姐姐，我敬你一盏！"

周似锦已经有了酒意了，却依旧笑着举起酒盏与盼兮碰了碰，然后仰首饮下。

这时候外面传来一阵急促的脚步声，接着便是张保焦急的声音："大人，夫人，太后娘娘宫里的崔公公降旨来了。"

周胤镇定地笑着安慰周夫人和三个女儿："没事，你们先饮酒，我去接旨。"又吩咐张保，"让人摆上香案，我这就去迎接。"

他是洪武帝的宠臣，从未正面得罪苏太后，苏太后虽然骄横，却也不至于把他怎么样。

周胤去外书房换官服接旨去了。

这会儿谁都没心吃酒了，周似锦见周夫人很是忐忑，便吩咐丫鬟撤去酒席，送上醒酒茶，然后陪着周夫人和两个妹妹待在惠畅堂正房里饮茶说话。

周似锦端起茶盏饮了一口，心中默默揣测着太后降旨的用意。

苏太后一生骄横，结局正应了那句话——恶有恶报，善有善报，不是不报，时候未到。

她老人家心系娘家苏氏家族，景和帝尽诛苏家；她老人家一直扶助庆王林嶂夺嫡，林嶂阖家流放极寒之地；她老人家最爱热闹，却被景和帝安置在孤悬湖心的迎仙殿"荣养"。

可是如今的苏太后，养子洪武帝孝顺恭敬，苏氏家族如日中天，正是一生中最得意的时候……

周似锦正在思索，周胤回来了。

周夫人忙起身迎上前：“子承，到底什么事？”

周胤看向似锦：“太后娘娘降下懿旨，为似锦和威远侯世子赐婚。”

周似锦手里的茶盏一下子落在了玫瑰红的地毯上，发出一声闷响。

原来还有这一出等着她呢！

原来孙沐泉还有这一后招！

原来重来一次，她还是会被孙沐泉的阴霾笼罩。

可是，她周似锦决不认命。

周夫人忙吩咐王妈妈：“送二姑娘三姑娘回蒹葭院。”

周倩兮和周盼兮都担心似锦，却不敢违抗母亲，乖乖地随着王妈妈出去了。

周似锦眼泪不停地沿着鼻翼往下流，却竭力让自己声音平静下来：“侍候的人都出去吧，我有话要和父亲母亲说。”

房里侍候的丫鬟都看向周夫人。

周夫人摆了摆手：“都退下吧！”

丫鬟们齐齐退了下去。

待房里只剩下自己和周胤、周夫人了，似锦这才用手抹去眼泪，吸了吸鼻子，沉声道：“我不嫁孙沐泉，他是庆王的人，我即使嫁过去，也会被庆王弄死的。”

屋子里瞬间静了下来。

周夫人脸涨得通红：“大姑娘，你胡说什么，沐泉毕竟是你表兄——”

这会儿她对周似锦的厌恶到了极点，一个庶女被赐婚侯府世子，换个人不知道要欢喜成什么样子，偏偏这周似锦却不识抬举。

真是不可救药！

周似锦杏眼溢满泪水，却依旧睁得圆溜溜看向周胤：“我的话是真是假，难道父亲能不知道？”

前世庆王与孙沐泉的关系京中高官贵族哪个不知？只是碍于皇家体面，没人会大肆传扬罢了。

周似锦养在深闺，未曾得知，嫁入威远侯府后才知道其中内情，因此孙沐泉觊觎她时，她因为过于震惊，差点被孙沐泉得手，多亏威远侯夫人出现，她才逃了出去。

周夫人看向周胤：“子承，这……”

周胤眼神复杂："阿琳，的确是真的，孙沐泉与庆王的关系，陛下也知道。"

周夫人一时语塞，低下头，看着自己手指上的宝石戒指。

其实庆王和孙沐泉这种事，高官勋贵圈子里可不少见，不过大家爱好归爱好，并不耽误娶妻生子的，因此她对周似锦这样的反应有些不以为然。

周似锦从袖子里扯出帕子来，拭去满脸的泪，这才道："爹爹，我还想活到八十岁呢，我不想十四五岁就被人给弄死，我明日就铰了头发，去地藏庵出家去。我不信堂堂大周太后，能拦着人侍奉佛祖。"

周夫人看向周胤。

周胤看向周似锦，沉声道："似锦，你真的愿意从此常伴青灯古佛？"

周似锦点了点头："我愿意。"

没人知道，孙沐泉承爵成了威远侯后，她是如何度过那些提心吊胆永无止境的晦暗时光的，一直到孙浴泉出手，弄死了孙沐泉。

所以她才会那样感激孙浴泉，一退再退，退到无法再退，最终付出性命作为代价。

周胤凝视着自己的女儿，清清楚楚道："你若是愿意出家，爹爹活着，爹爹照顾你；爹爹死了，也会让周韶照顾你。"

周似锦答了声"是"，跪在了地上，结结实实地给周胤磕了三个头："望爹爹成全女儿一片向佛之心。"

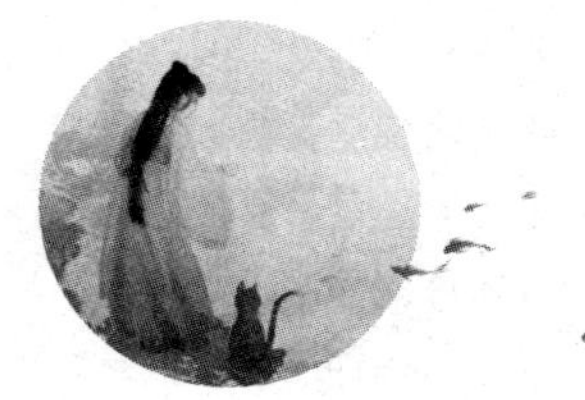

第十二章

出手

崇宁公主借口更衣，回了自己在福宁宫的住处永宁阁，悄悄叫了贴身女官叶韶红，低声吩咐道：“你出宫到狮子街国公府见许二姑娘，就说太后为似锦和林嶂的相好赐婚了。”

叶韶红答了声“是”。

崇宁公主又思索了一下，道：“记得速度要快一些，对了，小心行藏。”

叶韶红答了声“是”，尽快出宫去了。

夜深了，雨还在下着。

狮子街安国公府最深处的梧桐苑静悄悄的。

林岐在浴间沐浴。

从浴间出来，他就变成了许凤鸣，满头青丝全梳了上去，用一根碧玉簪绾住，白皙脸上薄施脂粉，身上穿着件玉白衣衫，系了条莲青色百褶裙，愈发显得清丽如仙。

做丫鬟打扮的李青走了进来：“主子，马车安排好了。”

林岐点了点头，在李涵的服侍下穿上玄色油布斗篷，匆匆出门登车而去。

叶韶红冒雨赶到狮子街国公府，是康嬷嬷接待的她：“二姑娘有事出门去了，您不如陪老身吃杯酒去去寒气说说话。”

听出了康嬷嬷的言外之意，叶韶红当即笑着答应了。

似锦打着伞回到兰庭，裙子下半截已经被雨打湿了。

孙妈妈见状，忙着要热水伺候似锦泡澡，明间里乱糟糟的。

周似锦走到西暗间书房，来不及研墨了，便用笔蘸了红梅香膏在信笺上写了起来。

这封信，无论如何得送到许凤鸣手中。

希望许凤鸣读了她的信能警觉起来，三月三那日不要靠近金水河。

热水冲击着肌肤，刺刺麻麻的。

似锦坐在浴桶里，靠着浴桶壁，整理着思绪。

她没有单纯到以为出了家，自己就能逃脱孙沐泉的纠缠。

出家只是为了摆脱苏太后的赐婚罢了。

要想彻底摆脱孙沐泉，要么孙沐泉死，要么她和孙沐泉一起死。

似锦已经做好了准备，若是她出家做了尼姑，孙沐泉还要继续纠缠她的话，那就同归于尽吧！

转念想起了许凤鸣，周似锦的眼泪又落了下来。

她原以为重来一次，不但能改变许凤鸣溺水而亡的命运，还能改变自己的命运，谁知道无形中有一只大手，依旧伸了出来，扼住了她的喉咙，让她插翅难逃。

从前的她，初初嫁人便体会到了命运对她的恶意，表面上她是珠光宝气尊荣富贵的侯府二奶奶，背地里她却长期贴身带着匕首以防备侯府世子孙沐泉的狼爪。

一直到孙浴泉出手。

谁知她不过是从狼窝转入了蛇窟。

孙沐泉看上的是她的姿色，孙浴泉看上的则是她的财产。

孙沐泉要的是她的身子，孙浴泉要的是她的命。

呵，这鬼老天，真是要一直坑她周似锦啊！

这一世，她定要和那恶狼抗争到底。

周似锦打定了主意，双手从水中伸出，扶着桶壁正要起身，却听到外面传来阵阵喧闹声，似乎有人在拍门。

这么晚了，还下着雨，谁会过来？

周似锦离开后，周胤安顿好周夫人，冒雨去了外书房。

在书房里踱了一会儿步之后，周胤下定了决心，叫了张保进来吩咐道："让韩勇速来见我。"

韩勇是他从鄂州带来的亲随，比张保等小厮还要得他的信重，一向在外面帮他管着铺子，三教九流都有来往。

韩勇就在周府后巷住，很快就披着油布雨披过来了："给老爷请安！"

周胤眼神幽深盯着韩勇。

他已经下了决心要刺死孙沐泉了。

苏太后的懿旨不可能收回，要想保护似锦，只能让孙沐泉死。

可是周胤不能动用自己的势力，那样庆王会很快查探出来的。

若是能借助绿林中人之手，制造一个绿林好汉为民除害当街刺死孙沐泉的事件，倒也是可以的。

韩勇会意，当即道：“老爷有何吩咐？”

周胤招手让韩勇靠近，低声叮嘱起来。

韩勇连连点头。

周胤说罢，又道：“此事务必机密。银子你从铺子账上支取，用给老家老太太过寿的名义。”

此事如果暴露，他的仕途也就到头了。

可是作为父亲，保护自己的女儿，是与生俱来的本能。

他不可能眼睁睁看着似锦嫁给孙沐泉，落入火坑。

韩勇答了声“是”，退了下去。

周胤暂时松了一口气，刚在茶案后坐下，预备给自己沏一壶茶，却听得外面传来脚步声，接着便是张保的声音：“老爷，安国公府的许二姑娘来了，有急事要见咱们大姑娘。”

周胤不便见人家闺秀，想着似锦此时正需要闺中好友的安慰，便吩咐道：“直接引着去兰庭吧！”

听到孙妈妈那句“姑娘，许二姑娘来了”，周似锦欢喜万分，顾不得自己还泡在浴桶里，忙道：“快请进来！”

许凤鸣随着孙妈妈进了明间。

孙妈妈很担心似锦，因此一直留在兰庭照顾似锦，此时见似锦的好友来了，别提多欢喜了，引着许凤鸣直往东暗间卧室走，口中道：“许姑娘，我们姑娘一直盼着您来，她这会儿正在洗澡，您先在房里等着她……”

许凤鸣一下子停住了脚步——似锦在洗澡？！

这会儿他才发现卧室里水汽蒸腾，香气氤氲，似锦的确是在洗澡。

孙妈妈见许凤鸣停在那里不走了，笑得眼睛都眯成了一条线：“哎哟，许姑娘别不好意思，都是女孩子，哪有那么多讲究。”

她走过去，一把将屏风合在一起，对屏风后泡在浴桶里的似锦说道：“姑娘，许二姑娘来瞧您了。”

看到许凤鸣，似锦满心的怨愤都化为委屈，人还在浴桶里泡着，眼泪已经先出来了，哭着道：“小凤凰，我好想你……”

她接着又道：“小凤凰，我要出家做尼姑了，呜呜——”

许凤鸣原本驻足侧脸，不肯过来，此时一听似锦哭了，哪里还能忍耐得住，当即走了过去：“有我呢，别怕。”

听到许凤鸣这句“有我呢，别怕”，周似锦更加委屈了，一下从水里站出来，湿漉漉地抱住了许凤鸣，号啕大哭起来。

小凤凰，前世我受苦的时候，你也死了啊！

咱俩可真是一对小可怜……

许凤鸣整个人都僵在了那里。

周似锦紧紧抱着许凤鸣，一边哭，一边诉说着：“小凤凰，你把我带走吧，坏人太多了，我好怕啊——”

许凤鸣眼眶湿润了，一直垂着的双手慢慢举起，虚虚笼在了周似锦的背上。

孙妈妈再疼爱周似锦，也忍耐不住了，走过去要把周似锦从许凤鸣身上扒拉下来，口中絮絮道：“我的姑娘嗳，您看您，把人家许姑娘的衣服都弄湿了！”

她说着话，试着把似锦的手给弄下来，可是似锦人不大，力气却大，死死抱着许凤鸣，她根本弄不下来。

许凤鸣脸有些红，忙道：“这位妈妈，你先出去，我有法子。”

孙妈妈觉得老脸臊得慌，忙着道歉：“对不住许姑娘，大姑娘从小没了娘，这是太喜欢您了……”

说着话，她到底还是先出去了，还把春剑和素心都叫出去了。

孙妈妈是经历过世事的人，知道她们这些普通人看来觉得难如登天的事，也许对皇后娘娘的亲侄女许二姑娘来说，并不是很大的事，因此把春剑、素心叫走，好让似锦向许二姑娘讨情。

许凤鸣深吸一口气，道：“似锦，你先松开我，我有话要问你，事关太后赐婚。”

听到那句“事关太后赐婚”，周似锦麻溜地松开了许凤鸣，又钻回了浴桶里。

许凤鸣伸手在水里探了探，发现水已经有些凉了，便拿起搭在屏风上的大布巾，展开后闭上眼睛：“你从浴桶里出来吧！”

待周似锦起身，他把周似锦用大布巾裹住，这才睁开眼睛，作势要抱周似锦。

周似锦饶是满腹的辛酸悲苦，此时见了许凤鸣，也都抛在了九霄云外，哈哈笑了起来，道：“你抱不动我，小凤凰！哈哈！”

小凤凰比她瘦，还真抱不起她，而她却一定能把小凤凰抱起来。

周似锦一笑，身上裹的大布巾就有些松了，差点滑下去，她忙用手重新裹紧。

许凤鸣默不作声，弯腰打横抱起周似锦，直接往床那边走去。

一直到被许凤鸣塞到锦被里，她还在吃惊，眼睛瞪得圆溜溜：“我的天，

小凤凰你居然有力气抱动我……我的天……我的天啊！”

许凤鸣瞅了她一眼，又拿了块布巾裹住她湿漉漉的长发，然后才问道：“似锦，赐婚的事我已经知道了。我能让赐婚懿旨作废，只是你有可能得背上命硬之名，你愿意吗？”

周似锦怔怔地看着许凤鸣，杏眼瞬间溢满泪水：“我愿意，我愿意死了。”

她裹着锦被坐起来，伸手拉过许凤鸣，让许凤鸣在床边坐下，然后把脸搁在许凤鸣的肩膀上，低声道：“小凤凰，我不想嫁人，更不想嫁给孙沐泉那畜生。出家做尼姑我都愿意，何况只是被人背后说命硬。”

许凤鸣低声道：“你等我的消息。”

他又道：“明日下午我派人接你去国公府散心。”

周似锦“嗯”了一声，道：“我等你派人来接我。”

许凤鸣看着床头的小几上跃动的烛焰，低声道：“白又胖，我会护着你的。”

他想起自己做的那个梦。

在梦里，得知白又胖的死讯，他的心脏疼得缓不过来，醒来后还在疼……

无论如何，那样的梦绝对不能成为现实。

他要白又胖开心快活地活着。

许凤鸣伸手拨开周似锦，起身离开了。

第二天上午，周胤闭门谢客，专心致志在外书房等消息，终于等到了韩勇：“韩勇，怎么样了？”

韩勇脸上带着迷惑：“老爷，今日早上，威远侯世子从庆王府后门出来，恰被一辆失控的马车撞上，当场死了，脑浆都迸出来了……”

见周胤面带喜色，韩勇忙道：“老爷，不是我找的人做的，我找的人还没来得及下手。”

周胤笑了，道：“没关系，目的达到就行。那些银子你拿去给人家分了，买卖不成仁义在。对了，你安排人往外放些消息出去……”

韩勇答了声“是”，自去处理。

周胤想了想，叫来孙妈妈：“你去兰庭请似锦过来。”

得知孙沐泉横死，周似锦转身向西，双手合十，喃喃道：“感谢佛祖，让恶人得了现世报。”

谢完佛祖，周似锦又想了想，问周胤：“爹爹，龙虎山在哪个方向？”

听说龙虎山是道教的名山。

周胤一愣，回忆了一下舆图，这才道："龙虎山在京城的东南方向。"

周似锦转而面向东南，打了个稽首，喃喃道："感谢道家仙长，让信女未堕苦海。"

拜完龙虎山，周似锦又问周胤："爹爹，武当山在京城的哪个方向？我也要拜一拜。"

她自然知道孙沐泉的死是怎么回事。

可是她不能让爹爹往许凤鸣身上想，因此才故意做张做智，好把爹爹注意力引开。

周胤看着女儿，满怀感慨，道："似锦，京里会乱一段时日，我已经向朝廷告了半个月假，打算送你去洛阳你姑母家住一段时间，等此事彻底平息，再去洛阳接你回来，你看怎么样？"

他有一个庶妹，因他之力，嫁给了他的同科好友郑欣。

这庶妹如今随着丈夫郑欣在洛阳任上，她为人善良开朗，因此周胤想要送似锦过去散散心，避开京城的烦心事，等事情彻底平息再接似锦回京。

似锦听了，笑了起来，道："爹爹，不用您跑这一趟了，昨晚我已经和许二姑娘说好了，到狮子街国公府陪她住一段时间。"

周胤心思千回百转，双目炯炯看着似锦，希望能从她脸上看出些端倪来。

似锦生怕爹爹多想，忙道："对了，爹爹，还有崇宁公主呢。许二姑娘说崇宁公主也想邀请我去公主府小住，帮她做花翠，陪她玩。"

周胤想了想，觉得不管是狮子街国公府，还是崇宁公主府，都不是三姑六婆和闲言碎语能进去的地方，似锦去这些地方，倒是比去洛阳更好，便点了点头，道："如此便罢了，不过国公府和公主府的下人，人人都长着一双富贵眼，你得多带些银锞子过去，该打赏就打赏，不要小气。"

似锦笑盈盈地点了点头，脆生生道："知道了，爹爹。"

见女儿如此开心，周胤也觉得宽慰，吩咐道："你回去收拾行李，待会儿我让孙妈妈给你送一匣子银锞子过去。"

似锦笑得眼睛成了弯月亮："好的。多谢爹爹。"

得知威远侯府世子出事横死，而且是大清早从庆王府后门出来被疾驰的马车撞死的，一时之间京城权贵阶层表面尽皆默然，闭口不言。

可是背地里说的人可就多了，有人说是庆王的男宠争风，故意撞死威远侯世子；也有人说威远侯世子要成亲了，庆王因爱成恨，痛下杀手弄死了威远侯世子。

总之人的想象力是无穷的，什么奇奇怪怪的消息都流传起来。

威远侯夫人得知这个消息，七窍出血中了风，侯府一下子乱了套。

最后还是威远侯府庶出的次子孙浴泉出面，把嫡兄的尸体给收了回去。

按理说，该报官的，可是一则那撞死人的马车不见踪影，二则此事涉及庆王隐私不宜宣扬，三则苦主威远侯夫人中风未醒，因此孙浴泉也不声张，请了阴阳先生看了破土安葬日期，派遣小厮给各家亲眷报丧。

他一直盼着嫡兄死，好继承嫡兄的一切，因此孙沐泉已经在他的臆想中死了无数次了。

如今美梦成真，威远侯夫人又病得恰到好处，孙浴泉一脸悲痛，取了威远侯夫人的对牌出来，令小厮取银子买白布，雇了裁缝造帷幕、帐子、桌围和入殓的衣衾缠带，一时间整个威远侯府忙忙碌碌，他趁机也把威远侯府管家之权抓到了手里。

学士府的王夫人得了这个消息，决定去梧桐里周府探望周夫人。

王菁正担心似锦，便厚着脸皮央求王夫人："母亲，我也跟着去吧，我有些担心似锦表妹。"

到了周府内院，王夫人自去宽慰自家小姑子周夫人，王菁则去兰庭看周似锦。

王菁进了兰庭，见廊下放了好几个箱子，丫鬟们正进进出出在忙碌，忙问道："你们姑娘呢？"

似锦在房里听到王菁的声音，忙扬声道："我在书房整理书，你自己进来吧！"

王菁进去后，见周似锦房间里的书已经被装进一个书箧里了，忙道："似锦，你这是——"

似锦眼睛亮晶晶，笑意满溢了出来："许二姑娘要接我去狮子街国公府住些时日，好散散心。"

王菁闻言大喜，一把握住了似锦的手："太好了！"

她接着道："你和许二姑娘既然是好朋友，就老老实实住在许二姑娘家，别急着回来，咱们这些亲戚烦人得很，也许得等你家倩兮定亲，这事儿才算真正揭过去。"

似锦心满意足："我也是这样想的。"

她这次定要坚持住，一直到三月三她都和许凤鸣在一起，若是有事发生，也可以及时救许凤鸣。

王菁感叹道："可惜我要有一段时间不能见你了。"

似锦正要说话，孙妈妈亲自过来传话："姑娘，安国公府康嬷嬷来接您了！"

似锦打扮齐整，带了康嬷嬷去向周夫人辞行。

惠畅堂里倒是热闹，除了来安慰陪伴周夫人的王夫人，还有专门来看笑话的忠顺伯夫人。

周夫人正怏怏地靠着靠枕歪在罗汉床上，听王夫人和忠顺伯夫人你一言我一语互怼。

昨夜周胤去了外书房，一夜未回内院，然后早上孙沐泉就横死，实在是由不得周夫人不多想。

这事万一被捅出去，这可是抄家灭门的大罪啊……

周夫人正在思虑，王妈妈掀开锦帘走了进来，走到罗汉床边低声道："夫人，安国公府的康嬷嬷来接大姑娘过去住几日散心，老爷已经同意了。大姑娘带着康嬷嬷来给您辞行，正在外面候着——您要不要见见？"

周夫人用手撑着头思索片刻，道："算了吧，我身子不适，今日就不见了。"

王妈妈又问了一句："夫人，大姑娘说想和二姑娘三姑娘道别……"

周夫人索性闭上了眼睛："戴先生正在给倩兮、盼兮上课，功课重要，不必打扰。"

待王妈妈出去，王夫人便笑着安慰周夫人："二妹，你别心烦了，许二姑娘可是安国公嫡女，皇后娘娘的亲侄女，你家大姑娘得许二姑娘看重，这可是好事，是你家大姑娘的福气，你别焦虑了。"

忠顺伯夫人哼了一声，道："福气？晦气才对吧！二妹，要我说，这周似锦你家可不能留了，谁沾上她，谁就倒霉，前有蒋珙，后有孙沐泉，以后还说不定轮到谁。你还是请有道行的人算算她的八字吧，说不定是因为八字不好，命太硬，带有刑克。"

周夫人担心的可不是周似锦命硬不硬的问题，对忠顺伯夫人的话似是没听到一般，自顾自想着心事。

忠顺伯夫人却似得了灵感一般，回到忠顺伯府，和蒋瑜一起把得了三月三金明池行宫上巳节请帖的闺秀给筛选了一遍，挑出几个最有希望选上的，预备请些常在权贵家走动的三姑六婆过来，一一重金打赏，让她们把这几个姑娘八字太硬刑克丈夫的传言给传出去。

为了更逼真，名单里自然也有周似锦。

蒋瑜想起卫国公夫人喜欢周盼兮，托韩夫人说亲的事，便提笔把周盼兮的名字也加上了。

忠顺伯夫人见了，也没说什么。

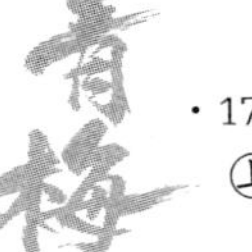

如今周胤官越做越大，她一边想要沾光，一边却又嫉妒得发疯，真是寝食难安。

安国公的马车接了似锦，没有去狮子街，而是往出城方向去了。

这马车十分宽大舒适，比周夫人那辆红锦檀香车还要宽敞不少，因此康嬷嬷和春剑、素心都陪着似锦坐在马车里。

康嬷嬷见似锦从车帘缝里往外探了探，然后看向自己，不由得笑了，道："崇宁公主这些日子在宫里陪伴皇后娘娘,咱们姑娘如今在公主的碧漪园住着，因此派我把周姑娘也接过去。"

似锦很喜欢碧漪园，笑盈盈道："这次还是住在玉堂春吗？"

康嬷嬷点头："正是。"

她又道："到时候咱们姑娘在玉堂春，素心和春剑就跟着我待在距离玉堂春不远的秋声院。咱们姑娘不在,再让素心和春剑去玉堂春陪您,您看可以吗？"

周似锦"唔"了一声，又点了点头。

前世在泽州许凤鸣也是这样，她一向不大喜欢人近身服侍，平时身边只带着周似锦一个人。

在青龙山别业读书的时候，很多时候许凤鸣也撇下周似锦，自己跟着和先生去山顶的道观清修。

周似锦早习惯了。

她看见坐在倒座上的素心和春剑，笑着嘱托道："那就拜托嬷嬷好好照顾素心和春剑了，她俩可是我的心腹之人，我一向离不得她们俩的。"

康嬷嬷满口答应了下来。

素心和春剑都有些不好意思，低头笑了起来。

许凤鸣果真没在玉堂春。

周似锦让素心把衾枕铺设在了许凤鸣床对面的榻上。

安置好行李后，周似锦让康嬷嬷带着素心和春剑回秋声院歇息去了。

见天色已晚，暮色苍茫，她便命人把晚饭送到二楼暖阁，一个人对着一桌子美味佳肴，敞开肚皮大吃了一顿，又在玉堂春里转悠了半个时辰，这才回去盥洗睡下。

锦榻前方放着一座赤金莲花枝形灯，灯火通明，周似锦还不瞌睡，便拿了本书，趴在锦榻上对着灯看书。

许凤鸣一直过了亥时才回来。

周似锦从榻上坐起来，笑吟吟道："咦，小凤凰，你怎么穿着男装？"

许凤鸣一边往拔步床后的浴间走，一边道：“男装出去方便。”

周似锦想了想：“那倒是。”

她有些无聊，仰天躺在榻上，一边伸腿往空中蹬着玩，一边和浴间的许凤鸣说话：“小凤凰，你穿男装还挺好看——不对，你穿男装好看，女装也好看。啊，对了，小凤凰，你是不是和皇太子长得有点像？”

许凤鸣没有立即回答，似乎正在浴间里忙。

周似锦自己想了想，觉得皇太子和许凤鸣这对表兄妹像是真的像，不过姑娘和男子还是不一样的，小凤凰多白嫩多好看啊，太子就是一个男的，没什么好说的。

过了一会儿，许凤鸣的声音传了出来：“白又胖，你见过皇太子？”

周似锦想了又想，不知道该怎样回答。

她见过的是已经登基为帝的皇太子林岐。

想到这里，周似锦一阵心虚，含含糊糊道：“好像是见过呢……”

许凤鸣穿着中衣从浴间里出来了，长发披散着，白皙的脸有些湿润，眉目却更秀致了。

“白又胖，睡了。”他走过来把锦被从周似锦身下扯了出来，胡乱盖在了周似锦身上，然后把她榻前的烛台一一熄灭。

周似锦乖乖闭上了眼睛：“嗯，睡觉啦。”

许凤鸣回到床上躺下，熄了床头小几上的水晶灯，然后问周似锦：“我和皇太子谁更好看？”

周似锦知道许凤鸣好胜心强，可不敢胡乱回答，脑海中浮现出以前宫中元宵节灯会，她有幸近距离见到景和帝的那次，小心翼翼地组织了一下语言，道：“你和皇太子其实长得很像，不过你很秀气，举止优雅柔美，就是姑娘家的样子；皇太子就很有男子气概，虽然也很俊秀，却很阳光很温暖……”

她一边想着，一边说着。

床上的许凤鸣“哼”了一声。

周似锦求生欲极强，忙道：“小凤凰，我觉得你更好看，举止更优雅，气质更出众，皇太子不过是个粗糙的男的，和你比，简直是将天来比地，小黄鹂要和小凤凰比！”

许凤鸣原本酸溜溜的，听了周似锦的话不由得笑了起来：“傻丫头！”

说罢，他不再理周似锦，自己睡了。

他这两日来回奔波，根本没怎么睡过，已经疲惫到了极点。

周似锦等了半日，没等到许凤鸣那边的回应，一颗悬着的心这才落了回

去——许凤鸣聪明睿智，好胜心胜负欲强，和许凤鸣在一起，她可真是痛苦并快活着。

不过这样刺激的生活，周似锦好喜欢呀！

就连许凤鸣嫌弃她，她都觉得开心。

因为周似锦知道，许凤鸣嘴巴再毒，动作再粗鲁，可昨日深夜，冒着暴雨跑到梧桐里周府，和她说“有我呢，别怕”的也是许凤鸣。

要知道，许凤鸣的身子，一旦下雨下雪，就要犯病的。

许凤鸣冒雨跑了一趟周府，不知道要多喝多少汤药，多泡多少次药澡。

想到这里，周似锦突然没了睡意，从榻上爬了起来，把锦被裹在身上，抱着枕头一溜烟跑到了许凤鸣的床边。

许凤鸣似是睡着了，呼吸很平稳。

周似锦小心翼翼地把枕头放好，然后自己裹着锦被在床外侧躺了下去。

此时许凤鸣近在咫尺，周似锦悄悄凑过去，嗅了嗅许凤鸣的味道，发现是熟悉的带着药气的香气，顿时身心都得到满足，闭上眼睛，很快就睡着了。

这一夜外面一直在刮风，玉堂春庭院里的玉兰树树枝被刮断不少，“咔嚓咔嚓”声不时响起，可是屋子里的两人都睡得特别香，到了用早膳的时间都没有醒。

许凤鸣已经有好几个月没有这样酣畅淋漓地睡过了。

他没有睁开眼睛就察觉到身侧热乎乎的，便闭着眼睛伸手摸了过去，一把摸到了温软细嫩柔滑的肌肤——一定是周似锦的脸！

他看都不用看，直接下手一捏。

周似锦呻吟了一声，一下子疼醒了。

许凤鸣又捏了一下。

周似锦的脸颊被捏得疼得受不了了，也知道控诉没用，自己不声不响裹紧锦被起身滚下了床，又想起自己的枕头，伸手拿了枕头，回榻上继续睡去了。

许凤鸣躺在床上笑了。

有白又胖在身边，他似乎快乐了许多。

等周似锦醒来，天已经大亮了，太阳也出来了。

许凤鸣早已不知所终。

周似锦在康嬷嬷和素心、春剑的服侍下起身盥洗，又去二楼用了早饭，看春日阳光甚是和暖，便笑着问康嬷嬷：“嬷嬷，我今日想在碧漪湖上坐船游荡，可以吗？”

康嬷嬷笑了：“似锦姑娘，碧漪园已经被咱们姑娘暂借了过来，您是知道咱们姑娘的脾气的，您随便玩，只要您自己没事，怎么着都行。”

周似锦得了这句话，心里有数了，笑吟吟道：“那我们今日一起荡舟碧漪湖，欣赏湖光山色，开开心心玩一日。”

康嬷嬷又给似锦斟了一盏用酥油白糖熬的牛乳：“似锦姑娘，再尝尝这牛乳吧，您在泽州时爱喝的。”

周似锦这才想起，自己已经十一年没喝过这种在泽州时喝惯的牛乳了。

小时候在泽州，许凤鸣每日早上都被逼着喝牛乳，她不爱喝，康嬷嬷就让周似锦和她一起喝。结果许凤鸣一直不爱喝，反而是周似锦喜欢上这种用酥油白糖熬的牛乳了。

可惜后来到了京城，京城不兴这个，她就再也没喝过了。

似锦想到这里，把盛牛乳的薄胎甜白碗端起，看着碗内白潋潋散发着乳香的牛乳，尝了一口，觉得甚是香甜，便道：“我很久很久没喝了，真好喝。”

康嬷嬷笑了起来：“我的姑娘啊，您不过离开泽州几个月，就说很久很久没喝了，你们小年轻啊，真是几个月就是半生。”

周似锦垂下眼帘，慢慢饮着香甜的牛乳，心道：我的确是很久很久没喝了，十一年了啊……

喝完牛乳，她心里欢喜起来，先吩咐人去准备画船，然后问康嬷嬷：“姑娘呢？我一大早起来就没见她了！”

康嬷嬷笑：“似锦，咱们姑娘这些时日很忙，待忙过这阵子，就会陪您的。”

似锦点了点头，不再多想，带着春剑、素心她们去碧漪湖乘画船荡舟去了。

此时梧桐里周府的外书房里，周胤正在教授皇太子林岐任用官员的诀窍：“知人善任四个字说来简单，做起来却难……”

他本来打算送似锦去洛阳似锦的姑母家，因此向朝廷告了半个月的假，也有避避风头之意。

谁知似锦被许二姑娘派人接走小住了，他又闲了下来，正要趁机躲进书房成一统，重温一下诗书花酒茶，皇太子林岐就微服而来了。

周胤当即抖擞精神，进入了教学状态。

林岐领悟力极高，专注地倾听着，有了疑问还会及时提出，师生共同探讨。一个时辰下来，周胤觉出了教学相长的快乐，林岐学会了周胤用十年时间积累整理的吏学，两人都甚是开心。

周胤想着林岐年纪小，正在长身体，看看到时辰了，便温声问林岐：“该用午饭了，殿下想用些什么？”

林岐也真饿了，笑容可爱：“我想吃西北那边的面食，油泼面、臊子面之类的。”

他记得有一次白又胖在他那儿，说好久没吃过面食了。

周胤听了，叫了孙妈妈进来吩咐道：“去和厨房说一声，做两碗臊子面和几样精致小菜送过来。”

孙妈妈略有点为难——周府厨房哪里会做面食？

不过她是认识皇太子的，皇太子想吃，不会做也得想法子做出来，当下答应了一声，急急去了。

周夫人听了孙妈妈的回禀，也有些为难，临时去哪儿寻靠谱的会做面的厨子啊！

这时候王妈妈想了起来，道：“我记得韩勇媳妇是西北人，不如叫她过来问问。”

一个时辰后，林岐终于吃到了周府厨房做出来的臊子面。

吃罢面，周胤又亲自泡了消食的茶，陪林岐喝茶。

林岐端着茶盏，向周胤提出了要求：“先生，我以后常来您这里，您还是请夫人在厨房里准备一个做西北面食的厨子吧！”

周胤就吃林岐这一套，有一说一，不拐弯抹角，当即笑着答应了下来，看向林岐的眼神满是慈爱：看这孩子多耿直啊，在我这里也不把自己当外人，真是个好孩子！

他含笑道：“殿下放心，下次再过来，一定能尝到正宗的西北臊子面、油泼面、蘸——”

“蘸水面！”林岐甜甜地笑了，当真是乖巧又可爱。

到了下午，洪武帝才知道林岐去了周胤府上，并在周府书房里消磨了大半日这件事。

他心里酸溜溜的很不好受，便决定与臣共苦，命人把周胤宣进宫来：“子承啊，听说朕的儿子，在你那里如鱼得水，过得很开心啊！”

周胤微微一笑，拱手道：“启禀陛下，殿下酷爱读书，一心向学，虽然被太后罚了三个月不准上朝听政，可是殿下依旧想尽办法读书明理。唉，对臣这样的老师来说，殿下真是个难得的好学生。”

洪武帝默然片刻，瞅了周胤一眼，心道：我儿有多狡诈，我才不告诉你呢！

你等着被他拾掇吧！

他会给你好多好多的开心，让你一见到他就觉得快乐，可是一旦哪一日，你没有满足他的某个要求，或者没有达到他的某个标准，你就别想再见他了。

哼！

闲聊几句之后，洪武帝收敛笑意，修长的手指在紫檀木长案上“咚咚”敲了两下，这才道：“吏部那些事，一时之间缺了子承你还真不行，只是岐儿……”

他沉吟一下，又道：“既然岐儿这段时间常去你那儿，这样吧，接下来这半个月，你就上午在家给岐儿讲学，下午再处理吏部公务。”

周胤也端肃起来，恭谨地答了声“是”。

皇太子是帝国未来的皇帝，需要熟悉六部的运作，趁此机会，就从吏部开始吧！

周胤一直在吏部忙到了深夜，这才处理完了积压的公务，坐着马车回了梧桐里。

他刚在外书房宽去官袍，正要洗手净面再回内院，周夫人就派人来叫他了。

周夫人是在廊下迎上周胤的。

夫妻俩一起回到明间，周夫人递了一盏茶给周胤，待周胤饮了一口，这才道：“子承，崇宁公主派人送了两个厨子过来，却一句话都没捎带，我叫进来问了问，只说一个善做面食，一个善做西北菜——这到底是怎么回事？是不是皇太子殿下——”

周胤摆了摆手，抬眼看了看，见房里侍候的人早已退下了，便道：“既是公主所赐，好生招待，安排在府里厨房中就是。”

周夫人得了周胤这句话，有了主心骨，点了点头，道：“子承，威远侯世子的死，到底是不是你……”

周胤抬头看她，眼神平静：“不是我。”

周夫人是极相信丈夫的，闻言长长吁了一口气，道：“不是就好……”

她挨着周胤坐下，低声道：“今日韩夫人又来了一趟，为秦羽提亲，要不咱们就允了吧。虽说长幼有序，可是秦家能在咱们家遇到事情的时候来求亲，我觉得秦家是真的诚意十足，不如先替倩兮定下。”

周胤想了一会儿，道：“秦家确实靠谱……先为倩兮定下亲事也好。”

太后刚刚为孙沐泉和似锦赐婚，孙沐泉就横死街头，接下来这段时间，不知有多少愚夫愚妇要传闲话说似锦命硬克夫了。

若是再被有心之人推波助澜，整个周府女儿怕是都要卷入其中，这时候秦家来求亲，其实也有雪中送炭之意。

秦涟这个人情，他周胤领了。

见周胤同意了，周夫人清丽的脸上绽出一抹笑意来：“多谢你，子承。”

周胤不禁笑了，揽着周夫人，柔声道：“阿琳，又说什么傻话，似锦是我

的女儿，倩兮和盼兮也是我的女儿，我都一样疼爱的，只是似锦从小没了娘，我一直没有照顾过她，如今想要多补偿一些也是有的。你不要多想。”

丈夫既然把话说开了，周夫人心底的那丝阴霾也散去了，道：“我都知道，只是……”

虽然她心里都明白，只是遇到事情，心里到底有些不舒服。

周胤微笑道：“人活在世上，哪有一帆风顺的，总有事情要发生，总有困难要面对。既然是一家人，就一起面对，不能富贵荣华时就是一家人，一遇到事情就要撇清。”

周夫人略微有些羞愧，轻轻“嗯”了一声，投入了丈夫怀里。

第二天，秦府便请了礼部尚书韩志云的夫人做媒，上梧桐里周府来为秦羽提亲。

秦家和周家正式交换了秦羽和周倩兮的庚帖，又等了三日，写了婚书，下了小定，算是正式定亲了。

因周胤交代了近来诸事要低调，这次订婚周夫人就没有大办，只是请了在京的亲眷来家里坐坐。

忠顺伯夫人带了蒋瑜和蒋珠两个女儿过来贺喜，她的妯娌蒋二太太也跟着过来了。

因都是自家亲戚，酒席就设在惠畅堂东暖阁里。

两张大八仙桌，一桌坐着夫人、太太和奶奶们，一桌坐着未成亲的姑娘们，也没有叫歌妓来弹唱，自家人吃酒说笑罢了。

夫人、太太和奶奶们那一桌，忠顺伯夫人的妯娌蒋二太太说起了娘家一位族妹，还未出嫁，未婚夫就亡故了，族长以继嗣名义想要吞掉她未婚夫家的田产，这位族妹披麻戴孝赶了过去，坚持要为未婚夫守节，最后连打了几场官司，终于帮着婆婆守住了田产，守了望门寡，全了贞节，实在是大大的节妇。

忠顺伯夫人听了，连连点头，道：“弟妹，你这族妹做得对，夫妻本为一体，虽未成亲，却已经有了夫妻之名，未婚夫死了，自当守望门寡，这样方合人伦。”

她说着话，眼睛却看向周夫人。

周夫人垂着眼帘，似没有听到一般，没有说话。

在座众女眷听了，大都颇不以为然。

王夫人最爱怼忠顺伯夫人这位假正经的小姑子，当即夹了一筷子盐炒枸杞芽，慢慢吃了，然后笑着道：“既然夫妻本为一体，却也没见哪位女子去世，她未婚夫守望门鳏的。”

忠顺伯夫人一滞，正要组织长篇大论来驳王夫人，这时候蒋二太太开口了："对了，我听人家说，有的女子八字不好，命硬，即使订了婚，也会克死未婚夫的，这样的事情可不少，有的命特别硬的，第一天说亲，第二天就把男子给克死，也是有的。"

这话就有些指桑骂槐了，众女眷都看向周夫人。

周夫人的庶出长女，可是第一天傍晚刚被赐婚，过了一夜，第二天早上对方就横死街头。

周夫人淡淡道："若是第一天说亲，第二天就把男子给克死，只能说明此女命相贵重，那男子福分浅薄压不住，彼此没缘分；若是天赐的姻缘，自然会夫妻和顺，白头百年，不管八字如何。"

众人都静了下来。

周夫人是在座众女眷中丈夫最有本事的，她一向不爱说话，因此这句话出来，众女眷细细品味起来，觉得虽是歪理，却也能自圆其说，还真不容易驳倒。

王夫人最捧周夫人这个小姑子的场，当即笑了起来，举起酒盏道："此话有理。来，大家都是女子，女子何苦为难女子，大家共饮一盏！"

众女眷都笑着响应，齐齐举盏，大家嘻嘻哈哈饮了一盏酒，很快就把话题岔开了。

如今亲眷中，顶数周胤官做得大，顶数周夫人最有体面，人家周家长女刚被赐婚，未婚夫就横死，偏偏忠顺伯夫人和忠顺伯府的二太太故意来戳人家伤口，扯什么命硬克夫。

再说了，在座诸位，谁家没有女儿？谁舍得自己女儿守望门寡？

忠顺伯夫人和蒋二太太可真是站着说话不腰疼！

忠顺伯夫人策划好的一场好戏没有唱起来，面上平和，心中却恚怒，待晚上回了忠顺伯府，便命亲信拿了银子出去四处打点三姑六婆，催着把传言快些传出去。

没几日，吏部尚书周胤的长女命硬克夫的传闻便传扬开去，中间夹杂着别的一些传言，譬如说定北侯长女八字全阴，命运不好；再比如周胤三女八字古怪，专克舅姑；还有说首辅韩朝的次女命中带了灾星，必须过了十八岁才能嫁人……

这日傍晚崇宁公主来到碧漪园，特地到玉堂春探望似锦，恰好许凤鸣也在，便约了似锦和许凤鸣到湖边高台登高远眺，顺便把这件事当笑话讲给了似锦和许凤鸣听。

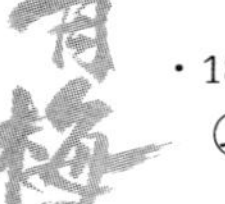

周似锦听了，一点都不放在心上：“哟，既然我命硬克夫，那我正好不想嫁呢，以后谁也别给我提亲了。”

只是牵涉三妹盼兮，周似锦还是有些担心的：“我三妹的命相好着呢，有高人给她看过，说她是贵人的命相，以后要做公爵夫人的。”

前世盼兮就嫁给了卫国公的独子，后来她的丈夫继承卫国公爵位，她就成了卫国公夫人，这是真的富贵命。

崇宁公主就喜欢似锦这性子，笑眯眯道：“我也觉得那些传言都是胡说八道。三月三金明池行宫选秀在即，却传出这样的传言，定是有人在背后推波助澜。这样的小伎俩，也太容易被人识破了。”

周似锦从水晶碟里拿了个酥油泡螺放入口中，待香甜的滋味在口中蔓延开来，这才慢慢道：“咱们一起分析一下，这次谣言涉及的人分为两种——第一种是我和我三妹，我们姐妹俩没有接到三月三金明池行宫选秀的请帖；第二种是其余被涉及的闺秀，她们都合乎三月三金明池行宫选秀的条件，应该都接到了请帖。”

她大大杏眼闪着光：“这样看来，背后主使此事的人定要符合两个条件：第一，与我们周家，尤其是我有怨，不能明着来，就背后暗箭伤人；第二，背后主使此事的人，她(他)的女儿一定也接到了三月三金明池行宫选秀的帖子。”

似锦大眼睛扫过崇宁公主和默不作声的许凤鸣：“咱们把接到请帖的人家排列出来，再综合以上做一下排除，那个背后主使者就呼之欲出了。”

崇宁公主眼睛都瞪大了：“似锦，你好聪明！”

许凤鸣一向知道似锦聪明，就看她用不用心了，不禁微笑，道：“是忠顺伯夫人，对吗？”

周似锦收起笑意，眼中现出凝重之色：“忠顺伯夫人的可能性最大。”

忠顺伯夫人一向巴结似锦的嫡母周夫人，却又摆出正义凛然高洁傲岸的样子来，有一次似锦偶然间看到忠顺伯夫人冷冷盯着一处，似毒蛇一般，她顺着忠顺伯夫人的视线看去，发现周夫人正与首辅韩朝的夫人手拉手在谈笑……

周似锦当时并没有放在心上。

周夫人活得太得意了，忠顺伯夫人妒忌她也是人之常情，周似锦也不会傻乎乎跑去挑拨人家姐妹关系，再说了，周夫人也不会听信她的话。

只是想到前世爹爹年富力强，却因被忠顺伯蒋长青拖累，最终落得贬谪西北边陲的结局，周似锦还是有些意难平。

即使她知道爹爹被贬，很有可能主要是因为站错了队，追随洪武帝，而不是投向新帝景和帝，可周似锦想起忠顺伯府，还是耿耿于怀。

许凤鸣见似锦只顾着出神，便伸手拈了粒酥油泡螺塞到了似锦口中。

似锦下意识吃了。

许凤鸣便又拈了一颗，投喂给她。

崇宁公主到了这时候，觉得自己似乎不该出现在这里，便悄无声息地起身，轻手轻脚地离开了。

待似锦回过神来，发现一水晶碟酥油泡螺全被自己吃光了，不禁追悔莫及："哎呀，说好我这几日要节食，不吃那么多甜食的。"

许凤鸣诧异道："节食？你又不用养生，节什么食？"

周似锦恼许凤鸣一直喂自己吃酥油泡螺，皱着眉头道："不是你昨晚说我太胖了吗？"

"我哪里是昨晚说你太胖，"许凤鸣很是惊讶，"我是每天都叫你白又胖啊！"

她真的不想搭理许凤鸣了，起身离开，回了玉堂春。

许凤鸣没有离开。

他坐在圆桌前，单手支颌，看着前方烟波浩渺的碧漪湖，静静想着心事。

似锦说得对，这次所谓"命硬克夫"事件背后的主使正是忠顺伯夫人。

不过这次许凤鸣不打算亲自出手。

首辅韩朝的夫人出身镇南侯苏氏，是苏太后的远房侄女，一向骄横跋扈，这次忠顺伯夫人让人传言她的次女"命中带了灾星"，若是被韩朝的夫人苏氏得知，此事怕不会善了。

计议已定，许凤鸣把李青叫了过来，交代了一番。

李青离去之后，许凤鸣觉得腰有些酸，便起身预备回玉堂春，让周似锦给他按按腰背。

起身时看到圆桌上空了的那个水晶碟，他想起似锦很爱吃这种酥油泡螺，便吩咐李涵："明日上午，把这种酥油泡螺再送一碟到玉堂春。"

不能送太早，太早了白又胖会空腹吃；也不能送太多，太多了白又胖吃了容易胃里泛酸。

李涵答了声"是"，却没有立即走开，而是凝神看着许凤鸣，等着他接下来的吩咐。

许凤鸣立在那里晃了晃腰，想起白又胖爱吃樱桃，如今金明池行宫暖房里的樱桃应该熟了，便道："再让人去金明池行宫取一篓樱桃过来，速度快一些。"

李涵答应了一声，自去安排。

到了晚上，周似锦刚洗了澡，正披散着满头青丝趴在榻上看书，听到许凤鸣回来，故意看也不看，继续专心致志读自己的书。

许凤鸣也不理会她，只是当着周似锦的面，端着一水晶碗殷红欲滴晶莹剔透的樱桃从周似锦面前走过，然后把水晶碗放在了床头的小几上。

周似锦心里说要专心致志地读书，可是那双杏眼却顶顶灵活，眼珠子自作主张地跟着许凤鸣转，见到盛在水晶碗里的樱桃的时候，她的眼睛亮了起来，只是看许凤鸣，觉得许凤鸣今日虽未妆饰，却好看得很——许凤鸣没化妆的时候，好像小了两三岁似的，稚气十足。

许凤鸣在床边坐下，淡淡道："想吃樱桃，得先让我开心。"

周似锦大喜，放下书跪坐在榻上，双手合十开始赞美许凤鸣："小凤凰，你素颜示人，当真是'清水出芙蓉，天然去雕饰'；你略一装扮，便'皎若太阳升朝霞，灼若芙蕖出渌波'……"

许凤鸣十分享受："继续夸。"

这是周似锦上辈子做熟了的，都快成本能了，当即改换方向继续夸："小凤凰你真聪明，'冰雪净聪明，雷霆走精锐'，你有'经天纬地之才，气吞山河之志，上知天文下知地理'……"

许凤鸣被夸得身心舒泰，这才道："我腰背有些酸，你给我按按。"

他主动趴在了床上。

周似锦知道许凤鸣骨头容易酸疼，坐在床边给按着，按了一会儿，觉得着力不得劲，便麻利地跨坐在了许凤鸣腿上，为许凤鸣按摩着腰背。

许凤鸣："……"

周似锦做事认真，一边按，一边问许凤鸣："小凤凰，这里疼吗？这样按可以吗？"

许凤鸣起初一直默不作声，后来忽然道："白又胖，我想睡了。"

似锦一听，忙从许凤鸣身上滑了下来，临离开还笑嘻嘻地在许凤鸣背上拍了一下："喔唷，真的好瘦！"又捏了捏许凤鸣的腰，"好细好软的小蛮腰，姐姐我喜欢！"

许凤鸣咬牙切齿："白又胖，你给我等着。"

周似锦笑嘻嘻地凑到许凤鸣眼前做鬼脸："哎呀呀，我好怕呀！哈哈哈！"

许凤鸣气得闭上眼睛不理她。

趁许凤鸣没注意，周似锦把盛着樱桃的水晶碗给端走了。

如今还没到樱桃成熟的季节，这时的樱桃最馋人了。

许凤鸣熄了水晶灯，侧身躺着，拉高锦被，又用手捂住了脸。

他心道：我这是怎么了？我这么会有那样的想法？她可是白又胖啊……

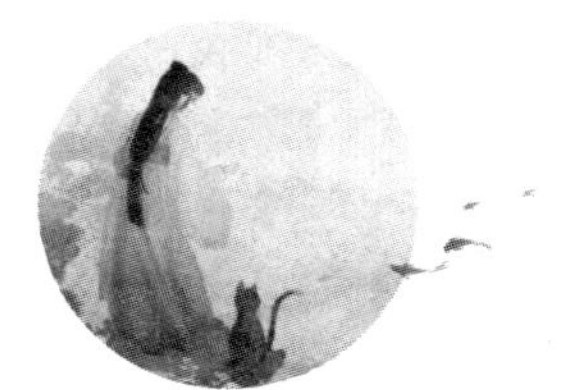

第十三章
心动

似锦没有许凤鸣那么多烦恼。

她躺在榻上，悄悄往嘴里放了一粒樱桃，过了一会儿吐出了一粒樱桃籽，放在了榻前方的小几上。

过了一会儿，似锦觉得一粒一粒吃着不过瘾了，抓了一把全塞到了嘴里，竭力调动舌头，然后一下子吐出了好多粒樱桃籽。

把一碗樱桃吃完之后，似锦忍了又忍，最后无法再忍，起身去浴间用牙擦蘸了青盐擦牙去了。

似锦的一举一动许凤鸣都知道，若是以前，他早取笑似锦了，今日也不知道为何，他心里有些烦，什么都不想说。

早上似锦醒来，许凤鸣自然又不见了。

似锦上午本来打算看会儿书的，书都取出来了，跟盛酥油泡螺和樱桃的水晶盘一起摆在廊下的青竹小几上，她还让人在廊下摆了青竹做的躺椅，躺椅上铺设了厚实绵软的坐垫。谁知似锦还没在躺椅上坐下，崇宁公主就过来邀请她去马场骑马。

似锦本性喜动不喜静，闻言大喜，当即道：“我骑得不太好，得慢慢练练。”

其实她在泽州时会骑马，只是京城不兴女眷骑马，似锦已经很多年没骑过了。

半个时辰后，似锦换上骑装，与崇宁公主去碧漪园的马场骑马去了。

梧桐里周府外书房内，周胤把他收集的东北边陲官吏辑录的和逃兵有关的案件记录和书信给了林岐：“殿下把这些读一遍，然后告诉微臣您从这些记录和书信里读出了什么。”

林岐安安静静拿着这一摞书籍信件到自己的座位上坐下，认认真真读了起来。

因为这一段时日他每日上午都来周府读书，周胤索性在自己书案旁又另给林岐设了一个书案。

他读书速度极快，脑子转动速度也快，看完这一堆记录和书信之后，端端正正坐在那里思索了片刻，便开口道："老师，由小见大，我觉得东北边镇，乃至大周军队的痼疾是相同的，就是士兵太苦，军官太贪。您看这个案件，再看这个案件，还有这个案件，这些案件都是士兵要去东北服役，临行前先卖妻子儿女……"

待林岐说完，周胤微微颔首："殿下，那您觉得该怎样解决这个问题呢？"

这个问题可太大了，也太深了，是大周立国百年来固有的一个问题，根源其实是大周的国策——重文抑武。

林岐看着周胤，干净澄澈的眼中闪过一丝隐忍。

他向来的性格便是做得多说得少，如今还没到那个位置上，还没有力量解决问题，说那么多做什么，白白给人递刀。

周胤笑了，温声道："殿下，微臣给您半个时辰时间，写出一个条陈来，先提出问题，再分析原因，最后说出解决问题的办法。这份条陈，微臣保证，会当着您的面焚烧掉。"

林岐原本还有些犹豫，闻言乖乖地点了点头："好。"

两刻钟之后，林岐把写好的条陈给了周胤。

周胤一边读，一边不停赞叹："起首好，开门见山，直接发问，振聋发聩。

"嗯，原因分析到位，从古到今，从朝廷到地方，从历史遗留到新近态势，层层递进，很是全面。

"解决问题的切入点不错，先从根子上解决，然后再提具体措施。"

看完之后，周胤默思了一会儿，道："殿下可愿由微臣安排人出面，想办法向朝廷递上此条陈？"

林岐好奇地问："先生主管吏部，这并不是先生之责……"

周胤已经对林岐敞开了心扉，大大方方道："辽州巡按御史陈勤是微臣的知交好友。"

林岐不禁笑了起来，眼皮薄薄的，眼尾微翘："原来如此，怪不得先生如此熟悉东北边陲情形。"

周胤看着林岐，心中当真是喜欢极了，喜欢中却带着一丝遗憾——这样的好孩子，若是我家子弟，那该多好啊！

周胤把林岐亲笔书写的条陈放进烹茶的红泥小炉里，亲眼看着条陈在火焰中化为灰烬，然后问林岐："午时快到了，殿下要不要留下陪微臣用午饭？"

他发现林岐一忙起来就忘记用饭，须得身边人提醒才行。

林岐这才想起来有些饿了，便点了点头：“好。”

今日的午饭，是孙妈妈看着外书房小厨房准备的，既有西北的面食和炖菜，又有鄂州的米饭和炒菜，还有一罐鄂州的莲藕排骨汤。

林岐难得地添了一次饭。

周胤亲自给林岐盛了一碗汤，口中道：“这是鄂州家常的莲藕排骨汤，微臣长女一向习惯西北风味，却对鄂州这味莲藕排骨汤情有独钟，殿下也尝尝吧！”

林岐本来没什么兴趣，听周胤说似锦喜欢，便接过青瓷汤碗，用银汤匙舀了些尝尝，觉得甚是清淡美味，慢慢地把这一碗汤给喝完了。

用罢午饭，林岐有点依依不舍，也不提离开之事，而是陪周胤在外书房庭院里散步。

周胤也发现了林岐对自己的孺慕之意，心中极是喜欢，便带着他在庭院里散着步，说着闲话。

两人不知是谁先提及，说起了近来京中关于周胤的长女命硬克夫的流言，林岐眼中满是关怀：“先生，不知这件事您打算如何处理？”

周胤仰首看了看上方的银杏树，被树缝叶片间漏下的丝丝缕缕阳光照得眯起了眼：“我急什么呀，韩首辅的次女也被流言攻击了，韩二姑娘可是要参加三月三金明池行宫的选妃的，急也是韩首辅的夫人急。”

他已经命人查探源头了，也查到了忠顺伯府，这件事他不宜出手，因此已经想法子捅给韩朝的夫人苏氏了。

明日就是三月初一，距离三月三只有两日，韩夫人一定会大闹一场的。

得知周胤与自己的想法不谋而合，林岐不禁莞尔，继续追问：“那您对令爱有什么打算？”

周胤不疑有他，道：“我有一个妹妹嫁到了洛阳郑氏，为人甚是良善，我打算让她把小女接到洛阳散心，已经给她写了信，明日她应该就要抵达京城了。”

林岐闻言，默然片刻，转移了话题。

白日周似锦与崇宁公主在马场消磨了大半日，玩得很开心，也累得够呛，晚上洗罢澡，不待许凤鸣回来便睡下了。

周似锦半梦半醒间，隐隐约约听到了衣衫的细碎声音，鼻子嗅到凉阴阴的速水香气息，知道是许凤鸣回来了，便问了一句：“小鸡仔，你回来了？”

许凤鸣“嗯”了一声，在床上躺下。

周似锦迷迷糊糊道：“小凤凰，我好渴。”

她白日吃了太多樱桃，有些上火，嗓子干疼冒火。

许凤鸣顿了顿，原本不打算搭理她的，可是想起这家伙明日就要被接走了，心里有些说不出的滋味，也不叫人，自己起身，从银壶里倒了一盏温开水，送到了周似锦榻前：“白又胖，起来喝水。”

周似锦又瞌睡，又渴得慌，嗓子干得难受，嘟嘟囔囔道：“你喂我……”

许凤鸣右臂伸到她后颈把她脑袋托了起来，左手端着茶盏凑到了周似锦嘴边。

周似锦喝了一口，差点呛着，挣扎着要坐起来，乱动之间中衣的衣襟微微散开，雪白肌肤若隐若现。

许凤鸣没想到会看到这一出，忙把茶盏放好，伸手把周似锦的衣襟拢紧，然后才又开始喂水。

周似锦整整喝了两盏水，这才好受了些，闭着眼睛道：“我要睡了。”

许凤鸣刚松开手，她就滚回了被窝里，整个人似小猫般蜷缩成一团，呼呼睡着了。

许凤鸣咬着牙拿起锦被搭在她身上，又怕她受凉，弯腰掖好被角，这才回去躺下。

躺在床上，许凤鸣伸手摸了摸自己的脸，觉得热热的，心道：我不会是发烧了吧？怎么这么怪啊！

周似锦早上醒来，下意识支起身子向许凤鸣的床看去，却见锦被隆起，知道许凤鸣还在睡，不由得大喜：在碧漪园住了这么久，终于在早上见到许凤鸣了！

她轻手轻脚地起床盥洗罢，也不梳妆，披散着长发，只穿着中衣亵裤就跑到了许凤鸣床边，隔着锦被抱住了许凤鸣：“小凤凰！”

许凤鸣一下子被吓醒了。

他闭着眼睛皱着眉头用锦被盖住脸：“白又胖，你快把我压死了。”

周似锦隔着锦被压着许凤鸣，双手齐上，把许凤鸣藏在锦被里的脸给扒拉了出来，凑近细看，发现许凤鸣的肌肤细嫩到看不出毛孔，忍不住伸手在许凤鸣脸颊上捏了捏，道：“小凤凰，你的脸可真是白嫩，白得快透明了，这叫什么？面白如玉吗？”

许凤鸣闭眼装死不理她。

周似锦又伸手去摸许凤鸣的嘴唇：“你的嘴唇好奇妙啊，不像我嘴角明显，喔唷，好软啊！喔唷，好想亲一口！”

许凤鸣忍无可忍，本来要发作了，可是想到周似锦今日就要离开了，以后去了洛阳，再见不知又是何日，便继续忍着了。

周似锦又凑近了一些，发现许凤鸣的颈部和自己有些不同，似乎略微突出一些，便要伸手去摸，谁知许凤鸣反应很快，一下子抬手捂住了颈部。

周似锦没有得逞，笑着爬了起来，道："小凤凰，你不会像男子一样长喉结了吧？哈哈哈哈！"

还是早些把烦人的小傻瓜白又胖送走吧！

到了下午，周胤果真来接周似锦了。

周似锦随着崇宁公主出来。

周胤仔细地看着女儿，觉得几日没见，似锦似乎变黑了，长高了，精神好得很，眼睛亮晶晶，心中感慨万千，辞谢了驸马许回雁和崇宁公主，带着似锦离开了碧漪园。

他骑着马靠近马车，和似锦说道："今日忠顺伯过生日，你母亲带着倩兮和盼兮过去了，待会儿咱们去接她们。"

周似锦忙道："爹爹，我不想进去，我的马车停在忠顺伯府对面，让孙妈妈和素心、春剑陪着我。"

周胤也不愿女儿进忠顺伯府，满口答应了下来："我让韩勇带着人在旁边看护。"

周似锦正和素心在马车里玩拍手游戏，忽然听到外面一阵喧哗声，中间夹杂着女人中气十足的呵斥声，便央求孙妈妈："妈妈，你去看看怎么回事吧！"

孙妈妈也正有这意思，便让春剑、素心陪着似锦，自己下车探问去了。

片刻后她就回来了，连连咂舌道："我的天哪，韩首辅的夫人带了一群健壮媳妇、婆子拿了棍棒杀进了忠顺伯府，足有上百人！"

似锦一听，便知是忠顺伯夫人放出流言诋毁人的事发作了，欢喜得很："那咱们可要好好看戏。"

忠顺伯夫人正在正院上房招待女眷，忽然听得外面传来喧哗声，眉头一皱，正要命人出去探看，却听得"轰隆"一声巨响，正房的槅扇被人从外面踹倒，接着一群健壮媳妇、婆子便挥舞着棍棒冲了进来。

她一下子愣住了，在座的女眷也都愣住了。

首辅韩朝的夫人苏氏在众丫鬟、媳妇的簇拥下走了进来，满头珠翠，衣裙华贵，进来后，一见忠顺伯夫人当真是仇人相见，分外明白。

她呵呵一笑，道："王幼芬，蒋王氏，忠顺伯夫人，你指使人污蔑我女儿

命硬，污蔑你妹子周夫人的大女儿、三女儿命硬，污蔑定北侯女儿命硬，如今你居然还敢觍着脸请人家上门，你好大的脸！”

忠顺伯夫人面如土色：“你，你污蔑——”

苏氏有备而来，冷笑一声道：“污蔑？我可是把证人都带来了！”

婆子们把绑着的几个常在贵族人家走动的神婆、姑子、媒婆和道婆推了出来。

忠顺伯夫人一下子说不出话来了。

苏氏看了在座的周夫人和定北侯夫人一眼，道：“不相干的人都出去吧，我要和咱们的忠顺伯夫人好好谈谈！”

众女眷这会儿都明白了过来，神情复杂地看了忠顺伯夫人一眼，起身鱼贯而出。

定北侯夫人走到忠顺伯夫人面前，呵呵笑了两声，道：“忠顺伯夫人，敢算计定北侯府，咱们的账，以后再算。”

周夫人气得脸都白了，不理会姐姐，直接拉着倩兮和盼兮出去了。

她刚走出上房，便听到里面传出苏氏的声音：“给我砸，给我打，出事有咱们老爷兜着，有太后娘娘兜着！”

周夫人摇了摇头，急急拉着倩兮和盼兮走了。

还没走几步，便听到一阵清脆响亮的耳光声，耳光声中夹杂着忠顺伯夫人和蒋瑜、蒋珠的惨叫声、求饶声、哭号声。

周夫人捂着脸急急奔出，真是又气又恨又痛又丢人。

回到梧桐里周府，周夫人头疼不已，自和周胤在房里说话，似锦和倩兮、盼兮出了惠畅堂。

倩兮脸色苍白，扶着丫鬟暗香回蒹葭院歇下了。

盼兮神情有些迷茫，拉着似锦问道：“姐姐，你陪我去园子里逛逛，好不好？”

似锦知道盼兮和倩兮一样，受到了极大的打击，便柔声道：“园子里桃花开了，特别美，咱们赏花去。”

不知不觉已是三月初一了，周府花园里好多花都开了，粉红的桃花、深红的榆叶梅、雪白的梨花……到处都是春光，蜜蜂嘤嘤嗡嗡飞着。

盼兮挽着似锦的手，走在桃花林间的小径上。

素心和仙客缀在后面远远跟着。

盼兮讲着今日发生在忠顺伯府的事：“韩首辅的夫人把证人都绑了过来，站了一排，姨母真是没法抵赖了。她没脸，大家也都跟着没脸……我觉得好丢脸，以后见了那些闺秀，一点面子都没了。”

似锦想起了前世的自己，她多少次被人当众含沙射影地取笑？

每次面子掉了，她都自己努力捡起来。

路是自己走的，人是自己做的，面子也是自己给自己的。

想到这里，似锦轻轻道：“以后咱们府上，不会再和忠顺伯府来往了。只要你做人立得住，时间久了，谁还记得那些往事？”

盼兮停住脚步，侧首看似锦：“姐姐，为什么姨母那么坏？她为何背后传你坏话，传我坏话？我们又没碍着她？”

似锦笑了，握住了盼兮的手：“有的人就这样啊，她见不得别人好，就像烂泥沼里的虫子，她自己不如意，就待在阴暗的地方诅咒别人害别人。对这样的人，不要和她对骂，太丢脸了，找准她的弱点，一击而中，让她再无翻身之力。”

盼兮点了点头：“就像今日韩夫人那样吗？”

似锦笑了起来：“韩夫人那样做的确痛快，不过也是因为韩首辅和苏太后愿意为她撑腰。”

她仰首看着上方桃枝上绽放的粉色桃花和桃花后面蔚蓝的天空，轻轻道：“明日早朝，才会是最致命的一击呢……”

到了晚上，许凤鸣回到碧漪园，洗去妆饰换了衣服后才回了玉堂春，却发现满室岑寂，床榻萧然，这才想起似锦已经回梧桐里周府了。

明明似锦缠得他都快烦死了，可是似锦不在身边，他又觉得寂寞。

许凤鸣在似锦的榻上坐下，榻上衾枕依旧，余香犹在，可是那个吵吵闹闹老是爱摸他逗他捏他的白又胖却离开了。

康嬷嬷在屏风外低声道：“殿下，周姑娘临离开，说在您的枕下放了一封信。”

许凤鸣当即起身，疾步走到床边，伸手翻开了白绫软枕——下面果真放着一封信。

信封上写着五个字——“小凤凰亲启”。

颇有些圆润的簪花小楷，的确是白又胖的笔迹。

信封还是封着的。

他直接撕开信封，抽出信纸看了起来。

白又胖一向懒得写字，信也极为简短——“小凤凰，三月三那日，我在家等到巳时，你若没有找我，我就去找你，上天入地哭天抹泪也要找到你。”

许凤鸣愣住了：白又胖这是什么意思？

三月三那日他的确早有安排，不过……

第二天早朝，首辅韩朝的门生、镇南侯苏家的人和定北侯家的人，齐齐上奏，参劾忠顺伯蒋长青纵妻女造谣，帷薄不修；携名妓酣饮酒楼，官箴为之有玷；夺人妻女，恣其欢淫，行检不修；收受贿赂，赃迹显著……

当天洪武帝便下了旨意："忠顺伯蒋长青不修帷薄，纵容妻女造谣，交通外官，依势凌弱，收受贿赂，辜负朕恩，有忝祖德，着革去世职，抄查家产。钦此。"

不过两天工夫，显赫百年的忠顺伯府轰然倒下，树倒猢狲散，落得个白茫茫大地真干净。

周胤和周夫人这两日闭门谢客，周府上下人等小心谨慎，就连似锦三姐妹，也都安安静静待在各自的屋子里。

三月初二下午，周胤嫁到洛阳的庶妹郑夫人终于到了京城。

郑夫人是由她的继子郑轶护送来的。

郑轶今年才十四岁，是郑欣去世的前妻所出，去年考中了秀才，郑夫人带他进京，是想要兄长周胤指点一下郑轶的课业。

周夫人打起精神来，迎接小姑子的到来。

似锦和倩兮、盼兮也都随着周夫人到二门迎接郑夫人。

一辆华丽豪奢的马车停在了二门外。

郑夫人扶着丫鬟的手下了马车，与周夫人彼此厮见了，笑着招手让似锦、倩兮和盼兮上前："都是大姑娘了，来，让姑母看看。"

她二十六七岁，瓜子脸，柳眉杏眼樱桃口，身材小巧，珠光宝气，衣饰华贵，是个极精致的美人儿。

似锦三人上前，齐齐屈膝行礼。

郑夫人扶起她们三人，笑道："咱们去里面说话。"

在东暖阁的罗汉床上坐下后，郑夫人叫了三个侄女上前，先拉着似锦的手看了又看，笑容灿烂："似锦的眼睛好看，眼珠子就像宝石一样。"

说着话，她从腕上褪下一条蓝宝石手串，戴到了似锦腕上。

这条蓝宝石手串上面的每粒宝石都比花生还要大，色泽纯净，极为剔透。

这一幕似锦是经历过的，她知道自己这位姑母夫家豪奢，出手大方，当即笑吟吟地屈膝行了个礼："谢谢姑母。"

郑夫人又叫了倩兮上前，见她甚是清丽，极肖周夫人，便给了她一个翡翠手镯。

待到了盼兮，郑夫人给她的是一对赤金镶红宝石蝴蝶钗。

周夫人虽然依旧蔫蔫的，却也打起点精神来陪郑夫人说话。

到了晚饭时间，周胤带着外甥郑轶过来了。

郑轶比似锦还小两个月，生得细瘦高挑，很是俊秀。他给周夫人行了礼，又和三个表姐妹互相见了礼。

周夫人给他的见面礼是一套文房四宝。

郑轶收下见面礼，谢了周夫人便退下了。

他暂居在周胤外书房的西跨院里。

接风宴结束，似锦陪着郑夫人回了兰庭。

兰庭原本便是客院，郑夫人又是来接似锦去洛阳的，自然在兰庭的东厢房住了下来，她带来的丫鬟、婆子则住在了西厢房里。

郑夫人来接似锦，不仅自己来了，还带来了她的爱宠，一只可爱的小花猫。

似锦晚上去姑母房里，见到这只小花猫，喜欢极了，抱在怀里抚摸着，眼睛发亮：“姑母，你的猫叫什么名字？”

郑夫人端着梨水慢慢喝着，柔声细语道：“它叫小玎珰。似锦，你伸手摸摸它的脖子下面。”

她和似锦说话总是用和小孩子说话的语气，令似锦百感交集。

前世郑夫人也是这时候来京城的，她想要接似锦去洛阳小住，可惜似锦那几日因许凤鸣溺水而亡之事悲痛欲绝，拒绝了她，郑夫人只得带着继子郑轶回了洛阳。

后来姑侄俩就再也没见过面了。

似锦伸手去摸小玎珰脖子下面，果真摸到了一个玉玎珰，不由得笑了起来：“姑母，你养的小猫小狗，是不是都叫小玎珰之类的名字？”

郑夫人眼神温柔看着似锦：“是啊，这个叫小玎珰，还有一只小狗叫小银铃。”

她专注地打量着似锦，忽然道：“似锦，你长得像你亲娘，你娘也是小圆脸，笑的时候脸颊上有小酒窝。”

周似锦眼眶微微湿润，垂下眼帘低声道：“我都不记得了，只记得娘很温柔。”

郑夫人喃喃道：“对，她很温柔，很善良。”

她深吸一口气，似是不愿回忆不开心的往事，笑了起来，道：“似锦，明日陪姑母出去逛街，好不好？”

似锦知道郑夫人夫家豪富，既然来了京城，肯定要大肆采购一番的，当下便笑着道：“姑母，我明日和好友约好了要见面，后日我再陪你，好不好？”

郑夫人自然同意了。

姑侄俩又聊了一会儿，见郑夫人有些疲惫，似锦便指挥着丫鬟送来热水、香胰子等物，服侍郑夫人沐浴洗漱。

一直到郑夫人睡下，她才离开。

天亮之后便是三月三上巳节了。

前世的三月三上巳节发生了太多事，令似锦铭记在心的便是傍晚时分许凤鸣的金水河溺水。

这一夜她根本没睡着，睁着眼一直到了天亮。

素心和春剑起来服侍似锦，却见她衣着齐整地坐在妆台前，都吃了一惊。

春剑忙问道："姑娘，你什么时候起来的？"

似锦一夜没睡，精神却好得很，起来伸了个懒腰："我刚起来没多久。"

素心更细心些，悄悄打量似锦，见她脸色苍白，眼下隐隐有些发青，心知她怕是一夜没睡，给似锦梳妆的时候特地取了些许二姑娘送的宫造玉雪粉，薄薄地为似锦敷上了一层。

陪着郑夫人用罢早饭，似锦又把郑夫人送到了惠畅堂，自己却寻了个理由回了兰庭。

她重新梳了头，把全身上下的贵重首饰都取了下来，脱下身上不利于行动的鹅黄色圆领锦袍和青灰撒花马面裙，在白绸竹叶立领中衣外面套了件浅紫色绣折枝梅花上襦，拦腰系了条白色百褶裙，系上了白底绣花的腰封。

这一身极为方便，若是需要穿着衣服下水去救人，也不影响似锦在水中的发挥。

换好衣服，似锦又换上了一双厚底绣鞋，这样走路的时候不至于太累。

准备齐备之后，似锦看了看房里的西洋金自鸣钟，发现距离她和许凤鸣约定的巳时只剩下一刻钟了。

她悄悄吸了一口气，握紧了双拳。

似锦打算就在家等到巳时。

若是许凤鸣不来，她就先去狮子街国公府找许凤鸣。

在国公府见不着许凤鸣，她就去碧漪园。

若是许凤鸣去了金明池行宫，似锦就去求崇宁公主，央求崇宁公主带她进去。

若是许凤鸣像前世一样去了金水河，那似锦就雇船追上去，一定要护着许凤鸣。

反正她绝对不会袖手旁观，任凭许凤鸣落水死去，重复前世的悲剧。

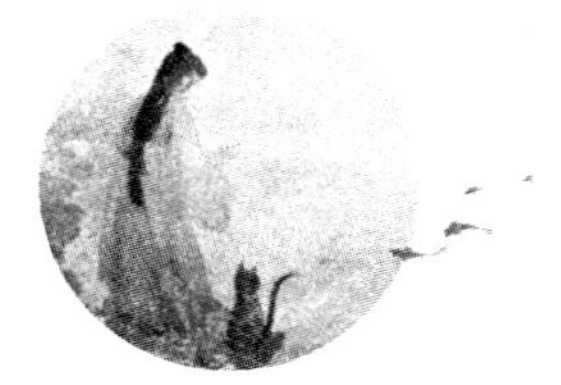

第十四章

相濡以沫

距离巳时越来越近。

似锦站了起来，在屋子里踱着步。

素心和春剑见她如此，都立在一旁陪着她。

眼看着快到巳时了，似锦下定决心，准备让春剑去叫孙妈妈，说自己应邀去狮子街国公府探望许二姑娘，让孙妈妈准备马车。

今日周胤带着郑铁前往嵩山书院探望周韶了。

似锦打算禀报周夫人，就说父亲已经同意她出门了，反正周夫人一向不大管她，即使想要管她，也不可能临时派人追去嵩山书院询问周胤。

把自己的计划又思忖了一遍之后，觉得一切妥当，似锦当下开口：“春剑，你去——”

这时候外面传来孙妈妈的声音：“大姑娘，菁姑娘来看您了。”

似锦有些疑惑，走了出去，却见孙妈妈已经陪着王菁进了院子，正往这边走。

她定了定神，抿嘴笑了笑，道：“菁姐姐，快进来吧！”

似锦又道：“孙妈妈也进来，我有话要和你说呢！”

王菁带着两个丫鬟快步走上台阶，一把握住了似锦的手，给似锦使了个眼色，示意似锦往自己身后看。

似锦会意，往王菁身后一看，却见左边那个高个子丫鬟肌肤微黑，一双瑞凤眼却甚是有神，鼻梁高挺，黑得好看，堪称黑里俏——怎么瞧着这么像许凤鸣？

那黑里俏丫鬟看了似锦一眼，似乎是嫌弃似锦傻，那满满都是嫌弃的眼神让似锦一下子认了出来——这还真是许凤鸣啊！

似锦顿时百感交集，眼睛瞬间溢满泪水。

她反应极快，含着泪笑盈盈道：“哎呀，瞧我这迎风流泪的眼睛——都快进来吧！”

孙妈妈还要去外书房院子，和似锦说了一声就离开了。

似锦引着王菁进了明间坐下，吩咐素心去沏茶，又让春剑带了王菁的丫鬟瑞香出去玩。片刻之后，明间只剩下似锦、王菁和黑里俏许凤鸣。

见似锦一直在瞟许凤鸣，王菁不由得笑了，道："似锦，我去惠畅堂探望姑母去，我这小丫鬟留在你这里，你可别苛待她。"

说罢，她忍着笑，起身快步而出。

待门上的细竹丝门帘落下，似锦这才上前拉住许凤鸣："到卧室说话去。"

许凤鸣乖乖地任凭她将自己拉进了东暗间卧室。

似锦拉着许凤鸣一起在床上坐了下来，依旧不肯放开许凤鸣的手，一双眼睛像是长在许凤鸣脸上一般，看着看着眼泪就又流了出来。

许凤鸣一直乖乖任她看，这会儿才有些忍耐不住了，见枕边放着一方白绫绣花帕子，便拿了起来，一边给似锦拭泪，一边嘀咕道："有什么好哭的，你让我巳时来，我不是来了吗？"

似锦吸了吸鼻子："我这是开心，你不懂。"

她抢过帕子，在许凤鸣脸上擦了一下，看着变黑的帕子，不禁笑了起来："小凤凰，你脸上到底涂了多少这种黑粉？"

许凤鸣满不在乎道："好多。"

似锦拉过许凤鸣的手看，却发现双手和手腕都是一色的浅黑，再往上看，发现许凤鸣的脖子、耳朵、耳后也都涂了黑粉，不由得笑了起来："黑里俏挺好看的嘛！"

说罢，她一把抱住许凤鸣，把脸埋在许凤鸣的肩头："今天一天，一直到子时，我都会跟着你，就算你去更衣，我也跟着你。"

许凤鸣被她抱着，颇有一种甜蜜的负担的感觉："哎，白又胖，你这样喜欢我，你不觉得很怪吗？"

他心里却道：难道白又胖真是有这样的喜好？若是真的，那可怎么办？即使我愿意舍身饲虎，也不能变成女子啊！

似锦紧紧抱着许凤鸣，低声道："再怪，咱们也得把今天给熬过去。"

前世的三月三，是她剩余岁月里想起来就焚心蚀骨的痛。

她周似锦，泽州丹水河的浪里小白条，能在水里浮两个时辰的人，她最亲的人，却溺水死了。

这时候外面传来素心的声音："姑娘，茶和点心送来了。"

似锦松开许凤鸣，道："放在明间吧，你在外面守着，就说我在房里读书，不让人打扰。"

素心答了声“是”，搬了张杌子，拿了针线去了外面廊下，一边晒着太阳做针线活，一边看着人。

似锦起身问许凤鸣：“小凤凰，饿不饿？渴不渴？”

许凤鸣没说话，眨了眨眼睛。

周似锦便知许凤鸣饿了，起身出去，用托盘端了茶点进来。

茶是杏仁茶，点心是肉松饼和核桃脆。

许凤鸣懒洋洋把手伸到周似锦面前：“白又胖，我手不干净。”

似锦笑盈盈地重新用香胰子洗了手，这才过来喂许凤鸣喝杏仁茶吃点心。

许凤鸣吃了些点心，喝了一盏杏仁茶，便不肯再吃了。

似锦这才问道：“到底是怎么回事？你怎么和菁表姐一起来了？”

许凤鸣有些累，声音里满是疲惫：“帮我脱了外衣，我先躺一会儿……”

似锦麻利地帮许凤鸣脱了褙子，解了裙子，又帮许凤鸣解开了头发，扶着许凤鸣在自己的床上躺了下去，又帮许凤鸣盖上了锦被。

许凤鸣闭着眼睛道：“今日我本来要去金明池的。”

似锦想起今天金明池行宫的东宫选妃，顿时有些心虚，跪坐在床尾，把许凤鸣的脚给扒拉了出来，隔着白绫袜，用心按摩着。

许凤鸣接着慢慢道：“我看了你的信，怕你真的去闹，就想办法来找你。你不是说王菁是你好朋友吗？我不能暴露行踪，只能找她帮忙了。”

似锦莫名心虚，手下动作没停，按着许凤鸣脚底的涌泉穴：“那今日的东宫选妃怎么办呀？”

许凤鸣慢悠悠道：“怎么办？没办法呀，我在你这里躲几日呗，待风头过去了再说。”

似锦“嗯”了一声，道：“你就安心待在这儿吧，我会保护你的。”

她又低声道：“小凤凰，你想当太子妃吗？”

许凤鸣直截了当：“不想。”

按照他的原计划，今日许二姑娘会在金水河泛舟，然后一不小心溺水而亡，从此世上再没了许二姑娘。

连墓地他都选好了，就在永福寺后，距离皇陵不算远。

似锦听了，心中欢喜异常，可是想到前世，她便收敛起欢喜，决定挨过今日子时再说。

她独自想了一会儿，又开口问许凤鸣：“小凤凰，你不参选太子妃，以后有什么打算？”

国公府应该是想让小凤凰做太子妃的吧？

前世皇太子登基之后，因身子病弱，一直未曾选妃，大臣但凡上疏请景和帝选妃，都会被景和帝折腾一番，到最后也没人敢提选妃之事了。

不过既然是皇帝，等身子好了，景和帝一定会选妃的。

似锦去的时候，景和帝也不过二十多岁，瞧着虽然有些苍白瘦弱，不过再怎么说，差不多也该迎娶皇后了……

有时候似锦发挥想象力，会觉得前世皇太子是不是暗恋许凤鸣，因为许凤鸣的早夭，一直在为许凤鸣守孝……

想到这里，似锦不由得笑了起来，觉得自己真是异想天开。

许凤鸣一直没搭理她。

似锦探身过去，这才发现许凤鸣已经睡着了，不由得微笑起来。

她一夜没睡，也好瞌睡啊！

似锦起身出去交代素心："我昨夜失眠，现在好瞌睡，想要睡一会儿，你别放人进来打扰我。中午我若是没醒，也不用叫我起来用饭。"

素心认认真真道："姑娘放心，有我守着呢！"

似锦回了卧室，脱去外衣，只穿着中衣和许凤鸣挤在一起睡下了。

她一夜没睡，躺下去简直如同天旋地转，瞬间就跌入了梦乡。

此时福宁宫已经乱成一团。

许皇后原先和洪武帝并肩坐在凤榻上，此时听说还没找到皇太子，再也坐不住了，起身道："东宫找了吗？国公府找了吗？碧漪园找了吗？"

福宁宫总管女官王云芝和总管太监沈四泉垂首立着。

王云芝声音暗哑："启禀皇后娘娘，都找过了，未曾寻到殿下。"

许皇后又问沈四泉："小凤凰那几个伴读家都找了吗？"

沈四泉忙道："启禀娘娘，都找过了，未曾寻到。"

见许皇后气得脸都红了，洪武帝叹了口气，道："你这又是何必，岐儿明明白白说他不想选妃，你还非逼着他。看，把孩子给逼走了吧？！"

许皇后闻言大怒："到底是谁罚他三个月不准上朝听政的？若是没有这件事，他好端端在东宫待着呢，哪里用得着去寻他！"

想到林岐是被苏太后罚了三个月闭门读书不准上朝听政的，如今林岐不见影踪，许皇后撕了苏太后的心都有了。

洪武帝听了，默然不语。

他生母是先帝元后，苏太后是先帝继后，是他为了在前朝和后宫搞制衡，这才把苏太后给捧了起来。

苏太后日益骄横，可大周以孝治天下，他如今倒是有些骑虎难下了。

许皇后想起了洪武帝的心肝儿苏贵妃，狠狠瞪了洪武帝一眼："还有你那个心肝儿苏贵妃和她的宝贝儿子，指不定趁机对我儿做什么呢！"

想到这里，她简直想要活撕了洪武帝，恨恨道："若是我儿有个三长两短，我非弄死林嶂这蠢货不可！"

洪武帝继续沉默，过了一会儿，这才用极肯定的语气道："岐儿不会有事的。"

见许皇后余怒未消，洪武帝继续道："岐儿年纪虽小，却极谨慎，他身边又有和墨尘等国士跟随，不会有事的。"

许皇后想了想，也知道自己有些反应过度了，默然片刻，道："金明池那边怎么办，那些贵女都接到帖子了？太后那边怎么交代？太后那边的亲戚也有去参选的。"

她其实知道该怎么做，可她就是懒得替洪武帝善后。

洪武帝自知理亏，道："岐儿既然不在，就办成游园会吧，太后那边我去说。"

中午王青和郑夫人都留在惠畅堂，没有回兰庭，素心和春剑得了似锦的叮嘱，自用了午饭，一起坐在廊下做针线。

许凤鸣先睡醒的。

他一睁开眼睛，就发现自己身上压着一条胳膊，腿上压着一条腿——似锦在他身侧睡得正香，似乎是怕他逃走，胳膊和腿都压在他身上。

许凤鸣刚要抬手把周似锦的胳膊和腿拿开，却见似锦依偎着他睡得正香，小脸白里透红，嘴唇嘟着，甚是可爱，一颗心顿时就软了下来：唉，这傻白又胖！

他闭上眼睛继续睡。

很快又睡着了。

似锦是饿醒的。

她轻手轻脚地起身，穿了衣服去了明间，让春剑拿些碎银子去厨房额外再加两个菜、一份汤、一碗臊子面："春天到了，我似乎要长个子，老是觉得饿得慌，而且还想吃西北的臊子面。"

春剑脆生生地答应了一声："姑娘，还是像以前一样送一罐面汤过来吗？"

似锦"嗯"了一声，待春剑出去了，这才走回了东暗间卧室。

许凤鸣还在睡。

他侧身向里，睡得正香。

似锦走到床边坐下，伸手摸了摸许凤鸣的背，心道：小凤凰的背似乎比先前宽了些……

她又道：小凤凰如今举止动作说话都越来越粗放，越来越不像女孩子了，是不是因为老是和我在一起，而我不够女人的缘故？

想到这里，似锦坐在床边，专心致志反省起来。

其实前世她就不够娇柔婉约，孙浴泉曾经控诉过她，说周似锦不像个女人，自己喜欢小刘氏，就是喜欢小刘氏的娇美温柔柔情似水。

周似锦抚摸着许凤鸣的肩膀，心道：难道我真是女儿身男儿心，我其实喜欢的是女子，所以才待孙浴泉不上心而待小凤凰这样好？

如此一想，周似锦不禁悚然而惊。

周似锦顺着自己的手看了过去，这才发现自己正隔着中衣在抚摸许凤鸣的肩膀。

她有些慌，刚要收回自己的手，又怕吓着许凤鸣，便计算着力度、时间，慢慢地缩回爪子。

周似锦把手放在自己的左肩膀上摸了摸，拭了拭手感，觉得和摸许凤鸣一样啊，只是她自己的肩膀胳膊似乎更软一些。

许凤鸣醒了。

一睁开眼睛，他就看到周似锦在摸她的左胳膊，脸上还若有所思，当下便道："白又胖，你在做什么？"

周似锦被吓了一跳，眼珠子滴溜溜地转了转："我胳膊有些酸，想着揉一揉。"

许凤鸣一眼就看出周似锦是在撒谎，也不揭穿，道："我饿了。"

周似锦闻言，如释重负，忙起身道："你穿衣服吧，我去外面看看，应该是可以了。"

饭菜送来之后，周似锦也不让春剑、素心帮忙，亲自搬运了进来，一一摆在了窗前榻上的小炕桌上，这才叫许凤鸣来用饭。

两人对坐用饭。

许凤鸣发现似锦一直在偷偷看自己，当下便道："看什么看？"

周似锦脸上带笑心里苦："你好看啊！"

她就是觉得许凤鸣好看，怎么看都看不够，即使许凤鸣脸上涂了易容的黑药粉，她还是觉得许凤鸣好看。

觊觎待自己最好的、最亲的人，她可真是不可救药了啊！

许凤鸣知道自己好看，抿嘴笑了，倒是不说什么了。

他心里却道：难道是因为我好看，似锦才会喜欢上假扮女子的我的？

许凤鸣又想起先前似锦一直口口声声说，若自己进东宫做太子妃，似锦就跟自己进宫做女官，许凤鸣心里又有些打鼓：全天下哪里美女最多？当然是宫里了，父皇的后宫简直是美女如花满宫殿，各种类型都有。

似锦若是喜欢女子，又盼着进宫做女官，感觉很不妙啊！

想到这里，许凤鸣抬头看了周似锦一眼，道："白又胖，你现在还想进宫做女官吗？"

似锦认真地点头："你若是进宫的话，我自然跟着你进宫做女官了。"

想到自己父皇的后宫被似锦戏耍的场景，许凤鸣心情很是复杂。

用罢饭，似锦怕许凤鸣积食，道："小凤凰，你要不要在屋子里走一走？"

许凤鸣懒得动，道："你去你爹书房，看有没有一本兵书，叫《练兵实纪》，其中有两卷是《储练通论》和《将官到任宝鉴》，若是能找到，拿过来，我想读一读。"

似锦当即答应了下来，交代了一句"你记得在房里走动走动"，就穿了外衣出去了。

她留下细心的素心守在廊下，带着春剑去了外书房。

今日阳光特别好，外书房院子里顶数廊下阳光最好最和暖。

孙妈妈掇了张椅子坐在廊下晒太阳做针线，顺带守着外书房，谁知太阳太好了，她竟坐在那里打起了盹。

周似锦笑着上前，拉着孙妈妈的手，轻轻道："孙妈妈，是我。"

孙妈妈一下子醒了："喔，是大姑娘啊！"

她要起身，却被似锦给摁了下去："孙妈妈，你继续晒太阳，我进我爹书房找两本书。"

孙妈妈笑着又坐了回去，却把钥匙取出来给似锦："大姑娘自己找吧，春剑就不要进去了。"

似锦是常来常往外书房的，打开了锁，进去直奔最里面的一架书柜——她记得里面那架书柜摆的是各种兵书布阵图练兵实录。

片刻后，似锦就找到了许凤鸣要的《储练通论》和《将官到任宝鉴》，拿出去让孙妈妈看了看，用锦帕包了，拿着回兰庭了。

许凤鸣读书还要做笔记，似锦便又取了笔墨纸砚过来，放在小炕桌上，还特地为许凤鸣研了墨。

许凤鸣伏在小炕桌上读书记录，周似锦便在对面坐着做针线。

她今日给许凤鸣按摩脚，发现许凤鸣脚上穿的还是她做的袜筒上绣了小鸡仔的白绫袜，便想着再给许凤鸣做几双。

许凤鸣读了一阵子书，有些累，抬眼去看似锦，见她正用一个极小的绷子

撑着白绫，专心致志地用鹅黄色的丝线在绣小鸡仔，简直是无语：“白又胖，你——”

似锦抬头看许凤鸣，大眼睛干净澄澈：“怎么了？”

看着这样的周似锦，许凤鸣的眼神一下子柔和了下来：“没什么，既然有空，就多做几双。”

“好！”似锦满口答应了下来。

过了一会儿，她又悄悄去看许凤鸣，发现许凤鸣嘴唇紧紧抿着，正在认真读书，不由得心里一动：小凤凰的嘴唇怎么这么好看，张开的时候有些丰润，嘟嘟的有些孩子气，老是让人想尝一口，最好是含住，用力一吸，再“卟”的一声松开。

可是许凤鸣抿嘴的时候，又显得嘴唇很薄很锋利，整个人似神一般，让人不敢靠近……

想到这里，似锦忽然背脊上冒出了一层冷汗——天啊，我果真是喜欢女子的！

她不敢再看许凤鸣了，原本是和许凤鸣面对面坐着，如今趁许凤鸣认真读书，悄悄移成了对着窗子坐的姿势，努力专心致志做起绣活来。

又绣了两双白绫袜后，似锦下了决心，若是许凤鸣过了子时还安全，说明这一世真的和前世不一样了，那她就听从父亲的安排，随着姑母郑夫人去洛阳住吧！

傍晚的时候周夫人派小丫鬟菡萏来请似锦过去。

似锦安顿好许凤鸣，留下素心照看，自己带着春剑去了惠畅堂。

惠畅堂甚是热闹。

倩兮和盼兮下了课，都过来了。

去金明池行宫参加东宫选秀的王夫人和王蕙也来了，也在明间坐着。

丫鬟掀开明间门上新换的细竹丝门帘，似锦款步走了进去，笑吟吟地屈膝行礼：“给母亲请安！”

她又给郑夫人和王夫人请了安。

郑夫人最喜欢似锦，招手道：“似锦，来姑母这边坐。”

似锦笑容灿烂，答了声“是”，走了过去，吩咐丫鬟掇了张绣墩过来，放在郑夫人坐的紫檀雕花圈椅的南边，挨着郑夫人坐了下来。

王菁在郑夫人北边坐着，对着似锦眨了眨眼睛，当作打了招呼。

王蕙今日施朱涂粉，装扮艳丽，满头珠翠，衣饰华贵，只是瞧着有些垂头丧气，不大开心。

王夫人揽着女儿，与周夫人一起坐在紫檀雕花罗汉床上，叹了口气道：“说好的东宫选妃，竟然变成了游园会，谁知道这是怎么回事。”

似锦正有些好奇金明池行宫发生的事情，便竖着耳朵听了起来。

周夫人拿帕子拭了拭嘴角，道：“太后、皇后、苏贵妃、淑妃、大苏嫔和小苏嫔等娘娘都出场了，皇太子殿下出现没有？”

王夫人摇了摇头：“问题正出在这里，自始至终，大伙儿谁都没见皇太子殿下出现。”

王蕙眼圈都红了，吸了吸鼻子：“也没说为什么殿下不出现，就直接宣布游园会开始……”

她声音里都带了哭音：“不知道以后还有没有机会了……”

如今她正好年龄符合，若是明年呢？后年呢？到了那时候再为皇太子选妃，她的年龄怕是过了。

想到这里，王蕙眼泪“啪嗒啪嗒”直往下滴。

王夫人心疼女儿，揽着她道：“我的儿，我的心，你别哭了，你哭你娘也难受……”

似锦和王菁四目相对，都觉得怪不可思议的——王蕙只是去参加选妃，还不一定能选上，如今就哭成这样，好像如果选妃不取消，她就笃定能选上太子妃似的。

周夫人安慰道：“这次罢了，还有下一次呢，反正殿下今年才十六岁，总是要选妃的。”

盼兮开口问王夫人：“舅母，安国公府的许二姑娘去了没有？”

许二姑娘才是最有可能选上太子妃的人啊，蕙表姐哭什么？

似锦一听，耳朵竖了起来，眼睛也亮了起来，目光炯炯看着王夫人。

王夫人摇了摇头：“说来也奇怪，许二姑娘也没有去。”

王蕙忽然道：“会不会是皇太子和许凤鸣私奔了！”

明间里瞬间安静。

王夫人脸都吓白了，手都哆嗦了，抬手在王蕙背上拍了一下：“傻孩子，瞎说什么！”

她急忙双手合十央求大家：“蕙儿开玩笑呢，大家可别在意。”

似锦想着王蕙的话“会不会是皇太子和许凤鸣私奔了”，不禁笑了起来，想起了自己怀疑前世景和帝暗恋许凤鸣，心道：估计不少人这样想，看来也不是我一个人想法独特想象力丰富。

她心情激荡，面上若无其事地转移了话题：“舅母，韩首辅的二女儿去了没有？”

韩二姑娘才是太子良娣或者良媛的人选。

王夫人感激似锦转移了众人注意力，笑着道：“韩二姑娘倒是去了，还被苏太后叫到身边，伴着苏太后一起游园，真是有脸面。”

众人又说了一会儿话。

似锦想着王夫人这个时候来见周夫人，怕是有事情要商议，便含笑央求王夫人：“舅母，我好不容易见菁表姐一次，能不能让菁表姐在我家住两天，明日再走？”

王夫人看向王菁，见王菁没有反对的意思，便笑着道：“你们小姑娘家爱一起玩，我才不会拦着呢！”

似锦和王菁都笑了起来。

似锦趁机道：“那今晚让菁表姐住在兰庭吧！”

王夫人性情和善，爱说爱笑，不会在这事上让小姑娘不开心，摆了摆手道：“去吧，去吧！”

郑夫人也起身道：“我陪着似锦和菁姑娘回兰庭吧，晚饭就在那边用。”

王夫人待郑夫人领着似锦、王菁出去了，便笑着吩咐王蕙：“你也跟着倩兮和盼兮去蒹葭院玩吧，何必在这里陪我。”

倩兮、盼兮会意，笑着起身，拉了王蕙一起去蒹葭院玩了。

待房里只剩下自己和周夫人，王夫人这才开口道：“二妹，忠顺伯府怕是起不来了，大妹妹如今可算是遭了难……”

周夫人又是气，又是无奈：“姐姐她害我的时候，害盼兮的时候，怎么不说大家是姐妹？对了，还有似锦。我们老爷已经说了，让我不要再和忠顺伯府来往。”

晚上王菁在郑夫人住的东厢房安顿了下来。

似锦回房见许凤鸣正在专心读书，不敢打扰，便又出去陪郑夫人和王菁了。

郑夫人正用布巾擦拭刚洗过澡的小玎珰，王菁在一边帮她。

见似锦过来，郑夫人欢喜道：“似锦，姑母也正有话要和你说呢！”

似锦接过小玎珰，轻轻抚着小玎珰软软的毛，道：“姑母是不是要说带我去洛阳的事？”

郑夫人笑了：“你爹和我说了，让我带你去洛阳。你是知道的，我自己没有孩子，郑轶是你姑父前面的夫人生的，虽然孝顺懂事，也是我亲手养大的，却毕竟是个男孩子，我还是孤单些。你若是愿意，以后就当姑母的女儿也是可以的。”

周似锦抚着怀里的小玎珰，想起自己对许凤鸣的非分之想，心里有些迷茫，有些伤感，最后终于下定了决心：“姑母，三月初八是菁表姐的及笄礼，说好了要我做她的赞者，咱们过了三月初八再回洛阳，好不好？”

王菁也在一边道：“对啊，姑母，似锦是我的好朋友，起码等我及笄礼过去再回洛阳吧！”

郑夫人看着两个小姑娘，想起了自己的少女时代，不禁笑了起来：“放心吧，一则我也想在京城好好逛逛，二则郑轶也得在京城跟着你爹爹见见世面，我不会急着走的。”

似锦这才放下心来。

回到房里，似锦见许凤鸣已经起身，正在房里踱步，便柔声道：“小凤凰，要不要洗澡呀？”

她如今面对许凤鸣，总有些内疚，说话愈来愈温柔，也不乱掐乱摸乱拧许凤鸣了。

许凤鸣十分好洁，当即道：“好。”

周似锦忙又解释了一遍：“你放心，和咱们在泽州时一样，你洗澡时我绝对不在房里。”

许凤鸣心事重重，“嗯”了一声，倒也没说别的。

周似锦让人送了热水过来，亲自准备了香胰子、大布巾等物，然后关上房门，自己搬了张凳子坐在廊下阴影里，双手托腮想着心事。

许凤鸣洗完澡又等了好一会儿，没等到周似锦，便出来寻找，却发现她在廊下靠着墙睡着了。

他立在那里，看着坐在凳子上靠着墙睡得正香的似锦，不知为何，眼眶湿润了。

这个傻姑娘，自从在京城再次相见，无论什么时候，都把他放在第一位，自己却像野草一样，随处可以生长，怎样都可以将就……

就像小时候在泽州的青龙山，大雪封山，他夜间发烧，冷得发抖，似锦把他抱在怀里，用厚棉被包着，不停地喂他喝水，喂他喝药……

等他烧退了，似锦却又开始生病。

他和似锦，从小就像涸辙里的两条小鱼，彼此温暖，彼此湿润着长大的。

即使似锦喜欢女孩子，那又有什么，随便她吧！

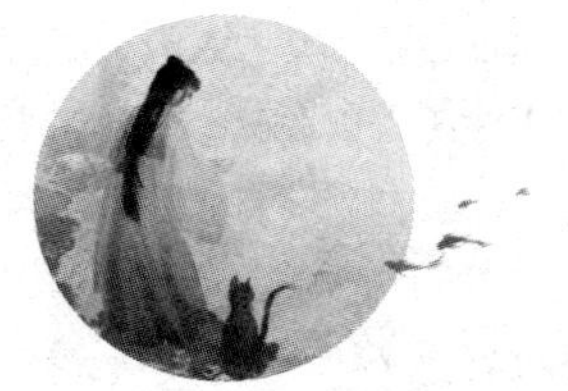

第十五章

苦肉计

许凤鸣俯身打横抱起似锦，把她抱进了卧室。

到了榻前，见榻上摆着小炕桌和锦缎靠枕还没收起来摆放衾枕，他只得又走到床边，把似锦放在了床里侧盖上锦被，自己另取了一床锦被在外侧睡下了。

似锦迷迷糊糊的，在醒与不醒之间挣扎了一下，很快就又睡熟了。

许凤鸣躺在床上，听着身侧似锦均匀的呼吸，默默想着心事。

他原本计划周全，环环相扣，如今因为似锦的介入，得重新规划了。

许凤鸣正在出神，似锦的腿探了出来，一下子压在了他身上。

他淡定地把似锦的腿给塞回被子里，继续想事情。

第二天似锦醒来，发现许凤鸣早早就坐在窗前看书了，便趴在床上问道："小凤凰，你以后有什么打算？"

许凤鸣抬头瞅了她一眼，道："没什么打算，在家里待着。"

他还敢有什么打算？昨日不过想要借水遁消失，结果似锦跟感觉到什么似的，牢牢看了他一天一夜。

似锦听了，放下心来，道："三月初八是菁表姐的及笄礼，我要担任赞者，然后我就要跟着姑母去洛阳小住了。等我回来，估计夏天都要过去了……"

她越说声音越低，想到要和许凤鸣分开一阵子了，心里还是莫名难受。

许凤鸣放下手里的书，抬眼专注看许凤鸣："你不是要教我游泳吗？你夏天回来吧！"

周似锦看着许凤鸣，轻轻"嗯"了一声，一翻身又把自己包裹进锦被里了。

上午的时候王菁要离开，郑夫人要带似锦去地藏庵进香，恰好一起出发。

马车停在二门外，王菁拉着似锦的手，絮絮说着话："多谢你的香脂、香膏和香露，挺好用的……"

许凤鸣易容成一个黑里俏小丫鬟，毫无存在感地立在王菁身后，眉头皱着看着似锦的手被王菁握着，觉得很是看不惯。

似锦笑盈盈道："你及笄礼那日，我过去时再给你带些水粉。"

她说着话，伸手摸了摸王菁的脸颊："你的脸用了香脂之后，好像更嫩更软了。"

王菁笑了起来。

郑夫人也笑。

唯独许凤鸣觉得眼前斯情斯景碍眼得很，他忽然开口哑声道："姑娘，该走了。"

王菁扭头看了许凤鸣一眼，笑着道："好吧，咱们上车。"

似锦立在那里，目送王菁的马车消失在拐角处，再也看不见了，心里若有所失，扶了郑夫人也上了马车。

马车在郑府的管家的护送下，出了周府大门，往东去了。

这一夜，许皇后的人把京城翻了个遍，也没找到林岐。

许皇后担心极了，一夜没睡，在福宁宫寝殿歪着，就连嫔妃们过来请安，她也都是一概不见。

正在她烦忧的时候，女官王云芝快步走了进来："启禀娘娘，崇宁公主派人过来，说皇太子如今在碧漪园。"

许皇后大喜，当即坐了起来："崇宁派的人是谁？让她来见我！"

崇宁公主的贴身女官叶韶红走了进来，恭恭敬敬地给许皇后行礼。

许皇后按捺着性子："皇太子真的回了碧漪园？"

叶韶红答了声"是"。

许皇后又问："皇太子是怎么回去的？"

叶韶红心中惴惴，慢慢道："启禀皇后娘娘，早上玉堂春里还没有人，到了中午，玉堂春的李青忽然出来，去取皇太子的午膳，公主这才知道皇太子已经回来了。"

许皇后心道：小凤凰还挺神出鬼没的。接着就想：这孩子，他娘担心了一夜，他却连照面都不来打一个。说三个月不进宫，就三个月不进宫，小凤凰这拗劲儿到底随了谁……

这样一想，许皇后心里有些难过，道："我知道了，退下吧。"

叶韶红知道自己算是安全过关了，当下行了礼，慢慢退了下去。

到了殿外，她才发现自己背脊出了一层冷汗。

许皇后气场强大，性子又执拗，每次来见许皇后，她都是提着一颗心。

对许皇后来说，皇太子怕是她唯一的软肋了……

叶韶红出了福宁宫，没走多远，就被总管太监何琛的人给拦住了。

两刻钟之后，叶韶红就被引入了御书房。

洪武帝放下手里的笔，看向跪在下方的叶韶红："起来吧。"

叶韶红这才小心翼翼地从大红织锦地毡上爬了起来，恭谨地垂首立着回话。

洪武帝看着眼前这个女官。

朴素，低调，普通，稳重，不像是崇宁公主用人的风格，倒像是林岐用人的风格。

他沉吟了一下，这才开口问道："岐儿果真在碧漪园吗？"

叶韶红答了声"是"，又补充道："早上皇太子还没在，中午突然就在了。"

洪武帝想了想，又道："他还不肯回宫吗？"

这话叶韶红可不敢乱说了："启禀陛下，微臣不知。"

大周宫廷里的女官，和外臣一样，有品级，有俸禄，有升迁机制，只不过属于内臣罢了。

洪武帝轻咳了一声，静默了片刻，忽然问道："岐儿看着状态如何？有没有……憔悴？"

叶韶红想了想中午见到皇太子林岐时他的状态，然后道："启禀陛下，殿下瞧着心事重重，有些憔悴。"

皇太子林岐肌肤甚是白皙，尤其是阳光下看着，白得如玉一般，今日不知为何，肌肤看上去略微有些黑，虽然还是极俊俏的……

听说林岐"心事重重""有些憔悴"，洪武帝就有些坐不住了，思索片刻，道："好了，你退下吧！"

叶韶红回到碧漪园，直接就去玉堂春回话。

玉堂春庭院内静悄悄的，初看空荡荡的，可是细看的话，却有无数青衣侍卫在暗处扈卫。

林岐正在与和墨尘等谋士幕僚说话，叶韶红没能进去，便耐心地在月亮门外等待着。

待众谋士幕僚离去了，叶韶红才随着李涵进了小楼。

林岐端坐在书案后，听叶韶红说完见许皇后和洪武帝的经过，点了点头，道："甚好。"

他母后性子强韧，因此回话时要老老实实，不要代入过多情感。

他父皇瞧着英武坚强，其实心有些软，只要说他"有些憔悴"，父皇一定会自己顺着想下去，说不定还会觉得他大受打击，需要好好安抚一番呢！

叶韶红退下后，林岐起身回了屏风后，进浴间略微在脸上涂抹了些东西，对镜细看了一番，觉得没有纰漏，这才出了浴间。

屏风后还是老样子，拔步床整洁平整，对面的榻上白又胖用过的衾枕已经收起来了，如今摆着一张黄花梨小炕桌和两个宝蓝锦缎靠枕——靠枕还是白又胖在玉堂春时做的……

夜幕渐渐降临，林岐正在书案后习字，外面传来一阵脚步声，接着便是李青的声音："陛下，殿下就在里面。"

林岐知道这一次自己赢了，嘴角扬了扬，马上又恢复了原状，面无表情继续习字。

做普通书生打扮的洪武帝走了进来，身后跟着何琛和周胤。

看着烛光中瘦弱而且气色不是很好的林岐，洪武帝心里难受，大步走了过去："岐儿，你怎么瘦了？"

跟在后面的周胤心说：皇太子不是一直这样吗？他什么时候胖过？

林岐一脸倔强，起身拱手行礼："儿臣见过父皇。"

洪武帝扶起林岐，盯着他的脸："岐儿，你气色怎么这么差？"

周胤也在打量林岐，心道：皇太子不就是变黑了点吗？男孩子黑一点更有男子汉气概。

林岐越表现得不开心，洪武帝就越内疚，他都差点给林岐道歉了，林岐还是不肯回东宫，语气淡淡的："太后不是说我错了吗？我既然错了，就得认罚。"

洪武帝见林岐看都不看自己，只是赌气，再看他犹带稚气的脸，虽然心底隐隐觉得自己这次怕是又上儿子的当了，但是依旧忍不住，耐心地劝说道："你已经跟着周大人学了一阵子了，接下来该去兵部了。今晚回宫，朕明日就宣华永春过去，让他接着带你熟悉兵部事宜……"

华永春正是兵部尚书。

林岐侧脸道："儿臣不能违背太后懿旨。"

洪武帝看着林岐有些瘦削的脸颊，叹了口气，道："岐儿，父皇给你道歉好不好？"

林岐抬眼看他，凤眼里带着一丝倔强，一丝脆弱，仿佛下一息，眼中的泪就要决堤而出，声音也有些哑："父皇何错之有？为何道歉？"

洪武帝心道：我和人斗了一辈子，没想到在儿子这里栽了跟头。

他既然要认错，就要大大方方认错，当即道："父皇错在是非不分，上次之事，岐儿你本没有错，父皇不该各打二十大板，应该公平公正，主持正义。"

林岐这才满意了："父皇，您渴了吧？儿臣给您沏茶。"

林岐沏茶去了。

洪武帝放松地在圈椅上坐了下来，心里总觉得自己失去了什么，莫名有些空。

周胤把戏看了全程，看到此时洪武帝的迷蒙脸，忙道：“陛下，您做得对，您是皇帝，也是父亲，不管是皇帝还是父亲，不管是国事还是家事，公平正义必须放在首位，如此才能得到天下臣民对您的信任与爱戴……”

被周胤捧了一通之后，洪武帝那点莫名其妙的不自在就消失了，看着亲自捧茶过来的林岐，觉得自己做得对，错了就该给儿子道歉。

三月是京城最美的季节，春风和暖，百花盛开，空气中似浮着花香，就连佛家净地地藏庵，也在肃穆静谧中多了些鲜艳的色彩和清脆悦耳的鸟鸣。

似锦扶着郑夫人下了马车，在丫鬟、婆子的簇拥下进了地藏庵，由地藏庵的接引姑子引着穿过人流，直接沿着西边的青石小道去了一个僻静院落。

一个青衣蓝裙的婆子正在院门口守着，见郑夫人和似锦过来，忙上前行礼：“郑夫人，周大姑娘，我们夫人在里面候着。”

郑夫人含笑携了似锦的手，一起进了院子。

小小的四合院，庭院里种着几竿青竹，院墙上爬满了常春藤和刺玫，院子西南角还有一个爬满木香的亭子，一个身穿青色褙子，系了条月白百褶裙的夫人正端坐在亭子里，见郑夫人和似锦进来，含笑起身相迎——三十左右年纪，面如满月，身材微丰，很是和气，不是秦夫人又是谁？

似锦吃惊地看了郑夫人一眼。

郑夫人微微一笑，道：“似锦，婉茹是我闺中好友，只是后来她家老爷官运亨通，我家老爷原地踏步，我就高攀不上她了。”

似锦明白了，原来秦夫人和姑母认识啊，怪不得前世她和倩兮没什么来往，可是倩兮这个继婆婆每次见她，都和气得不得了。

她不禁笑了，上前屈膝行礼：“给夫人请安。”

秦夫人从亭子里走下来，先扶起了似锦，温声道：“乖孩子。”

然后她才抬手在郑夫人肩膀上敲了一下：“周桐月，你别惺惺作态，谁不知你夫家豪富，日子惬意。”

郑夫人仰首笑了起来，精致的脸在阳光下格外俏丽：“我从来都是把日子过好过舒坦就行，不管其他的。”

秦夫人与郑夫人进了亭子，在杨木圆桌边坐定。

似锦谦让了一下，也在郑夫人左手边坐了下来。

秦夫人和郑夫人聊了几句近况，便和郑夫人说道：“对了，桐月，有一件事我得向令侄女道歉。”

郑夫人隐约知道一点，道：“说什么令侄女，客气什么，我没女儿，把她当女儿看待的，你直接叫她似锦。”

这时候婆子送上茶点。

茶是上好的龙井，点心是京城有名的糕点铺子杭香斋的招牌点心龙井茶香饼和桂花糕。

待婆子退下，秦夫人请郑夫人和似锦尝尝茶点，然后才和秦夫人说道：“你知道，我在家里是做不得主的，就是个傀儡一般的存在，需要我去应酬了，就让我出去应酬一下，平常家里大事老爷做主，小事自有长子长媳管着。”

她看了似锦一眼，眼中满是愧疚：“起初是老爷让我去你们周府求亲，为二公子求娶似锦，我想着咱们的情谊，欢欢喜喜去周府相看了。”

似锦想起当时在惠畅堂里见到秦夫人，她握着自己的手，夸自己“真是个好孩子，一看就是有福气的”，却原来是因为与姑母的好友关系。

秦夫人脸上现出伤感之色：“只是后来没过几日，我们二公子又非要求娶周府的二姑娘，老爷也没法子，逼着我再跑一趟——我哪里还有脸去？到底是我们大奶奶出面，托了韩夫人去周府探问周二姑娘……后来秦羽与周二姑娘订婚，也都是我们大奶奶主持的，我都没管，也没脸管。”

似锦静静听着。

她此时才知道内情。

秦夫人说着说着眼泪滴了下来，用帕子拭了拭，道：“咱们庶女出身的，桐月你我说起来还是嫁得好的，也不过是与人做续弦。你还好，郑轶是你亲手带大的，对你很孝顺；我在秦府……”

想起秦府的烦心事，她说不下去了，泪水一滴滴往下落。

郑夫人也有些伤感，握住秦夫人的手，道：“当年咱们俩怎么说的，日子是自己过的，定要越过越好，何必哭哭啼啼？我倒是瞧着你这静修院子不错，清静得很。”

秦夫人也只是见了多年未见的闺中好友，有感而发，当下收起眼泪，拭去泪痕，道：“我喜欢清静，这里倒是清静。”

这时候丫鬟送了水、香胰子和面巾等物过来，要服侍秦夫人重新洗脸梳妆。

似锦是晚辈，自然而然地卷了衣袖，服侍秦夫人净面整妆。

待一切齐备，秦夫人起身，郑重地向似锦道歉：“似锦，上次那件事，我得和你说声对不住。”

似锦忙上前扶住秦夫人，不肯让她真的屈膝，笑盈盈道："夫人，这是我和秦羽没缘分，勉强撮合了，也会成为怨偶。这件事您以后不要再放在心上了。"

秦羽前世就是倩兮的丈夫，抢自己姐妹丈夫这件事，对似锦来说，她实在接受不了。

因此这件亲事，就算秦羽不拒绝，她也会想办法拒绝的。

秦夫人见似锦眼神清澈真挚，知道她是真的不在意，心里总算是松快了些，看向似锦的眼神，也更加喜欢了。

郑夫人想起了自己的来意，有心转移话题，笑着问秦夫人："地藏庵有哪些值得游览之处？"

秦夫人会意，道："一个姑子庵，哪里有什么值得游览的，不过既然来了，去菩萨前拜一拜，烧烧香倒是应景之事。"

郑夫人便道："既如此，让你的人带了似锦去菩萨前拜一拜吧，我们姑侄俩难得出来一趟。"

似锦知道郑夫人有话要和秦夫人说，当下带了素心，随着侍候秦夫人的婆子一起出去了。

待似锦离开了，郑夫人这才问秦夫人："你侄子进京参加会试，如今怎样了？"

秦夫人是庶出，她的同母哥哥乔文澜考中了进士，如今在黔州做知州，乔文澜的长子乔夙这次进京参加会试，如今正住在秦夫人的陪嫁宅子里。

提到自己的侄子，秦夫人不禁微笑起来："乔夙这孩子，一向不爱说话，不说考得好，也不说考得不好，我也弄不清楚。"

郑夫人也笑："杏榜到四月十五才放榜呢，咱们就安心等着吧！"

她又道："乔夙的亲事，你哥说了让你做主？"

秦夫人握住郑夫人的手，亲切地说道："我的性子你还不知道吗？若是不能做主，我不会和你提这件事。"

乔文澜是她的同胞兄长，她自然能做侄子的主。

郑夫人这才放下心来，道："等一会儿让他们见一见再说，我哥也是这个意思。"

似锦从第一重佛殿开始，一直拜到了最后一重，觉得时间差不多了，这才慢悠悠地向秦夫人静修的院子走去。

这会儿木香亭里除了秦夫人和郑夫人，又多了一个人。那人原本背对着似锦立着，听到声音转过身来，原来是一个二十岁左右的青年，容长脸，高鼻子，生得不算英俊，可是看起来却很顺眼。

秦夫人笑着道：“乔夙，这是你周姑母的侄女周大姑娘。”又招呼似锦，“大姑娘，这是我的娘家侄子乔夙，你叫他乔大哥就行。”

乔夙大大方方拱手行礼：“周大姑娘好。”

似锦还了礼，称呼了声“乔大哥”，心里却道：乔夙这名字似乎在哪里听说过……

秦夫人招呼自己的侄子：“乔夙，你难得来一趟，陪姑母坐一会儿。”

郑夫人则招呼似锦：“你这会儿渴了吧？这茶温度正好，不凉不热，快过来吧！”

乔夙在秦夫人右手边坐了下来，似锦则在郑夫人左手边坐了下来。

端着茶盏饮了一会儿，似锦终于想起来了——这位乔夙，听着和前世的黔州名医乔夙同名，会不会是一个人？

前世那位黔州名医乔夙，会试落第后回到黔州，隐居深山，精研苗人医术，善于解毒，后来不知所终，听说是买舟渡海，到海外寻找药材去了。

如果这位乔夙正是前世的名医乔夙，那是不是可以请他看看小凤凰的病了？

想到这里，似锦的眼睛亮了起来，小心翼翼问道：“乔公子是不是黔州人？”

乔夙笑容腼腆：“我原籍豫州，家父在黔州做官。”

信息都对上了，前世的名医乔夙也是原籍豫州，随其父在黔州任上，最后落户黔州。

想到这里，似锦眼睛更亮了，笑容也更加亲切：“那乔大哥对医术有兴趣吗？”

乔夙怪不好意思地笑了笑，道：“我生平最大的爱好便是研究黔州苗人草药。”

似锦心中欢喜，小心翼翼地问道：“那乔大哥有没有什么心得？或者说有没有什么成果？”

乔夙被似锦弄得有些紧张，红着脸低下头：“我正在试验一些草药的解毒效果。”

似锦看着乔夙，简直像看菩萨一样，恨不得把乔夙给供起来：“那乔大哥可一定要继续试验草药的解毒效果。《史记》中说，‘神农氏尝百草，始有医药’，乔大哥你做的事，于国于民，都大有益处。”

她想了想，道：“乔大哥，我有一个极亲近的人，幼时中了剧毒，至今余毒未清，每到雨雪前夕，便痛苦不堪……”

似锦把小凤凰的症状细细说了一遍。

乔夙认真地听似锦说着病患的症状，最后道："我倒是可以一试，只是我如今也只是初窥医道，并没有绝对的把握。"

似锦当下慷慨道："乔大哥，你尽管投身草药解毒试验，我可以资助你，每年一百两银子，你看怎么样？"

乔夙听了，有些不知所措，结结巴巴道："这……这大可不必……"

郑夫人原本和秦夫人在一旁乐滋滋看戏，本来看得好好的，结果发现走向有些不对，两人居然就乔夙的草药试验有了共同话题，而且似锦居然要一年资助乔夙一百两银子让他进行草药试验。

郑夫人看了秦夫人一眼，见她也蒙了，忙打断似锦，笑着道："似锦，你乔大哥是来京城参加会试的，会试已经结束，只等四月十五的杏榜发布好准备殿试了，你这是胡说什么呢！"

似锦勉强抑制住自己的激动心情，答了声"是"。

过了一会儿，她又忍不住问乔夙："乔大哥，你如今在哪里居住？"

乔夙没遇到过似锦这样热情的女孩子，有点承受不了，结结巴巴道："我……我借住在姑母在杨柳胡同的宅子里……"

"杨柳胡同啊，"似锦脑子转动飞快，"哦，离我家不远，我家在梧桐里。"

她又道："资助乔大哥试验草药的事，我是认真的，乔大哥可以考虑一下，咱们再找时间详谈。"

郑夫人接连咳嗽了好几声。

似锦心中大定，不由得微笑，当即恢复了大家闺秀的做派，不再多说了。

乔夙是来看姑母顺便相亲的，如今有些被似锦的热情吓住了，当下起身告辞离开了。

乔夙离开之后，似锦也去更衣了。

郑夫人和秦夫人面面相觑，不知道这次相亲到底算是成功，还是失败。

说成功吧，似锦似乎对乔夙的人不感兴趣，乔夙对似锦也有些怕怕的；说失败吧，似锦热情地提出每年资助乔夙一百两银子，乔夙看上去对这每年一百两银子的资助挺有兴趣。

郑夫人到底豁达些，笑着轻轻道："乔夙若是真对草药有兴趣，似锦的资助倒也可以，就算她没银子，还有我这做姑姑的呢！"

她知道乔家世代清流，原本就没什么钱，秦夫人和其兄乔文澜又是庶出，更是没什么钱。

乔文澜在偏远的黔州做知州，为官清廉，想必也没多少积蓄。

而周胤给似锦的陪嫁将来不会少了，她这做姑姑的，也打算等似锦出嫁，给似锦一笔丰厚的添妆银子。

若是乔夙能和似锦成了，倒是两相得宜：一个有了银子，可以专心致志钻研草药解毒；一个觅得如意郎君，远去黔州，不用理会京城这些风风雨雨。

想到这里，郑夫人就更有兴趣了，凑近秦夫人："我倒是觉得有戏。"

秦夫人也笑了："说不定真是千里姻缘一线牵，我侄子和你侄女的姻缘就在这里了。"

两个好朋友你看我，我看你，都笑了起来。

第十六章
名医

第二天一大早郑夫人就去外书房见周胤。

周胤得知似锦昨日在地藏庵对乔夙颇有兴趣，还提出要资助乔夙试验草药，也是吃了一惊，想了一会儿才道：“我先见见这个乔夙……如果他为人真的不错，倒是可以结亲。”

他也是认识乔文澜的，乔文澜秉性刚正，做事踏实，在黔州官声很好，颇受黔州百姓爱戴，吏部查考，多次得了甲等。

这样的人家倒是适合似锦，只是若亲事成就，似锦极有可能要去千里之外的黔州了……

想到这里，周胤又有些不舍得。

郑夫人看着哥哥的脸色，道：“哥哥不用担心似锦的陪嫁，你出多少，我就给似锦添多少。”

周胤知道妹子夫家郑氏是晋州盐商出身，郑夫人手里私房丰厚，开玩笑道：“桐月，你不是一直想把似锦要走吗？若是添妆添得多，我就把似锦过继给你做女儿。”

郑夫人笑了起来，道：“那就说定了，到时候大哥你可不能后悔。”

周胤微笑：“骗你呢！”

兄妹两个都笑了起来。

似锦这会儿也忙得很。

她正在竭力回想以前的事。

许凤鸣余毒未清，这些年一直饱受折磨，可惜等似锦打听到乔夙的时候，许凤鸣已经亡故，而乔夙也渡海远去不知所终。

重生一次，许凤鸣还活着，乔夙居然也在京城，可真是太好了。

似锦欢喜了一会儿就恢复了理智——这事儿没那么容易。

一则乔夙年纪尚轻，钻研医术的时间并不算长，医术高明的可能性不是很大，还须继续学习；二则许凤鸣是大家闺秀，身处深闺之中，即使要大夫看病，也是隔着重重帘幕悬丝诊脉，根本不可能让大夫望闻问切，须得再想法子。

不过似锦还是打算和乔夙合作，支持乔夙研习医术。

像乔夙这样的有修习医术热情的年轻人，缺的一般都是金银的支持，而这正是似锦不缺的。

与其像以前一样，财产都被她最恨的人得去，不如好好经营，多做好事，帮助需要帮助的人……

想到这里，似锦起身去了西暗间书房，研了墨，开始书写详细的合同。

郑夫人从外书房回来，过来看似锦。

似锦忙把笔搁在素瓷笔搁上，出去迎接。

郑夫人笑吟吟地打量着似锦，见她穿着白银条纱夹衣，系了条月白绣梅花百褶裙，脸上虽未施粉，只扫了眉，在唇上涂了玫瑰香膏，却越发显得眉目浓秀容颜娇美，便笑了起来：“要不要随姑母去延庆坊逛逛？”

似锦眼睛一亮——延庆坊是京城最热闹繁华的地界，集中了各种各样的铺子，她最爱去逛延庆坊了——接着想到周胤，眼睛的亮光又熄灭了：“爹爹让不让我去呀……”

郑夫人笑了：“放心，有姑母在呢！”

似锦忙道：“还有我母亲那边，也得说一声。”

她已经随着姑母出去逛了两日了，再接着出去逛，怕周胤和周夫人不同意。

郑夫人道：“交给我吧！”

似锦不愿什么都让姑母出面，自己躲在后面，便道：“我和姑母一起去。”

她命春剑另拿了件翠蓝对襟褙子穿在外面，随郑夫人去了惠畅堂。

到了惠畅堂，她们才发现惠畅堂热闹得很，原来今日是镇南侯夫人生日，周夫人要带着倩兮和盼兮去镇南侯府，给镇南侯夫人拜寿。

周夫人已经换好了衣服，正在明间和倩兮、盼兮说话，得知郑夫人和似锦来了，便道：“请姑太太和大姑娘进来吧！”

见姑母和似锦一起进来，倩兮和盼兮忙上前和郑夫人见了礼。

郑夫人和周夫人在明间说话，倩兮和盼兮拉了似锦去西暗间说话。

倩兮拉着似锦的手：“姐姐，谢谢你昨日让人送去的蜜渍艾叶枸杞，我用开水泡着喝，还挺好喝的。”

似锦昨日去地藏庵，秦夫人送了她几罐用槐花蜜渍的艾叶和枸杞，似锦回来后给倩兮和盼兮一人送去了一罐。

“好喝吗？”似锦笑得眼睛弯成了月亮，“是你婆婆亲手做的。”

她只是借花献佛。

倩兮羞得脸都红了，捂着脸转过身去："姐姐你真是的——"

盼兮也跟着起哄："哦，原来是这样啊，我还想着吃完没了怎么办呢，以后可以问二姐姐要了！"

姐妹三人说笑了一会儿，盼兮问似锦："姐姐，今日是镇南侯夫人的生日，你要不要一起去？"

似锦忙摇了摇头："我想陪姑母，就不去了。"

镇南侯夫人可不是省油的灯，镇南侯府对似锦来说和龙潭虎穴也差不了多少，她才不去镇南侯府呢！

倩兮拉了拉盼兮："盼兮，你忘记姐姐和许二姑娘是好友了？"

镇南侯府和安国公府是多年的对家，似锦和许二姑娘交好，自然不愿意去镇南侯府。

盼兮这才明白了过来："哦，对了，姐姐和许二姑娘交好，自然不爱去镇南侯府了。"

似锦不由得笑了。

倩兮和盼兮其实说得八九不离十，她对许凤鸣就是有点这意思：凡是对许凤鸣不好的，她就不喜欢；凡是害许凤鸣的，她就恨不得要弄死对方；凡是许凤鸣家的仇敌，她就不来往。

这样一想，她可真是有点护短呀！

这时候郑夫人已经和周夫人谈好了："似锦，出来和你母亲道别。"

似锦脆生生答应了一声，和两个妹妹做了个再会的手势，便出去了。

周夫人今日和卫国公夫人约好了，要在镇南侯府见面说话，谈盼兮的亲事，因此如今心都在盼兮身上，见似锦给她行礼，倒是和蔼得很："和姑母一起出去，要听姑母的话，不要惹姑母生气。"

似锦答了声"是"，又道了福，这才随着郑夫人离开了。

临出门，郑夫人拿出了两副眼纱，给了似锦："咱们今日需要戴这个。"

见似锦大大的杏眼里满是疑惑，她笑道："我在延庆坊有一个生药铺子，咱们今日正好去看看。"

似锦忙又问道："今日表弟跟咱们一起去吗？"

郑夫人点了点头，道："他自然是跟着一起去的。"

似锦当即双手合十："姑母，既然表弟也跟着，那咱们去趟杨柳胡同，好不好？我想见一见乔夙，和他商议一下给我那好朋友看病的事。"

郑夫人神情也凝重起来："你这个好朋友是——"

昨日在地藏庵，她就听到似锦跟乔夙提这个因幼年中毒身子不好的朋友了。

似锦凑到郑夫人耳畔，低声道：“姑母，就是安国公府的许二姑娘。”

郑夫人一听是为了安国公的姑娘求医，当即道：“既如此，我先让郑轶派人送去拜帖，确定乔夙在家，咱们再过去。”

似锦见姑母如此圆融，心中欢喜，拉着郑夫人的手：“谢谢姑母！”

郑夫人笑了：“谁没有朋友啊，关心自己的朋友，有什么不对？”

听郑夫人这么一说，似锦觉得自己对许凤鸣的感情，其实也没那么见不得人，就是好朋友嘛，不瞎想就没事。

郑轶比似锦要小几个月，生得瘦瘦高高，俊秀得很。

他是郑夫人亲手带大的，对继母感情很深，也很孝顺，听了郑夫人的吩咐，当下便命小厮往杨柳胡同的乔宅送拜帖去了。

郑夫人先带着似锦和郑轶逛了几家丝绸铺子成衣店，买了不少衣料和成衣，又去逛珠宝店和金银楼，自己添了套绿宝石头面，给似锦买了一套蓝宝石头面。

逛完这些，他们又去了专卖文房四宝的书店街，给郑轶买了不少笔墨纸砚。

逛完街，郑夫人这才带了似锦和郑轶去了她名下的生药铺子。

这个生药铺子很大，药品也很全，掌柜还是周胤帮忙寻来的，是京城有名的生药经纪，说起话来简直是舌灿莲花，生意经一套一套的，而且眼观六路耳听八方，极为机灵。

郑夫人带着郑轶和似锦，把临街铺子和铺子后的库房作坊都看了一遍，和掌柜以及伙计们都说了话，又看了账本，心中满意，笑道：“今日我在春满园订了席面，午时会送过来，大家好好吃一顿！”

掌柜和伙计们都笑着拱手道谢。

郑夫人一行还没离开，郑轶派到杨柳胡同的小厮就过来了：“乔公子在家候着。”

于是似锦一行人又乘了马车，往杨柳胡同而去。

杨柳胡同的乔宅只是个小小的四合院，房子也有些旧，却收拾得甚是洁净。

似锦一进去就闻到了一股药味，定睛一看，却见西边廊下，整整齐齐摆了一排红泥小炉子，上面都“咕嘟咕嘟”煮着草药，不禁笑了起来，心道：名医就是名医，还未成名，就如此精研医道。

她心里要资助乔夙的想法就更加炽热了。

乔夙正在调配药物，听到小厮禀报，忙从屋子里走了出来，拱手行礼：“见过周姑母。”

他又与郑轶、似锦彼此见礼。

郑夫人见这小院洁净可喜，院子里的香椿树下摆着白石桌凳，便道：“今日太阳好，咱们就坐在院子里说话吧！”

乔夙虽然有些腼腆，做事却极有条理，不一会儿伺候的婆子便在白石凳子上铺垫了四个粗蓝布面的坐垫，小厮送了壶药草茶过来。

请郑夫人、似锦和郑轶坐下后，乔夙先用药草茶烫了素瓷茶盏，然后斟了四盏药草茶，一一奉上。

似锦尝了尝药草茶，觉得茶色浅碧，微甜中带着丝药的苦味，还算好喝。

乔夙笑容依旧有些腼腆：“春日易燥，这茶适合春日饮用。”

郑夫人也笑了：“今日我们过来，主要是我们家大姑娘有话要和你说。”

郑轶在一边起哄：“娘，我也要向乔大哥请教学问呢！”

似锦作势在他背上拍了一下：“郑轶，你且排在我后面。”

乔夙也笑了，不那么紧张了，道：“周大妹妹先说吧！”

似锦忙取出自己拟定的文书，递给了乔夙：“乔大哥，这是我拟定的合同文书，你先看看行不行。”

乔夙没想到似锦是认真的，当下接了过来，展开认真地读了起来。

似锦待他看完，这才开口道：“乔大哥，我的意思是如果你同意，咱们就立了合同文书，请姑母和郑轶做保人，然后去衙门备案。

“待衙门批了合同，我就把第一笔银子总共三百两先交给你。以后以三年为期，三年后的三月六，我再交给你三百两银子。你需要每年给我好友看一次病，来回路费由我承担。你若是研究出治病解毒的药丸，就由我出资开铺子发卖，得利十分为率，乔大哥你三分，我四分，其余掌柜和伙计三分均分。你看怎么样？”

乔夙这些年来埋头读书和研究草药，根本不懂这些，一时有些蒙。

郑轶在一边听了，他是懂这些的，当即点头道：“乔大哥，我表姐没有坑你，这合同很公平，你不信的话，可以请专门的经纪看一看。”

乔夙本来就是个爽快人，而且他当真是爱好医药，却囿于缺少银钱，一直不能畅意，当即慨然道：“我只有一个条件，就是不要干涉我，我想研究什么就研究什么。”

似锦笑盈盈道：“这是自然，我不会外行干涉内行的。”

她收敛笑意，轻轻道：“其实我最盼望的，是你能治好我好友的病。”

乔夙认认真真道：“在解毒上我还是有些心得的，只是解毒不像别的，不能只靠什么悬丝诊脉，必须望闻问切，有时甚至还得放血试验，你得和你朋友说好。”

似锦是大家闺秀，她的好友自然也是大家闺秀了，因此乔夙先把话说到了前面，以免似锦以为他可以见不到病人，悬丝诊脉就能解毒。

似锦连连点头：“我明白，我都明白。”

她又道：“如果不出意外的话，我这两日内就能把她带来。”

似锦已经想好如何去说服许凤鸣了。

乔夙正色道：“那我这两日不出门，就在寒舍扫榻以待。”

似锦和乔夙既然谈好了，便都在合同文书上签字摁了手印，又请两个保人郑夫人和郑轶也签字摁了手印，然后让郑府管家和乔夙的亲随一起拿了合同文书去衙门登记。

忙完这些，似锦取出三百两银票，恭而敬之地递给了乔夙：“乔大哥，这是第一笔银子。”

乔夙爽快地接了银票，想到以后可以安心大胆地钻研草药，而不担心生计了，他也开心得很。

在回去的马车上，郑夫人揽着似锦，温声问道：“似锦，你觉得乔夙怎么样？”

似锦心事重重，正在思索如何劝说许凤鸣来杨柳胡同乔宅看病，听了郑夫人的话，随口道：“乔夙啊，好得很！”

郑夫人得了这句话，心道：我瞧着乔夙也好得很，性格很是爽朗明快光明磊落，和似锦的光风霁月正是般配，回去我得和哥哥好好聊聊……

回到周府，郑轶把郑夫人和似锦送回兰庭，自己回外书房西跨院了。

似锦思索良久，写了一封信，让孙妈妈送去狮子街国公府，亲手交给康嬷嬷。

傍晚时分，周夫人带着倩兮和盼兮从镇南侯府回来，倩兮和盼兮回蒹葭院去了，周夫人倚着靠枕歪在罗汉床上歇息。

王妈妈今日被留下看家，没跟着出去。

她握着美人拳跪在床沿给周夫人捶腿，口中絮絮道：“姑太太带着大姑娘去外面逛了整整一日，回来的时候，马车停在兰庭门口，婆子们大包小包往下搬运东西，不知道给大姑娘买了多少好东西，都是侄女，为何只给大姑娘买？二姑娘三姑娘那边为何不表示表示？一个做姑母的，偏心到这个地步……”

周夫人正昏昏欲睡，被王妈妈吵得睡不安稳，道：“银子是姑太太的，她爱怎么花怎么花，你管人家作甚？还有，人家搬运回来那么多，你怎么就肯定都是给大姑娘买的？再说了，倩兮和盼兮又没跟着一起去，没给她俩买有什么不对？”

王妈妈被怼得哑口无言，嘟嘟囔囔道：“我只是为二姑娘和三姑娘打抱不平……”

周夫人闭上眼睛：“你啊，这叫挑拨离间，以后心放大一点，别老把眼睛盯着别人，各人有各人的缘法。”

王妈妈被周夫人一顶“挑拨离间”的大帽子扣下来，不敢再多说了，终于闭上了嘴。

早朝奏事完毕之后，御史、鸿胪寺先后出班，上奏早朝期间官员失仪情况。

到了这时候，早朝流程也就快要结束了。

周胤抬眼看了一下立在前方的皇太子林岐，心道：太子殿下到底有本事，陛下居然真的道歉，而且把太子殿下给请回来了。只是不知延寿宫的苏太后和在庆王府闭门“养病”的庆王心里怎么想，怕是要被活活气死了。

这时鸿胪寺官员唱奏事毕，鸣鞭驾兴，众官员静待圣驾退了，再各回衙门莅事。

周胤抬头看去，却见兵部尚书华永春随着圣驾去了，便知洪武帝要安排皇太子跟着华永春去兵部，熟悉兵部事宜，心里暗自点头，随着众官员一起散了。

兵部尚书华永春，出自镇南侯一脉，对林岐自然没那么客气，表面上的尊重还是有的，却也仅仅只是表面上的尊重罢了，到了兵部，就把林岐给晾在了那里。

林岐从来不把这个当回事，华永春晾着他，正好他也不用华永春带着，自己带着李越和李青两个小太监，把兵部的武选、职方、车驾和武库四司全给转了一遍，每到一处，该问就问，该说就说，很快就和那些主事员外郎和各级小吏打成一片，约好了晚上一起去春满园吃酒。

林岐有一个本事，就是不管男女老少，和他初一接触，就会喜欢他；接触久了，就会佩服他。

初接触时，大家不由自主想照顾他爱护他。

接触久了，大家就会打心眼里佩服他，喜欢他，暗自感叹：这么好的孩子，为何不是我家的？

因此等华永春回过神来时，林岐已经在兵部结交了一群好兄弟好哥们儿，虽然这些好兄弟好哥们的心里都想当林岐的哥。

不过两日时间，林岐就在兵部收获了一大批追随者，也弄清了华永春的软肋，命人抓紧时间调查去了。

林岐与兵部众官吏一起吃酒的事，很快就被洪武帝知道了。

洪武帝私下里和周胤吐槽：“岐儿这孩子活脱脱像咱们大周朝的太祖皇

帝。”

大周朝的太祖皇帝林贞，原是前朝低等军官出身，身边积聚了无数英豪，在乱世之中脱颖而出，最终夺得天下，成了大周朝的开国皇帝。

周胤也早有这个感觉，只是不敢说，如今听洪武帝自己提起，当下故意道：“陛下为何这样说？”

洪武帝和周胤最是投缘，很宠信周胤，这些话和别人没法说，只能在周胤这里说说了：“岐儿从小就喜欢别人夸他，不管是夸他聪明，还是夸他好看，抑或是夸他身姿轻捷，甚至夸他声音好听，他都开心得很，然后浑身都是干劲儿，这随了太祖皇帝。”

周胤点了点头，道：“太祖皇帝的确很在意别人的夸赞，这是太祖皇帝奋发有为匡时济世的一个动力。”

洪武帝端起茶盏饮了一口，接着道：“岐儿有一个特殊的能力，也和太祖皇帝一样，他似乎天生有一种亲和力，不管是什么阶层，什么年龄，他都能很快和对方成为朋友，并且让对方牢牢追随他，把他当大哥。”

周胤心道：陛下您错了，许多人积聚在皇太子周围，并不是把他当兄弟，而是想当他大哥，想当他爹。

比如我，我就想当皇太子的爹，若他是我儿子，我定全力培养他，而不是来搞什么狗屁制衡浪费时间、人力和物力。

洪武帝又道：“岐儿虽然聪明，读书却并不专精，往往浅尝辄止。可是他有一个优点，他看人很准，能够很轻易就看透对方的优缺点，并善加利用，而且给予对方极大的信任。这也随了太祖皇帝。”

洪武帝感叹道：“朕疑心太重，做不到像岐儿这样。”

周胤沉吟了一下，道：“皇太子在格局方面确实随了太祖皇帝；陛下是守成天子，能做到如今这样政通人和天下和乐，已是可以载入史册的明君了。”

洪武帝瞅了周胤一眼，笑了起来，道：“岐儿还有一点，就是待人大方，而且很会投其所好，小的方面，他能够投追随者所好；大的方面，他能投天下百姓所好，在这方面，朕比不上他。”

周胤微笑：“陛下太谦逊了。太祖皇帝出身微末，知道百姓的需求，自古以来，所谓‘以民为本’，谁不知道？可能做到的君主实在是太少了。当年太祖皇帝带兵起事，第一个口号便是‘分田地，均贫富’，正因为这个口号，天下百姓聚拢在太祖皇帝身边，最终为太祖皇帝打下江山。”

他深吸一口气，慨然道：“陛下，大周朝立国百年，承平日久，如今田地逐渐集中，贫富日益分化，若不及时匡正，必会酿成大乱啊！”

这是周胤私下里和林岐讨论的结果，他们决定先私下里向洪武帝进谏，逐渐给洪武帝灌输必须改革土地制度和税务制度的想法，待时机成熟，再从上而下进行根本性的革新。

洪武帝不爱听这些，很快转移了话题："子承，岐儿前些时候去你府上读书，有没有要走你什么宝贝？"

每次林岐来他这御书房一趟，就要弄走一批他的宝贝。

周胤笑了："臣的那些古玩字画，海内孤本，殿下似乎都没什么兴趣，还送了臣一座殿下亲手做的嵩山沙盘。"

洪武帝一听，颇感兴趣："嵩山沙盘？给朕说说，到底是怎么回事？"

因皇太子今日就要离开兵部了，兵部众官吏凑了份子，一起到城南有名的酒肆吃酒。

林岐开开心心吃了酒，回到东宫就睡下了。

他睡得正香，洪武帝却派大太监何琛宣他去御书房。

林岐迷迷糊糊被李越扶了起来，半盏浓茶饮下，一下子清醒了过来，穿好衣服往御书房去了。

洪武帝见林岐眼皮浮肿，睡得小脸白里透红，身上还有酒气，就知他是吃醉了睡下，被临时叫醒的，当下就很不高兴，又问了跟随林岐的太监李越，知道林岐是跟兵部那些人吃醉了酒，便斥责道："岐儿，你才十六岁，跟着人吃什么酒？虽然不是小姑娘，也不安全，也得防着人，知道吗？"

岐儿这孩子生得太好看了，须得好好保护。

李越等人在旁边垂首听训，心道：那么多侍候的人贴身扈卫皇太子，谁敢觊觎皇太子，那真是祖宗八代活得不耐烦了。

再说了，皇太子也不是有这喜好的人啊！

林岐喉咙有些干，头也有些蒙，坐在那里听了一会儿，忽然开口："父皇，我渴了。"

洪武帝顿时偃旗息鼓，忙吩咐何琛："还不给岐儿倒温开水！"

他又叮嘱了一句："水温要凉一些，岐儿不爱喝热水，不过也不要太凉了。"

何琛答了声"是"，急急命人准备温开水。

半盏温开水喝下，林岐彻底清醒了过来，这才接过何琛奉上的热手巾，在脸上胡乱擦了好几下，道："父皇，这么晚了宣我过来做什么？"

洪武帝这才想了起来，便道："你给周胤做的那个沙盘嵩山，朕觉得不错。"

林岐眼睛肿肿的，看着特别像小孩子，瞅了洪武帝一眼："嗯，父皇，我也觉得不错。”

洪武帝不知该说什么。

何琛忍不住轻咳了一声，道：“殿下，陛下的意思是，这样的沙盘，摆在御书房也挺好的。”

林岐抬眼看向洪武帝：“父皇，儿臣觉得兵部侍郎马正阳不错，他多次出战辽东，从未有过败绩，儿臣以为可以用他镇守辽东。”

洪武帝点头道：“马正阳确实是军事天才，只是此人太贪。”

林岐笑了：“我和他说好了，每年给他一万两银子，让他不要克扣军饷贪污受贿，还让他签了字画了押。”

洪武帝：“你如何能保证他听你的？”

林岐微笑：“我在他身边放了人，还把他的小儿子安排在我身边做伴读。”

对于马正阳这样有能力有本事，节操却不够的人，只能具体问题具体分析，打蛇打七寸了。

洪武帝没说话，只是看着林岐。

林岐笑容灿烂：“父皇，您不是喜欢太行山吗？给儿臣一个月时间，儿臣给您做一个太行山脉的沙盘。”

洪武帝笑了起来，道：“马正阳一事，待明日内阁商议后再说。”

林岐一听，便知此事八九不离十，也笑了。

回到东宫，林岐没了睡意，便去西偏殿着手给洪武帝做太行山山脉的沙盘。

这时李涵进来了：“殿下，周大姑娘往国公府给您送去了一封信。”

听说是似锦的信，林岐当即起身，用香胰子洗了手，这才接过了信。

似锦在信里约他去周府玩，说有很重要的事情要和他说。

林岐沉吟了一下，道：“让康嬷嬷去一趟周府传话，和周姑娘说，我明晚戌时去周府。”

他近来一直在长个子，嘴唇上也长了一层细细的绒毛，虽然不凑近看不出来，可是白又胖每次都爱摸他的脸，白日的话容易被她识破……

还有，声音虽然可以哑着嗓子说话，喉结却似乎有些明显了，快要遮不住了……

唉，怎么办啊！

对于自己越来越不像女孩子这一点，一向智计百出的林岐，也有些不知道该怎么办好了。

他当然希望自己长成高大健壮的男子汉，可是白又胖那边怎么办，没了许凤鸣，她会伤心的。

一直到了第二天下午，郑夫人才恢复了精神，命丫鬟婆子把昨日在延庆坊给倩兮和盼兮买的几匹上色绸缎送到蒹葭院。

倩兮和盼兮收了礼物，一起来兰庭向郑夫人道谢。

郑夫人还要去外书房见周胤，让似锦带着两个妹妹玩，自己往前面去了。

周胤刚处理罢公务，正在欣赏书房鸡翅木架子上摆的嵩山沙盘，听说妹妹来了，当下便道："请姑太太进来。"

郑夫人知道哥哥公务繁忙，便开门见山道："大哥，我觉得似锦和乔夙颇为登对。"

周胤挑了挑眉，三两句便把昨日郑夫人带郑轶和似锦去杨柳胡同见乔夙的事给问了出来。

得知似锦居然拿出银子资助乔夙研究苗人草药，周胤不禁也有些动心了：难道似锦的缘分就在这里？不然初初见面，她为何就与人定下这样的资助合同？

沉吟了片刻后，周胤道："杏榜四月十五才发布，那时候似锦也从洛阳回来了，到那时，咱们再谈结亲之事吧！"

郑夫人得了兄长这句话，心中大定："那我先去和秦夫人说一声，免得被人中间截和，断了这两个孩子的姻缘。"

周胤想了想，道："话说得含蓄一些，要保密。"

事关女孩子的声名，可不能大意。

他又道："这几日有机会的话，带乔夙过来让我瞧瞧。"

郑夫人笑嘻嘻地答应了一声，回到兰庭，写了一封信，命人送到地藏庵给秦夫人。

乔夙恰好在地藏庵陪伴秦夫人。

秦夫人读了郑夫人的信，当面就问乔夙："阿夙，你觉得周家大姑娘怎么样？"

乔夙认真地想了想，道："周大姑娘古道热肠，心地善良，光风霁月，是个好姑娘。"

只因为对好朋友的关心，对医者的爱护，周大姑娘就提出一年一百两银子资助他研习草药，真是好人啊！

秦夫人大喜："如此甚好，姑母这就带你去周府拜访周大人。"

乔夙有些犹豫："姑母，天都快黑了，会不会太晚了？"

秦夫人笑道："晚什么呀，好事要趁早，咱们这就过去。"

姑侄俩一个乘车，一个骑马，在暮色苍茫中往周府而去。

与此同时，安国公府的马车在兰庭前停了下来，装扮得格外娇艳的许凤鸣扶着上前迎接的似锦的手下了马车。

第十七章
分离

兰庭的庭院里挂了白纱灯笼，昏黄的烛火透过灯笼照了出来，越发显得朦胧柔美。

似锦悄悄看了许凤鸣一眼，觉得她实在是太好看了，便又看了一眼，抿着嘴笑了。

许凤鸣知道自己今晚好看得很，也笑了。

到了正房明间，似锦看了看许凤鸣，见她穿戴妆饰都甚是正式，便道："要不要先喝盏茶，再去见见我姑母和我母亲？"

许凤鸣矜持地点了点头，在明间罗汉床上坐了下来。

似锦亲自奉了茶给许凤鸣，道："我提前沏好的，你这会儿饮用，温度正好不热不凉。"

许凤鸣端着茶盏，尝了一口，抬眼看向似锦："你有什么重要的事情要和我说？"

提到这个，似锦可就兴奋起来了，屏退侍候的丫鬟，凑近许凤鸣，在许凤鸣耳边低声道："我寻到一个善用黔州苗药解毒的人，他叫乔夙，想着让他给你看看病。"

许凤鸣只觉得似锦说话时，热气直扑了过来，他耳朵热热的，心跳似乎也有些快，垂下眼帘略一沉吟："黔州，乔夙……"

他似乎有印象。

似锦正要接着说话，许凤鸣就想起来了："是黔州知州乔文澜之子乔夙吗？"

似锦点头，杏眼瞪得圆溜溜："咦？小凤凰，你认识他？"

许凤鸣端起茶盏又饮了一口："不认识。"

他不认识乔夙，却知道乔夙的情况。

前些时候，为了给似锦挑选未来夫婿，他亲自把今年来京参加会试的未婚年轻举人给过了一遍，这个乔夙是第一轮就被筛掉的，因为他将来回黔州的可能性极大。若是似锦跟着去了黔州，一去千里万里，这辈子他都不知道能不能再见到似锦了。

许凤鸣很快就反客为主：“白又胖，你怎么认识乔夙的？”

似锦笑了，道：“我姑母和乔夙的姑母秦夫人当年是闺中好友，带我去看秦夫人，恰巧乔夙也在，聊了几句，我发现他对苗人草药和解毒都很有研究，就想着让他给你看看脉息。”

许凤鸣看着似锦，道：“怕不是恰巧碰到吧？”

似锦不禁也笑了，道：“也许是姑母和秦夫人想撮合我和乔夙吧，哈哈！”

许凤鸣垂下眼帘，把玩着手里的薄胎甜白瓷茶盏，低声道：“黔州可是很远的。”

似锦颇以为然：“是很远啊，所以我想了个法子，你且等着。”

她起身去了东暗间，很快就拿了一份文书过来了：“小凤凰，你看看，我拟定的合同，是不是很严密？”

许凤鸣接过合同，就着小炕桌上的烛台看了起来。

他看的速度很快，一目十行很快就看完了。

合上合同后，许凤鸣看向似锦，眼睛发亮，声音都比平时高了些：“你每年资助乔夙一百两银子，然后还让他每年见你一次，路费由你承担？”

似锦见许凤鸣不似平时婉约，简直是要生气的前奏，忙伸手到许凤鸣背后，一边抚着，一边道：“哎哟，小凤凰，顺顺气，你听我解释。”

她的财产的最大头，可是许凤鸣给的六千两银子，也就是说，资助乔夙的银子，许凤鸣是大股东，因此她得好好向大股东解释一番。

还没等似锦开始解释，外面就传来素心的声音：“姑娘，咱们有客人了，姑太太请您一起去迎接。”

似锦怕许凤鸣闹起来，一边双手环抱着许凤鸣，一边问素心道：“是什么客人呀？”

素心在细竹丝门帘外道：“姑娘，是秦夫人和乔公子。”

许凤鸣哼了一声，道：“原来这位乔公子已经登堂入室，可以进入内宅来见女眷了。”

似锦有些无奈：“我们是通家之好嘛，这有什么！”

她这时候还抱着许凤鸣，整个前胸都贴到了许凤鸣的胳膊上。

许凤鸣起初没感觉到，后来觉得不对，便不再动了，低声道：“白又胖，放开我。”

似锦继续紧紧抱着许凤鸣：“那你别吃醋啦！”

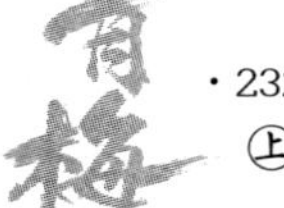

许凤鸣简直无语："我什么时候吃醋了……快放开我！"

这种感觉太怪异了。

似锦见许凤鸣似乎真生气了，忙松开了许凤鸣，往后退一步，笑容灿烂："小凤凰，你陪我去迎接客人，好不好？"

许凤鸣起身，理了理被似锦弄乱的衣裙，道："走吧！"

似锦见许凤鸣耳朵有些红，便伸手摸了一下，觉得甚热，一边往外走，一边道："你的耳朵有些热，是发烧了吗？"

若是发烧，正好让乔夙看一看。

许凤鸣随着她往外走，口中道："没发烧。"

这时候素心已经打开了细竹丝门帘。

似锦和许凤鸣一前一后出了明间。

在前面的似锦略等了等，待许凤鸣跟上了，这才继续低声道："待会儿让乔夙给你看看，他不怎么会悬丝诊脉那一套，到时候我想办法，让他给你望闻问切一番。"

许凤鸣心里泛酸："连悬丝诊脉都不会，妄称什么名医。"

似锦一边和许凤鸣一起往大门那边走，一边低声劝说："小凤凰，你就听我一次吧，乔夙很厉害的……"

许凤鸣如今一听见"乔夙"这两个字，心里就不舒服，却不再多说了。

郑夫人正在大门内候着，见似锦带了个姑娘过来，就着门楼两侧挂着的灯笼看了过去，却一下子呆住了："似锦，这位是——"

这人也太好看了吧，小脸雪白，凤眼朱唇，鼻梁挺秀，清冷而又脆弱，如春风中枝头盛开的雪白梨花，又似云端的仙女儿，极致脆弱，又极致美丽，这样的容颜，这样的气质，这全大周也是头一份吧？！

似锦一看姑母这样子，就知道姑母被许凤鸣装扮后的模样给镇住了，不由得笑了起来，道："姑母，这是我的闺中好友，安国公府的许二姑娘，她方才来看我。"

许凤鸣端端正正地道福："给姑母请安。"

郑夫人慌忙道："不必多礼，不必多礼！"

她又打量了许凤鸣一番："许二姑娘可真是国色天香举世无双，我家似锦被比下去了，真是被比下去了！"

他不知道自己该高兴，还是该不高兴。

这时候大门外面传出婆子的声音："姑太太，大姑娘，秦夫人到了。"

郑夫人顾不得多说："咱们先出去迎接客人。"

兰庭大门外也挂着两个灯笼，照得大门内外亮堂堂的。

乔夙扶着姑母秦夫人下了马车。

郑夫人带着似锦和许凤鸣迎了上去。

秦夫人一眼看到了许凤鸣，当即认了出来：“这……这不是安国公府的许二姑娘吗？”

上次崇宁公主在碧漪园举办的海棠花会，她也在场，虽是惊鸿一瞥，却也对许凤鸣印象极为深刻，因此一见就认出来了。

许凤鸣微笑屈膝：“给夫人请安。”

秦夫人忙道：“不敢当，不敢当！”

凡人怎么当得起仙女的请安行礼！

似锦笑吟吟地屈膝行礼：“我也给夫人请安。”

秦夫人笑着道：“乖孩子，起来吧！”

乔夙给郑夫人拱手行过礼，看向似锦和许凤鸣。

他先是被许凤鸣的容颜给震住了，心道：怪不得人家说灯下看美人，尤胜白日十倍啊……

果真如此！

乔夙内心实在是过于震撼，不敢再看第二眼，红着脸移开了视线。

郑夫人和秦夫人寒暄着一起进了兰庭。

似锦挽了许凤鸣的手走在后面。

乔夙走在最后——他发现这个许二姑娘个子还挺高挑，都比周大姑娘高大半头了，十五六岁的女孩子长这么高，算是比较罕见了。

一行人到了东厢房明间分宾主坐下。

郑夫人和秦夫人坐在罗汉床上，似锦拉了许凤鸣并肩坐在靠北的贵妃榻上，乔夙独自坐在似锦和许凤鸣对面的圈椅上。

秦夫人正和郑夫人说话：“我既然来了，得先去见见周夫人，和她打个招呼吧？”

郑夫人笑了：“这会儿我大嫂正在用晚饭，咱们去了不方便，索性在我这儿用了饭，咱们再一起过去。”

似锦也和许凤鸣在低声说话，她还在继续劝说许凤鸣同意让乔夙看病：“你就听我一次呗，求你了！你若是听我的，我就……”

怕人听到她和许凤鸣的私房话，似锦凑近许凤鸣的耳朵，用极低的声音道：“你若是同意，以后你穿的白绫袜，我都包了。”

许凤鸣才不上当呢，如果乔夙真的懂医术的话，把把他的脉，马上就能揭穿他了；若是乔夙不懂医术的话，让他瞧病又有何用？

因此许凤鸣丝毫不肯退让。

作为医者，经过初见的震撼之后，乔夙再看许凤鸣，就开始注意细节了。

他坐在似锦和许凤鸣对面，起初还是不好意思盯着看的，可是不经意间一眼扫过，他的视线就定格在了许凤鸣的颈部。

因怕人误会，他看了数息就移开了视线，心里却在想：这位许二姑娘，喉结似乎比一般女孩子要明显一些。

说明显，却又不是很明显，不细看的话，是看不出来的……

他听力很好，便垂下眼帘，竖着耳朵听似锦和许凤鸣说话。

听了一会儿后，乔夙直接开口问似锦："周大姑娘，你所说的幼年中毒的好友，就是许二姑娘吧？"

似锦怕许凤鸣说出拒绝的话，用手臂揽着许凤鸣的腰，笑盈盈道："正是她呢！"

乔夙深深看了许凤鸣一眼，道："许二姑娘不必担心，您只需让我在手指上采一点血，我自回去试验，试着验出血中所带毒素，寻找解毒的法子。"

闻言许凤鸣看向乔夙，凤眼幽深，眼神干净澄澈，却又有刀锋的锋利。

乔夙被看得有些慌，忙解释道："取血之前，我会把小刀放在火上燎一燎的。"

似锦揽着许凤鸣腰的手臂收了收，勒着许凤鸣的腰低声道："你放心，乔大哥真的好厉害！"

许凤鸣移开视线，看了似锦一眼，不置可否。

乔夙这才发现似锦正搂着许凤鸣的腰，眼中不由得现出迷茫的神情——周大姑娘和这位"许二姑娘"，到底是什么关系？

这时候丫鬟进来请示把饭摆在哪里。

乔夙不能和女眷一起用饭，当下便起身告辞，预备往前院寻郑轶。

秦夫人忙交代道："你和郑轶说一下，若是周大人在外书房，就去给周大人请个安。"

乔夙答应了一声，又盯着许凤鸣的喉结看了一眼，这才退下了。

乔夙离开之后，许凤鸣一下子放松了下来，觉得心里舒坦了许多，含笑道："似锦，咱俩也不打扰姑母和秦夫人了吧？"

似锦对许凤鸣，往往是百依百顺的，当即和郑夫人说了一声，然后和许凤鸣一起回她的屋子了。

晚饭简单而精致，许凤鸣素来食量不大，不过用了半碗碧粳粥，吃了两口菜罢了。

用罢晚饭，似锦让丫鬟收了桌子出去，自己和许凤鸣安安生生倚着靠枕歪在罗汉床上说话。

许凤鸣状似不在意地问了几句，便把似锦认识乔夙的全过程给问了出来。

他倚着锦缎靠枕歪在那里，似是随口问了一句："你觉得乔夙怎么样？"

似锦想了想，道："他很好，做事认真，认定目标就专注去做，我很欣赏这样的人。"

想起乔夙前世宁愿放弃功名，隐身苗疆大山钻研草药，最后为了寻找药材远渡海外，似锦心中就佩服得很。

她就舍不得许凤鸣。

许凤鸣默然片刻，道："他真的能解毒？"

似锦略一思索，道："即使他现在不能，以后他也应该可以。"

她从罗汉床上爬起来，跪坐在那里，央求道："小凤凰，你就试试吧，这次听我一次。"

许凤鸣没有立即答应，而是自言自语道："这会儿乔夙应该在你父亲的外书房里……"

似锦"哦"了一声，道："我父亲挺喜欢提携有抱负、有才华、有能力的年轻人的。"

她心里却道：如何才能让小凤凰答应看病呢？总不能还像喂药一样采取强硬手段摁着小凤凰吧？

许凤鸣瞅了似锦一眼，见她跪在那里，也不说话，脸上若有所思，怕是在想乔夙，心里不由得作酸："我觉得乔夙长得很普通……起码没我好看。"

似锦正在想心事，闻言"扑哧"一声笑了，道："你是姑娘家，人家是少年郎，哪有什么可比性。"

她爬了过去，凑近许凤鸣，伸手在许凤鸣脸上捏了一下："你的脸好软啊！"

似锦又道："咦，小凤凰，你怎么酸溜溜的啊，吃醋了？"

他的确有些恼羞成怒，起身道："对，我就是吃醋了。"

许凤鸣起身就要走。

似锦以为许凤鸣和她开玩笑，跪坐在罗汉床上，歪着脑袋笑嘻嘻道："小凤凰，我和你开玩笑呢，我和乔夙其实就是合伙做生意，你别想太多……"

许凤鸣却是真的想离开。

他觉得今日的自己太怪了，都不像他了，好像变傻了。

是真的变傻了。

他的第一反应是离开，好好检讨一番。

似锦这才发现许凤鸣是真的要离开，急急穿上绣鞋便要去追，终于追上了。

她用力抱住许凤鸣的腰，脸贴在许凤鸣颈后，低声道："小凤凰，你先别走，你听我说——"

许凤鸣顿了顿，掰开似锦的手，疾步向前离开了。

似锦到底没说服许凤鸣。

许凤鸣连去周夫人那里打个照面都不肯，直接登上马车离开了。

似锦立在兰庭门口，目送许凤鸣的马车辘辘驶出，转入拐角，再也看不见了，心里很难受。

今晚的许凤鸣很古怪。

她有一种感觉，自己很难再见到许凤鸣了。

想到再也见不到许凤鸣，似锦的心就一扯一扯地疼，她抬手抚在胸前，心里一片茫然。

似锦立在门口，心道：难道是我过于热情，吓着了小凤凰，所以小凤凰不愿和我来往了？

想到这个可能，她更加难过了。

这时候丫鬟簇拥着郑夫人和秦夫人从大门内走了出来。

郑夫人见似锦还立在那里发呆，便道："似锦，许二姑娘既然离开了，你就和我一起陪秦夫人去惠畅堂吧！"

似锦忍着内心的恓惶，微笑着答了声"是"，陪着郑夫人和周夫人去了惠畅堂。

外书房院子里，用罢晚饭，郑轶和乔夙陪着周胤在院子里散步。

春风习习，花香细细，不冷不热，极是舒适，周胤心情也好得很。

乔夙和他常接触的皇太子林岐性格不同，看上去甚是普通，可是再了解一些的话，会发现乔夙虽然沉默寡言，却甚是内秀，而且做事很专注。

周胤问起黔州的风俗，乔夙都答得很好，知道就是知道，不知道就是不知道，为人很是稳重。

周胤挺欣赏乔夙，便又问起了乔夙下了不少功夫的黔州草药。

提起自己喜欢的黔州草药，乔夙滔滔不绝说了很多，最后意识到自己说得太多了，不由得面红耳赤，忙拱手道歉："世叔，对不住……"

周胤笑容和蔼："我很喜欢听年轻人讲这些。"又笑着称呼乔夙的字，"子晨，你将来打算在哪里安家？"

乔夙认真地思索了一下，道："男子汉大丈夫，随处皆可安家。"

他本来就打算行遍天下，寻求药材，遍访名医，探寻疑难杂症，自然随处皆可安家了。

周胤听了这句话，甚是满意，笑了起来："说得好，'男儿随处皆可安家'，大气！"

告辞了周胤后，乔夙和郑轶一起去了内宅，恰好在兰庭门口等到了从惠畅堂回来的秦夫人、郑夫人和似锦。

秦夫人要离开了，郑夫人颇有些依依不舍，和秦夫人立在兰庭门外话别。

乔夙见似锦静静立在郑夫人身后，小圆脸上原本开心甜美的笑不见了，眼睛似含着忧伤，昏黄的灯笼光晕中，整个人显得孤零零的，当下便假做搭讪向前半步，低声道："周大姑娘，你和许二姑娘认识多久了？"

他还是觉得许二姑娘不大对劲儿。

似锦不敢低头，总觉得一低头眼泪都要流出来了："我八岁就认识许二姑娘了。"

她又补了一句："我和许二姑娘一起长大的。"

乔夙听了，眉头皱了起来，心道：既然一起长大，那周大姑娘想必很了解许二姑娘了，难道许二姑娘别有隐情？

许二姑娘既是女子，又有男子的特征，难道她是古代医书中记载的阴阳人？

乔夙秉着实事求是的精神，不肯妄加猜测，预备下次见了许二姑娘，定要想办法把一把脉。他虽然做不到悬丝诊脉，可是搭脉分辨男女还是可以的。

林岐当夜回了东宫。

夜间他又失眠了，翻来覆去睡不着，索性起身去西偏殿为洪武帝制作太行山沙盘。

第二天朝会散后，林岐回到东宫，吩咐李越："想办法联络一下周先生，问问进度如何。"

他的启蒙老师之一正是泽州名士周群。

周群如今正在滇州，为林岐寻找能够解毒的巫医。

李越离开后，林岐起身走到嵌着水晶的落地长窗前，看着外面冒出无数新芽的香樟树，想到似锦，想到上次在兰庭似锦的拥抱，一颗心似被群蚁啮咬……

李青进来回话，一抬头见林岐下唇全是血，吓了一跳，忙道："殿下，您的嘴——"

林岐抬手用力抹了一下，看着白皙手背上鲜红的血痕，低声道："没事。"

转眼间到了三月初八。

今日是王菁的及笄礼，似锦和倩兮、盼兮一起随着周夫人去了王学士府。

王菁的及笄礼办得还算体面，请的客人也全是王家的亲眷，来了许多年龄相近的女孩子。

似锦这次吸取了上次的教训，再也不敢去后花园打秋千了，随着王菁去了她住的院子。

王菁住在王夫人正房西边的小跨院里，原先院子里住了三位庶出的姑娘，如今前面那两位都出嫁了，只余下王菁自己，倒也宽敞。

院子里也种着几株玉兰树，大部分都过了花期，只有一株花期晚，正在盛放，倒也别有风致。

王菁和似锦坐在窗前榻上，一边赏花，一边说话。

王菁想起上次许二姑娘为了躲避金明池行宫的选妃，扮成小丫鬟随自己去看似锦，心中好奇，便问似锦："似锦，最近许二姑娘在做什么？"

似锦闻言一愣，接着便笑了："我不知道啊！"

王菁仔细观察似锦的表情，道："你们俩不会是拌嘴了吧？"

似锦心中苦涩，心道：若是拌嘴倒也好了，反正我总会率先道歉，我们总会和好的，这次是小凤凰不理我了……

她左手支颌看着窗外的玉兰，低声道："我们没有拌嘴，只是她一直忙，我也有两三日没见她了。"

似锦不愿意继续这个伤感的话题，含笑看向王菁："你今天满十五岁了，亲事上舅舅舅母是如何打算的？"

王菁有些羞涩，道："母亲挺为我操心的，母亲有一个娘家堂侄，叫曹翔，如今在祥符县做县尉，在京城也有个小宅子……"

似锦一听到曹翔这名字，当下便笑了起来——王菁前世的丈夫正是祥符县县尉曹翔，而且王菁和曹翔婚后十分美满幸福。

她很为王菁开心，道："曹翔多大了？长得怎么样？"

王菁红着脸，轻轻道："他今年二十岁了，生得挺清秀，人也很好很上进……"

她又道："母亲知道我看重人品，也看重长相，因此让我相看了曹翔，两家门第虽然有些不般配，不过我看重的是他的人。"

似锦想到自己和许凤鸣。

许凤鸣是天生的贵女，要配那世间最尊贵的男子，即使她是男子，也没法子娶许凤鸣啊，而自己就算是男子，也只是一个文官的庶子，哪里配得上许凤鸣。

到了傍晚时分，似锦随着周夫人回了周府。

她一进兰庭，就发现东厢房里丫鬟和婆子进进出出，忙碌得很，忙去探问："姑母，怎么了？"

郑夫人正指挥丫鬟收拾箱笼，见了似锦，忙道："似锦，你也快去收拾行李，咱们明天清晨就出发回洛阳。"

似锦惊讶得很："不是说好到初十再走的吗？"

郑夫人摆了摆手："你祖母带着二房的人进京了，咱俩得赶紧逃走，要不然啊，你祖母和二叔二婶非要扒了我一层皮不可！"

似锦当下顾不得多说："姑母，我也收拾行李去。"

回到房里，似锦却不急着收拾行李，而是吩咐小丫鬟幽客："你去外书房看看我爹在不在。"

幽客很快就回来了："姑娘，老爷在外书房见客，让您半个时辰后再去。"

似锦心下大定，当下吩咐丫鬟们开始收拾行李。

把要带到洛阳的行李都收拾停当后，似锦又指挥着春剑和素心把余下的金银首饰、古玩字画、绫罗绸缎和喜爱的摆件都装进樟木箱里，一个个用锁锁了，然后看时间差不多了，便带着素心去了外书房。

周胤正在外书房候着女儿。

得知似锦要把箱笼存放在他的外书房里，周胤不禁笑了起来："你这孩子，不过去洛阳小住一个月，又不是要生生世世待在洛阳了。"

似锦一脸认真："爹爹，我可是听说我祖母和二叔二婶他们明日就要到了。"

他摸了摸鼻子："呃……那你的箱笼都放在西耳房吧，放进去后锁上门，钥匙你自己拿着。"

似锦见爹爹答应了，当下便去安排此事。

把自己那些箱笼送到外书房锁好之后，似锦这才回了兰庭。

屋子里空荡荡的，她喜欢的物件都收了起来。

这次离开，下次再回来，不知要到何时了。

毕竟周家老太太和二房的人进京，他们一定不愿住在外面，这兰庭原本便是客院，周夫人应该会把他们安置在这里。

这周府，这兰庭，本不是她周似锦的家啊！

似锦枯立了半日，去西暗间书房给许凤鸣写了封信，吩咐素心拿去给孙妈妈，让孙妈妈明日送到安国公府。

第二天清晨，郑夫人带了似锦和郑轶，乘了马车，在郑府管家和家人的簇拥下离了周府，出城往洛阳而去。

第十八章

识破

多亏郑夫人昨晚当机立断，郑夫人、郑轶和似锦一行人离开不过两个时辰，周老太太便带着二儿子周永一家人浩浩荡荡进了京城，来到了周府。

周夫人知道周老太太和二房的难缠，调动起周府所有的人力物力，进行各种调配安排，最终把周老太太安置在了兰庭正房，把周永夫妻俩安排进了兰庭东厢房，周永的两个姨娘则住进了兰庭西厢房，其余丫鬟和婆子都挤在兰庭的东西耳房里。

周永的两个女儿住进了蒹葭院，盼兮搬到一楼和倩兮住，二楼空了出来，让两个堂妹住了进去。

周永一向以田园隐逸诗人孟浩然自居，因此两个女儿的名字都出自孟浩然的诗，长女名唤周觉晓，取自孟浩然的诗《春晓》中“春眠不觉晓，处处闻啼鸟”一句；次女名唤周澄明，取自孟浩然的诗《耶溪泛舟》中“澄明爱水物，临泛何容与”一句。

周觉晓和周澄明是一对双胞胎，今年十二岁了，生得袅袅娜娜娇娇弱弱，瞧着也是一双小美人。

孙妈妈被周老太太叫过去使唤了整整一日，待她终于把周老太太熬睡下，已经过了亥时，似锦要她送的信还没来得及送。

孙妈妈揉了揉酸疼的腿脚，打算明日再寻时间去送信。

谁知天一亮，孙妈妈就又被周老太太叫去立规矩，这下子似锦的信又没送成。

似锦的信原本被孙妈妈珍而重之放在了首饰匣内，不知不觉过了好几日，孙妈妈忙得脚后跟打后脑勺，彻底把似锦的信给忘在了脑后。

与此同时，肃州发生天神教叛乱，起初肃州官场上下试图欺上瞒下，捂住此事，谁知叛乱逐渐扩大，天神教徒越聚越多，烧杀劫掠无恶不作，甚至开始围攻肃州城，预备占领肃州，割据建国。

眼看着瞒不下去了，肃州知州只得向朝廷求救。

洪武帝下旨，任命兵部侍郎马正阳为提督肃州讨逆平叛总兵官，皇太子林岐担任监军，整顿大军，预备前往肃州平叛。

洛阳距离京城并不算远，早上出发，到了傍晚时分，郑夫人一行人便赶到了洛阳城。

郑府位于洛阳城西的永定坊，是个六进的大宅子。

郑夫人疼爱似锦，把似锦安顿在自己居住的内院正房的东跨院内。

似锦随着郑夫人进了东跨院，发现庭院里种了无数牡丹，如今正是牡丹花期，绿叶丛中一朵朵碗口大的牡丹盛开着，国色天香，美不胜收。

郑夫人没有女儿，把似锦当女儿来疼，领着她进了正房，道："我接到你爹爹的信，就开始为你布置屋子，你看看喜不喜欢。"

似锦见屋子簇新，家具全是黄花梨木，地板也是新的，坐垫一律是玫瑰红锦缎制成，靠枕则全是浅粉绣牡丹纹样，而帘幕则是用上好的薄绡制成，清雅而华贵。

郑夫人欢欢喜喜地引着似锦去看东暗间卧室："妆镜是从洛阳城中的闽州铺子买的西洋货，照人特别清楚。"

似锦看了看妆镜，果真纤毫毕现。

她又随着郑夫人去看床，发现是上好的黄花梨木拔步床，上面挂着连珠鲛绡帐，十分精致。

似锦心中感动，转身想要扑到郑夫人怀里，谁知郑夫人身材小巧玲珑，差点被侄女给撞倒。

郑夫人又好气又好笑："似锦，你个小胖子，差点把姑母撞倒！"

似锦知错就改，伸出双臂抱住郑夫人："姑母，多谢你。"

郑夫人抱着香香软软暖暖的侄女，心里也是欢喜。

她一直想要一个香软可爱，可以好好打扮的女儿，谁知成婚多年，一直未曾生育，如今有了似锦，心底的缺陷得到了弥补，自是开心得很。

这时候外面传来郑轶的声音："娘，我爹回来了。"

郑轶的父亲郑欣如今担任洛阳判官一职，不过是个从七品的文官，上面还有知府，因此并不算忙碌，得知郑夫人回来，忙回府相见。

郑夫人听了，顿时眉开眼笑，忙道："似锦，咱们去见你姑父。"

似锦前世根本没见过这位姑父，心中很是好奇，当下便随着郑夫人出去了，却见郑轶正陪着一个五短身材胖乎乎的中年男人立在明间，不由得一愣——这

人还没她高，郑轶却是又瘦又高，这是郑轶的父亲吗？

郑轶见状，笑了起来，道："表姐，这是我爹爹。"

他去世的母亲娘家的人都是瘦高个子，他随了舅舅，又瘦又高。

似锦忙上前屈膝行礼："给姑父请安。"

郑欣身材不高，却生得浓眉大眼，颇为端正。

他很爱笑，一见似锦便笑了起来，眼角满是细纹："似锦，既然来了姑父姑母家，就不要见外，安心在这里住下，缺少什么就问你姑母要，想要出去玩，就和郑轶说。"

似锦很喜欢这个爱笑的姑父，乖巧地答了声"是"。

郑夫人想着似锦一路劳顿，便留下似锦歇息，自己带着丈夫和儿子离开了，临出门，还交代似锦："你先睡会儿，该用晚饭了，我就让丫鬟来叫你。"

似锦宽去外衣，重新盥洗罢，便在床上睡下了。

床褥又厚又软，白绫软枕绣着浅粉牡丹花，锦被宽大舒适，俱散发着阳光的气息，似锦很快就睡着了。

为了给似锦接风，晚饭是洛阳水席，似锦吃得十分开心，最后因为吃得太饱，不得不在庭院里散了好一阵子步。

晚上洗澡罢，似锦一时没有睡意，便披散着微湿的长发在庭院里散步。

春剑在房里带着小丫鬟整理行李。

素心拿了锦缎坐垫，铺在了庭院西南角亭子里的美人靠上："姑娘坐下赏月吧！"

似锦坐在美人靠上，双臂放在木栏杆上，看着天上的一弯新月。

栏杆下面有一丛香玉牡丹，花香被晚风散开，令人心旷神怡。

素心立在一旁，道："姑娘，还是姑太太这里好，又雅致，又清静。"

似锦没有说话，大大的杏眼不知何时溢满了泪水。

她又想起许凤鸣了。

此时许凤鸣在做什么呢？她接到信没有，还在京城吗？

想到最后，似锦心道：小凤凰，你若是不给我回信，我就也不理你。等将来你成了亲，生了子，我再过去，到时候你就知道我对你没有别的心思了。

再说了，到那时候，说不定乔夙已经能够解许凤鸣的毒了，她正好带了乔夙登门拜访。

想到这里，似锦又浑身充满了力量：好不容易重来一次，我要快快活活开开心心地活，想那么多做什么！

似锦性格活泼开朗，又好热闹，很快就在洛阳城有了新朋友——洛阳知府赵时春的女儿赵洛神。

赵洛神今年十五岁，虽然叫洛神，却并不像洛神那样“秾纤得衷，修短合度”，而是一个肌肤微黑，略微有些丰满的姑娘。

似锦和赵洛神交好，又通过赵洛神，在洛阳城结交了好几个闺中好友，常常彼此聚会，快乐得很。

转眼到了四月初。

这几日一向悠闲的郑欣忙碌了起来，天天早出晚归，忙得不亦乐乎。

这日郑欣好不容易早回家了一次，郑夫人便命人在正房摆了饭，一家人聚在一起吃菜饮酒松快松快。

郑欣饮了两杯酒，这才说起了这几日忙碌的缘由：“肃州天神教的叛乱捂不住了，如今肃州城已被叛军攻下，叛军开始进犯陕州，陛下已经命兵部侍郎马大人为提督肃州讨逆平叛总兵官，皇太子殿下担任监军，率领大军前往肃州平叛。后日大军就要经过洛阳，知府赵大人正在组织劳军，大家都忙得很，我也不能闲着啊！”

似锦听了，忙道：“姑父，既然是劳军，要不要组织女眷们捐银捐物？”

郑欣还没说话，郑夫人当下也道：“朝廷大军平定叛乱，有不少药材是必需品，咱们家有药铺，倒是可以捐助些药材……”

似锦当即道：“姑母，我捐八百两银子。”

她这回出来，总共带了一千两银票，在姑母家又没有用钱的机会，而且姑母还常常给她零用钱，以至于短短二十日，她的一千两银子就变成了一千二百两。

郑轶当即道：“我也是大周子民，我捐一千两。”

郑欣很是欣慰，道：“我等是大周子民，不能为国出战，也得出一份自己的力量。”

他看向郑夫人：“桐月，咱们今晚就把药铺里的掌柜和伙计都叫来，盘点一下存货，但凡是朝廷军队需要的，全都捐献出去。”

郑家做生药生意，仓库里存货甚丰，若是想要捐献，至少得盘点一天一夜。

郑夫人点了点头：“如此甚好。”

她起身去吩咐管家请伙计们过来。

似锦忙也起身：“我去拿银票。”

郑轶跳起来：“我也去拿银票。”

似锦和郑轶一起往外走，一边走一边商议着发动众人捐银捐物之事：“捐银子容易被人贪污，咱们不如都买成军需，比如给士兵制作军服，或者作为给

战后士兵的抚恤银……”

傍晚时分，朝廷大军赶到了洛阳城外，预备在洛阳城外休整一夜，明日继续开拔前往陕州。

军医营内，乔夙正指挥着士兵安营扎寨埋锅造饭，却见一队士兵簇拥着一个军官装扮的人走了过来，当下看了过去，发现那人虽身穿甲胄，却肌肤白皙，鼻梁挺秀，生得甚是清俊，一双瑞凤眼干净澄澈，似在哪里见过一般。

乔夙不由得一愣：这双眼睛为何如此熟悉，到底在哪里见过？

做普通军官装扮的林岐也看到了乔夙，也是一愣——乔夙不是在京城等待杏榜颁布，殿试开始吗，怎么会在这军医营里？

不过他思绪如电，很快就明白过来了：乔夙怕是放弃举业，从军做军医了。

林岐顿时对乔夙有了些好感——大周朝不差一个只会“之乎者也”的读书人，却缺少医术高明的军医。

他当下走了过去，笑容灿烂：“乔公子！”

乔夙看向林岐：“您是——”

这人怎么认识我？

他还是觉得眼前这个清俊少年莫名熟悉。

林岐对着乔夙又是一笑，道：“在下曾在京城梧桐里的周府，与乔公子有过一面之缘，只是乔公子没注意到我罢了。”

乔夙盯着他的眼睛，然后视线下移，定在了林岐的喉部，然后又看向林岐的眼睛，心里瞬间明朗——怪不得他在周府见到那位许二姑娘时，觉得甚是怪异，原来他没有猜错，那位美娇娥，果真是少年郎！

美娇娥是安国公府的许二姑娘，那恢复了男装的许二姑娘，极有可能是安国公府的公子，或者与安国公府有关，而此次平叛的监军，便是安国公许继顺的外甥，当朝皇太子林岐！

看看眼前清俊高挑的少年将军，再想想那位风华绝代的小仙女，乔夙觉得自己好像在做梦——小仙女变成皇太子，任谁都觉得自己是在做梦。

见乔夙神情变幻，林岐知道乔夙猜到自己身份了，抿着嘴笑了：“鄙姓林，乔公子这边说话。”

他抬手做了个手势，向前方的一株白杨树走去。

见到林岐的手势，扈卫的人当即停在了那里。

乔夙愣了愣，反应了过来，忙大步追了上去。

到了白杨树下，林岐负手而立，看向乔夙。

乔夙看了看四周，见林岐的亲随扈卫远远驻足，可是四周却有不少身着青衣的彪形大汉做着警戒，这才放下心来，压低声音拱手行礼：“军医营五等军医乔夙，见过殿下。”

林岐微笑：“平身。”

他到底好奇心强，开口问乔夙：“乔夙，你不是在京城等待杏榜发布吗，怎么会出现在军医营？”

乔夙单是看皇太子的眼睛，就知道他聪慧异常，和皇太子这种绝顶聪明又位高权重的人说话，与其夸夸其谈，不如老老实实说实话，当下便道：“启禀殿下，属下原本想着参加科举，做官挣钱，以继续研究草药，后来得了周大姑娘每年一百两银子的资助，属下便打算放弃举业，专心钻研草药。

“听闻朝廷大军征西平叛，属下作为大周子民，自当为国出力，更何况沿途能接触到不少药材，而且为士兵看病，还能积累经验，可谓一举多得，所以就申请加入了军医营。”

林岐也想起了似锦给他看的那份合同，眼中闪过一丝笑意，故意问道：“你来参军，你那位金主周姑娘知道吗？”

乔夙认认真真道：“启禀殿下，周姑娘如今就在洛阳判官郑欣府上暂住，属下预备明日一早请假离营，去见一见周姑娘。”

林岐一愣：白又胖在洛阳？她不是在京城吗？

这段时间他忙着和马正阳一起接管军队，整顿军务，原想着似锦一直在京城周府，谁知她竟到了洛阳。

乔夙抬头看林岐，见他神情平静，当下接着道：“属下认为周姑娘古道热肠，深明大义，一定会支持属下的。”

林岐看了乔夙一眼，道：“周大人估计要你带家书给周姑娘吧？”

要不然乔夙这样的守礼君子，不会特地去见人家闺秀的。

乔夙当即答了声“是”，道：“启禀殿下，周大人得知属下要经过洛阳，特地嘱咐属下带封家书给周姑娘。”

林岐看了看天色，道：“这会儿洛阳城门还未关闭，我陪你去郑府送信。”

乔夙的第一个想法是皇太子真是古道热肠，热心得很，和周姑娘一样啊，接着就想起了周姑娘说的话——“我八岁就认识她了”“我和她一起长大的”。

皇太子和周姑娘居然是从小一起长大的？

他再看向林岐，眼中便有了别的意味：难道皇太子殿下他……他从小就喜欢周姑娘，所以才会一直隐瞒身份，扮成姑娘出现在周姑娘身边？

乔夙思绪如电，片刻之间，心中全都明白了，当即拱手道：“属下谨遵殿

下之命。”

林岐好奇地看了乔夙一眼：“胡说什么呢，我闲着也是闲着，陪你走一趟而已。”

说得好像他非要跟着乔夙一起过去似的。

乔夙又答了一声“是”，心道：皇太子果真嘴硬，明明想去见周姑娘，还不肯承认。

似锦今日随着郑夫人忙了整整一天。

她觉得自己是大周子民，想为大周尽自己的一份力，因此尽心尽力，不怕劳累。

似锦随着郑夫人去了郑家的生药铺子，与铺子里的掌柜和坐馆大夫商议后，定下了军队作战需要预备的各种刀伤药、止血药和消炎去火的药，写成单子，然后按照单子备药。

用了整整一天一夜时间，所有药材全部配齐，由洛阳知府赵时春和洛阳判官郑欣出面，把这二十二箱药材送到了驻扎在洛阳城外的军营，交给了统帅马正阳。

忙完这些，似锦和郑夫人都累得够呛，两人回家歇息去了。

似锦一直睡到天黑，这才醒了过来。

素心撩起鲛绡帐挂在了玉钩上，口中道：“姑娘快起来吧，姑太太刚才命人来看您醒没有，说若是您醒了，让您赶紧去前院，有客人想要见您。”

似锦“哦”了一声，迷迷糊糊起身洗漱。

用凉水洗了把脸，她终于清醒了过来，略作装扮，系了条白碾光绢挑线裙子，又在外面穿了件银红绉纱面白绢里的春衫，便带着春剑去了正房。

正房灯火通明，郑夫人正在明间内见乔夙和林岐。

她不认识林岐，听乔夙说林岐是他在军营中结交的好友，当下爱屋及乌，对林岐也热情得很：“林公子真是好相貌，排场得很！”

洛阳话中说人“排场”，就是夸人长得好看大气。

林岐微笑，瑞凤眼中满是得意：“姑母过誉了。”

乔夙称呼郑夫人为“姑母”，他是乔夙“好友”，自然而然地也称郑夫人为姑母了。

郑夫人看着林岐，忍不住继续问道：“林二郎是京城人士，不知有没有婚配呀？”

这个林二郎真是越看越好看，气质稳重，年纪又小，若是未曾婚配，倒是和似锦恰是一对。

至于乔夙，有了林二郎，乔大郎就先放一边吧！

林岐看了明间门上悬挂的青竹凤尾纹门帘一眼，笑容可爱："姑母，我还未曾婚配。"

郑夫人正要再问，外面丫鬟回禀道："夫人，姑娘到了。"

丫鬟掀开门帘，似锦走了进来。

她笑盈盈地看了过去，却在看到林岐时呆住了——这……这是景和帝，不，这是皇太子林岐吧？

林岐看着似锦的神情变幻，心道：咦？难道白又胖认出我了？按说我的易容技术还算可以啊，许凤鸣和我本人还是有区别的……

郑夫人见似锦驻足不前，忙笑道："似锦，乔大郎如今参军做了军医，经过洛阳，你爹让他捎一封信给你。"

见似锦的视线定在林二郎身上，郑夫人忙又解释道："似锦，这位是乔大郎的军中好友林二郎，陪乔大郎一起过来的。"

因乔夙是她家的通家之好，不必讲究那些繁文缛节，郑夫人直接在乔夙面前叫了似锦的名字。

似锦深深看了林岐一眼，笑了："原来是林二郎啊！"

她把"二"字咬得极重，还特地停顿了一下。

林岐也在看似锦。

他有二十几天没见似锦了。

忙的时候还不觉得，如今见了似锦，他只觉得心间似春花绽放明月朗照，欢喜得很，因此只是笑吟吟看着似锦，单是看着她，心里就很快活。

似锦在郑夫人右手边的圈椅上坐了下来，却发现林岐还在看自己。她越想越觉得不对——这未来的景和帝，如今的皇太子，为何一直看着自己笑？

她不由得想起了前世那次宫中元宵节灯会，勋贵人家和高官家的女眷受邀入宫赏灯，她有幸近距离见到了景和帝。

那次见景和帝，她想着抓住机会，滔滔不绝鼓吹孙浴泉，而景和帝则一直含笑看着她，似乎就是这样的眼神，带着笑，特别温柔。

似锦浑身起了一层鸡皮疙瘩，脑海灵光一现，又想起了前世的另一件事。

那次是许太后生病，众贵妇都进宫为太后祈福，她临时出去更衣，出来后却在穿山游廊遇到了景和帝。

当时景和帝却没有立即放她离开，而是絮絮问她："近来天气变化，有没有身子不适？"

似锦当时还以为景和帝看上了她，吓出了一身冷汗。等到离开了，她下意识往后看了一眼，却见景和帝还立在那里看着她，当时他的眼神似乎也是现在这样，虽然眼中含笑，可是眼神灼热……

那时候似锦只觉得害怕，生怕自己会卷入宫廷争斗，寻了个理由匆匆离开了。

后来再有机会进宫，她都是寻找各种各样的理由，不肯去，还被孙浴泉埋怨过。

过了一两个月，似锦发现景和帝那边也没怎么样她，这才放下心来，觉得自己真是想多了。

想到这里，似锦有了一种不妙的猜测：难道景和帝在做太子时，就暗恋我了？

不可能啊，我既没和皇太子接触，又不是什么天仙大美人！

似锦抬头看向林岐，忽然发现了一处异常。

明间里一东一西摆着两座赤金枝形灯，照得屋子里亮堂堂的，林岐就坐在似锦对面，枝形灯旁，他肌肤甚是白皙，就连耳朵也白皙如玉。

而他那白嫩的耳垂上，赫然有着比芝麻还小的一点朱砂——这分明是长满了的耳洞！

似锦在另一个人的耳垂上见过，亲手摸过捏过。

耳洞长时间不戴耳坠，会逐渐长满，留下一个黑色的小点，唯有许凤鸣与众不同，是朱砂似的小点，摸上去硬硬的，似有一个小小的核。

想到这里，似锦再看林岐的耳朵，发现林岐的耳朵居然和许凤鸣一模一样！

就算是表兄妹，也不可能这么像，居然连长好了的耳洞都在同一个位置，同一个形状。

似锦目瞪口呆地看着林岐——他是……许凤鸣！

得出这个结论之后，似锦心脏怦怦直跳，双手手指蜷缩，就连脚趾都蜷缩了起来——她不能再等下去了，不然许凤鸣会逃走的！

想到这里，似锦听从内心，当即起身道：“姑母，我有话要去廊下和林二郎说。”

她忙道：“似锦，不如……就在这里说吧……”

似锦昂首看向林岐，杏眼亮晶晶：“林二郎，我去廊下等着你。”

说罢，她径直出去了。

第十九章

醒悟

林岐知道似锦早晚会识破，却没想到这么快。

该来的总是要来的，该面对的也总是要面对的。

他当即做出了决定，向郑夫人拱了拱手：“郑夫人，我的确有事需要和似锦说。”

说罢，林岐疾步追了出去。

郑夫人：到底发生了什么事？

乔夙这会儿已经差不多明白了，当下安抚郑夫人：“姑母，林二郎是安国公的晚辈，应是与周姑娘在泽州时就熟识。”

郑夫人原本下意识要追上去看看的，听乔夙这么一说，又缓缓坐了回去，心道：似锦是去年才从泽州过来的，听哥哥说，她先前就在泽州的安国公府，难道就是在那时候认识林二郎的？

似锦见廊下立着几个丫鬟婆子，不方便说话，便继续沿着穿山游廊往东走，一直走到通往东跨院的东夹道，这才扭头往后看。

见林岐跟了过来，她停下脚步等着林岐。

林岐一直走到了距离似锦还有两三步的地方，这才停了下来，看着前方不远处的似锦。

夹道里没有挂灯笼，今晚又没有月亮，夹道里光线暗淡，靠近山墙那里更是黑黢黢的。

似锦做出了决定，疾步上前，左手抓住了林岐的右胳膊，右手伸出，手指精确地捏住了林岐的耳垂，捻了两下，发现耳垂里的确有一个小小的硬核——这是耳洞刚长好没多久留下的！

林岐一动不动，任凭似锦动作——似锦好动，小时候一直有些多动，不管是坐是躺，手脚总是闲不住，他都被似锦摸惯捏惯揉搓惯了。

似锦摸完耳朵，已经基本确定眼前的林岐确实就是许风鸣了，却还不是很确定林岐到底是男是女，略一思索，右手闪电般下移，隔着衣服在林岐胸前摸了一下——是平的！

她还不相信，又捏了一下。

他意识到似锦下一个动作应该是往下摸，忙抬手遮住，恼羞成怒："白又胖，你别……别太过分了！"

似锦这下确定，许凤鸣就是林岐，林岐就是许凤鸣，而且许凤鸣是男的。

多年来和她挤在一起睡的许凤鸣是男的……

似锦确定了，却蒙了，一动不动立在黑暗中。

短暂的羞恼过后，林岐回过神来，当即反守为攻："白又胖，我从来没说过我是女子，你可以回忆一下。"

似锦确实是在回忆。

记忆中许凤鸣从来没说过自己是女的。

他只是穿着女装，梳着发髻，化着好看的妆，却从来没有自称是女子。

林岐见似锦不说话，心中窃喜，便继续倒打一耙："白又胖，我也从来没有主动要和你一起睡吧？"

似锦想起往事。

每次都是她抱着枕头过去，非要和他挤一张床的。

林岐见似锦一直不吭声，声音略微低了一些，试探着道："我也没有摸过你呀……"

似锦想起自己总是摸他，捏他，抚摸他的脸，小时候还偷亲过他的嘴唇……

她觉得脸热辣辣的，恨不得找个地洞钻进去。

林岐见似锦一直不吭声，终于有一点点心虚了，轻轻道："似锦，对不起，我不该瞒着你……"

似锦这才低声道："别说话，让我好好想想。"

林岐不敢吭声了。

晚上夹道里风很大，风带着花香，凉阴阴的似能透过衣衫。

林岐不禁打了个寒战。

似锦想起前世，她想要向上爬，所以离开了许凤鸣，离开了泽州，去了京城。

得知许凤鸣也去了京城，她连着两天跑去国公府，却没有见到许凤鸣。然而两天后，她就听到了许凤鸣溺水而亡的消息。

永福寺后许凤鸣的墓，每年许凤鸣的生辰和忌日，她都去祭拜。

每每遇到无法排解的痛苦，她都独自坐在墓前，悄悄向许凤鸣倾诉，因为在这个世上，她只有许凤鸣一个亲人。

嫁入威远侯府，被大伯子孙沐泉骚扰的时候，她只能拼命自救；为了孙浴泉，她四处奔走，赔着笑脸送礼巴结逢迎；孙浴泉为了让小刘氏上位，毒死她的时候，她满心想的也是许凤鸣……

而这时候，许凤鸣已经变成了林岐，高高在上的景和帝。

他是不是像看蝼蚁一样，看着她苦苦挣扎，看着她人前风光人后对着墓碑痛哭，看着她竭力上进却被人一脚踩死，就像踩死一只小小的蝼蚁？

原来我们从来不曾对等过，我把你看作我的全部，我的救赎，而你只把我当作一只妄想突破自己阶层竭力向上攀爬的跳梁小丑。

我高高仰望你，而你居高临下冷眼旁观。

似锦松开了紧抓住林岐胳膊的手，一步一步向后退，泪水从眼中溢出，顺着脸颊、鼻翼流下，流得满脸都是。

林岐意识到自己做错了，心里却一片茫然，不知道自己哪里做错了。

他从小控制欲强，喜欢掌控一切，包括对洪武帝和许皇后，他都是选择性地展示自己，很多时候都戴着面具。

在似锦面前，他已经很坦白了，基本都是在做自己了。

见似锦步步后退，林岐有一种感觉，似锦会离他越来越远，远到两人不会再有交集。

他上前一步，声音焦灼："白又胖！"

似锦用手抹去眼泪，在黑暗中微微一笑，屈膝行了个礼："臣女周氏给皇太子殿下请安，祝殿下平安喜乐，一生顺遂。"

说罢，她转过身，进了东跨院，关上了门，双手颤抖地插上门闩，额头抵在门板上，痛哭了起来。

原来她以为的一生，不过是一场笑话，一场好戏，一出由她自己出演的悲剧。

她以为许凤鸣是她最亲的人，原来不是。

而这一切，周似锦没法怨别人，因为都是她自己的选择。许凤鸣曾经让她选择过，问她："似锦，你真的要走？"

当时的周似锦犹豫片刻之后，答了声"是"。

她不想永远做许凤鸣的婢女，她想成为大家闺秀，能和许凤鸣平等往来，知己相交。

而许凤鸣对她已经仁尽义尽，他把一个鼓鼓囊囊的荷包塞到了周似锦手里，低声道："你别后悔。"

周似锦知道许凤鸣没有错，抑或是林岐没有错，错的只有她自己。可她还是很伤心，她想找一个地方躲起来，谁也不见，默默舔舐自己的伤口，等自己足够坚强了，再出来面对世人。

林岐立在黑暗中，门后似锦刻意压低却依旧撕心裂肺的哭声清晰地传了过来，似要把他的心割裂、撕碎。

明明是他计划好的每一步，到底哪里出了错？

他一直是这样的啊，似锦应该明白的。

不知过了多久，林岐转身离开。

正房明间内，为了稳住郑夫人，乔夙已经把话题转换到了豫州和黔州山中药材的区别，以及豫州和黔州百姓谁更勤劳更朴实了。

郑夫人等得心焦，忍耐不住，起身道："似锦这孩子……哎，我去廊下看看！"

她去了廊下。

乔夙忙也跟了过去。

郑夫人和乔夙立在明间门外，看着顺着抄手游廊走过来的林岐，都愣住了——廊下挂着半透明的料丝灯笼，莹洁的光晕中，林岐满脸是泪。

林岐没意识到自己满面的泪，只是觉得脸颊有些痒，他抬手抹了一把，发现湿漉漉的，这才意识到自己流泪了。

郑夫人和乔夙怔怔看着林岐。

旁边的丫鬟婆子也都看着林岐。

没有一个人发出声音，周围静极了。

这样一个清俊高贵如神祇的人物，眼中满是泪，却带着灿烂的笑，令人不由自主沉浸悲伤难过的氛围之中。

林岐垂下眼帘看着手背上的泪水，嘴角翘了翘，似乎是向郑夫人解释："许二姑娘前些时候殁了，我是特地来向似锦传话，谁知……我和似锦都失态了……"

他对着郑夫人拱了拱手，匆匆走过游廊，下了台阶，向外走去。

乔夙忙从衣袖里取出信，递给了郑夫人："姑母，这是周世叔给您和似锦的信。"

说罢，他急急去追林岐了。

乔夙出了郑府大门，发现林岐失魂落魄地在前面走，便服打扮的侍卫远远跟着，都不敢靠近，当下跑着追了上去，拉住了林岐："这是洛阳城最繁华的永定坊，夜里也热闹得很，一定有通宵营业的酒肆，咱们喝一杯去。"

林岐答了声"好"，道："你我一醉方休。"

在洛阳桥畔的杜康酒肆，乔夙陪着林岐喝了一夜酒。

乔夙早早就喝蒙了，瞧着清瘦文弱的林岐却酒量甚好，整整饮了一坛杜康酒，也不过是俊脸泛红罢了，并无醉意。

待东方晨曦微露，林岐让随扈把乔夙送到马车里，自己也登上马车，撩起车帘往郑府方向看了一眼，道：“走吧！”

天神教叛军与西夏内外勾结，逼近陕州，国难当头，只能先为国尽忠，家事待胜利归来再解决了。

当天上午，朝廷大军开拔，离开洛阳，往陕州方向而去。

似锦也恢复了正常——起码看起来是正常的——过来陪郑夫人说话。

郑夫人想起林二郎说许二姑娘殁了，便柔声劝慰道：“似锦，许二姑娘殁了，你要不要给她穿孝，家里有现成的白鬏髻？”

似锦闻言一愣，眼中闪过一丝怅然，过了一会儿方道：“不用。”

用不着了，许凤鸣殁了，可是林岐却活得好好的呢！

她有心转移话题，拆开了乔夙捎来的周胤的信，一目十行看了，道：“姑母，父亲说祖母身体安康，让我不用急着回去，在洛阳玩得开心些。”

郑夫人满意地点了点头：“你爹爹说得对，你祖母身体康健，那你就放心地陪姑母在洛阳住着吧！”

似锦觉得很孤独，依偎着郑夫人撒娇：“姑母，今日天气很好，咱们出去玩，好不好？”

郑夫人想着许二姑娘殁了，似锦心里不知道该有多难过，便柔声道：“北邙山翠云峰上有一个道观，叫上清宫，传说是老子炼丹之处，我陪你去那边转转。”

“北邙山？”似锦脑海里浮现出无数和北邙山有关的诗句来，其中印象最深刻的便是陶渊明的《拟古九首》的其中一首，她曾和许凤鸣一起画过冬日的青龙山，最后由许凤鸣题诗，许凤鸣就题写了这首诗。

到了现在，似锦还能背出那首诗——“迢迢百尺楼，分明望四荒。暮作归云宅，朝为飞鸟堂。山河满目中，平原独茫茫。古时功名士，慷慨争此场。一旦百岁后，相与还北邙。松柏为人伐，高坟互低昂”。

她还记得当时她和许凤鸣面对满眼荒山枯河黄叶时的孤独与悲凉。

那时候在青龙山，她和许凤鸣委实太孤独了。

想到往事，似锦心里难受，叹息道：“姑母，和北邙山有关的诗句都很孤独悲凉……”

郑夫人却笑了：“那里是古帝陵，题诗的人自然多了。不过北邙山的牡丹是真的好，而且上清宫的素斋特别美味，咱们就去那里散散心。”

她既然做了决定，当即叫了管家进来吩咐道：“老爷在外书房，你去请老爷和公子过来一趟。”

正好朝廷大军开拔，洛阳府衙上下都放了假，郑欣也在家里歇着，全家正好可以一起出门。

用罢午饭，郑欣和郑夫人两口子带了郑轶、似锦，一起出城往北邙山赏牡丹吃素斋去了。

斗转星移，三个多月时间转瞬而过，转眼就进入了八月。

这日郑欣满脸欢喜从府衙回来：“桐月，今日大喜，我要畅饮三杯！”

郑夫人正陪着似锦绣花，闻言忙道：“什么大喜？”

似锦也好奇地看了过去：“姑父，究竟是什么大喜事？”

郑欣欢喜极了，一屁股在圈椅上坐下，道：“皇太子率领大军，重创了与天神教里应外合的西夏军队，收复了肃州、甘州失地，擒获西夏主帅和天神教教主，平定了肃州天神教叛乱，如今大军班师回朝，过几日就要经过我们洛阳了！”

郑夫人和似锦也都很是欢喜。

郑夫人双手合十，道：“天佑我大周朝，天佑我汉人百姓，终于没能让天神教得逞！”

想到乔夙，郑夫人喜滋滋地和似锦说道：“乔夙也会随着朝廷大军回来，到时候说不定会来咱家看看。”

似锦道：“乔大哥应该已经知道会试落第的事了，不过我想他不会在意的。”

朝廷大军班师回朝，先驱队伍经过洛阳，在城外安营扎寨略事休整。

洛阳百姓踊跃劳军，一时之间热闹非凡。

郑夫人这次又捐献了大量的药品，并且为阵亡和受伤士兵捐献了一笔数目不小的抚恤银，得到了朝廷的褒奖，一时家里贺客盈门，热闹非凡。

一直忙到了傍晚时分，郑夫人才送走最后一批来访的女客。

她刚在房里歇息了一会儿，婆子就送了拜帖进来：“夫人，门房说乔大公子和林二公子求见，先投了拜帖，人正在门房候着。”

郑夫人听说是这两位来了，忙扶着丫鬟的手挣扎着起来：“老爷不在家，请他们来内院吧！”

这两个都是她的后辈子侄，来内宅见也是无碍的。

约莫一盏茶工夫，婆子就引着乔夙和林二公子进来了。

郑夫人在阶前迎接，见乔夙本来就不白，如今更是如黑炭一般，倒是更像男子汉了。

林二公子本来是个极清俊白皙的少年，如今依旧清俊白皙，只是脸上的婴儿肥似乎没先前明显了，轮廓也更俊朗了，而且个子似乎也长高了一些。

她一见这两个后辈就喜欢，道："都快进来吧！"

丫鬟献了茶后，郑夫人又问乔夙和林二："晚上有别的安排没有？若是没有，就留在我家吧，我家的厨子备办的洛阳水席在洛阳城还算有些名气。"

乔夙瞅了林二一眼，见他没有拒绝之意，便笑着道："那我们就叨扰姑母了。"

郑夫人当即吩咐丫鬟去厨房传话，安排了晚饭，又看着乔夙和林二用了些点心，这才问起了平定天神教叛乱之事："肃州那边到底如何？"

林二似是有些疲惫，瞧着无精打采的。

乔夙看了看他，道："肃州那边的叛乱已经平息，如今朝廷军队除了回京的先驱队伍，其余都留在那边垦荒戍边，每年按人头分发抚恤银子，军饷也按照一般军饷的三倍发放，应该会平安一段时日。"

这时候太阳已经落山了，外面越来越暗，屋子里也有些光线暗淡。

丫鬟进来，用火折子一一点着了东西两侧的枝形灯，屋子里一下子亮堂起来。

郑夫人和乔夙说着话，眼睛不由自主地看向林二，觉得林二瞧着有些不对劲儿。

方才屋子里光线暗看不出来，如今亮堂起来了，就能看出林二脸色苍白，嘴唇也有些干燥，而且色泽浅淡，整个人坐在那里，越发显得瘦削，都有些楚楚可怜的感觉了。

郑夫人忙问道："林二郎这是——"

林二翘了翘嘴唇，笑了笑："姑母，没事，我就是这段时间有些不舒服。"

乔夙迟疑了一下，道："他在肃州受了伤，伤口还未痊愈。"

林岐在肃州遇到了好几拨刺杀，多方人马一齐出手，千防万防，他到底还是中了招，背部被刀锋掠到，添了道刀伤。

若是一般人，伤口早就好了，只是林岐体内余毒未清，因此伤口愈合缓慢。

郑夫人忙道："我家生药铺子里有坐堂大夫，我让人请他过来瞧瞧二郎。"

乔夙忙道："姑母，不用了，您忘记我就是大夫了吗？"

郑夫人笑了："这倒是。"

乔夙直接问郑夫人："姑母，怎么没见周姑娘？她回京城了吗？"

郑夫人把乔夙和林二当自家子侄看待，也不避讳，道："她没有回京城。如今我们老太太带着二房的人搬到了京城，住进了兰庭，似锦就算回去，也没地方住啊，倒不如在我这里长长久久住下去。我的意思是让似锦出嫁前一直住在我这里。"

她这是故意把话说给乔夙听的，若是乔夙有心，知道似锦如今在周府的境况，自会托人求娶似锦。

乔夙却没领会郑夫人话中之意，点了点头，颇为客观地说道："京城居，大不易，周世叔官居吏部尚书，宅子却也不甚大，如今添了那么多人口，自是屋舍紧张，只是委屈了周姑娘。"

郑夫人：这孩子怎么不开窍呢？

倒是林二有气无力地开口道："周大人西邻乃国子监的朱曦和朱大人，朱大人年纪老迈，已向朝廷上表要告老还乡，他家的宅子怕是要出售，姑母不如尽快派人进京，请周大人去和朱大人商谈此事。"

郑夫人眼睛一亮："二郎，消息准确吗？"

林二点了点头，声音有些弱："消息准确。"

郑夫人当即叫了管家进来，吩咐管家连夜赶往京城，去梧桐里见周胤禀报此事。

她了解周胤，他善于经营，手中并不缺银子，只是梧桐里的宅子一向有价无市，很难买到，因此得了这个消息，须得赶紧抢先。

郑夫人刚安排好此事，丫鬟就来问把晚饭摆在哪里。

郑夫人懒得费事了："就在这里吧！"

林二待郑夫人回到罗汉床上坐下，轻轻问了一句："姑母，就咱们三个人用饭吗？"

似锦呢？她怎么不过来？

郑夫人和管家说了半日话，有些口干舌燥，端起茶盏饮了一口，这才道："我们老爷陪知府赵大人前往军营见带兵的大人了，小儿如今在书院读书，似锦被知府赵大人的千金约着去城外庄子上赏桂花去了——可不就咱们三个人！"

林二闻言，沉默了下来。

乔夙见他蔫蔫的，有些同情，便问郑夫人："姑母，似锦去了城外哪个庄子？"

郑夫人见乔夙待似锦还挺执着，心里挺开心，便详细地和乔夙说了，然后道："城门已经关了，你和林二郎今晚就在寒舍歇一夜，明日一早再出城。"

乔夙答了声“是”，又道：“姑母，那我们就不客气了。”

赵洛神家的庄子就在洛阳城外的一个山脚下，庄子小小的，四周是成片的桂花林，都是赵家产业，专门为城里的点心铺、药铺和制香铺子提供桂花。

如今正是金秋八月，庄子内外桂花盛开。

似锦和赵洛神大清早起来，洗漱装扮罢便一起出了门，带着丫鬟婆子在庄子外面的桂花林散步。

秋日早上的桂花林，清冷又馨香，别有一番趣味。

赵洛神爱凑热闹，掰了一根桂枝，一边走，一边揪着桂枝上的桂花，道：“似锦啊，昨晚洛阳城一定很热闹，不知道多少人家都在举办宴会，庆祝朝廷大军班师回朝——哎，你怎么这时候想来我这里赏桂，害我都没凑成热闹！”

似锦嫣然一笑，瞟了她一眼：“到底是谁，一听说我想来这里赏桂，当即就不管不顾陪着我过来的？怎么到了这里就改了口，我还是你的好朋友吗？”

赵洛神大笑起来：“那你得答应，等我到了京城，你要陪着我到处玩。”

似锦满口答应了下来，思绪却渐渐偏离：许凤鸣的生日是七月初三，今年的生日他是在战场上过的，明年应是在京城过了。

他如今变成林岐，是皇太子了，想必生日会办得格外盛大吧？

不过再盛大，也和她周似锦无关了……

原本想着许凤鸣是七月初三生日，虽是初秋，天气却还热着，因此她亲手为许凤鸣做了一套秋装，虽是夹衣，穿上却凉爽透气，上衣是月白杭绸衫子，下面是一条五色线掐羊皮金挑的油鹅黄银条纱裙子。

这衫子和裙子，一针一线都是似锦亲手缝的，连袖口、领口和裙摆上的刺绣，也都是她一针一针绣上去的。

原想着给许凤鸣做生日礼物的，可是许凤鸣居然变成男子了，那这礼物自然就不会给他了。

想到这里，似锦有一些伤感。

这时见前面有一丛紫色野菊，似锦忙甩开那些伤感情绪，疾步上前，预备采一捧野菊回去插瓶——她房里有一个陶制花瓶，甚是古朴，适合用野菊插瓶。

似锦蹲身采了一大蓬紫色野菊，刚要起身，却发现前面树后走出了一个人，一双鹿皮快靴出现在她眼前，靴子上甚是洁净，就连靴底的白帮子都刷得干干净净。

她心里一动，抬头看了过去，正好和一双清澈干净的眼睛对上。

薄薄的双眼皮，眼尾有些翘，眼睛很亮，眼神专注，显得特别温柔深情——

不是许凤鸣又是谁？

哦，不对，应该是林岐。

早晨的阳光透过桂树枝丫照在林岐脸上，他看着似锦笑，眼睛很是温柔纯净，笑容乖乖的，声音软绵绵的："似锦。"

似锦被这样的笑容迷惑，一时没有说话。

林岐立在那里，向似锦伸出手："起来吧！"

蹲久了似锦的腿会麻。

以前似锦蹲得腿麻，就会叫他过去，就着他的手起身，抖动双腿好让那麻劲儿过去。

她想起先前在泽州，那时候还小，有时候她蹲麻了，就叫许凤鸣过去拉她起来。

问题是，她一直以为许凤鸣是女孩子啊！

原来她在林岐面前，早就没有一点隐私了……

想到这里，似锦的脸涨得通红，扶着一旁的桂树站了起来，转身便走。

林岐刚要追上去，却听到李越在后面低声道："殿下，队伍要开拔了，朝廷事务要紧！"

林岐停住了脚步。

西夏主帅被擒获，两国情势紧张，战事一触即发，连马正阳都留守在肃州等待朝廷指令，他得先回京处理此事。

想到这里，林岐轻声道："走吧！"

他抬腿向外走去。

似锦回到了赵洛神身边，才想起刚才林岐的状况似乎有些不好，脸有些过于苍白了，而且人更瘦弱了，身子也单薄得很，不仅担心起来，悄悄往那边看去，却发现空荡荡的，林岐早不见了。

似锦知道自己不该再牵挂林岐，可是一想到方才林岐的状况，她心里就揪得慌，恨不得追过去剥了他的衣服看一看。

唉，林岐到底是什么状况？

是旧病犯了，还是又添了新伤？

她有些后悔自己刚才因为羞恼转身就走，起码应该问问林岐……

虽然许凤鸣骗了她，可是他们的感情摆在那里，似锦又如何能够做到无动于衷？

回到房里后，似锦下定了决心，备了笔墨，开始写信。

信封好后，她提笔在信封上写下地址：京城杨柳胡同乔宅，想了想，又写下“乔夙亲启”四个字，然后去寻赵洛神。

赵洛神的父亲是洛阳知府，每个月都要派人往京城递送公文，正好可以顺带把这封信捎给乔夙。

这种事对赵洛神来说不过是举手之劳，她吩咐婆子叫了小厮进去，直接把这封信送到洛阳府衙，给了她爹的幕僚。

第二天一早，这封信就随着洛阳入京的公文，由驿马送入了京城。

班师回京之后，林岐先去见了洪武帝，奉旨和首辅韩朝及兵部尚书华永春做了交接。

做完交接，身上没了差使，林岐这才去见许皇后。

许皇后正在福宁宫正殿接见众嫔妃和外命妇，得知皇太子求见，心中大喜，顾不得许多，忙道：“宣！”

不管是宫中嫔妃，还是外命妇，大都未曾见过皇太子，都好奇得很，齐齐看了过去，却见女官引着一个戴着玉冠，穿着大红锦袍，腰围玉带，身材高挑的少年走了进来，定睛一看，那少年肌肤白皙，目似寒星，清俊异常，只是身子瞧着有些单薄。

林岐进了正殿，拱手行礼：“儿臣给母后请安。”

许皇后见了儿子，又是欢喜，又是心疼，顾不得许多，招手道：“小凤凰，过来让母后看看！”

林岐乖巧地走了过去，被许皇后拉着，挨着许皇后坐下了。

众嫔妃和外命妇起身齐齐行礼。

许皇后把林岐揽在怀里，摸了摸他的脸颊，觉得软得很，应该是又瘦了，心疼得很：“小凤凰，是不是又瘦了？”

林岐乖乖地“嗯”了一声。

许皇后又道：“在肃州平叛，有没有见识到战场厮杀？在战场上有没有害怕？”

林岐微微歪头听许皇后说话，闻言慢慢笑了起来，眼睛弯弯的，又黑又亮，似乎全夜空的星星都盛在了里面：“母后，我亲自上了战场，自然见识到了战场厮杀，原本是怕的，可是真刀真枪杀起来，根本来不及害怕。”

许皇后看着依旧稚嫩的儿子，想起他七月才满十七岁，心疼得很：“我的儿，苦了你了，母后心疼你……”

林岐认认真真道：“在战场上奋勇杀敌保家卫国的士兵也都是人，也都有母亲，他们都不怕，我怕什么？”

许皇后听了，眼眶还湿润着，人却笑了起来：“傻孩子，他们同你不一样，你何等尊贵，谁也不能与你比。”

林岐眼睛明亮，严肃认真地反驳：“母后，在保家卫国的战场上，大家都是大周的儿郎，我们都一样。”

许皇后性子刚强执拗，接连被儿子反驳，却毫不生气，一脸慈爱的笑：“我儿说得对，是母后错了。”

众嫔妃和外命妇在旁边围观良久，都惊讶得不敢相信自己的眼睛和自己的耳朵了——这是那个性情执拗手段狠辣，不但敢杖毙皇帝宠妃，还敢与苏太后对峙的许皇后？

这明明是个疼爱儿子是非不分没有立场的慈母啊！

许皇后正絮絮和儿子说着话，洪武帝身边的大太监何琛过来传洪武帝的口谕：“皇后娘娘，太子殿下，陛下宣殿下去御书房。”

许皇后忙道：“可是该用晚膳了——”

何琛满面堆笑道：“皇后娘娘，陛下说了，要留殿下在御书房用晚膳。”

他又看向林岐：“陛下特地命御膳房备了清蒸鲜鲥鱼，另备有青州贡上的鲜蟠桃，都是殿下爱用的。”

许皇后听了，不由得笑了起来：“既如此，小凤凰你去瞧瞧你父皇吧。为了引你过去，他可是没少下功夫。”

林岐见许皇后在众嫔妃面前认真演戏，以突出夫妻恩爱父子和睦，不由得微笑，很是配合地答了声“是”，辞别许皇后，随着何琛离开了。

今日苏贵妃借口身子不适，并未与众嫔妃一起到福宁宫给许皇后请安，不过没过多久，福宁宫之事就传到了苏贵妃耳朵里。

苏贵妃气得脸都白了，气哼哼地想着主意。

许皇后生的儿子能够做监军上战场镀一层金，她生的儿子却被禁在王府，只能吃喝玩乐消磨意志，这让她如何能忍？

既然在战场上刺杀林岐没有成功，那就想别的法子。

反正洪武帝正是年富力强的时候，想必也不会愿意太子过于强大，威胁到他的地位。

只要办得隐秘，洪武帝应该不会追究。

洪武帝正和周胤一起在御书房里等林岐。

听到外面的脚步声，洪武帝当即道：“是岐儿到了。他腿长，来御书房登台阶时总是一次上两个台阶，有时还能上三个台阶。”

若是在正式场合，林岐就规规矩矩一次只上一个台阶了，真是懂事体面有规矩的好孩子。

周胤微笑道：“皇太子腿长，是随了陛下。”

洪武帝心中欢喜，道：“朕这些儿子里，顶数岐儿最像我，长胳膊长腿，就连颈部也是颀长清贵的。”

周胤憋着笑，道：“皇太子生得俊秀不凡，正是随了陛下。”

这时候随着太监的通禀声，林岐走了进来，恰好听到了周胤那句“皇太子生得俊秀不凡，正是随了陛下”，当场反驳：“周先生，父皇哪有我好看，你不要为了奉承他瞎吹！”

周胤低头忍笑。

洪武帝浑然不觉自己被林岐鄙视了，一双眼睛紧紧盯着林岐。

林岐来交旨时，因御书房里内阁诸大臣都在，他根本没来得及细看儿子。

此时一细看，他才发现林岐气色有些不对，脸色过于苍白了，忙道：“岐儿，你是不是受伤了？”

林岐怎么会放弃这个大好的表演机会？

他有气无力地“嗯”了一声：“父皇，让不相干的人都退下吧。”

洪武帝心中焦虑，急急道：“周先生、何琛留下，其余人等全都退下！”

待侍候的人都退下了，林岐这才在何琛的服侍下解下玉带，脱去锦袍，露出了穿在里面的白绫中衣。

洪武帝走了过去：“哪里受伤了？”

林岐声音弱弱的，满是委屈：“父皇，背上受伤了……”

洪武帝小心翼翼地掀开林岐的中衣，看着林岐雪白背上那一道红肿刀痕，简直是心如刀绞：“岐儿，到底是怎么回事？”

林岐把洪武帝的手拿开，晃了晃身子，让白绫中衣自己滑下去，然后慢慢道：“这次前往肃州平叛，来回路上、在战场上，遭遇了好几次暗杀，我一直小心着，谁知还是被人砍中了一刀。”

他的语气很平淡，仿佛在谈晚上吃什么，下雨要带雨具一般。

可是他越是这样，洪武帝就越愤怒，当即命人宣了暗卫青衣卫的统领李信喆过来，吩咐道：“朕给你一个月时间，务必查清皇太子被刺杀之事。”

青衣卫是大周暗卫，由大周太祖皇帝建立，只效忠皇帝一人，也只有皇帝才能调动，势力极大，查案最是在行，这样的案件交给他们查办，是最合适不过的。

李信喆退下之后，洪武帝看着林岐，心中满是内疚。

他其实大致能猜到是怎么回事。

儿子太多了，他这做父皇的又总想着制衡，以免太子一家独大，可这样就会给别的儿子一些希望，他们会使出一些上不了台面的手段来毒害太子。

其实洪武帝要的是儿子们正当竞争，给林岐压力和动力，而不是让他们搞投毒暗杀这一套。

林岐倒是一副满不在乎的样子，只是声音微弱了许多："父皇，我饿了。"

洪武帝忙冲着何琛嚷道："还不摆膳！"

周胤围观了全程，心道：陛下心思缜密，多疑敏感，一生推行帝王制衡之术，驭人权衡之术运用得炉火纯青，却没想到在皇太子这里踢到了铁板，遇到了克星。

晚膳很快摆好了。

洪武帝留下周胤做陪客。

他自己倒不怎么用，只顾指挥何琛：

"给岐儿夹那道菜。"

"岐儿爱吃酸的，那道凉拌海蜇皮可以夹一些。"

"对了，这个蟠桃薄片给岐儿拿过去。"

……

林岐在洪武帝的父爱环绕中用了晚膳，见周胤告辞，也跟着起身："父皇，儿臣送周先生出宫。"

这时候已经过了戌时，皇宫中灯火通明。

勤政殿前的广场阔大无边。

林岐陪着周胤走过铺着金砖的广场，侍候的人远远缀在后面。

周胤还以为林岐会跟他谈这几个月朝中之事，谁知林岐却开口道："先生，我听说您有意买下西邻朱大人的宅子？"

闻言周胤直摇头："唉，家母带了二房的人进京投奔，我家宅子实在是狭小不堪，原想着朱大人要卖宅子，我买下来修缮一下，用来奉养家母，谁知朱大人不肯把宅子卖给我，如今正僵在了那里。"

想到家中房舍狭隘，似锦都被逼得去了洛阳，他当真是烦恼极了，道："若是再不行，我就让人在后面园子里建一处小楼，先让长女住进去。"

林岐闻言，当即道："先生，令爱最怕孤独，她独自带着侍女住在后花园，夜间会害怕。"

周胤闻言停下了脚步，抬眼看向林岐："太子殿下似乎……很了解小女？"

林岐若无其事道："我表妹和令爱是好友，她说得多了，我也多少了解了些。”

听林岐提到他前些时候生病夭亡的表妹许二姑娘，周胤不由得叹息道：“唉，许二姑娘故去的消息我还没敢和小女说呢，她若是知道了，不知道该多伤心。”

林岐垂下眼帘，心道：她不但伤心，而且生气。

眼见雍新门在望，他停下脚步，道：“周先生，买朱先生宅子一事，您不必忧心，交给我来办，您明日只等着见朱先生就是。”

周胤知道林岐的能耐，见他揽下此事，又惊又喜：“那我可就先谢过殿下了！”

第二天是休沐日，周胤正在外书房和幕僚清客议事，小厮进来禀报：“大人，国子监朱大人求见。”

周胤又惊又喜：“快请！”

半个时辰后，周胤收好新写好的房契，恭而敬之地把老态龙钟的朱大人送出了外书房。

他刚回到书房，清客幕僚们就纷纷恭贺：“恭喜大人购得美宅！”

周胤也是欢喜，道：“‘千年房舍换百主，一番拆洗一番新’，章先生，贺先生，你们两位精通堪舆风水和园子修建，赶紧帮我去新宅子看一看，该重建重建，该修缮修缮。”

得赶紧把新买的朱宅修好，让老太太和二房搬进去，然后去洛阳接似锦回京。

十月便是似锦的及笄礼了，哪能让她在姑母家过及笄礼。

周胤的这两个清客章先生和贺先生，一个精通堪舆风水，一个善于设计建造园林，不过几日便把西边宅子的建造图给画了出来，拿来给周胤看。

周胤看了，又提了些意见，商议着改了改，算是定下了建造图纸，又叫来韩勇，让他去准备材料，预备择吉日开工。

忙完这些，周胤便去隔壁的朱府拜访朱大人，催促他早些腾出宅子来。

朱曦和朱大人原是翰林出身，在朝中历经三朝，却一直仕途不顺，以至于翰林出身，最后却落到了国子监终老。

他眼睁睁看着昔日同科一个个飞黄腾达，自己却郁郁不得志，因此看什么都不顺眼，见谁都喷。

朱大人生平最恨那些长得好、人聪明、仕途顺、会做人的人，偏偏他的东邻周胤四样全占了，又做他的近邻，更是让他愤恨到了极点。

因此朱大人最喜欢批评周胤，他自命清流名士，对官运亨通深受帝宠的周胤很是不满，常常当众表示，他最瞧不上周胤这样的佞臣。

如今周胤来催朱曦和搬迁，原本做好了被朱曦和再喷一次的打算——他懒得同这样的人计较，和朱曦和一个人计较，仿佛就要得罪了全大周的清流名士一般，不值得——谁知他到了朱府，朱曦和不但没有横眉立目地批评他，反倒客客气气地答应了下来，当天就搬了出去，把西边宅子给腾了出来。

周胤总觉得事过蹊跷必有因，便打算以探病为借口，去东宫探望皇太子，好好打听一下这件事。

孙妈妈一向在外书房伺候，这会儿忽然拿了一封信进来，焦急得很："老爷，我这里有一封信，是大姑娘给许二姑娘的，结果我一忙，给忘到脑后了，您看这……这可怎么办呀？"

周胤也愣住了——许二姑娘已经亡故了，这信如何能到她手中？

想到似锦最喜欢最亲近的人，如今变成了黄土一抔，周胤心下也是惨然，想了想道："如今京中许二姑娘的亲人，也就是皇后娘娘和皇太子了，我正要去见太子，这封信我给太子吧。"

这几日林岐得了洪武帝的旨意，专心致志在东宫养伤。

他是闲不住的人，索性脱了衣衫，光着背脊，在伤口上涂了药，只穿着裤子，在西偏殿里继续制作答应送给洪武帝的太行山沙盘。

周胤过去的时候，林岐正光着背脊，拿了把小刀在雕刻胶泥。

发现那样清瘦的林岐居然背上、手臂上也有薄薄一层肌肉，周胤不禁暗自称奇，觉得人不可貌相。

听了周胤的疑问，林岐冷笑了一声道："朱曦和那伪君子，哼！"

周胤急忙追问："殿下为何这样说？"

林岐很少这样情绪直白，口气甚是鄙夷："他一向自诩清高，却利用诗人的身份引诱了比他小四十岁的内侄女，真是恶心。"

他手下自有一批人，专门用来探搜隐私，林岐除非必要，从不过问，这次还是因为周似锦过问了一次，没想到却得知朱曦和这个隐私。

周胤："朱大人那样清高的人，居然……居然做出这样的事？"

"清高？"林岐用刀削去一片胶泥，"狗屁清高，他贬低你们这些能力强升迁快的，把大周官场描绘得污浊不堪，让人以为他是大周的良心，世上只有他一个清洁之人。实际上，我若是放出话去，能让他做吏部侍郎，他马上就会哭着喊着来舔我的靴底。"

想到朱曦和这伪君子居然引诱糟践十四五岁的小姑娘，林岐不由自主地干呕了一声，心道：我绝对不能让这人清清白白致仕，须得赶紧让人行动，把他做过的事给揭露出来，不然这世上哪还有天理在？！

周胤没想到林岐有这么严重的精神洁癖，怕他真吐出来，到时候身体受不了，忙转移了话题：“殿下，小女前往洛阳前，曾给许二姑娘写了一封信——”

林岐正恶心欲呕，闻言顿时忘了恶心，眼睛亮晶晶看向周胤：“信在哪儿？”

周胤见自己成功地转移了林岐的注意力，心下大慰，一边把信从袖中取出，一边道：“小女对许二姑娘感情很深，若是知道许二姑娘亡故，不知道该多伤心，唉！”

林岐修长的手指颤了颤，起身在李青的服侍下用香胰子洗了手，穿上了中衣，这才接过了信封。

信封上是似锦偏丰满的簪花小楷——“许二姑娘亲启”。

他撕开信封，抽出了信纸。

在信中，似锦向许凤鸣道歉，说自己和乔夙没什么，让许凤鸣不要吃醋。

她解释说她之所以接近乔夙，是因为听说乔夙精研草药，善于解毒，极有学医天分，想着将来也许能给许凤鸣解毒。

在信的后面，似锦写了一段话：“小凤凰，我娘早早亡故，我爹有他自己的妻子儿女，我只有你一个亲人了。我以前和你说过的，你将来嫁人，我就做你的女清客女管家，教养你的儿女，照管你的家务。等我死了，我把遗产留给你的儿女，不过他们得处理我的后事……”

在信的最后，似锦写道：“小凤凰，你不要不理我，我很怕孤独。”

林岐眼泪溢满眼眶。

他低着头，哑声道：“我去穿件外衣。”

说完，起身去了屏风后面。

在屏风后面，林岐的眼泪落了下来。

他终于明白，似锦为什么生自己的气了。

似锦把他看作世上唯一的亲人，依恋他，信任他，把自己的心剖给他看，而他却从未向似锦完完整整地坦白自己。

在感情上，他和似锦并不对等。

周胤刚才窥见林岐眼中一闪，应是落泪了，想着林岐是怀念去世的表妹许二姑娘，心中也是怆然，隔着屏风劝慰道：“殿下不必过于伤感。苏学士曾有名句‘人生如逆旅，你我亦行人’。所有的人，不管是亲人，还是敌人，也不过是在人生路上的旅店相聚一场，总有各奔前程的那一日。起初觉得极其难忘的人和事，早晚会‘泥上偶然留指爪，鸿飞那复计东西’，忘了吧！”

林岐起初还有些迷茫，在听到周胤的这段话之后，忽然觉得海阔天空——他和白又胖，一起长大，彼此依偎，相依为命度过了六年，他们本来就是最亲的人，为何不能继续一起走下去？

白又胖是女孩子，他是男子汉，既然他和白又胖都不想分开，他因病不能娶妻，而白又胖又不愿意嫁人，那他娶了白又胖，岂不是两全其美？

想到这里，林岐心思澄明，甚是安乐。

他拭去眼泪，穿上衣服走到了屏风外面，笑吟吟地拱手行礼：“周先生，多谢！”

多谢您送来了这封信，让我明白了白又胖的心，也明白了自己的心。

多谢您让我明白，人生苦短，与其活着分离，彼此痛苦，不如两人在一起，互相照顾，相濡以沫，携手共度余生。

送走周胤后，林岐寻了个理由，带着精锐扈卫离开京城，与崇宁公主一起往洛阳去了。

第二十章
夜会

昨日洛阳知府赵时春的夫人过生日，郑夫人带了似锦前去给赵夫人祝寿。

夫人们在房里饮酒说话谈笑，赵洛神和周似锦等女孩子觉得无聊，便拿了琴在廊下拨着玩。

似锦弹琴，众人合唱欧阳修的《踏莎行》，正玩得开心，赵洛神的兄长赵如云恰巧进来行礼，一眼看中了周似锦，当晚便和母亲赵夫人说了。

赵夫人和赵大人一合计，觉得似锦虽是庶女，可是其父周胤是吏部尚书，皇帝宠臣，似锦自己陪嫁丰厚，人长得甜美可爱，性子也好，当家理事也都在行，倒是儿媳妇的好人选，第二天便请了媒人去郑府见郑夫人，打探一下消息。

郑夫人觉得这门亲事还算不错，便去东跨院问似锦的意思。

似锦一听，吃了一惊，正要说话，外面却传来婆子的声音："夫人，京城的林二郎来了，说有急事要见您和表姑娘！"

得知林岐来了，似锦心里先是一阵欢喜。

她是真的担心林岐，上次在赵洛神家的庄子外面见面，他的状态看起来不是很好。

接着她又有些忐忑，这时候林岐来洛阳做什么，会不会是出了什么事？

想到这里，似锦有些坐不住了，忙看向郑夫人："姑母——"

郑夫人原本对林二郎印象就很好，如今再被似锦这样一看，心里朦朦胧胧觉得哪里有些不对：难道似锦喜欢林二郎？

她想了想上次林二郎离开时的情形，心中越发怀疑了，便吩咐婆子："请林二公子进来吧！"

郑夫人又含笑看似锦，试探道："似锦，你要不要回去装扮一下？"

若似锦喜欢林二郎的话，女孩子要见心上人，再美丽也要去照照镜子装扮一下的。

似锦看了看自己的衣裙。

很正常的居家装扮，哪里不妥当吗？

她看向郑夫人："姑母，是不是我哪里不妥当了？"

郑夫人忙摇头："我的似锦哪里都好，无处不妥当！"

姑侄两个带了丫鬟去二门迎接。

她们到了二门，刚刚站定，便看到林岐和一个珠圆玉润绮年玉貌的年轻贵妇一起走了过来，后面还跟着几个打扮齐整的丫鬟婆子。

郑夫人是见过崇宁公主的，心下吃了一惊，忙带了似锦，一起迎了上去，便要给崇宁公主行礼。

崇宁公主忙扶住了她们，含笑道："不必多礼。到里面说话吧！"

似锦悄悄看向林岐，谁知林岐也在看她，两人四目相对，又都急急移开了。

似锦有些懊恼：我有什么不好意思的啊！

真是奇怪，若是许凤鸣在眼前，她早上去拉着许凤鸣的手，说不定还要伸手摸一摸，试试许凤鸣脸上软肉的手感了。如今许凤鸣变成了清冷严肃的皇太子林岐，她就不知道该如何面对了。

似锦不由自主又看向林岐，许凤鸣变成林岐了，可是脸还没变，那略带婴儿肥的脸颊还在，摸上去软软的嫩嫩的，捏一下手感极好……

啊，好想再捏一下呀，可是这辈子怕是没机会了……

林岐思索着：我都打算娶白又胖了，我害羞什么呀？男子汉大丈夫绝对不能害羞，要大大方方、光明磊落！

想到这里，他再次看向似锦。

恰好似锦也在看他，正在臆想中捏他的脸颊摸他的脸，两人再次四目相对。

林岐眼神纯净："周姑娘，我陪公主来洛阳游玩，公主甚是思念你，我便陪公主过来看看你。"

似锦恋恋不舍地收回视线，心道：以后小凤凰做了皇帝，想见一次都难，现在能多看看也算赚了。

她心里想着，口中道："多谢公主惦念。"

公主莅临，自然是要坐上位的，郑夫人把崇宁公主让在了上位，自己在侧边陪坐。

似锦把林岐让在了东侧圈椅上坐下，自己则在对面的西侧圈椅上坐了下来。

丫鬟捧了茶上来，似锦先奉了一盏给崇宁公主，又奉了一盏给林岐，然后是姑母，最后一盏放在了自己手边的紫檀小几上。

崇宁公主与郑夫人寒暄着，说着京中旧事，以及彼此熟人的近况。

林岐端坐在那里，看向对面的似锦。

他似乎习惯了似锦的存在，习惯了似锦的模样，似乎没有认真看过她。

现在去看，他觉得白又胖就该是这个样子，白白嫩嫩的小圆脸，大大的杏眼，挺秀的鼻子，可爱的嘴巴，个子也正好，虽然胖了些，却胖得可爱，抱在怀里软乎乎的，怎么看怎么顺眼。

这样的白又胖傻乎乎的，跟小奶狗似的，以后还是不要分开了，免得她又被别人欺负。

似锦也在打量林岐，发现他的气色比上次见好多了，虽然还是很白，却不是苍白了。

不过细细观察了林岐之后，似锦颇想把自己的眼睛给挖出来——她以前真是瞎子，大瞎子！

林岐明明和许凤鸣刚洗过澡没上妆的样子一模一样啊，只是换了男装而已，她居然会没发现！

最后还是林岐打破了沉默："周姑娘，我前不久刚见过令尊，他很思念你。"

似锦眨了眨眼睛，看着林岐，心道：我看你还要怎么瞎扯下去。

她昨天刚接到爹爹的信，在信里爹爹说他已经买下了西邻朱大人的宅子，预备修缮一番，修好了就让老太太和二房的人搬过去，到时候再派韩勇夫妻和孙妈妈过来接她。

林岐一脸肃穆继续道："周姑娘及笄礼在即，打算何时回京城？"

似锦不由自主地笑了，想起了自己给许凤鸣准备的十七岁生日礼物，不甘示弱道："哦，我有一个好朋友，上个月过十七岁生日，我给他亲手做了一套衣裙当生日礼物，就是不知道他敢不敢收下，敢不敢穿出来。"

林岐见似锦终于笑了，心里松了一口气，道："若是他敢穿呢？"

似锦身子略微前倾，大眼睛亮晶晶："哦，那……咱们打个赌？"

林岐见她上钩，忍不住也笑了，道："赌就赌，若是他敢穿，周姑娘就回京城看吗？"

似锦心道：林岐如今是尊贵的皇太子了，为了不穿女装，都让许凤鸣"殁了"，他哪里还会穿女装？这个赌，我一定会赢！

想到这里，她笑容得意："他若是穿了，我还真回京城去看。"

林岐就等她这句话呢，闻言当即看向郑夫人，眼睛干净清澈纯真，笑容狡黠可爱："姑母，周姑娘说想要跟着公主回京城。"

郑夫人特别喜欢林岐，当即笑了起来："真的吗？似锦，咱们不是说好了，你在洛阳陪姑姑的吗？"

她又担心似锦被林岐说动真的要回京，忙含含糊糊道："似锦，赵家提亲

的事——”

似锦这才想起赵家请的媒人还等回话，不禁有些犹豫。

崇宁公主和林岐都听明白了——周似锦这是在相亲啊！

崇宁公主当即看向林岐，想看看林岐的反应。

林岐却是一笑，笑容纯真：“姑母，陛下前不久才下了旨意，要给皇太子选妃，要求是三品以上大员之女，年龄在十四岁到十六岁之间，尚未婚配——周姑娘岂不是正合要求？”

他认认真真道：“若是周姑娘现在说亲，被人检举，岂不是犯了欺君之罪？”

崇宁公主：有这个圣旨吗？我怎么不知道？

郑夫人：“……二郎，皇太子选妃不是在上巳节吗？现在都要中秋节了，又要选妃了吗？我一点风声都没听说啊！”

她丈夫虽然官职不高，却也在洛阳府衙供职，消息颇为灵通，没听说有这个旨意。

似锦看着林岐，知道这个戏精又在演戏了，也不拆穿他，笑着和郑夫人说道：“姑母，不管怎么样，咱们还是谨慎为好，我先回京看看。若是没事，我再回来好了。”

许凤鸣，或者说林岐的性子十分执着，认定了什么目标就会一直坚持。

小时候在青龙山，他跟着和先生学做沙盘，手被刻刀割破了许多回，可还是要学。等他能够熟练制作沙盘了，手上的刀疤也是一道一道的，如今手指上还有痕迹。

如今他既然想要自己回京，一定有他的用意，先不要拒绝，相机行事就好。

反正即使许凤鸣变成了林岐，他也不会坑自己的。

郑夫人闻言，眉头皱了起来。

她是真的不想面对嫡母周老太太和二房那一家子，也不想似锦面对。

崇宁公主温声道：“郑夫人，周姑娘随我一起回京，你还有什么不放心的？”

郑夫人计议已定，道：“我送似锦回京吧，正好我也得去看看京里的铺子了。”

林岐微微一笑：“如此甚好，现在是巳时，收拾一下行李，用罢午饭，午时出发，京城距离洛阳四百里地，马车一个时辰行八十里，路上不停，五个时辰后，也就是亥时咱们就能赶到京城。”

似锦慢悠悠道：“林二公子，我们可是女眷。”

林岐看向似锦，笑容狡黠：“周姑娘先前在泽州与青龙山之间往来，难道不是这个速度？”

他和似锦多次往返青龙山和泽州城，他俩骑马就是这个速度。

林岐说这些，就是为了提醒似锦，他们是一起长大的，即使有过问题，也改变不了青梅竹马的事实。

与其彼此怄气，不如好好商议，如何解决这件事。

似锦当即领会了林岐话中之意，道："路上怕是得歇一歇。"

有姑母和公主在，怎么可能那样赶路？

林岐答了声"好"，心里却道：看，我和白又胖就适合成亲，我们俩许多时候不用说话，看对方的眼神就明白对方之意，多省事啊！

崇宁公主看看林岐，再看看周似锦，不由得笑了，和郑夫人说道："夫人，我正想邀请您和似锦去我那里住几日，不知道您肯不肯赏我这个脸？"

郑夫人看向似锦，见她笑意盈盈，当即答应了下来——公主亲自邀约，这可是很大的面子呀！

傍晚时分，似锦一行人赶到了巩县城外的驿站。

公主府派去做先导的管事提前包下了驿站的一个套院，马车直接驶入内院，待外男回避后，女眷才下了马车。

崇宁公主由女官和丫鬟服侍着进了内院正房歇息。

似锦与郑夫人进了东厢房。

似锦见屋子里甚是洁净，明间的罗汉床上铺设着青色的绣枕锦褥，上面绣有崇宁公主府的标志，便笑着道："姑母，这次咱们可得谢谢公主，多亏公主一路照料了。"

郑夫人在似锦的服侍下宽去外面的通袖袍，在罗汉床上坐了下来，道："的确如此。"

似锦拿了个青缎靠枕，放在了郑夫人身后，道："姑母，你侧着身子躺一会儿，我给你捶捶背捏捏腰。"

坐太长时间马车了，她怕姑母腰难受。

郑夫人听似锦的话，歪在那里，却不肯让似锦给她捶背捏腰："让小福给我捶，你陪我说话。"

小福是郑夫人的丫鬟，就在一边立着，闻言笑嘻嘻地取了美人拳过来，跪坐在罗汉床沿给郑夫人捶背。

似锦在素心的服侍下宽了外衣，道："姑母，不让我给你捶背，你会后悔的，告诉你，我可会认穴位，是跟着名家学过的。"

她先前在泽州，特地跟周群周先生学了手法，专门在许凤鸣雨雪天犯病的时候给他按摩。

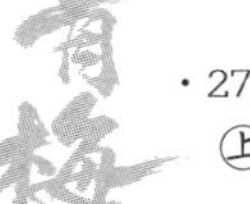

想到这里，似锦心里一动：今日天似乎有些阴沉……

她走到窗前，发现太阳已经落山了，外面风很大，院子里白杨树上的叶子被风刮得啪啪直响，更添寒意。饶是似锦在屋内，也觉得有些冷，她叹了口气道：“真是一天比一天冷了。”

郑夫人眯着眼睛道：“八月仲秋不该这么冷的，估计要变天了。”

这时候公主府的人来送晚饭了，郑夫人和似锦便不再说话了。

用罢晚饭，郑夫人听着外面的呼啸风声，道：“要变天了，崇宁公主不知道会不会打算在这驿站停留一夜。”

似锦直接道：“应该不会。姑母，让丫鬟们收拾一下，等一会儿就要出发了。”

一则林岐习惯按照计划行事，今日事今日毕，不喜欢拖拖拉拉；二则雨雪将至，林岐极有可能会旧病复发，早些赶回京城，也有好的大夫医治。

想到林岐的病，似锦不禁忧心忡忡，不知道乔夙收到她的信没有。

果真不到一盏茶工夫，公主府的人就来传话，让大家准备出发。

在马车中坐定之后，似锦掀开车帘往外看，却见一群青衣侍卫拥着林岐出来了。

林岐身上披着件深蓝斗篷，从驿站里出来，并没有认镫上马，而是抬手把兜帽往前一扣，直接戴在了头上，然后上了崇宁公主的马车。

她这才放下心来。

风这么大，一直骑马的话，林岐的身子太单薄，怕是受不了。

距离子时还有一刻钟的时候，似锦一行人终于赶到了崇宁公主在京城郊外的碧漪园别业。

似锦和郑夫人被安顿在了距离玉堂春不远的听涛楼。

郑夫人看着房里的紫檀雕花罗汉床、西洋金自鸣钟、水晶罩灯和各种精致摆件，道：“怪不得太子选妃，闺秀们都如此踊跃，皇家生活的确奢侈啊！”

似锦笑眯眯道：“姑母，还有更奢侈的呢！”

她先去后罩房看了看，确定有温泉池子，便来叫郑夫人过去：“姑母，咱们先去泡温泉解乏，这样的话睡觉更舒服。”

郑夫人也是好奇心强的人，便和似锦一起泡温泉去了。

夜里果真下起了雨。

雨声淅沥，并不算大。

似锦却醒了。

她侧身躺在床上，听着外面淅淅沥沥的雨声，想起了往事。

每次下雨下雪，她都会想起许凤鸣……

如今重来一次，得知真相，似锦真是五味杂陈。

她翻了个身，转念想起既然下雨了，林岐怕是不好受，定是疼得发抖，心里就难受起来，再也没了睡意，索性起来，坐在床边发呆。

春剑和素心都在似锦房内的榻上睡。

一路劳顿，她俩累得够呛，这会儿都睡得很香，春剑甚至还在扯着小呼噜。

似锦一想到林岐这会儿正受罪，心里就如同生了野草一般，手脚也似没处放，索性起身下了床。

因怕吵醒春剑、素心，她摸黑穿了衣服，披散着长发去了明间，点亮烛台，端起茶壶倒了一盏凉茶，立在紫檀小几边端着茶盏慢慢喝着。

这时候外面雨声似乎夹杂着脚步声。

似锦侧耳倾听，断定脚步声是向这边走来的，便放下茶盏，走了过去，打开了门。

门外正是康嬷嬷，她手里提着气死风灯，另有一个丫鬟为她打着伞。

康嬷嬷原本举手要敲门，见门开了，似锦立在门后，先惊后喜："周姑娘！"

似锦不待她开口，便道："他的病又犯了？"

康嬷嬷眼眶湿润了，吸了吸鼻子，低声道："疼得在床上缩成了一团，大夫开的药里有曼陀罗，他不肯服用，说服了这药会变傻。"

似锦心里也难受，道："我这就过去。"

玉堂春里静悄悄的，浓重的药味夹杂着凉阴阴的速水香弥漫在楼中。

似锦进了小楼，直奔屏风后。

拔步床床头的小几上摆着一盏水晶灯，帐幔用玉钩挂了起来，林岐背对着似锦缩在床上，弓着身子缩成一团，青丝散在白绫软枕上，露出一截雪白的后颈，骨节一粒粒突起，分明是瘦到了极点。

似锦这时候再清晰不过地意识到，许凤鸣就是林岐，林岐就是许凤鸣。

她在床边坐下，伸手抚着林岐的后颈，察觉到他身子在颤抖，一颗心似坠入冰水之中，刺刺麻麻地疼。

似锦深吸一口气，吩咐康嬷嬷："把药拿过来。"

先止住疼再说。

林岐已经够聪明了，不用再聪明了。

以前的他，可是早早逼洪武帝禅位做了太上皇，让强势的许太后不再干政，令手握兵权割据一方的安国公府交还军权阖家迁回京城，还施展雷霆手段镇压了镇南侯叛乱，令煊赫百年的镇南侯府一败涂地，子孙处死的处死，流放的流放……

药碗送来之后，似锦冷静地吩咐道："都退下吧！"

待众人都退下后，似锦一把将林岐抱了起来："小凤凰，咱们喝药。"

康嬷嬷带着李青和李涵立在屏风外面，心里都惴惴不安。

他们知道周姑娘有法子让殿下服药，却都不知周姑娘究竟是怎么让殿下服药的。

一碗汤药灌下，似锦把空药碗放在了床前的小几上，抱着林岐，让他趴在自己肩上，然后用手顺着他的背脊。

不知道过了多久，林岐终于不再颤抖了——在药力的作用下，他终于睡着了。

似锦这才轻手轻脚地松开林岐，服侍他在床上躺好，盖好锦被，然后便盘腿坐在床边，回忆林岐服用的药的药方。

这服药的确能够止痛镇静，可是药方中含有剧毒的曼陀罗，常年服用，林岐的身子怕是受不住……

似锦竭力回想以前有限的几次见景和帝，这才想起，景和帝的身子是真的不好，似锦最后一次见他，是在元旦大朝会。

当时景和帝高高坐在宝座上，她则和众命妇一起在丹墀之下，当时没注意，现在想来，那时候景和帝已经在不停咳嗽了，一直用帕子捂嘴，而且瘦成了纸片人，宽大的龙袍似乎是挂在身上……

后来不到一个月，似锦就死在了永福寺。

似锦忽然觉得很冷，她抱紧双臂环在胸前，心里有一个模糊的想法。

她离世后，也许……也许林岐也没活多久。

林岐似乎做了很多梦，一个梦连着一个梦，一个梦做完，下个梦紧接着就开始。

在梦里，他见到了似锦，已经死去的似锦。

她嘴角噙着血，眼角还有泪痕，被李越从永福寺带回了宫里，带回了他的面前。

林岐抚摸着似锦的脸，只觉得冷冰冰的，他的心疼得抽搐，喉咙一阵腥咸，眼前一黑，失去了意识。

然后他就醒了。

林岐觉得下巴有些痒，正要伸手去拂，却觉得触觉不对，睁开眼睛一看，发现似锦脑袋拱在他怀里睡得正香——他之所以觉得脸颊痒，就是因为似锦满头青丝散着，触到了他下巴。

他沉默了片刻，终于忍耐不住——似锦跟小猪似的，身上热乎乎的，呼吸的热气透过薄薄的中衣直往他胸前扑，痒得难受——他把似锦放在他腰上的手臂拿开，然后身子往后退了一些，终于摆脱了似锦。

林岐长长地吁了口气，觉得舒服多了。

过了一会儿，见似锦一双赤脚居然在锦被外面露着，林岐起身先把似锦的双脚塞进锦被里，然后自己平摊着身子躺在床里侧。

身边就是暖洋洋的似锦，他觉得这样的日子似乎也不错。

看来得快些把白又胖娶回去了，起码天冷了可以暖被窝。

似锦醒来的时候，发现自己居然又在林岐床上睡着了，先是有些蒙——她本来在床边盘腿坐着想事，怎么想着想着就躺下睡了呢？

不过似锦早习惯了，也不觉得有什么，只是再次感叹，林岐要是变回许凤鸣那该多好啊，都是姑娘家，做什么事都方便，不像现在，等一会儿她还得想怎么回听涛楼。

林岐大步走了进来，长发用黑色缎带高高绑起，身上穿着月白箭袖，腰间系着宝蓝缎带，肌肤白里透着些红晕，还带着细密的汗珠子，一看就是从外面行动罢回来。

他拿着白绫手巾拭去脸上的汗，走了过来，见似锦坐在床上发呆，眼皮浮肿，神情呆滞，嘴巴还噘着，心里不禁一乐，忍着笑转身又走了。

片刻之后，林岐又回来了，手里捧着一摞叠得整整齐齐的衣物："你先起来穿衣吧，待会儿我帮你梳妆。"

似锦看了他一眼，想起林岐这里既有女装，也有脂粉，还有首饰，一切都是现成的，她根本就不用担心自己这个样子回去会被姑母发现，心情又好了起来。

林岐把衣服给了似锦，就又离开了。

似锦脱去身上已经睡得皱巴巴的外衣和裙子，换上林岐拿来的衣裙，发现除了裙子长一些，肩膀宽了些，其他都还算合适。

林岐洗澡很快，似锦换好衣服洗漱罢没多久他就出来了。

似锦眼睁睁看着林岐在多宝阁那里摆弄了几下，多宝阁就"哗"的一声被他推开了——原来多宝阁后面还有一架多宝阁，上面分门别类整整齐齐摆了许多物件。

林岐挑了些香脂、香膏和眉黛，又拿了几样首饰。

似锦立在他身侧探着头看，见有一支金玲珑福字簪怪别致，上面还镶嵌着

细碎的宝石，便伸手指着道：“我要插戴那个福字簪！”

林岐听话地拿了福字簪，带着似锦去了梳妆室。

似锦乖乖地在梳妆台前坐下，原本想着林岐要帮她梳妆，谁知林岐把那些胭脂、水粉、首饰什么的往妆台上一放：“白又胖，你快一些，我在外面等你。”

说罢，他就出去了。

似锦：怎么有一种被卸磨杀驴的感觉？

昨夜同命鸟一般相依为命的情谊呢？别人是大难到来各自飞，你林岐是大难过后自己飞。

令她夜间难以入眠的难过哀伤一扫而空，唉，许凤鸣这烦人精又回来了！

郑夫人一直睡到了红日高升才醒来。

盥洗梳妆罢，她来到明间，却发现似锦和两个丫鬟都不在，便在罗汉床上坐了下来，口中道：“似锦去哪儿了？”

康嬷嬷进来给她请安，笑吟吟道：“夫人，刚才还见周姑娘带着春剑和素心两个丫鬟在外面散步，估计去湖边了。夫人，先给您摆饭吧，等周姑娘回来，再重新送上热汤热饭。”

郑夫人点了点头，道：“摆饭吧！”

似锦自己装扮好出来，见林岐正在圈椅里坐着，知道他在等自己，便道：“小凤凰，我要走了。”

林岐起身道：“先上楼用早饭吧，你姑母那边我安排过了，说你带着两个丫鬟出去散步了。”

似锦知道他做事妥当，便“嗯”了一声，和林岐一起上了二楼。

二楼窗前的圆桌上已经摆好了早饭，还挺丰盛，都是似锦平素爱吃的。

似锦吃了些粥，察觉到对面的林岐在看她，便抬头也看了回去，见他左手支颌看着自己，一副若有所思的样子，当下心思如电，很快猜到了他心里在想什么，当即道：“殿下，你不会是想着咱俩在一张床上睡了，就要我以身相许吧？”

白又胖这鬼灵精，被她猜中心事了！

似锦用红箸夹了个极为小巧玲珑的小笼包，一口吃了，又喝了一调羹红稻粥，然后道：“小凤凰，你别信话本里那种姑娘家动不动就要以身相许的戏码，什么被男子看到了脸，不小心碰到了手，落水被男子救了，还有什么卖身葬父，全都是戏，可别当真，一般正常姑娘家，不会因为这个爱上男人的。”

林岐：“……”

白又胖到底看了多少话本？

难道我在读书学习上进的时候，她都在看话本？

似锦又夹了一个炸春卷，“咔嚓”咬了一口，好甜啊！

吃下去后，她接着道：“小凤凰，从小到大，咱俩一起睡的次数多了去了——我数数啊，没有上千次，也有八九百次了，也不多昨夜这一次。你别多想。我不在乎这个，那些动不动就拿‘贞操’这俩字来约束女子的人，内心不知道多龌龊呢！”

林岐：本来还想对白又胖晓之以理呢，谁知白又胖比他还能讲理，一顶“龌龊”的大帽子压下来，他哪里还能用“贞操”做借口说服白又胖嫁给他？

林岐默不作声，盛了一碗皮蛋瘦肉粥，推到了似锦面前。

似锦毫不客气地用银汤匙舀了些粥吃了，发现滋味甚是鲜美，便又吃了几口，这才接着道：“小凤凰，咱俩和别人不一样，是亲人，我觉得自己就像你的手，你的脚，你的肚皮，你的耳朵一样，是你的一部分，你会想娶你的手、你的脚、你的肚皮、你的耳朵吗？

“以后你别老想着让我以身相许了，像现在这样就挺好，以后你发达了，要记得‘苟富贵，勿相忘’，护着我别被人欺负，就行了。”

说着说着，似锦觉出些悲凉来，看着林岐，叹了口气，道：“你若真是许凤鸣该多好……”

若是许凤鸣还在，她就可以跟着许凤鸣，什么都不用想，什么都不用考虑，只需许凤鸣动脑，她动手，多默契啊！

林岐原本打算好好说服似锦嫁给他的，如今被似锦这么一大长篇歪理给堵得一句话都说不出来了，悻悻道：“我就是许凤鸣啊，你还把我当许凤鸣不就行了？”

似锦盯着他看了良久，这才道：“小凤凰，我喜欢昨天夜里的你，多乖啊；现在的你真烦人，心眼太多了，和你在一起好累。”

昨夜的林岐，让她怜爱；现在的林岐，让她想捶他。

林岐反唇相讥：“我还更喜欢睡着的你呢，撅着屁股呼呼睡得挺香，也没这么多心思，也没这么多屁话，我做什么都行。”

似锦听到那句“撅着屁股呼呼睡得挺香”，气得话都说不出来了：“你才撅着屁股呼呼睡得挺香，我睡觉好看着呢！”

她起身就要走。

走到楼梯口了，似锦猛然想起自己身后这人正是当朝皇太子，日后的景和帝，当下知道自己忘形了，忙转身退了回去，屈膝行礼：“臣女告退，太子殿下万福金安。”

林岐瞅了她一眼，然后又看了看盛着皮蛋瘦肉粥的青瓷罐子。

似锦乖乖起身，走了过去，盛了一碗皮蛋瘦肉粥，双手奉了过去，放在了林岐面前：“殿下请用。”

林岐喝着粥，心里默默谋划着。

他原本想着用贞操来劝说白又胖嫁给他的，现在这条路被白又胖的伶牙俐齿给堵死了，得想想别的法子了。

白又胖最见不得他生病，若是他装病，白又胖定会不管不顾飞奔而来，对他爱惜有加。

可惜这是他的终极武器，不能时常使用，免得真要用的时候没了效用……

不过还有一个法子，就是赶紧催促母后举办东宫选妃，到时候选上白又胖，她只能嫁过来了。

可是这个法子暂时也不能用，白又胖会不开心的……

白又胖的软肋是什么呢？

对了，她的软肋就是我啊！

心中计议已定，林岐抬头看向似锦，眼神柔软如温顺的小鹿，声音也弱弱的：“白又胖，大夫给我开的药毒性太大，我不能再服用了。你给我的信里说乔夙对草药解毒颇有研究，他住在哪儿？咱们这几日去看看他进行得怎么样了，好不好？”

似锦果真上当了——她最受不了林岐这个样子——当即道：“他住在杨柳胡同，离我家不远。你什么时候有空，我和你一起去。”

林岐见计谋奏效，轻轻“嗯”了一声，道：“我若得了空，就让叶韶红用公主的名义去接你。”

似锦觉得这办法不错，起码她爹不会阻拦，便道：“这个法子好。”

林岐给似锦重新盛了一碗皮蛋瘦肉粥，放在了自己右手边：“你也再吃一点吧，刚才你都没吃什么。”

似锦乖乖地在林岐右手边坐了下来，拿了汤匙开始吃粥。

她的确还没吃饱。

林岐心下大慰，又给似锦夹了个小笼包，然后道：“似锦，东宫的宫殿高大阔朗，到了夜里，寝殿里只有我一个人，空荡荡的，我有些害怕，常常失眠。”

似锦想起以前林岐一直未曾选妃，便抬头看向林岐：“那你多选些妃子吧，晚上也有人陪了，还能生孩子。”

想到林岐的孩子，她颇有兴趣，道：“你一定要找聪明又美丽的女人生孩子，这样你们的孩子一定特别好看特别聪明！”

他看了似锦一眼，想起自己拟定的柔弱胜刚强之策，当即老老实实道：“这些年，我服用了那么多药，还都是有毒的，我怎么敢生下后代。”

似锦一听，蓦地想起以前，一直到她去世，景和帝是真的从未纳妃，后宫也从未有皇子公主诞生，心里不由得一阵难过。

她伸手握住了林岐的手，低声道：“其实，过继一个也是可以的，你兄弟那么多……”

林岐闻言冷笑了一声：“呵，兄弟。”

他冷冷道：“我的兄弟和他们的亲娘，还有他们亲娘背后的家族，可是一个个都在盼着我死呢！”

似锦蓦地明白了，为何林岐会幼年中了剧毒，为何他明明是尊贵的皇太子，却蛰伏在偏远荒凉的泽州那么多年。

想到林岐被体内余毒折磨的那些日日夜夜，她心里难受极了，起身展开双臂，把林岐揽在怀里，低声道：“他们害你，你也别便宜他们，一笔一笔都记下来，等到了那一日，再有恩报恩，有仇报仇。”

林岐被似锦摁在怀里，脸恰好贴在了她身体极柔软的地方，隔着衣服也能闻到她身上的馨香，感受到了温暖，还能听到似锦的心跳声。他顿时慌了，心脏怦怦直跳，身子也渐渐变得僵硬。

似锦毫无所觉，在林岐头顶轻轻吻了一下，用极轻的声音说道：“小凤凰，我相信你，早晚有一日，你会把害你的人都踩在脚底，你会登上那最尊贵的位置，会解决镇南侯府和安国公府割据一方的问题，会让这个国家更加富强，百姓更加安乐……”

在似锦的柔声细语中，林岐整个人放松了下来。

想起梦中似锦被人害死，他抬起一直垂着的双臂，反抱住似锦，低声道：“白又胖，你别怕，我会保护你，不让别人伤害你的，我保证。”

过了一会儿，似锦松开了林岐，脸上犹带泪痕，颇有些不好意思，低低道：“遇到雨雪天气，你不舒服了，就让叶韶红用公主的名义去接我。”

说罢，她伸手在林岐脸上捏了一下——啊，好滑好软好可爱！

然后飞快地转身跑了。

林岐僵立原地。

似锦似乎对捏他脸上的软肉特别感兴趣，从小就爱捏。

可恨他一个大男人都十七岁了，瘦成这样了，脸上居然还有婴儿肥！

第二十一章

执念

似锦出了玉堂春，发现那个叫李青的小厮领着春剑和素心在外面候着。

李青向似锦拱手行了个礼，道：“周姑娘若是有事吩咐，让人往金石街林记画斋送一封信就是。”

快到听涛楼的时候，似锦低声问春剑、素心：“用过早饭没有？”

素心往四周看了看。

春剑笑着压低声音道：“姑娘，吃过了，是那个李青带我们去吃的。”

素心也跟着点头。

想起自己第一次见李青，他装扮成丫鬟，素心不由得笑了起来。

郑夫人果真没有怀疑，只是担心似锦饿，又让康嬷嬷给似锦上了一份早饭。

似锦在玉堂春只顾着和林岐斗嘴，根本没吃多少东西，正好又吃了一碗银耳百合莲子粥。

待似锦用罢饭，郑夫人就和她商议道：“咱们等一会儿就辞别公主进城吧，不回京也就罢了，既然回来了，咱们还是得回梧桐里打个照面。”

似锦点了点头：“姑母，我也是这样想的。”

姑侄俩意见一致，略事休息，似锦又重新换了身合适衣裙，便一起去向崇宁公主告辞。

崇宁公主颇为不舍：“似锦，我还想着上午歇一歇，下午咱们一起去马场骑马……’

似锦也喜欢和公主一起玩，当下道：“只要公主不嫌我烦，以后一起玩的机会多着呢！”

告辞之后，似锦与郑夫人乘坐郑夫人的马车，离开了碧漪园。

郑夫人坐在马车中，掀起车帘往外看，想到漂亮小哥林二郎，口中道：“咱们要离开了，林二郎怎么没出现？”

似锦眼中满是笑意：“他也许有别的事情，出去忙了吧。”

郑夫人连连点头：“这孩子瞧着贵气十足，举手投足颇有风度，那些人在他面前似乎都屏着一股气，恭谨得很，我觉得他应该不是普通人。”

不待似锦回答，她自己笑了：“与安国公府是亲戚，和公主如此亲近，又姓林，长得又如此清贵，林二郎应该出自皇族，只是不知道是哪个亲王或者郡王之子。”

似锦低头微笑，然后试着转移话题：“姑母，回了梧桐里，咱俩住哪儿呢？”

郑夫人思索片刻，道：“总不能住到外院去吧？应该是后花园的望花楼，内宅也只有这一处还空着了。”

周胤去吏部了。

周夫人得了禀报，特地到二门外来迎接。

似锦扶着郑夫人下了马车，又去给周夫人请安：“给母亲请安。”

周夫人打量似锦，见几个月不见，她个子又长高了一些，脸比先前略黑了些，气色好得很，肌肤似带着一层莹光，当下笑了起来，道：“似锦在洛阳姑母家一定玩得很开心，都晒黑了。”

似锦知道自己和赵洛神一起在桂花庄子住那几日，天天出去玩，真是晒黑了，也笑了：“母亲，洛阳真是太好玩了，下次我带着倩兮和盼兮去玩。”

郑夫人过来与周夫人见礼：“大嫂，我平常寂寞，多亏似锦陪我，我们把洛阳那些好玩的地方都逛了一遍，自然会晒黑了。”

周夫人看了看晒黑了的似锦，再看看也比先前黑了些的郑夫人，决心不让倩兮和盼兮去洛阳玩——大家闺秀，还是白皙细嫩些更贵重。

她吩咐婆子们把郑夫人和似锦的行李送到后花园望花楼，然后向郑夫人解释道：“如今老太太和二房的人住在兰庭，我上午得了你们回来的消息，便安排人去打扫整理望花楼了。”

进了惠畅堂，周夫人和郑夫人分宾主坐下，寒暄了一番，聊起了家中情形。

似锦见水芝用托盘送了茶进来，便先奉了一盏给郑夫人，又奉了一盏给周夫人，然后才在东边的圈椅上坐了下来，道：“母亲，倩兮和盼兮还在桃夭阁上课吗？”

周夫人用帕子拭了拭嘴角，道：“她们去你舅母家做客了。”

又聊了几句后，周夫人叫来王妈妈吩咐道：“我有些不舒服，你陪着姑太太和大姑娘去给老太太请安。”

周老太太端端正正坐在兰庭的正房明间，等着郑夫人和似锦来给她请安。

这两个人，一个是她丈夫小妾生的庶女，却因巴结她长子周胤，嫁入了富豪之家，过起了滋润日子；一个生母被她卖掉，谁知兜兜转转又回了周府，而且成了所谓的大家闺秀。

一想到这些，她就觉得自己受到了莫大的侮辱。

郑夫人如今的好日子，是抢了她的女儿的；周似锦如今的好待遇，明明该她的孙女觉晓和澄明享受的。

郑夫人和似锦进了明间，齐齐屈膝行礼：“给老太太请安。”

周老太太不吭声，倨傲地看着她们。

似锦自顾自说了声“谢老太太”，自己站了起来，又扶了郑夫人起来。

周老太太没想到这个所谓的长孙女如此的脸皮厚，一时没有反应过来，眼睁睁瞧着似锦服侍郑夫人在靠东的圈椅上坐下，然后自己挨着郑夫人坐了下来。

似锦坐下后，吩咐丫鬟：“我和姑母爱喝龙井茶，你沏两盏明前龙井送上来。我听父亲说，祖母这里有他送来的明前龙井。”

周老太太一生最是虚荣，又惯爱捧高踩低，茶房里一般准备好几样茶，来了尊贵的客人，就奉上最好的茶；若是来了普通客人，就奉上普通的茶。

丫鬟看向周老太太。

周老太太皱着眉头道：“还不去泡！”

待周似锦和郑夫人的茶送了进来，周老太太又开了口：“桐月，我近来身子虚弱，大夫说须得每日饮用参汤，可惜难得好参，你那生药铺子里有好参的话，给我送来几支。”

似锦闻言，看向郑夫人，预备随时助阵。

郑夫人见似锦如此，心里暖暖的，含笑道：“母亲，如今京中的生药铺子，都是我们家老太太的人在管着，我做不得主。”

周老太太虽然爱占便宜，却又好面子，只要她抬出婆婆郑老太太，多少会有些用。

周老太太还要说话，似锦却道：“姑母，崇宁公主的人送了咱们回来，还等着回话呢！”

郑夫人会意，当即道：“对呀，怎么能让公主府的人候着，咱们快过去吧！”

周老太太最是崇拜贵族，忙道：“怎么回事？”

似锦笑吟吟道：“祖母，我和崇宁公主是好朋友，这次回京，就是随着崇宁公主的车驾回来的。”

得知似锦居然和崇宁公主是好朋友，周老太太马上变得和蔼可亲起来：“既如此，你们切莫让公主府的人等，赶紧过去吧！”

回到后花园的望花楼，郑夫人在一楼大厅里坐下，想到似锦在周老太太面前演的那场好戏，哈哈笑了起来：“似锦，你怎么知道老太太吃这一套？”

似锦正让素心、春剑她们整理楼上她和郑夫人的卧室，闻言扭头道："姑母，咱们家老太太一生吃不得亏，爱慕虚荣贪小便宜，好面子爱吹牛，最敬慕贵族，又欺软怕硬，在她面前，绝对不能软，不然她会一直索取，索取了还不感激你，反倒会觉得你傻，好欺负。"

这可是她曾经总结出来的，十分实用。

郑夫人点头道："你这孩子可真聪明，我也都知道，却没想得这么透彻。"

似锦道："咱们关上门好好过日子，她也不能上门来抢。"

她又道："姑母，我不想出嫁，却想有自己的家……"

郑夫人"扑哧"一声笑了："哪有女孩子不出嫁，瞎说什么呢！"

过了两日，周胤休沐，周老太太有心从周胤这高官儿子和郑夫人这富婆庶女这里弄到一笔财物补贴二房，吩咐人去王学士府接了倩兮、盼兮回来，让周夫人在兰庭举办家宴，预备借家宴当众开口索要财物，让周胤和郑夫人没法拒绝。

似锦得知了这个消息，悄悄让春剑的哥哥孙秀往金石街林记画斋送去了一封信。

她记得前世似乎有类似的事情，周老太太借家宴当众向郑夫人借了两千两银子，向周胤借了两千两银子，说要给次子周永在京中买宅子。

当然后来宅子没买，银子也都没还。

家宴即将开始，周家大房、二房的人齐聚在兰庭之中，一起奉承周老太太，气氛很是热烈。

正在这时，孙妈妈急急走了过来，行罢礼便道："启禀老太太，老爷，崇宁公主派了叶女官来接大姑娘和姑太太去公主府赏花，公主府的马车就在二门外候着。"

周胤觉得事有蹊跷，便看向似锦。

似锦笑眯眯道："爹爹，既然公主有请，那我和姑母得赶紧过去了。"

周胤这下子明白了，定是似锦搞的鬼，却也不拆穿，道："去吧，不要惹事。"

郑夫人也知道今日是鸿门宴，当即配合似锦："对呀，公主府的马车在等着呢！"

似锦屈膝向众人道别，在倩兮和盼兮艳羡的眼神中，与郑夫人一起离开了。

叶女官在马车里含笑道："周姑娘，郑夫人，待会儿我先送周姑娘去金石街林记画斋选画，然后再陪郑夫人去逛街，两位看怎么样？"

郑夫人想着崇宁公主有什么私密之事要和似锦商议，自己也不便在场，当即答应了下来："那咱们去逛逛琳琅阁吧，我好久没逛了，正想选几样首饰。"

马车驶入金石街后巷，在林记画斋后门停了下来。

叶女官请郑夫人在马车里稍等，自己陪着似锦进了林记画斋后门。

林记画斋的后门十分平常，是一扇掩映在女贞树后的普通红漆门。谁知一进门，里面别有洞天，种着许多花木，游廊的栏杆都漆着红漆，栏杆上攀爬着翠色藤蔓，间或点缀着朵朵香花，散发着沁人心脾的清香。

似锦随着叶女官沿着游廊，进入第二重院落，在正房廊下停住了脚步。

叶女官微笑道："周姑娘，殿下在里面等您。"

说罢，她屈膝行了个礼，退了下去。

似锦没有立即进去。

她立在外面叫了声"小凤凰"。

这还是她曾经因为孙沐泉而养成的警觉性。

里面传来一阵脚步声，接着青竹丝门帘被人从里面掀开，一个穿着月白道袍玄色布鞋书生打扮的少年从里面走了出来，鸦青长发用宝蓝缎带绑了，肌肤白皙，目似寒星，手里拿着洒金川扇，笑容灿烂，正是林岐。

似锦见了，吃了一惊："小凤凰，你这是要做什么？"

接着她就笑了起来："倒是比平时更好看。"

林岐被似锦夸得心情极好，看了似锦一眼，见她头上绾着漆黑油光的发髻，只插戴着一支碧玉簪，身上穿着玉青色衫子，系了条葱黄绫裙，眉睫浓秀，眼睛干净清澈，嘴唇殷红，虽然朴素，却十分可爱，心里怪喜欢的，却故意移开视线，看向似锦手里提的包袱："白又胖，你拿的是什么？"

似锦见李青做小厮打扮立在后面，便把包袱递了过去："给你的十七岁生日礼物。我亲手缝制的，上衣是月白杭绢衫子，下面是一条五色线掐羊皮金挑的油鹅黄银条纱裙子，现在穿正好。"

林岐也想起了自己和似锦打的赌，垂下眼帘，略一思索，右手握着川扇在左手掌敲了一下，佯装无事一步越过似锦，直接跳下了台阶："白又胖，走啦！"

似锦把包袱递给李青，追上去："到底干吗去？"

林岐沿着游廊大步流星往外走："咱们不是说好要去杨柳胡同见乔夙的吗？"

他这两日开始跟着礼部尚书韩志云在礼部学习，正好赶上西夏与大周和谈，每日都忙得够呛，结果今日韩志云的女儿订婚，韩志云向朝廷告了假，他也趁机跟着歇一歇，就来了金石街。

林岐刚到这里，似锦派的小厮就过来送信了。

林岐原本打算和似锦扮作一对民间小夫妻往杨柳胡同去的，谁知似锦恰似和他心灵相通一般，打扮极为朴素简单，两人正好是一对。

似锦没林岐腿长，小跑追上他："小凤凰，你走这么快做什么？"

她又道："咦，小凤凰，你今日怎么这么开心？"

似锦能够感受到林岐全身心的雀跃。

林岐没理她。

第一重院子里停着一辆普通的小马车。

林岐扶着似锦上了马车，自己也跳了上去。

马车里空间不大，似锦见林岐进来，忙道："小凤凰，你坐倒座上，别挨着我。"

林岐看了看，也挺无辜："我也不想挨着你坐，可是我若是坐在倒座上，咱俩就要腿碰腿了。"

似锦一看，果真如此，悻悻道："找这么小的马车，哪里坐得下……"

林岐把她往右边一推："挤挤就坐下了。"

他把似锦推到了最右边，然后自己在左边坐了下来，示意似锦看两人之间的缝隙："你看，足有一拃长了。你不要老想着我占你便宜，我比你更好看好不好，咱俩站一块让外人评说，谁占谁便宜还说不定呢！"

她懒得理这个小鸡仔了。

林岐虽然嘴硬，却也怕似锦不开心，说着话，双手不停，在对面倒座上摁了几下，倒座的座面弹了起来，原来里面是一个柜子。

他从里面取出一个石青松江布靠枕，放在了他和似锦之间，睨了似锦一眼："这下放心了吧？"

林岐又自言自语道："还说你是我的一部分，是我的手、我的脚、我的肚皮、我的耳朵，我的手脚肚皮耳朵还不想挨着我，还想脱离我闹独立，真真岂有此理……"

似锦不禁笑了起来。

她的确是有一些做作了。

她和小凤凰在一张床上睡过，亲也亲过，摸也摸过，倒是不必矫情。

想到这里，似锦看向林岐，发现自己要许凤鸣回来，林岐果真把许凤鸣给放了出来，虽然穿着男装，可是那一天到晚和自己斗嘴的劲儿，还真是许凤鸣。

她笑眯眯地隔着衣服在林岐肚子上摸了一下："来，让我摸摸我自己。"

她不是林岐的肚皮嘛！

林岐眼中满是得意地看着似锦，等着似锦夸他。

自从回到京城，他一直跟着武师傅习武强身，正好今日向似锦炫耀一番。

似锦诧异地看林岐——林岐的腹部居然平坦而结实。

林岐得意扬扬道：“别看我瘦，我可是很结实的。”

他自己抬手在肚子上摸了又摸：“硬邦邦全是腹肌。”

林岐又抬起拳头让似锦看：“坏人欺负你，我一拳打死俩。”

她拉住了林岐的手腕，恳求道：“小凤凰，你还是变回女装吧，你这样子我接受不了。”

林岐收回拳头，佯装整理道袍，低声道：“我知道，你喜欢女孩子。”

看来似锦果真喜欢女孩子，他猜对了。

过了片刻，林岐又低声道：“白又胖，你放心，你若是需要，我可以扮演女孩子。”

唉，为了白又胖，这点事又算什么。

似锦却是大喜：“那你说话可要算数，下次你穿女装陪我出去玩！”

林岐“嗯”了一声，倒是不再向似锦炫耀腹肌和拳头了。

乔夙正在廊下忙碌。

他面前的桌子上摆着案板、刀、石臼和各种瓶瓶罐罐，旁边一溜儿咕嘟咕嘟冒着泡的药罐，各种奇奇怪怪的药味掺杂在一起，弥漫在院子里。

听小厮禀报说有一位周大姑娘来拜访他，乔夙先是一愣，接着便道：“快请！”

这是他的金主啊，可不敢怠慢，得好好伺候。

乔夙亲自出门迎接，却见做书生打扮的林岐正扶着周似锦从马车里出来，不由得一愣。

皇太子怎么微服过来了？

似锦屈膝行了个礼，叫了声“乔大哥”。

林岐听到那声“乔大哥”，眉头扬了扬。

乔夙把林岐和似锦引入院子：“进去再说。”

关上大门之后，他端端正正向林岐行了个礼：“见过殿下。”

他又向似锦回礼：“周大姑娘，信我收到了，我正打算做完试验就去拜访你。”

请林岐和似锦在院子里坐定之后，乔夙把一本笔记拿了出来，翻到最新记录，让林岐和似锦看：“这是我昨日的试验，我按照你信里的方子煮了药汤，然后给四个兔子分别服用了滇州最毒的那四样毒草，又分别喂了药汤，这是我

的观察记录……”

林岐已经明白似锦和乔夙在做什么了，一言不发静静听着乔夙和似锦的讨论。

乔夙展示完自己的试验记录，把手里的笔记甩了甩，叹了口气道：“周姑娘，我若是能见到你那个朋友，得到他的血，试验会更有针对性，时间也能缩短……”

他知道那位“余毒未清的朋友”就是眼前这位皇太子，因此故意说给林岐听的。

作为一位狂热的药草解毒研究者，能直接弄到中毒者的血液来试验，实在是一个极有趣的挑战。

似锦没有说话，看向林岐。

林岐握住她的手，轻轻握了握，然后看向乔夙道：“你的刀得在热水里好好煮煮。”

他早让人打探过乔夙的底细，知道这人可以信任。

乔夙闻言，差点跳起来，眼神灼热：“殿下，到时候乔某先在自己手上割一刀，这样您就能放心了！”

林岐：“大可不必。”

乔夙去做取血前的准备了。

似锦和林岐肩并肩坐在院子里的长凳上晒太阳。

似锦见林岐不说话，便故意笑着问他：“你是不是怕流血？”

林岐笑了，低声道：“你忘记我上过战场了？”

似锦想起曾经景和帝登基之后，还御驾亲征过，心里有些慌，忙道：“小凤凰，你以后可不要再去了，每个人担负的责任都不同，你自有你的职责，战场上刀剑无情……”

这时候乔夙出来了，听到似锦的话，道：“殿下在战场上的确被人暗算过，背上受了伤。”

似锦正要细问，林岐却道：“回去再说。”

从乔宅出来，林岐蔫蔫地被似锦扶进了马车里，脸色略有些苍白。

李青立在外面，轻声请示：“殿下，属下去和乔公子谈谈？”

林岐摆了摆手：“无论他要什么，只要不伤天害理，全都答应。要保证他的安全。”

到了如今这个地步，乔夙已经卷入了大周朝的夺嫡之争，那些人的手段狠毒，须得保护好乔夙。

李青答了声“是”，行罢礼转身进了乔宅。

待车门关上，似锦这才握住了林岐的手：“是不是很难受？”

放了血，小凤凰该多难受啊，手都是凉的。

林岐其实没那么难受，可是白又胖如此关心他，他还是很欢喜的。

他柔弱地依偎着似锦，低声道：“就是觉得头有些晕。”

似锦忙道：“你靠过来，我给你按摩头。”

林岐“嗯”了一声，身子略微放低，靠在了似锦怀里。

似锦解了他绑发的缎带，捋了捋林岐鸦青的长发，口中夸赞道：“你的头发又黑又顺滑，闻上去还很香呢，是什么香，这么好闻……”

小凤凰最喜欢别人夸他，夸着夸着，他就忘记难受了吧……

林岐昨夜失眠，根本没睡多久，被似锦按了一会儿就睡着了。

马车直接驶入了金石街后巷林记画斋的后门。

似锦轻声吩咐在前面驾车的李涵：“马车停在院子里，把车门朝南打开，让他再睡一会儿。”

今日没有风，太阳很好。

林岐一觉醒来，觉得神清气爽，甚是舒适。

他察觉到自己是靠在似锦怀里睡的，身上还搭着条毯子，很是温暖，便闭上眼睛继续睡。

似锦和林岐从小在一起，对他的细微动作清楚得很，林岐一动，她就知道林岐已经醒了，便伸出手指在林岐脸颊上摸了摸捏了捏：“小凤凰，醒了就起来吧，我觉得你应该饿了。”

她身子都要麻了。

林岐装睡被似锦识破，若无其事地坐了起来：“今日太阳真好，我很久没有睡得这样舒服了。”

他有些羞涩，佯做镇定，可惜白里泛红的俊脸出卖了他，只是他自己不知道。

似锦早瞧见了，心道：脸那样白，那样容易红脸，还要嘴硬，真是的，和小时候一模一样。

她也不揭穿，道：“小凤凰，今日乔夙说你在肃州平叛时背上受了伤，伤好没有？到底是谁主使的，是庆王、苏贵妃、苏太后，还是你别的兄弟？”

因西边的夕照，林岐眼睛微微眯着，看着前方笼罩在夕阳余晖中的香樟树，用极轻的声音道：“庆王、苏贵妃、苏太后和镇南侯府，还不是一家？”

他又道：“发生了好几次，基本能肯定的有苏氏，还有淑妃及其背后的董氏，再就是天神教和天神教背后的西夏人了。”

似锦握紧他的手，低声道："真是防不胜防。"

她想了想，道："你有什么打算？"

林岐轻轻道："千里埋线，各个击破。"

他不喜欢一潭死水，人活着，定下目标，一个个去实现，才算有趣。

他和白又胖曾登上青龙山的最高峰向远处眺望，在那一瞬间，林岐被大周壮美的河山折服。

从那一刻起，他就发誓，如此壮美的河山，如此勤劳聪明的百姓，如此灿烂悠久的文明，怎么能够交到林嶂这样的废物手中？

若是他失败，林嶂取代他成为大周的皇位继承人，大周马上就面临南北分裂，到时候辽国和西夏正好乘虚而入，所有这一切都会毁于一旦。

既然天生他为大周帝国的皇太子，那他就要勇敢地承担责任，坚定地走下去。

可是这些话，林岐不能和别人说，因为会被人笑话。

不过和他的白又胖说是无碍的，她永远都会支持他。

"白又胖，我想做一个好皇帝，想要名留青史。"林岐的声音很好听，是清朗的少年声音，却又如秋日清泉流过白石，带着泠泠的余韵。

说话的时候，他因为害羞，没有看似锦，而是看着院子里的香樟树，白皙如玉的耳朵泛着淡淡的粉色。

似锦想起往事。

曾经的景和帝，可是厉害得很呢，绝对能够载入青史了。可惜似锦去世的时候，土地改革和赋税改革刚刚开始，她没能看到最终的结果。

如果改革成功的话，大周朝的鼎盛时期会延续很多年的。

想到她去世前景和帝孱弱的状态，似锦悄悄握拳：我重活了一次，就不能白白浪费这重来一次的机会，我做不了别的，但是我要努力想办法，给小凤凰解毒，让他康健安乐地活着，实现他的理想。

想到这里，似锦浑身充满了干劲儿，她一把抱住林岐，道："小凤凰，我相信你能做到。我也要努力。

"我会好好照顾你，帮你解毒。

"将来有一日，你拥有天下，我就在拥护你追随你的人群中，开心地仰视你，为你高兴。"

林岐有些不好意思，转移话题道："似锦，你饿了吧？金石街上有一家砂锅米线还不错，我让人买了送过来。"

似锦原本斗志昂扬，哪里会觉得饿？

可是一听林岐提到金石街上的砂锅米线，她当即忘记了斗志，兴致勃勃道：“是吴记砂锅米线吗？”

林岐点了点头：“正是。”

似锦曾经尝过金石街的吴记砂锅米线，当下觉得饥肠辘辘：“啊，好饿，我正想尝尝呢！”

她又道：“大周太大了，就连米线的叫法都不一样，泽州不叫米线，叫米缆，在南方有些地方，似乎是叫米粉，都好吃得很。不过我觉得最好吃的，还是京城的砂锅米线……”

似锦越说越觉得饿，忙道：“咱们下车吧，赶紧让人去吴记买两锅回来，对了，还有吴记的羊肉炕馍。”

林岐跳下马车，转身去扶似锦，却发现似锦神情痛苦一动不动坐在那里，忙问道：“怎么了？”

似锦倒吸了口冷气：“腿麻了！”

林岐睡着了，她一直抱着林岐，怕吵醒他，居然那么长时间没动弹，这下脚和屁股都麻了。

林岐不由得笑了，眼睛眯着，似有星星闪烁，可爱极了。

他探身进来，打横抱起了似锦：“先进屋再说。”

似锦窝在林岐臂弯里，一颗心怦怦直跳，很担心因为自己的体重，害林岐和自己一起跌倒，到时候一定很疼：“小凤凰，你还是把我放下来吧，你太瘦了，我总觉得下一息你就要把我给摔出去了！”

林岐觉得似锦小瞧了自己，抱着似锦沿着游廊往前走，口中道：“你瞧着挺胖的，可是骨头轻，抱着不费力。”

似锦：“你才骨头轻！”

她挣扎道：“放我下来！”

林岐怕把她给摔着了，忙把似锦放在了游廊西侧的美人靠上。

似锦靠着栏杆坐着，用手撑起裙裾，裙裾下的双腿抖动着，以待腿麻过去，口中道：“小凤凰，大兄弟，你是男人，对女子要温柔，温柔，懂吗？有些话你不能和女子说的，比如你说我黑、我胖、我重，这些都不能说。”

林岐瞪大了眼睛：“可我又没和别人说，我只和你说呀！”

别的女人，除了他母后和崇宁公主，他都不怎么理会的。

似锦：“总之，以后你不能叫我白又胖，你得叫我‘周姑娘’或者‘周大姑娘’。”

林岐笑得狡黠可爱：“好的，白又胖。”

似锦："哼！"

她坐在美人靠上，一边舒缓腿麻，一边和林岐斗嘴，待腿舒服些了，便随着林岐回了第二重院子的正房。

砂锅米线和羊肉炕馍很快就送来了。

是李涵用食盒提来的。

似锦和林岐相对而坐，开始享用美味。

果真是记忆中的味道，似锦吃得很开心很满足，心中暗自感叹：还是活着好啊！

用罢饭，似锦有些瞌睡，自言自语道："姑母不知道什么时候过来……"

林岐见她明明瞌睡得不得了，却还勉强睁大眼睛，看起来特别可笑可爱，不由得微笑，道："你先在罗汉床上睡一会儿。我就在外面廊下，等你姑母来了，我叫你起来。"

说罢，他起身出去了。

似锦也不要人进来侍候，自己寻了洁净的衾枕出来，铺设在罗汉床上，脱去外衣，解去裙子，叠好放在一边，然后钻进被窝里，闭上眼睛，蜷缩成一团，很快就睡着了。

林岐立在廊下，等了没多久，李越就过来了："殿下，明日是威远侯世子的冥寿，庆王要去北邙山给威远侯世子扫墓。"

林岐缓缓道："北邙山山路崎岖，马车行驶其上，总是有些危险。"

李越低首道："属下明白。"

林岐又道："最好别让他死，摔断腿就行了。"

按照他父皇的性格，没了庆王，还会另扶淑妃之子宁王林嵘上位与他相争，与缺点明显的庆王林嶂相比，林嵘今年才十四岁，更聪慧，也更能忍。

既然如此，还不如让林嶂做对手呢！

李越答了声"是"，自去布置。

天擦黑时，似锦被林岐给摇醒了："白又胖，姑母来了。"

郑夫人和叶韶红在马车里等着似锦过来。

她和叶韶红说着话，心里却在想：似锦和公主到底在做什么？

这个林记画斋是公主的产业吗？

正在这时，似锦拉开了车门，笑盈盈道："姑母，叶女官，我来了！"

庭院里挂着料丝灯笼，就着灯笼光，郑夫人见似锦依旧穿着来时的衣裙，小圆脸光洁细润，杏眼水汪汪的，嘴唇涂了香膏，显得神采奕奕，顿时放下心来："似锦，咱们赶紧回去吧！"

似锦扭头对送她过来的李涵道："箱笼放在马车后面吧！"

她刚才出来，林岐让李涵带着人搬了个箱笼过来。

"你也逛街了？"郑夫人笑了，"你买了什么呀？"

似锦也不知道箱笼里装的是什么，有些心虚，笑容越发灿烂："姑母，回家我再告诉你。"

自从郑夫人和似锦被崇宁公主府的人接去，周老太太就记在了心里，派了两个小丫鬟在二门外台阶下的草丛边装作玩石子，守着二门，等郑夫人和似锦一回来，就回兰庭禀报。

因此公主府的马车刚在周府内宅的二门外停下，一个小丫鬟留下继续探听消息，另一个小丫鬟溜着墙根飞奔回去向周老太太报信了。

郑夫人和似锦下了马车。

叶韶红吩咐婆子从马车里搬下郑夫人买的大包小包物件和似锦带回来的箱笼。

似锦见韩勇媳妇带了两个婆子过来了，忙指挥道："韩大嫂，把这些箱笼包裹都送到后花园望花楼，让小福和素心收一下。"

似锦安排好这些，见一个面生的小丫鬟立在门口，装模作样在揭门上褪色的旧对联，不由得暗笑，略微提高了些声音向叶韶红道谢："叶女官，今日多谢你，请替我和姑母向公主殿下道谢。"

叶女官回了个礼，上了马车离开了。

待郑夫人和似锦进了惠畅堂，那小丫鬟飞也似的回兰庭报信去了。

周老太太正和二儿媳周二夫人在兰庭正房明间里坐着说话。

听了小丫鬟的禀报，她皱起眉头道："周桐月和周似锦这俩人，究竟是怎么巴结上崇宁公主的？"

周二夫人屏退侍候的人，低声道："母亲，崇宁公主算什么，生母不过是个才人，就算皇后娘娘抬举她，她的根基也浅得很。福龄公主的生母可是宠冠后宫的苏贵妃，身份贵重，又得陛下疼爱，若是觉晓和澄明能被选为福龄公主的伴读，以后结交的都是宫里的贵人，前途可是不可限量……"

周老太太沉吟了一下，道："威远侯夫人真能帮咱们觉晓和澄明入选？"

周二夫人起身走到周老太太身侧，低声道："母亲，您难道不知道去世的威远侯世子和庆王殿下的关系？"

周老太太抬眼看向周二夫人："威远侯世子和庆王是什么关系？"

周二夫人直起身子，往外看了看——明间门上挂着细竹丝门帘，她自然什么都看不到——又凑近周老夫人，伸出两根食指，怼在了一起："听说是那个

关系……”

周老太太皱着眉头，有些不耐烦：“到底是哪个？”

周二夫人顿了顿，这才道：“母亲，听说庆王很宠威远侯世子的，虽然威远侯世子去世了，庆王还念着威远侯世子的好，也给威远侯夫人几分面子，就像女婿对丈母娘似的。”

这样一解释，周老太太全都明白了：“怪不得……可是为何威远侯夫人对周似锦这么执着，你大伯虽然官做得大，可周似锦不就是个庶女吗？”

周二夫人对婆婆甚有耐心，解释道：“母亲，威远侯世子活着的时候，对咱家这位大姑娘倾心不已，特地求了庆王，让庆王又去求了太后，给他和咱家这位大姑娘赐了婚，谁知头天赐婚，第二天早上威远侯世子就被马车给撞死了。”

周老太太瞠目结舌：“周似锦命这么硬？我的天，她会不会克自家人？”

她竭力把话题拉回来：“母亲，威远侯夫人担心儿子在黄泉之下牵挂周似锦，死了也不得安生，她的意思是，既然太后赐过婚了，周似锦就生是威远侯世子的人，死是威远侯世子的鬼，周似锦即使不跟着威远侯世子去死，抱着牌位嫁过去，再过继一个子侄，这样威远侯世子那一脉倒也不至断绝，以后也有个扫墓祭祀的人。”

周老太太哼了一声，道：“大郎不会同意的，周似锦虽是庶女，却也是他的骨血，他怎么会同意？”

她这个长子周胤，瞧着和和气气的，其实心高气傲得很，而且很讲亲情，要不然也不让周似锦认祖归宗。

周二夫人笑了，把一沓银票从袖子里掏出来，轻轻放在了周老太太手边的紫檀木方桌上，道：“这是威远侯夫人孝敬您的两千两银子，事成之后，她负责让觉晓和澄明成为福龄公主的伴读。”

见周老太太眼睛盯着银票，周二夫人得意一笑，接着道：“就是因为怕大伯不同意，所以威远侯夫人又起了一个主意，她和威远侯打算为庶子孙浴泉请封世子，然后替孙浴泉求娶周似锦。待周似锦嫁过去了，就摆在那里，名为孙浴泉的妻子，其实是孙沐泉的妻子，以后孙浴泉与妾室生的儿子，过继给去世的孙沐泉，接续孙沐泉的这一脉……”

周老太太想了好一阵子才弄明白：“我的天，这威远侯夫人可够疼儿子的，儿子都死了，还要为他娶喜欢的姑娘，给他过继接续香火的侄子。”

周二夫人笑嘻嘻地拍手道：“母亲，姜还是老的辣，您可真聪明，子远说了三遍，还在纸上给我演示了一遍，我才听懂的。”

子远正是周老太太的次子周永的字。

周老太太冷笑一声，道："这主意怕是那个庶子孙浴泉给威远侯夫人出的吧？等将来威远侯殁了，孙浴泉袭了爵，威远侯夫人以后就惨喽！这嫡母和庶子互相算计，以后不知道谁算计了谁。"

周二夫人道："母亲，咱们只管挣这两千两银子，别人的死活理他作甚？"

周老太太看了那沓银票一眼，道："后花园的桂花不是开了吗？到时候咱们办个赏花宴，想办法把周似锦灌醉，把孙浴泉给放进房里，然后大家再一起进去。到了那时，大郎不答应嫁女儿，也得答应了。"

周二夫人笑眯眯道："还是母亲思虑周全，我都听您的。"

孙浴泉私下给了周永一千两银子，威远侯夫人又给了她两千两银子。

把两千两银子先给老太太，他们两口子能尽落一千两，而且两个宝贝女儿也能去福龄公主身边做伴读。

再说了，老太太拿了那两千两，早晚会吐出来给周永的。

这样一算，卖了周似锦一个小庶女，他们二房可是赚大了。

周老太太端起茶盏品了一口，道："这几日你和威远侯夫人见个面，选个日子，告诉我就行了。"

周二夫人忙答了声"是"。

他们夫妻俩不过费心张罗一下，就能落得这么多银子和好处，还能通过威远侯夫人攀上庆王，真是何乐而不为。

惠畅堂里热闹得很。

两座赤金枝形灯照得满是通明，周胤和周夫人并肩坐在罗汉床上，周倩兮和周盼兮坐在东边的圈椅上。

倩兮拿了金剪在修剪一枝月季花，手边的紫檀小几上的水晶花囊里已经插了好几朵白月季花了。

盼兮则在讲这段时间在王学士府的经历。

似锦和郑夫人一进明间，盼兮就迎了上来："大姐姐！"

她又看向郑夫人："给姑母请安。"

倩兮这时候也过来了，先给郑夫人请了安，这才和似锦见礼。

一家人彼此见礼罢，郑夫人和似锦在靠西的圈椅上坐了下来。

周胤问似锦："似锦，崇宁公主请你去做什么？"

似锦微笑："崇宁公主闲下来想起我了，不过叫过去说话罢了。"

她转移了话题："我这次从洛阳回来，给父亲、母亲和倩兮、盼兮都准备了礼物，明日整理好箱笼，我再一一送上。"

郑夫人也笑着道："还有我，我也带了礼物过来，倩兮、盼兮到时候可别嫌弃。"

一家人说了几句话，郑夫人和似锦便起来告辞。

郑夫人却被周胤留了下来："桐月，你晚一些再走，我有话要和你说。"

秋日的后花园，晚风轻送桂花香，溪流声，秋虫的鸣叫声，与桂花的甜香夹杂在一起，颇为静谧安逸。

春剑见四周无人，这才低声道："姑娘，我哥下午的时候过来了一趟。臭水巷那个刘氏小娘子，肚子已经很大了，昨日她娘在街坊面前炫耀，说她女儿已经去威远侯府给威远侯夫人磕过头了，只等威远侯向朝廷上表为孙二公子请封世子，就让她女儿进门。"

似锦一愣：孙浴泉使了什么手段，居然能让威远侯夫人同意为他请封世子？

而且按照威远侯夫人的性子，没有利用价值的人她是不会搭理的，小刘氏对她能有什么用？

春剑见似锦沉思，忙又道："好像刘婆子说，威远侯夫人打算给孙二公子娶一个大官的女儿，将来让小刘氏进门做妾。那个大官的女儿只是摆设，倒是她女儿小刘氏会受到夫主宠爱。"

似锦沉吟道："大官的女儿……"

会是谁呢？不会又是我吧？

想到这里，似锦叮嘱春剑："让你哥哥好好探听一下，刘婆子说的那个'大官的女儿'，究竟指的是哪家闺秀。"

春剑答应了一声："我想着还没给姑娘回话，就让我哥明天上午再来一趟。"

回到望花楼，似锦吩咐管钱的素心："拿二十两银子给春剑。"

春剑正要推辞，似锦便笑道："不是给你的，是给你哥哥的，臭水巷的事得你哥哥操心跑腿，以后我还有别的事麻烦他。"

似锦想起林岐让人装到车上的那个箱笼："韩勇媳妇带人抬回来的那个箱笼呢？"

素心道："想着姑娘没回来，还没打开，就在姑娘卧室放着。"

春剑擎着灯，素心打开了箱笼。

似锦凑近去看，却见箱笼里整整齐齐放了不少画笔、颜料和各种画纸。

单是画笔，就有好几十种，用青色毡包装了，一展开毡包，一排大大小小各式各样的画笔，整齐得很。

她心中欢喜，心道：还是小凤凰了解我。

似锦喜欢作画，这还是在泽州时养成的习惯，只是来了京城后，各种画笔颜料画纸都不齐备，她就很少作画了。

素心合上箱笼，对似锦说道：“姑娘，咱们从洛阳带回来的东西，我都收拾好了，给大家的礼物，我也按照姑娘的吩咐备好了，姑娘要不要去看一看？”

似锦去看了看，见给周觉晓和周澄明这对双胞胎的礼物，和给倩兮、盼兮的一样，都是洛阳的牡丹花双面绣小炕屏，极精致，又拿得出手，还是洛阳的特产，当下点了点头：“如此甚好。”

素心又和似锦说道：“姑娘，国色、幽客、幽兰和香祖如今在兰庭，常被老太太的人欺负，她们都想回您身边伺候，您看——”

似锦想了想，道：“我明日想法子把她们要过来。”

国色、幽客、幽兰和香祖都是她在兰庭时孙妈妈给她选的小丫鬟，这些人是似锦的人，似锦自然得护着。

郑夫人回来时，似锦已经洗过澡了，忙穿上衣服去见郑夫人：“姑母，我爹爹把你留下，是不是问乔夙的事？”

她爹估计还想着撮合她和乔夙呢！

郑夫人在小福服侍下宽去外衣，又洗了手，接过似锦奉上的果茶饮了一口，这才笑道：“是，你爹让我明日去见秦夫人问问，他对乔夙倒是满意。”

似锦笑嘻嘻道：“其实不用问了，乔夙这几日就要出发回黔州了，他这次会试落第，不打算走科举之路了，想着专心研究黔州草药，做一名救死扶伤的大夫。”

郑夫人沉吟了一下，道：“做大夫也不错……似锦，你是什么意思？”

乔夙那孩子挺好，若是似锦也愿意的话，两人郎才女貌，恰是一对。

似锦忙道：“姑母，我是真的不打算嫁人，你明日和我爹爹说说吧！”

郑夫人端起茶盏饮了一口果茶，忽然又道：“似锦，你若是没看上乔夙的话，你瞧郑轶怎么样？”

女孩子哪有不嫁人的？似锦若是怕嫁人以后被婆婆难为，嫁给郑轶就没这麻烦了。

她从来没考虑过郑轶好不好？

郑轶长得虽高，却分明还是个小孩子！

似锦哭笑不得：“姑母，郑轶还是个小孩子，咱们就不要荼毒他了。”

郑夫人把茶盏递给了丫鬟小寿，抬手在似锦脑袋上拍了一下：“你和郑轶同岁，他是小孩子，你就是大孩子了？真是的！”

不过既然似锦态度如此明确，她自然不会乱点鸳鸯谱了。

第二天不到卯时，外面天还黑着，似锦就被素心叫醒了。

她躺在床上，觉得眼睛都睁不开，呻吟道："我眼睛睁不开，怎么办呀……"又道，"素心，你过来，把我眼睛掰开……"

郑夫人已经打扮停当，听到似锦屋里的动静，笑着走了进来，把浸在水里的白绫手巾略拧了拧，然后往似锦脸上搓了几下。

她瞬间清醒了。

郑夫人一边给似锦擦脸，一边道："快起来吧，咱们卯时得去兰庭，给你祖母请安。"

似锦："这老太太，可真是疯了，这么早，分明是故意折磨人……"

郑夫人默然片刻，忽然道："我祖母以前也是这样对她的，她做了老太太，便照搬过来折磨晚辈。"

似锦坐了起来："姑母，将来我做了祖母，绝对不这样折腾晚辈，我发誓。"

郑夫人凉凉道："你又不肯嫁人，怎么做祖母？梦里做吗？"

她这辈子也许真的做不了祖母，享受不了孙子孙女绕膝的欢乐了。

唉，只盼着小凤凰将来多生些孩子，她也能享受享受和小孩子玩的快乐。

若是小凤凰的儿女长得都像他，那可就更好玩了。

到时候她可以捏捏这个的小肥脸，摸摸那个的小胖手，揉揉他们的小脑袋，啊，想起来就好快乐！

周老太太端坐在紫檀木官帽椅上，看了看立在前面的大儿媳王氏、二儿媳方氏和已经出嫁的庶女周桐月，再看看后面齐齐立着的五个孙女，心中甚是满意：都在卯时准时到兰庭来请安，周家的女眷还算有规矩。

她端起茶盏品了一口，开始长篇大论讲周家的家史家风家规。

似锦似听非听，一直熬到了周老太太讲完，这才带着四位妹妹退下了。

周夫人和二夫人妯娌俩还要留下来伺候老太太用饭，郑夫人作为出嫁女，倒是有了坐下陪老太太用饭的殊荣。

回到望花楼，似锦回到房里脱了外衣卸了簪环，倒头就睡。

她如今还不到十五岁，正是长身体的时候，本来就需要睡眠。

上午郑夫人坐了马车出门去了。

倩兮、盼兮在桃夭阁跟着戴先生上课，周觉晓和周澄明也跟着蹭课去了。

似锦没人打扰，正好拿了画架在花园子里作画，倒是安生了半日。

下午她正睡午觉，却被春剑叫醒了："姑娘，威远侯夫人来了，夫人叫你过去见一见。"

似锦："威远侯夫人来了，我为何要见一见？"

素心忙道："姑娘，我打听过了，说是威远侯府的二公子也跟着过来给咱们夫人请安。"

似锦瞬间清醒——威远侯夫人和孙浴泉这对嫡母庶子，又在打什么歪主意了？

她不知道哪一辈子欠了威远侯府的，他们一家子算是盯上她了，死了一个孙沐泉，孙浴泉又来了。

兵来将挡，水来土掩，事情既然来了，躲也躲不开，她也不是怕事的人，与其软弱逃避，不如好好面对。

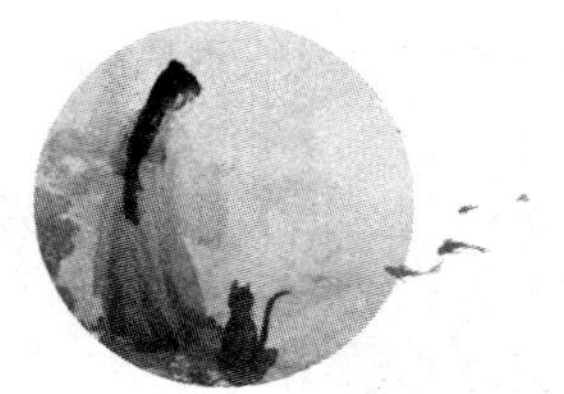

第二十二章
毒蛇

似锦起身洗漱，略作装扮，留下素心看家，自己带着春剑去了惠畅堂。

周夫人正陪着威远侯夫人在罗汉床上坐着，孙浴泉在东边圈椅上坐着。

似锦进去后，先给周夫人行了个礼，叫了声“母亲”。

周夫人看了看似锦，见她绾着漆黑油光的发髻，插戴着一支金玲珑福字簪，身上穿着件月白衫子，系了条宝蓝湘裙，外面则是件半新不旧的秋香色褙子，脂粉未施，显得很是素净，心中满意，便点了点头，道：“似锦，这是你表姑母威远侯夫人，你来见一见吧。”

似锦看向威远侯夫人。

几个月不见，威远侯夫人仿佛老了十岁，鬓角多了许多银丝，脸上的法令纹变得很深，眼睛也变得尖厉异常，带着寒意打量着似锦。

似锦不卑不亢，屈膝道福：“给夫人请安。”

说罢，她起身看向周夫人。

周夫人含笑道：“似锦，这是威远侯二公子，是你二表哥，你也见一见吧！”

似锦进来的时候，原本在圈椅上坐着的孙浴泉就起身了。听了周夫人的话，他含笑看向似锦。

重生以来，似锦一直尽量避免见到孙浴泉。

她不敢见到他。

因为一见到他，似锦就会想起自己曾经最绝望最无助最黑暗的那段时光。

也因为孙浴泉生得太好看，而内心太肮脏，她不愿相信这样美好的躯体内，居然有那样自私狠毒虚伪的灵魂。

如今不一样了，她的许凤鸣并没有夭折在冰冷的金水河中，反而变成了林岐，好好地活着，因此似锦有了底气，敢看孙浴泉了。

孙浴泉知道自己是好看的，也知道自己脸微微歪着，下巴略收，这样笑很好看，清冷又灿烂，如雪山上的日光。

见似周锦看向他，孙浴泉笑得更灿烂了，声音清朗：“表妹。”

曾经周似锦就喜欢他这个样子，每次他这样一笑，她就有些羞涩地抿嘴一笑，然后他要什么周似锦就给什么，任他吸血，为他奔走，替他卖命。

若不是周似锦自私，坚持不肯把小刘氏给他生的儿子记到名下，认为嫡子，他也不至于在周胤倒台后毒死她了。

谁知道景和帝居然把他给活剐了。

那可是真剐啊！

景和帝坐在勤政殿前，看着他被凌迟。

他疼晕过去，刽子手就用凉水把他泼醒，继续凌迟。

先前读书，孙浴泉读到《大周律》中的这段话——“谋反大逆：凡谋反谓谋危社稷。大逆谓谋毁宗庙山陵及宫阙，但共谋者不分首从，皆凌迟处死”，当时也只是一笑。

他虽然爱好荣华富贵，却对谋反毫无兴趣。

谁知周似锦刚死在永福寺后面的墓地，尸体就不见了，接着便是青衣卫对威远侯府闪电般的查抄，再接着，就是全家的覆灭……

想到小刘氏也被凌迟而死，孙浴泉手指蜷了蜷——这样一个柔弱善良以夫为天的小女人，居然也被景和帝以谋逆罪凌迟处死了！

以前这一切，极有可能与周似锦的死有关。

而他，重来一次，便是要寻找原因，有恩报恩，有仇报仇。

景和帝剐了他，他就投靠庆王，利用自己知道的前世之事，帮助庆王对抗以后的景和帝，如今的皇太子林岐。

周夫人看着孙浴泉对着似锦笑，原本是极清冷极明艳的少年，这样灿烂的笑，居然一点媚气也无，反而多了许多少年气，她不禁也笑了起来——表姐这个庶子可真是太好看了，真是《古今谈概》中描写的晋代美少年，如冰雪雕成，清冷而俊丽。

“似锦，你表姑母和表姑父刚为你二哥请封了世子，”周夫人笑容热情了许多，“朝廷已经准了。”

似锦淡淡道：“恭喜世子。”

孙浴泉眼神带着审视，观察着似锦——曾经似锦第一次被周夫人叫来与他见面，她可不是如今这样冷淡的。

为何她会这样？

似锦也在观察孙浴泉。

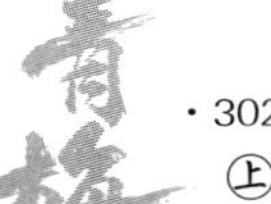

她觉得眼前这个孙浴泉，虽然还是少年的模样，可是眼神却不似少年，反倒像是毒死她前的那个孙浴泉的眼神，深沉，狡诈，狠毒，做事果断而不计后果。

难道孙浴泉也和她一样？

想到这种可能，似锦背脊上冒出了一层冷汗。

她悄悄吸了口气，竭力让自己稳住，不能颤抖，不能逃走。

凶手都不怕，她一个受害者怕什么？

她若是怕眼前这条毒蛇，他会生生世世缠着她的。

想到这里，似锦挺直背脊，藏在衣袖里的双拳悄悄握紧，竭力让自己镇定了下来，道："母亲，我有一幅画在父亲书房里放着，我想现在去拿。"

周夫人笑了："去吧，你父亲这会儿刚从宫里回来，应该在外书房。"

见似锦要走，孙浴泉忙也跟着起身，道："表妹，我也正好要去见表姨夫，劳烦你带一下路吧！"

他说着话，眼睛盯着似锦，观察着似锦的反应。

似锦先是一怔，很快就反应了过来——类似的场面记忆中也发生过，周夫人已经预备把她许给孙浴泉了，把似锦叫了过来，让她正式看一看。

似锦自然千肯万肯。

那样俊美的少年，那样显赫的侯府，她可不就一眼相中了。

所以似锦不恨周夫人，只恨以前的自己虚荣心强，眼皮浅，才会上了别人的当。

如今孙浴泉成了威远侯府世子，周夫人看他自然又不同了，含笑道："似锦，自家表兄妹，既然顺路，你就带着你表兄过去吧！"

她又吩咐大丫鬟水芝："水芝，你跟着世子和大姑娘一起去前院。"

似锦看了孙浴泉一眼，并不肯一下子如了他的意，反而看向周夫人："母亲，我先前在兰庭使的那四个小丫鬟国色、幽客、幽兰和香祖，我使惯了她们，还让她们去望花楼侍候我吧！"

周夫人不会在这样的小事上为难即将及笄快要出嫁的庶女，便叫了王妈妈进来，吩咐道："你去挑选四个丫鬟送到兰庭让老太太使唤，先前在兰庭侍候大姑娘的那四个小丫鬟，都拨到望花楼。"

王妈妈答了声"是"，自去安排。

似锦向周夫人嫣然一笑："多谢母亲。"

她屈膝行了个礼，这才告辞离去。

孙浴泉拱了拱手，随着退了下去。

周夫人看着孙浴泉细瘦如竹的背影消失在细竹丝门帘后，点了点头，和威远侯夫人说道："表姐，你这个庶子瞧着不错，以后定能孝顺你。"

威远侯夫人嘴角扯了扯，没有说话。

她之所以为孙浴泉请封世子，是因为孙浴泉答应她，娶了周似锦回去，让周似锦为她的宝贝沐泉守寡，以后还会过继一个儿子接续她的宝贝心肝沐泉的香火。

沐泉为了周似锦这命硬克夫的女人而死，那她就满足沐泉的心愿，让周似锦活着时为他守寡，死了与他合葬。

似锦带着春剑走得有些快，不过孙浴泉三两步就带着水芝追了上来。

他一边走，一边问似锦："表妹很喜欢古画吗？"

周似锦嫁妆里有不少古代名画。

他本来想拿几幅去向上司行贿，周似锦却不肯给他，还说什么是赝品，是好友给她的纪念，不能送人。

后来孙浴泉偷偷让人鉴定了，那些古画几乎全是真迹。

估计是岳父周胤私下给她的陪嫁，周胤一副凛然不屈两袖清风的模样，谁知竟是个伪君子，随随便便就把这些传世名画给了一个庶女做陪嫁。

庶女如此，嫡女不知道陪送多少呢！

又想到似锦居然不肯把这些传世名画给他，让他去打点上司，孙浴泉心里一阵愤恨，看向周似锦的眼神就带了些冷意——周似锦把自私自利的精明劲儿用在他身上，真是可恨！

还是他的小刘氏好，温柔善良，就算只有一两银子，也会全部给他，连心都给他，更不用说还给他生了好几个可爱的儿女。

似锦佯装没听到，脚步不停，直接去了外书房院子后面的小偏门。

在小偏门守着的是韩勇的娘韩婆子。

韩婆子婆媳俩得了似锦不少赏赐，见似锦过来，忙笑嘻嘻地上前请安："给大姑娘请安。"

似锦很喜欢韩勇一家人，也笑了，道："韩妈妈，我要见爹爹，劳烦你帮我通报一下。"

水芝忙道："韩妈妈，夫人让我带着威远侯世子过来见老爷。"

韩婆子很快就回来了："大姑娘，世子，老爷在书房候着，请随我来吧！"

外书房门外立着两个陌生的青衣小厮。

似锦见外书房里有客人，便没有立即过去，而是走到庭院东北角的那丛竹林边候着。

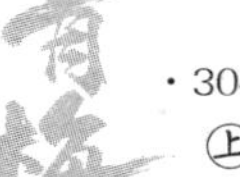

孙浴泉也走了过去。

如今正是仲秋时节，这竹林依旧青翠欲滴，根根向上。

孙浴泉观察着似锦，见她静静看着栏杆外的竹林，便用极低的声音道：“表妹，我很喜欢青青翠竹，因为竹子清华其外，淡泊其中，很是清雅脱俗，从不作媚世之态。”

他和周似锦新婚时，他陪着周似锦在威远侯府花园里的竹林边散步，也说过这样的话。

当时周似锦可是敬佩得很，说家中一切俗务都交给她，她支持他保持青竹般高洁的内心。

周似锦瞧着神情平静无波，其实很想呕吐。

她的眼睛该有多瞎，才会被这样的伪君子给骗了。

外书房里忽然传来熟悉的声音：“先生，是不是令爱来了？”

似锦听出是小凤凰的声音，顿时欢喜起来，可是转念一想，不由得有些奇怪：小凤凰怎么来了？

略想了想，似锦就明白过来了。

她爹是文华殿大学士，正是小凤凰的老师，学生微服拜访自己的老师，多正常啊，又不是第一次过来。

正在这时，外书房门上的青竹丝门帘被人掀起，一个做书生打扮的清俊少年探头出来看着似锦道：“周姑娘，先生请您过来。”

不是小凤凰又是谁？！

似锦顿时笑了起来，也不理孙浴泉了，轻移莲步，款促湘裙，急急走了过去。

孙浴泉如遭雷击，似被定在了那里——这……这是景和帝？

哦，不，这是皇太子林岐，他还没做皇帝。

想到就是这位景和帝，坐在紫檀雕花宝椅上，眯着眼睛看着他被刽子手在勤政殿前一刀一刀凌迟，孙浴泉一颗心似堕入冰潭之中，整个人都被冻在了那里。

一种极深的恐惧，从心脏生发，随着血液流遍他的全身。

在这种恐惧的支配下，孙浴泉转过身去，双腿发僵，踉踉跄跄离开了。

林岐：这人是谁？怎么回事？

他给一边侍立的亲随李敬使了个眼色。

李敬拱了拱手，快步追了上去。

似锦原本还在想着如何一刀剁死孙浴泉，臆想中已经把孙浴泉给一刀一刀剁成肉酱了，这会儿一见小凤凰，简直是拨开乌云见明月，心花怒放疾步走了过去。

林岐嘴角微翘，眼中带笑，闪过一边："周姑娘，请进来吧！"

似锦紧紧抿着嘴忍着笑意，从林岐身侧走过，进了书房，屈膝道福："爹爹！"

周胤果真坐在书案后奋笔疾书，听见似锦进来，头也不抬道："你终于知道来看看爹爹了？稍等片刻，待会儿爹爹有礼物给你。"

似锦一听说有礼物，开心得很，走到书案边，见那里放着一张鸡翅木圈椅，上面放的是她存在外书房的锦缎坐垫，便坐了下去："爹爹，什么礼物呀？"

哎，这坐垫怎么还是热的？

她抬头看向林岐。

林岐眨了眨眼睛，起身走到了书架前，装模作样选书去了。

似锦明白了——原来小凤凰刚刚坐在这里。

周胤抬头道："有客人，别闹。"

似锦得意扬扬道："爹爹，我知道，客人是您的学生。"

周胤停下手中的笔，疑惑地看向似锦。

似锦笑了，单手支颌轻轻道："就是殿下，爹爹，我认识殿下的。"

周胤道："那你还不去给殿下请安？"

似锦与已经去世的许二姑娘相熟，多次去安国公府做客，而皇太子又是许二姑娘的嫡亲表哥，似锦认识太子殿下也是正常。

似锦乖乖答应了一声，起身走到林岐身后，屈膝行礼："给殿下请安。"

林岐还没见过她这样乖巧听话，点了点头，很是矜持："平身吧！"

似锦怕爹爹起疑，又乖乖地走回书案东端，在圈椅上坐了下来。

周胤一边低头写字，一边道："你来做什么？不是说威远侯世子也过来了吗，他怎么没进来？"

林岐本来在看书架上的书，闻言耳朵竖了起来。

似锦道："威远侯夫人带着新请封的威远侯世子来做客，母亲把我叫去见客。然后我要来看父亲，威远侯世子就提出也要过来，母亲就让我带他过来。我想着不合适，就叫水芝跟着来了。刚才殿下一掀开门帘，威远侯世子似乎被吓了一跳，兔子一样逃走了。"

似锦这一段话似乎有言外之意。

他抬头看向似锦。

似锦迎着爹爹的视线，眼睛澄澈：是的，爹爹，我就是意有所指。

嫡母有意把我许给孙浴泉，而我并不乐意。

周胤出身鄂州偏远小城，凭着自己的聪明才智和应变能力，一步步向上走，三十来岁就成了洪武帝的宠臣，皇太子的老师，大周朝的吏部尚书。

他从小就是个人精，听了似锦的话，什么都明白了。

威远侯和威远侯夫人没了嫡子，就为庶子请封了世子。

威远侯夫人居然还想为这个新请封的世子求娶似锦。

且不说威远侯府那样污浊不堪，他周胤的女儿怎能陷进去；就说似锦曾被太后指婚给孙浴泉的嫡兄孙沐泉，这桩婚事就决不能行。

大周朝讲究的是孝悌忠信礼义廉耻，兄终弟及这一套野蛮人的行事，在大周是绝对行不通的。

周胤注视着似锦的眼睛："似锦，你的心意是什么？"

立在书架前的林岐也很好奇：白又胖口口声声不嫁人，那她在她爹面前会怎么说？

似锦意识到此时自己的表态很重要，她一定要抓住这个机会。

当下她思绪如电，先在脑子里过了一遍，这才道："爹爹，我真的不想嫁人。一想到嫁人，我就想剪了头发做姑子去。不管是孙浴泉，还是别人，您若是逼我出嫁，我就剪了头发去地藏庵，和秦夫人做伴去。"

外书房里一片寂静。

外书房里林岐送给周胤的西洋金自鸣钟的钟锤"咔咔咔咔"摆动着，木槅扇外风吹过竹林，发出沙沙的声音。

周胤皱着眉头看着似锦——他一直以为似锦就是小孩子闹脾气，没想到她如此认真。

林岐心里一片茫然，弥漫着冰凉的雾。

他原想着白又胖和他太熟了，一时不能生发男女之情，因此就想着先娶了白又胖，把她护在自己羽翼之下，以后两人互相照顾，一起到老。

谁知白又胖没骗他，她是真的讨厌男人，讨厌嫁人。

周胤叹了口气，想到自己的妻子，她是一直想把似锦嫁出去，让似锦离开这个家，就像当年他的母亲一直想要把他的庶妹周桐月给嫁出去一样。

如果没有周桐月，他母亲的家就是完美的。

如果没有似锦，他妻子的家也是完美的。

可是，似锦是他的女儿啊，是他的骨血，长着一双与他一模一样的眼睛，性格的敏感善良也都像他……

周胤终于下了决心："似锦，西边爹爹买的朱大人的宅子，正在按照图纸修缮重建，你若是愿意的话，修好以后你搬进去住，作为爹爹提前给你的陪嫁。

以后你的家你做主，生活所需费用爹爹出，以后爹爹去世，你若是无儿无女，就要靠你自己。”

他凝视着自己的女儿，柔声道：“你愿意吗？”

似锦被巨大的惊喜击中。

她不敢相信自己的耳朵，大大的杏眼溢满泪水，嘴唇颤抖：“爹爹，您……您没……没骗我吧？”

看着女儿的泪眼，周胤心如刀绞——反正他就三个女儿，二女儿已经和秦涟的儿子定亲，三女儿即将与卫国公世子定亲，两个小女儿嫁得那样好，大女儿不愿意嫁人，又有什么？！

他伸手抹去似锦的眼泪，低声道：“傻孩子，爹爹什么时候骗过你。”

周胤又道：“不过对外我得放出风去，就说你命硬克夫，须得遇到同样命格极硬之人，方可互相成就，大富大贵——这样你可同意？”

似锦先前还克制一些，只是抿着嘴笑，后来就克制不住了，大笑了起来，最后笑得捂着肚子,眼泪都出来了:“爹爹,您可真有才,太好了！真是太好了！”

立在书架前的林岐先是一脸蒙，接着就反应了过来——他这位老师实在是位妙人！

放出似锦命硬克夫的消息，正常人都不敢上门求亲了，即使不在乎儿女死活，也得在乎众人悠悠之口。

而似锦则进可嫁人，退可不嫁。

不想嫁人就说命硬不嫁，免得克死别人——她可是“克死”过威远侯世子孙沐泉的。

若是将来似锦想要嫁人了，就说此人命格极贵，却专门克妻，需要同样命硬的女子来成就。

想到这里，林岐微笑起来。

林岐本来立在书架前，整个人一动不动，无声无息，尽量减少存在感，希望周胤把他给忘了。

这会儿他觉得自己简直像是在荡秋千，一下子荡到了至高处，心里紧张又慌乱，可是下一息，秋千就又荡了下去。

真是紧张又刺激啊！

起初听似锦说起周夫人的话，他很是愤怒。

后来听似锦说此生不嫁，宁愿做姑子，他一颗心一片冰凉。

如今似锦原来是想离开周家人独居了，他又开心了起来——嗯，以后我想见似锦，就更方便了。

周胤见女儿开心，心里总算是好受些了，道："我这就去和你母亲及你祖母说，你哪里都不要去，就在外书房等着。"

似锦瞅了背对着她负手而立的小凤凰一眼，乖乖地"嗯"了一声。

周胤都走到门口了，却想起皇太子还留在书房里，扭头一看，却见林岐正捧了本书，专心致志地在看，似乎根本没听到他父女俩刚才的一大长篇话，不由得莞尔：殿下演戏可真认真。

既然殿下演得如此认真，那他这做臣下的也不能不捧场啊！

周胤掀开细竹丝门帘，离开了书房。

似锦竖着耳朵听着，待周胤的脚步声越来越远，她这才看向林岐，笑盈盈道："小凤凰，我若是搬了家，你可得给我'燎锅底'！"

林岐拿着手里的书走了过来，挑了挑眉道："'燎锅底'是什么？"

似锦此时心满意足，满心的力气都被抽没了，进入了一种什么都不想，什么都不愿意做，放空脑子的模式，懒洋洋坐回圈椅里，身子靠在椅背上，两条腿也长长地伸了出去，道："所谓'燎锅底'，就是一般人家搬了新房，要请亲朋好友吃酒玩耍。当然了，好朋友最好不要空着手去，比如，你可以送我几盆花，或者送我一套瓷器……"

她说着说着，实在是懒得动脑子了，便身子后仰，发起呆来。

林岐走了过去，见她脸色有些苍白，嘴唇色泽浅淡，显见是极为疲惫的样子，便走到似锦后面，用手背轻轻敲击着似锦的头顶，就像小时候似锦生病头疼时那样。

似锦觉得挺舒服，索性闭上了眼睛。

林岐轻轻敲击着，道："方才那个娘娘腔小白脸是怎么回事？怎么一见我就跑了？"

似锦闭着眼睛："那人叫孙浴泉，人很坏，很阴险，大概是瞧上了我爹官做得大，瞧上我有钱，一直对我虎视眈眈，出手害了我好几次，恨不能一口把我吞下，好要挟我爹，得了我的财产……"

林岐没有说话。

他自诩公正公平，可是一旦面对似锦，他就变得护短又偏心。

比如方才那个娘娘腔小白脸，其实生得相当好看，而且气质很好，可是林岐却没来由地厌恶他，见到那个娘娘腔小白脸的第一眼，他的手指就蜷缩了起来，恨不能一刀一刀把那人给剐了……

周夫人刚送了威远侯夫人离开，正纳闷孙浴泉怎么一去不回头，却见周胤带了个小厮大步流星走了过来，心里欢喜，忙迎上前去：“子承，你怎么这时候回来了？”

周胤看着仰首满眼欢喜看着自己的妻子，心里叹了口气：“我有话要说，你我到屋里说去。”

妻子识他于微时，他当时曾暗自发誓，既然辜负过人，以后定不要再辜负妻子。

因此他决不纳妾，与妻子恩爱弥笃，在京城高官中独树一帜。

似锦这件事，周胤能够理解妻子，但是理解归理解，他还是得和妻子说清楚，以免妻子心软，再被她那些娘家亲戚利用。

另外他官居正二品吏部尚书，手握文官任命监察之权，将来极有可能入阁拜相，妻子如果再这样子在亲戚面前耳根子软心软，将来很有可能要害了他，害了这个家。

周夫人见一向和颜悦色的丈夫神情严峻，心里一阵慌乱，一边随着周胤往里走，一边搜肠刮肚：到底出了什么事？

在明间东边的圈椅上坐定之后，周胤屏退侍候的人，让王妈妈在廊下守着，然后开口道：“阿琳，你以后不要再与威远侯府的人来往了。”

周夫人胸腔内一颗心跳得很快，讷讷道：“为……为什么呀？”

周胤苦笑了一下，道：“因为我已经站在了皇太子这边，而威远侯府站的是庆王——阿琳，还要我多说吗？”

周夫人这下什么都明白了，脸色变得苍白起来。

她知道丈夫不喜欢威远侯府，这几个月从不和她提威远侯府，可是她想着自己的亲姐姐落得那样下场，若是连表姐也不来往，以后亲人就越来越少了。而且她也担心亲戚间会说她如今夫荣妻贵，就不搭理亲戚了，因此还与威远侯夫人来往着……

周夫人看着丈夫认真的眼神，终于下定了决心：“子承，我答应你，以后再也不与威远侯府的人来往了。”

周胤又道：“我请一位大师算了似锦的命理，大师说似锦命硬克夫，只有遇到同样命格极硬之人，方可互相成就，大富大贵。可是这样的人，天下罕见，因此我打算不让似锦出嫁，待西边宅子修缮好，就当作她的嫁妆提前给她，让似锦搬进去，再给她配上内外管事，以后她就在家修行祈福。”

“女孩子哪有不嫁人得个归宿的，这也太惊世骇俗了。”周夫人沉默半日方道，“再说了，老太太一直念着西边的宅子，她老人家也不会同意的……”

周胤沉声道：“你若是同意，我这就去和老太太说。”

周夫人还处在震惊之中，喃喃道："我同意，你去和老太太说吧。"

老太太早把西边宅子看成了二房的囊中之物，听到这个消息，她真会发疯的。

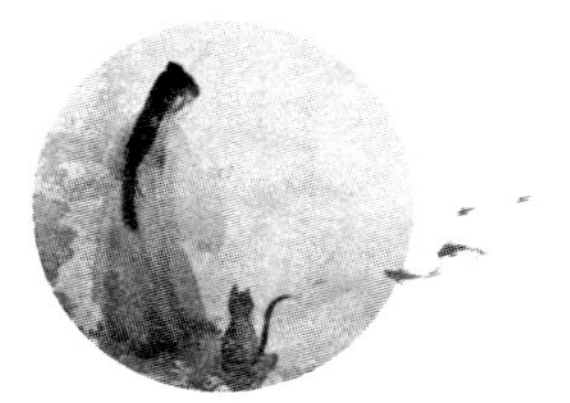

第二十三章
反击

兰庭中静悄悄的。

周二夫人方氏刚在外面见了威远侯夫人回来，正和周老太太在兰庭明间窃窃私语：“到时候我出去一趟，回来的时候让威远侯世子扮作丫鬟藏在我的马车里跟我回来，再把周似锦骗来，到了那时，她有苦说不出，只能同意嫁了。她自己都同意了，大伯能阻拦？”

周老太太想了想，道：“此事必须机密，到时候闲杂人都使出去，只留下你和周似锦在，免得传出去，坏了觉晓和澄明的名声……”

周二夫人连连点头：“母亲，我知道了。”

婆媳俩正在细细计较，这时候外面传来一阵脚步声，接着便是小丫鬟的声音：“老太太，大老爷来了！”

周二夫人忙直起身子，往后退了几步，又抬头理了理鬓发，然后向明间门的方向看了过去。

见周胤进来，她深深地道了福：“见过大伯。”

周胤点了点头，看向周老太太：“母亲，我有件事要和您说。是关于二弟一家搬家的事的。”

周二夫人人都走到明间门口了，听到周胤提到“是关于二弟一家搬家的事”，顿了顿，出了明间，吩咐丫鬟：“大老爷爱喝龙井，沏壶上好的龙井送过来。”

待那丫鬟去了，她便立在门边，做出一副等待茶来的模样，竖着耳朵听周胤和周老太太说话。

周老太太看着大儿子：“西边的宅子不是没修好吗？你二弟如何搬过去？”

周胤在东边的圈椅上坐了下来，然后道：“二弟一日日地往庆王府跑，我打算在庆王府后巷给二弟租个三进的宅子，二弟一家搬过去，再去庆王家奉承，也方便些。”

周老太太刚开始还带着笑，越听越不对，脸上的笑容渐渐消失，脸色也越变越差："你二弟是诗人，诗人讲究的是真性情，想和谁来往就和谁来往，哪里管你们官场上那些弯弯绕绕！"

周二夫人在门口听了，急得都要跺脚了——老太太，您眼前这位可是大周朝的吏部尚书，咱们还得求他给周永官做呢，能说周永不懂官场吗？！

周胤笑了笑，道："母亲既然说二弟是真性情的诗人，不懂官场上的弯弯绕绕，为何一直催着我给二弟找个好差使？"

周老太太语塞，马上道："反正你二弟一家在兰庭住着挺好，我们不搬，不搬！"

周胤正等着他娘这句话，当即道："不想搬啊，不想搬就让二弟在这里住着吧，只是不许他再与庆王来往。"

这时候丫鬟用托盘送了茶过来，周二夫人端了一盏茶奉给了周老太太，又端了一盏奉给了周胤，然后赔笑道："大伯，待西边的宅子修缮好，我们全家就搬进去。"

周胤诧异道："母亲不是说你们一家要在兰庭住着，不搬吗？我已经把西边宅子安排好了。"

周二夫人笑得脸都要僵了，拼命给周老太太使眼色。

周老太太也回过味了，盯着周胤问道："西边宅子，你怎么安排的？"

周胤一脸肃穆："我上午在宫中，见了永福寺的高僧济世大师，顺便让济世大师看了我三个女儿的命格，结果济世大师说似锦命硬克夫，不宜嫁人。因此我打算待西边宅子修缮好，就当作她的嫁妆提前给她，让似锦搬进去，让她在家修行祈福。"

永福寺的济世和尚，是他的知交好友，随时都可以拿来使用的。

周二夫人的眉头一下子蹙了起来，忙看向周老太太。

周老太太咬着牙道："大郎，你的意思是西边宅子原本说好的给你二弟，如今要给你闺女了？"

周胤神情平静："母亲，我没有说过西边宅子给二弟，我只是说可以让二弟暂住。既然您方才说二弟一家就爱住在兰庭，不想搬，恰好我又得寻清静之地给似锦清修，西边宅子给了似锦岂不是正好？如此安排，倒也两全其美。"

周老太太气得胸口憋闷，抬手拍在了紫檀木方桌上，上面的青瓷茶盏被振了一下，茶水都洒出来了。

她高声喝道："我不许。一个贱人生的小妮子，命硬正好打发出去克别人去，还给她一个好宅子，让她清修，她也配！我呸！"

周胤听到那句"贱人生的小妮子"，原本一直平静如水的脸瞬间变了，尘封多年的往事涌上心头，眼睛都红了，咬着牙道：“母亲，似锦是我的女儿，我的亲生女儿！”

说罢，他起身就走。

周二夫人忙追了上去，恰好听到周胤在廊下吩咐孙妈妈：“派人去太医院请梁太医，老太太病了。”

她心里一惊——周胤这是想要做什么？

周二夫人回头看了看脸色铁青跌坐在紫檀雕花椅子上的周老太太，又往外看，却见周胤接着吩咐孙妈妈：“让管家传我的话，以后周府大门，不让闲杂人等随意出入，女眷出入，必须禀了夫人。”

她脸色变得凝重起来——周胤这是想要逼二房搬出去。

大家都是周家人，为何要逼二房搬出去？

当年若不是周家供着周胤读书，他会有今日？

靠老太太和周永的牺牲，他周胤才有了今日，却想一脚踢开周永，可真是得了便宜还卖乖！

见周胤大步流星带着小厮离去了，周二夫人这才进了明间，走到周老太太身边，声音哽咽着道：“母亲，大伯怎能如此对您？我……我看了都生气……”

周老太太气得脸色紫涨，嘴唇哆嗦，话都说不出来了。

当年她命人叫了媒婆樊嫂过来，特地吩咐樊嫂把兰氏那小贱人卖到私窠子里去，谁知樊嫂那死媒婆，当面答应得好好的，背地里却和人说什么“我养儿养女，也要天理，我也怕报应”，转头给兰氏小贱人寻了个泽州的小生意人，让他们单夫独妻远远去了泽州，却骗她说把兰氏小贱人给卖入了娼门。

结果到了如今，大儿子周胤心里恨她，还把兰氏小贱人生的贱坯子给认祖归宗，人模人样做了大家闺秀，竟然还能攀上公主，和公主往来。

这些好处，原本都该是觉晓和澄明的，却被周似锦给占了，这让她如何忍得下去。

周似锦生母是被她给卖的，周似锦心中一定恨她，须得先下手为强。

周二夫人觑着周老太太的脸色，抽抽噎噎地哭了起来：“母亲，周永那样敬爱您，您可得为周永做主啊。大伯这是要打压他，打压二房……”

周老太太冷哼一声，道：“只会哭，哭有什么用？还按照先前的安排行事，先毁了周似锦那小贱人再说。对了，你让阿永再去见见威远侯世子，就说银子太少了，让他再加两千两——想娶吏部尚书的女儿，这点银子还舍不得吗！”

周二夫人答应了一声，在心里默默计划着，道：“母亲，我让人去寻二老爷。”

她刚出了明间，就听到里面一声脆响，正是茶盏摔在木地板上的声音，接

着又是一声巨响，像是小炕桌被砸在了地板上。

周二夫人加快脚步，急急去了。

让老太太自己发疯吧！

回到东厢房，周二夫人便叫了周永最宠爱的楚姨娘过来：“咱们老爷去哪儿了？”

楚姨娘觑了周二夫人一眼，不敢不说，声音细如蚊蚋：“老爷他……他和几个好友，追着庆王去北邙山了，说是要用诗人的眼睛，记录什么王爷世子千古风流佳话……”

威远侯世子的墓就在北邙山。

庆王和威远侯世子的事虽然大家心里都清楚，可是谁会傻到写诗去影射？

这个周永真是脑子进水了，周家的好风水好运道，还真是全被周胤给抢走了。

内宅的兰庭正阴云密布，酝酿着一场风暴，距离不算远的外书房内却秋水澄净，岁月静好。

林岐正立在似锦背后给似锦敲头，似锦忽然道：“小凤凰，我离开泽州时，你给我的那些画，我都留着呢，我爹想要，我都没给。”

闻言林岐笑了，低声道：“这些画你收好，谁都别给，自己留着赏玩。”

似锦原本闭着眼睛跟老封君似的享受林岐的贴身服侍，听到林岐这句话，忽然觉得不对，当即睁开了眼睛：“哎，不对——”

她身子后仰，倒着看林岐：“小凤凰，这些画不是你临摹做旧的吗？为何要我‘谁都别给，自己留着赏玩’？”

似锦瞪圆了眼睛，猛地从圈椅上弹了下去，然后转身看林岐：“我的天，不会都是真迹吧？”

林岐想了想，道：“基本都是真迹。”

她盯着林岐，想到自己的箱笼里居然放着这么多稀世珍宝，整个人都飘了起来。

再一想，那她死了后，没人知道这些画是真迹，说不定就被人给胡乱撕了扔了，或者随意卖了，这些千古名画说不定就从此湮灭……

想到这里，似锦伸出双手扶住了林岐的双臂，痛心疾首：“你为何把真迹给我呀，还不告诉我是真迹，这些可都是国宝，我若是不小心扔了，撕了，卖了，那国宝可不就毁了，我就是千古罪人了！”

林岐还真没想那么多，看着似锦，眼神温柔纯净：“白又胖，难道我给你的礼物，你也会扔了，撕了，卖了？”

似锦："不会。"

小凤凰给她的礼物，她定会好好收藏，谁也不给的。

似锦抬头看着小凤凰，低声道："小凤凰，我若是早早死了呢？我的遗产不就落到别人手中了？"

林岐看着似锦近在咫尺的脸，总觉得似锦身上有一种极好闻的气息，令他想要靠近，想要细闻……

他挣脱似锦的双手，错身走到了书案那端，这才道："我若死在你前面，我会安排人去管你；我若是死在你后面，自然会处理你的后事。"

这段话自然而然说了出来，根本没经过思考，这对林岐来说，是极罕见的，因此他说完之后，心里也有些纳罕：我怎么会这样想？好像我考虑过这件事似的？我明明没想过啊！

似锦"扑哧"一声笑了："你为我处理后事？哈哈哈哈！女人一般比男人长寿，你为我处理后事？我一定比你活得久！哈哈哈哈！"

林岐坦然道："对，那我死得早的话，你去为我守陵吧。到时候我提前把皇陵别院修得舒适一些，你住着也舒服。"

似锦盯着林岐，心里莫名伤感。

她去了后难道也是小凤凰给她处理的后事？那她葬在什么地方了？

似锦看向林岐："小凤凰，你把许二姑娘的墓安排在哪儿了？我想去祭拜一下。"

林岐浑不在意："就在永福寺后面。明日巳时我过来接你，带你过去。"

似锦故意道："那你得穿着我给你做的那套女装，咱俩扮作姐妹，一起过去。"

林岐想起自己和似锦打的赌，愿赌服输，当即点头答应了："永福寺后边是十里原，邻着皇陵，春夏时分满目绿意，生机盎然；秋日过去，郊原野旷，别有几分趣味，我打算将来在那里修我的陵寝。我会在十里原那里给你修个别院，到时候你以为我修行祈福的名义住在里面。"

似锦眼中笑意渐渐消散，怔怔地看着他，没有说话。

林岐的话明明平淡得很，却都是以他早亡，而她未死为立场生发出来的。

她心里一阵酸楚，却走了过去，在林岐背上拍了一下，故意道："小凤凰，既然为我考虑这么多，那可记得替我挑选一些美少年，让我赏心悦目之余，也能好好为你祈福了！"

林岐瞅了她一眼，眼睛清澈，没有说话，可是似锦却依旧读出了他的想法，笑嘻嘻道："你是不是想说——想得美？哈哈，我就想得美！我只是看看，也不行吗？”

林岐不由得笑了起来：“等我老了，我会是一个英俊体面的老人，到时候你看我就行了，看什么美少年。”

和白又胖在一起，他总是既省心，又开心。

省心是因为他和白又胖一四目相对，就能读懂对方心意，一切尽在不言中，根本不用多说话。

开心是因为他和白又胖一起长大，他们的喜怒笑点痛处都一样，别人理解不了他和白又胖那种简单又有点傻乎乎的快乐。

似锦瞟了林岐一眼，抿着嘴直笑，别人若是听小凤凰这样说，定是觉得他是在开玩笑，其实小凤凰真的是很认真的，他是打心眼里觉得自己小时候是小仙童，长大了是美少年，以后会是英俊青年，英俊中年，英俊老年……

百年之后，也会是一具英俊的骷髅。

她倒了一盏茶自己尝了尝，觉得略有些凉，却是小凤凰最喜欢的温度，便递到了林岐的唇边：“我尝过了，没毒，你喝吧！”

林岐个子太高，这样喝不方便，伸手接过茶盏两口喝完：“再给我倒一盏。”

似锦又倒了一盏递给他：“小凤凰，你记不记得我表弟郑轶？”

林岐看着她，点了点头。

他记得那个郑轶，瘦瘦高高的，挺清秀一个小孩儿。

不过还是得提防着，林岐总觉得若是似锦一直没嫁人，她姑母说不定就要亲上加亲，撮合郑轶和似锦了。

似锦道：“我爹前段时间带我表弟去投考嵩山书院，不过没考上，你知不知道京畿附近有什么好的书院，或者靠谱的先生？”

郑轶就像她的亲弟弟一样，如今失学在家，她得替姑父和姑母操点心。

林岐略一思索，道：“你记不记得咱俩先前在泽州时的先生和先生？”

“和先生？他现在在哪儿？”似锦眼睛一亮，“不过我可不能算是和先生的学生，我只能算是他半个弟子。”

和墨尘是小凤凰在泽州时的先生，似锦是跟着小凤凰蹭学的，因此只能算是和先生的半个弟子或者三分之一弟子。

林岐想起前年在泽州，和先生开始讲帝王术，讲百家的内核，因为授课内容过于深奥枯燥，似锦听着听着就开始打瞌睡，还被和先生打了好儿次手心，最后似锦宁愿自己出去骑马荡秋千玩，也不愿在书房里陪他听课。他心中暗笑，道：“白又胖，你这个表弟会不会和你一样坐不住？”

似锦思索了一下，道：“他比我强，但是举业上似乎不如周韶有天分。”

林岐当下道：“和先生这些时日在京城，不过九月初他就要出去游历天下，他需要两个弟子追随侍候，我已经为他挑选了一个弟子，是这次会试的第三名，名叫陈楹，是杭州人；还有一个名额，我还没有确定，你问一下你姑母姑父还有郑轶，若是同意的话，让郑轶早些来京，先让和先生看看人。”

似锦闻言，欢喜得很，道：“小凤凰，多谢多谢！”

她又道：“你说吧，要我怎么谢你！”

林岐瞅了她一眼，道：“你和我不必客气。”

他心里却道：和先生是要为我探寻察看天下民风民情，这一走，最快也得两年才能回来，能把郑轶给支走两年，我也放心些，免得哪一天白又胖忽然就嫁给郑轶了。

似锦还没来得及说话，外面就传来一阵脚步声，同时响起的是小厮请安的声音。

她飞快地溜回圈椅上坐下。

周胤一进来，似锦就站起身来：“爹爹。”

周胤看了似锦一眼，洒然向林岐拱了拱手：“殿下，方才我处理家务去了，让殿下久等，对不住了，我这就把书单补齐。”

林岐笑得可爱：“先生，我不急。”

和白又胖在一起多开心啊！

周胤立在书案前，提笔蘸了些墨汁，飞快地把书目开完，叠好给了林岐：“殿下按照这个书目读书即可，不过我觉得除了读万卷书，还得行万年路，亲眼看看民生疾苦，看看各州县下层官吏的情况。”

他又从柜子里取出一个大大的锦匣，递给似锦：“把这个匣子用布包好，交给殿下的亲随。”

周胤看向林岐：“殿下，这是臣这些年在吏部记录的所有官员的资料。殿下是天之骄子，未来的大周皇帝，单是能够俯身下去，看看蝼蚁般的百姓的人生是不够的，百姓是您的子民，您想要得到您的子民的拥护，得始终同百姓在一起，得了解百姓所思所想，知道底层官吏的情况……”

林岐认真地听着，听罢恭恭敬敬向周胤拱手行了个礼：“多谢先生教诲，林岐必将铭记在心，时刻不忘。”

待林岐离开了，似锦上前，眼睛亮晶晶：“爹爹，您可真厉害，殿下一定能成为一个好皇帝，大周朝一定能够重新兴盛起来的。”

周胤低下头，手指在书案上敲了敲，叹息了一声，低声道：“如今土地兼并太严重了，上层过于奢侈，下层的百姓和士兵过于困苦。若是放任不管，大

周朝必将重蹈前朝覆亡覆辙……”

洪武帝只想安逸享乐，不思改变，他把希望压在了皇太子林岐身上。

似锦带着春剑回了后花园望花楼。

素心带着国色、幽客、幽兰和香祖四个迎了上来：“姑娘，国色她们四个回来了。”

似锦见了这四个小丫鬟，心里也是欢喜，道：“都回来了，真好。”

她又细细打量了她们一番，见这四个小姑娘脸色都不太好，怕是在兰庭受了周老太太不少磋磨，心里颇为怜惜，吩咐素心：“带她们去小库房，让她们选些衣料一人做一身衣服，一人再给一两银子。今日都好好歇歇，以后用心服侍就是。”

四个小丫鬟能离开吹毛求疵又爱克扣下人的周老太太，回到似锦身边，已是满心欢喜，颇有脱离苦海之感，如今又得了衣服和银子，就更开心了，谢了赏，随着素心去挑选衣料了。

似锦心里激动，闲不住，便取了画板出来，独自待在卧室窗口，对着窗外的葱郁花木继续作画。

她正画得入神，听到外面有窸窸窣窣的声音，扭头一看，见是一个白白净净的小姑娘，十分稚嫩，正是小丫鬟幽客，当下笑了：“幽客，你来做什么呀？进来吧！”

幽客已经在外面踟蹰了一会儿了，听了似锦的话，鼓起勇气走了进来，立在一边看似锦画画。

似锦看出了幽客的异样，把最后一笔画完，收好画笔，温声问道：“有什么事，尽管和我说。”

幽客犹豫了一下，这才嗫嚅着道：“昨日我在兰庭廊下，不小心听到老太太和二夫人说……”

似锦看着她的眼睛：“她们说什么？”

幽客索性全说出来了：“老太太和二夫人商量着，要撮合您和威远侯府的二公子……”

她索性竹筒倒豆子般，把自己在廊下听到的全说了出来。

似锦听后，又惊又怒，思索了片刻，吩咐幽客：“我都知道了，多谢你。”

幽客连忙摆手：“我原本就想要告诉姑娘的，如今被姑娘要到了望花楼，倒是正好可以说出来，让姑娘早做提防了。”

似锦点了点头，温声道：“你做得对，我都记得。以后你若是愿意，就跟着侍候我吧！”

幽客欢喜极了，连连点头：“姑娘，我愿意，我愿意。”

姑娘待她们这些侍候的人好，她自然也愿意追随姑娘，侍候姑娘。

似锦沉思片刻，开口问幽客：“老太太和二夫人身边的丫鬟，有没有和你交好的？”

幽客抿着嘴笑了：“姑娘，我和二夫人房里的小丫鬟翠儿关系还不错。”

似锦不由得笑了，低声交代了几句。

幽客出去后，似锦默默思索着对策。

对周老太太和周二夫人这样的人，是绝对不能退让的，她们会觉得你的退让就是她们的胜利，会变本加厉地坑你害你。

最好的法子，就是积蓄力量，予以反击，而且必须一击必中。

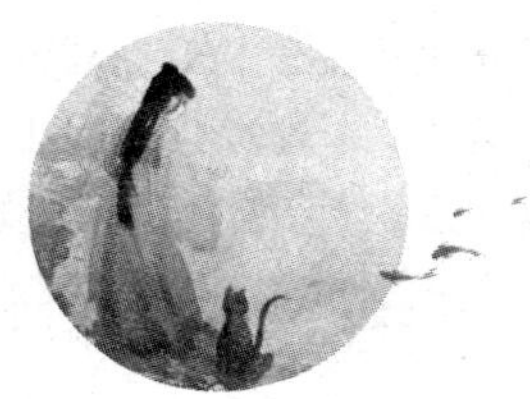

第二十四章

解决

似锦心中有了谱，起身伸了个懒腰，却发现外面夕阳西下，已是傍晚时分，便出去用香胰子洗手。

她正洗手时，韩勇媳妇却来了："姑娘，菁姑娘说谢谢您的礼物，她最喜欢那个牡丹花双面绣炕屏。她画了梅兰竹菊四幅画，制成了炕屏，让我给您带回来了。"

上午似锦让韩勇媳妇去了一趟王学士府，把自己从洛阳给王菁带回的礼物送了过去。

似锦闻言大喜，忙道："拿来我看看。"

韩勇媳妇把用红毡裹着的四幅炕屏拿了出来，展开后摆在罗汉床上，请似锦欣赏。

王菁爱画写意，她这四幅梅兰竹菊，纵笔挥洒，墨彩飞扬，极为灵动。

似锦正欣赏王菁画的梅兰竹菊四君子炕屏，外面传来倩兮和盼兮的声音："大姐姐在吗？"

她不禁笑了，道："在呢，快进来一起看菁表姐画的炕屏。"

倩兮和盼兮一起走了进来。

盼兮一进来就道："大姐姐，我让人和厨房的人说了，我和二姐的晚饭送到你这里，我们在你这里吃。"

似锦了然道："双胞胎烦人了，对吧？"

盼兮气哼哼道："唉，不提也罢，提的话会再烦一次。"

似锦蓦地想起双胞胎的结局，她们一起进了宁王府，成了宁王林嵘的妾室，后来景和帝登基，宁王被削去爵位，贬为庶民，双胞胎不知所终。

同是周家女儿，却各自走向了不同的人生……

先前她还会暗自妒忌倩兮和盼兮嫁得好，如今却不会了，原来小凤凰还活着，这便是老天给她最好的礼物了。

因此她谁都不妒忌，谁也不羡慕，自己心里满足又充实。

似锦和两个妹妹用过晚饭，郑夫人才从外面回来。

姑侄四个在房里聊了一会儿天，倩兮和盼兮就起身告辞了。

送走两个妹妹，似锦拉住了郑夫人，眼睛笑成了弯月亮：“姑母，我有一个好消息要告诉你。”

听完似锦的话，郑夫人当即一拍手：“我的天，我的天哪！”

她又拍了一下手：“郑家祖坟上冒青烟了！能跟着和先生学习，谁还去读那劳什子圣贤书。”

郑夫人激动得很：“似锦，我明日就回去，如果郑轶同意，我过几日就带着他过来。”

想到郑轶居然有跟着大师和墨尘学习的机会，郑夫人当真是激动万分，也不肯睡了，指挥着小福、小寿她们收拾行李去了。

似锦未曾有过儿女，不过她代入一下想了想，若她是郑夫人，小凤凰是郑轶，她也会因为小凤凰能跟着和先生读书学习而激动的。

这样一想，似锦就很理解姑母的激动和雀跃了。

另外，周老太太和周二夫人明日就要使坏了，姑母不在场也好，免得被恶心得受不了。

第二天一大早，郑夫人急急离开回洛阳了。

卯时，似锦带了春剑和小丫鬟幽客，随着郑夫人去给周老太太请安。

周老太太今日出奇地和颜悦色，略说了几句，扫视了一圈，道：“王氏要处理家务，方氏要出去为我买上好人参入药，倩兮、盼兮、觉晓和澄明还得去桃夭阁读书——那似锦就留下陪我吧！”

似锦神情凝重道：“祖母，今日真是不巧，我上次和崇宁公主约好，今日要备办祭礼，一起去公主的表妹，安国公府许二姑娘坟上祭扫。”

周老太太和二儿媳方氏商议好了，让方氏以出去买上好人参为理由乘了马车出门，中途拐到威远侯府，带了扮作丫鬟的孙浴泉回来。

而她则想法子把似锦留下，待孙浴泉一到，就关在房里成了好事，然后再要挟周似锦，让她不得不答应嫁给孙浴泉。

见周老太太脸色瞬间变得铁青，似锦当即又加了一句：“祖母，我午后就回来了，到时候我直接来兰庭陪您，您看怎么样？”

周老太太算了算时间，觉得这样更好，铁青的脸色总算是缓和了些，道：“还算你孝顺。”

出了兰庭，天还没大亮，灰蓝色的晨雾弥漫在天地之间，很是凉爽。

似锦一边走，一边想着心事，把各项事情都计划周全。

她带着春剑刚回到望花楼，幽客就回来了，因为跑得太快，小脸通红额头冒汗："姑娘——"

似锦忙道："别急别急，先缓缓再说。"

她吩咐素心倒了一盏茶给幽客："先喝口水。"

幽客缓了缓，把茶慢慢喝了，这才道："姑娘，我刚才装作和翠儿闲聊，翠儿说二夫人说是去买人参，却根本没拿银子。"

似锦心道：方似芳没带银子出去，应是去接孙浴泉了。

我倒是没见过穿女装的孙浴泉呢！

这下可要见一见了。

见幽客发髻上只扎着两朵绒花，并无其他钗饰，似锦便吩咐春剑："把妆台上盒子里的那一对银花拿过来，给幽客戴吧！"

幽客接了银花，红着脸道了谢："谢姑娘赏。"

似锦又道："幽客，你平时不用干活，得空就在府里转悠，有了什么消息就回来告诉素心。"

幽客答应了一声出去了。

似锦这才觉得瞌睡得很，便脱了衣服，钻进被窝里继续睡回笼觉去了。

一直睡到了辰时，似锦才醒了过来。

距离她和林岐约定的巳时还有一个时辰，似锦不紧不慢，先要水洗了个澡，又细细装扮了一番，打扮得粉妆玉琢，甜美娇艳，穿上姑母新给她做的素白底樱花纹样缎面窄袖褙子，系了条碧色缎子锁边的八幅裙，便在房里候着小凤凰派人来接她。

果然刚到巳时，周夫人就派了小丫鬟菡萏过来："大姑娘，公主府的叶女官和'林女官'来接你，正在惠畅堂等着呢！"

似锦一愣：哪里来的"林女官"？是小凤凰吗？

想到小凤凰穿女装，似锦不由自主笑了起来，带了素心，随着菡萏去了惠畅堂。

周夫人正在惠畅堂陪着崇宁公主府的叶女官和"林女官"说话。

叶女官是见了很多次的，彼此都很熟悉。

这位"林女官"却是第一次来，周夫人不免有些注意她。

"林女官"十五六岁年纪，生得身材高挑，胸前平平，腰肢纤细，脸小小的，戴着抹额，眉毛斜飞入鬓，目若寒星，唇红齿白，实在是个小美人，只是有些瘦。

"林女官"不怎么说话，只是含笑旁听而已。

似锦进来之后，彼此见礼罢，便把视线投到了那位“林女官”身上，就认出这位“林女官”，正是易容后的小凤凰——“林女官”高挑纤瘦，上衣是件月白杭绢衫子，系了条五色线掐羊皮金挑的油鹅黄银条纱裙子，正是似锦送给小凤凰的十七岁生日礼物。

叶韶红总共带来两辆马车，“林女官”陪着似锦坐进了前面的马车，叶韶红便和素心一起坐进了后面的马车。

似锦和“林女官”并排而坐，两人都是眼观鼻鼻观心端然而坐。

待马车出了周府，似锦一下子便笑了起来，伸手去摸林岐额头上戴的抹额：“小凤凰，你是不是用这个抹额，把眉毛眼睛吊起来的？”

林岐笑着推拒似锦：“白又胖，你别碰我，我弄这个挺费事的。”

似锦收回了手，眼睛却依旧落在林岐脸上——林岐今日这个妆容，可真是太好看了。

明明还是他的脸，却又不像是他。

最妙的是眼尾吊了起来，唇上涂着玫瑰红香膏，嘴唇饱满精致，是清冷轻灵脸上唯一的浓艳之处，犹如白雪上的一点红梅，令整张脸瞬间鲜活起来。

似锦真想亲一口。

意识到自己竟然对小凤凰有了欲念，而且还是对女装的小凤凰，似锦心里一阵慌乱，双眼直视前方，咬着自己的嘴唇，再不敢看林岐了。

林岐方才被似锦看得脸有些热，心道：似锦可是喜欢女孩子的，她会不会扑上来啊？

嗯，看她这样喜欢，将来我们成了亲，我就可以这样糊弄她了。

心中计议已定，林岐嘴角微翘，眼中含笑，越发得意起来。

似锦一直默念着：周似锦，你可自称是小凤凰的手、脚、肚皮和耳朵，哪里有人的手、脚、肚皮和耳朵想要扑倒本体亲几口的？

周似锦，抛弃邪念，做个人吧！

小凤凰可是你的亲人呀，对亲人起了歪心思，你禽兽不如！

在持续不断的自我洗脑下，周似锦很快变得心如止水清心寡欲起来，这才看向林岐：“小凤凰，有件事我想和你商量一下。”

林岐没有说话，却用眼神鼓励她往下说。

似锦便把周老太太和周二夫人要一起害她的事说了。

林岐闻言，抿了抿嘴唇，道：“今日一早周二夫人先去了威远侯府，出来后又和孙浴泉在延庆坊的一枝春生药堂见了面，窃窃私语了好一阵子，又一前一后进了一枝春生药堂的后院。”

“约莫一刻钟之后，周二夫人出了一枝春，身后却多了一个浓妆艳抹的丫鬟。”

他看向似锦：“这会儿这俏丫鬟，怕是已经随着周二夫人进了兰庭了。”

这些人，真是阴沟里的老鼠一般，使出的阴谋也都这么见不得人。

似锦眼睛瞪圆：“小凤凰，真是强将手下无弱兵，你麾下的探子真厉害！”

林岐原本还没觉得，被似锦一夸，也得意起来，道：“昨日我就觉得那个孙浴泉不对劲，就让人去查他了。他还在臭水巷养了个外室，大着肚子，已经快生了。”

似锦竖起大拇指：“小凤凰，你好厉害！”

林岐被她夸得浑身舒坦：“似锦，你有什么打算？”

似锦缓缓道：“我本来的想法是待孙浴泉进了周二夫人的房间，再带了母亲的陪房王妈妈和我爹的奶娘孙妈妈进去搜人的。”

林岐道：“那太便宜他们了。”

他看向似锦，笑得甚是狡黠：“咱们把事情闹得再大一点儿。”

似锦眨了眨眼睛。

林岐凑近她，低声说了起来。

似锦听完，不禁笑了：“这个法子更好。”

永福寺后的墓园早被青衣卫团团围住。

两辆马车驶入永福寺后的墓园，在墓园门内的空地上停了下来。

清瘦高挑容颜轻俏的“林女官”扶着似锦下了马车。

似锦立在那里，看着墓园内的景致。

她上次来墓园，其实是不久前，却横亘着前世今生。

墓园内依旧青松郁郁，翠柏森森，青石材质的甬道，明堂、神台、香炉、烛台不像上次来时因为下着雨，显得颜色暗淡萧条，而是因为青松翠柏的掩映格外清净明快。

似锦摆放祭品，林岐烧化纸钱，共同祭奠眼前这座空坟。

似锦想到那时自己死在了墓碑前，心中百感交集。

她看向林岐，发现林岐正在看前方的连绵青山，不由得微笑：小凤凰这是在看他未来的陵寝之地呢！

啊，真好，小凤凰还在。

似锦上前去拉林岐的手：“‘林女官’，咱们回去吧，陪我回梧桐里，看一场大热闹。”

林岐不肯和她拉手，甩开了她：“俩女的手拉手，太腻歪了。”

他又道："对了，你二叔也从北邙山回来了，咱们现在走，还能和你二叔同时进门。"

似锦笑容灿烂："那咱们赶紧走吧！"

阳光明媚，秋风飒飒。

诗人周永得到了与庆王同车的殊荣，含笑登上庆王的豪华马车，风流洒然地弯着腰拱手一揖："给王爷请安！"

庆王很年轻，也很温柔，声音柔和，笑容和煦："子远，在我这里，你不必多礼。"

周永又是一揖，这才在庆王对面的倒座上坐了下来。

马车很是宽敞豪华，里面用的材料全是上好的紫檀，而靠枕坐垫全都用上好的浅黄绸缎制成，就连车壁上也贴着贡上的浅黄绸缎。

庆王身边各有一个少女和青年服侍，少女十五六岁，清丽无双；青年身材高大，浓眉大眼，颇为英俊，有几分像死去的威远侯世子孙沐泉。

见庆王点头，那青年便在车壁上摆弄了几下，从车壁上拉出了一个檀木案，上面摆着银壶和银酒盏。

青年斟了酒，端起一盏奉给了庆王。

清丽少女端起另一盏，奉给了周永。

周永端着银盏，饮了一口，欣赏着车窗外疾逝而过的连绵青山，诗兴大发，摇头晃脑吟唱起来。

庆王手里擎着酒盏，欣赏着周永俊美的脸，心道：这周子远长得与他哥周胤还真有点像，不过没有他哥的凛然之气，始终缺少了些韵味。

周胤可真是人才啊，这样的人才为什么会投到林岐那里？

若是握住了周永，周胤会不会投靠过来？

周永吟咏着诗，发现庆王正盯着自己看，心里忽然有些慌——庆王不会是看上我了吧？

他虽然想要巴结庆王，却没打算献上自己啊！

庆王是个聪明人，见周永眼珠子滴溜溜直转，明显慌了，不禁笑了起来，道："子远唱得甚是好听。"

他喜好的还是女人，孙沐泉只是个例。

他就是喜欢孙沐泉那英俊中带点阴郁的感觉，别的男人根本入不了他的眼。

想到孙沐泉，庆王心里有些难受。

诗人周永坐在马车里，表面潇洒不羁，内心惶恐万分。

他想要庆王欣赏他的才华，却不想被庆王觊觎。

马车在山路上迅疾行驶，马车里却诡异地静了下来。

忽然马车晃了一下，庆王身边的清丽少女和英俊青年瞬间搀扶住了庆王。

周永刚镇定住自己，却发现车厢向右边歪去，他顿时叫了起来。

庆王紧皱眉头：“都往左边压——”

话未说完，在骏马的“咴咴”叫声中，巨大的车厢脱离了前面的车辕，向右滚了下去，翻了不知道多少下，最后终于在深沟的沟底停止了滚动。

庆王伤势不算重，他反应极快，用手紧紧抓住了车壁上弹出的那块檀木案，被救出的时候也只是摔断了两条腿。

周永人还活着，伤也最轻，他左臂骨折，其他肢体安然无恙。

庆王的车队进入京城时，已经到了午时。

庆王双腿被固定住了，却依旧谈笑自若，邀请左臂被固定的周永：“子远，大难不死，必有后福，你我也算是共过患难的人了，不如到王府和小王一起养伤？”

周永婉言谢绝了庆王的提议。

他愿意庆王做他的伯乐，却不愿庆王爱他的脸——一想到路上庆王盯着他的脸看了好久，周永就觉得毛骨悚然。

他回家多安全安逸啊，慈母、娇妻和美妾环绕着，赏着风花雪月，饮着美酒佳酿，还有大哥在养着家。

庆王倒也没有勉强他，吩咐亲随：“好好把周公子送回去。”

周永被王府亲随扶着下了马车。

目送庆王府马车驶离之后，他这才带着小厮往内院走去。

今日下朝早，周胤正在外书房见人，听孙妈妈说周永受伤了，当下就带着小厮从外书房后面的偏门出去，预备去兰庭看周永的伤势，谁知正好在兰庭外面遇到了左胳膊被固定后吊起来的周永。

长兄如父，周胤站在兰庭外面就教训起周永来。

周永仗着母亲宠爱，根本不把哥哥放在眼里，吊儿郎当站在那里，随便周胤说，反正他一句也不听。待周胤说了一长篇了，他贱兮兮地笑了笑，道：“大哥，你若是派给我一个肥差，让我去一展抱负，我也不至于巴结庆王了。”

周胤气得发昏，正要说话，却见两辆画着崇宁公主府徽章的马车缓缓驶了过来，忙拉着周永闪在一边，等那两辆马车驶过来。

马车停下后，叶女官、“林女官”和似锦都下了马车。

似锦见周胤和周永都在兰庭门外站着，心中大喜，忙上前屈膝行礼：“给爹爹请安。”

她又给周永请了安。

叶女官和“林女官”也都与周胤、周永见了礼。

叶女官提出去给周老太太请安。

这时候周夫人得到通禀，崇宁公主府的马车过来了，因此也赶了过来。

众人一起进了兰庭，预备先给周老太太请安。

为了方便行事，不相干的人都被周老太太和周二夫人给支出去了，这会儿兰庭内静悄悄的，就连西厢房的两个姨娘都被赶到蒹葭院看觉晓和澄明两个姑娘了。

周老太太的丫鬟重福正在东厢房明间门外立着，在向东厢房内的周老太太回话：“老太太，我刚去看过了，大姑娘还没回来！”

东厢房明间内酒菜已经摆好。

周老太太正与周二夫人和扮成丫鬟的孙浴泉围坐在一起谋划，听到丫鬟的回禀，当即大声道：“再去看看，她一回来，就叫她来东厢房，就说我在东厢房二太太这里。”

重福答了声“是”，一转身却见到周胤、周永和周似锦等一大簇人站在那里，吓得“啊”的一声尖叫起来，转身就往东厢房跑。

周胤意识到不对，忙大步流星追了进去。

周永担心母亲，也追了进去。

周夫人扶着王妈妈也进去了。

似锦看了“林女官”一眼，两人并肩走了进去。

叶女官见状，也跟在后面进去了。

明间内满是菜香酒香，精致的黄花梨木方桌上摆着六个精致小菜，放着一个玉壶、三个玉杯和三双牙箸，玉杯里斟满了酒，酒香四溢，正是烈酒杜康酒。

周老太太坐在主位，客位坐着一个妆容艳丽丫鬟装束的女子，而周二夫人打横相陪。

周老太太三人谈到待会儿每个人要做的事，事后如何捉奸，如何威胁周似锦，都兴致高昂。

三人谈兴正酣，见瞬间拥入这许多人，都愣在了那里，一时不知该做何应对。

周胤、周夫人和周永也蒙了——周老太太居然到儿媳妇房里喝酒，在座还有一个丫鬟？

丫鬟居然能堂而皇之与二品高官家的老太太同席饮酒？

还是周二太太反应最快，当即站了起来，笑着道：“大伯、嫂子，你们来了！”

她又看向周永，惊讶道：“老爷，您这是怎么了？”

孙浴泉这会儿也反应过来了，怯生生站了起来，便要闪到一边去。

“林女官”忽然道：“咦，这个丫鬟怎么有喉结？”

屋子里本来静得尴尬，“林女官”的这句话如同水滴落入正加热的油锅，瞬间沸腾炸裂起来，众人的视线都落在了扮作丫鬟的孙浴泉身上，偏偏孙浴泉正抬手去摸喉结。

周胤看了一眼叶女官和“林女官”，第一个想法是家丑不可外扬，当即笑道：“原来母亲和弟妹在这里招待老家来的亲戚，咱们就不打扰亲戚团聚了，先去惠畅堂吧！”

周永永远都在和哥哥作对，根本不理会周胤，红着眼睛冲上去，左臂被固定不能动，他伸出右手去抓那艳丽“丫鬟”的衣襟，一抓之下，触手平坦，顿时叫了起来：“这是个男子！”

周胤知道今日之事再难善了，喝道：“周永，你胡说什么！”

周老太太也缓过神来，怒喝道：“阿永，你这是做什么？快出去！”

周永的手劲还挺大，一下就撕扯开了艳丽“丫鬟”的衣襟，露出了一大片白皙平坦的胸膛——这的确是个男的。

周夫人一直在一边细看，认出了这艳丽“丫鬟”正是孙浴泉，当即悄悄拉了拉周胤，用极低的声音道：“看着像是威远侯世子。”

叶女官这时候忽然道：“这不是威远侯世子吗？”

众人默然，看看肌肤白皙徐娘半老的周老太太，再看看颇为美丽的周二夫人，最后又看向衣衫凌乱妆容艳丽的威远侯世子孙浴泉，任谁都能脑补出一场艳情好戏。

周胤振作起精神来，尽力挽救此事：“夫人，你扶了老太太回房；似锦，你送两位女官离开。”

周夫人上前，扶了周老太太起身。

众人忙闪开一条路。

周老太太垂头丧气如丧家之犬，整个人都倚在了周夫人身上，在众人瞩目中走了出去。

似锦引着两位女官出去了。

等众人散去，周胤命人叫了韩勇进来，把孙浴泉和重福塞了嘴拖了出去，留下周永和方氏：“二弟，你和方氏收拾一下回鄂州老家吧！”

周胤一走，方氏就跪在了地上抱住了周永的腿：“老爷，你听我解释！你听我解释！”

待方氏说完，周永什么都明白了——他的亲娘和他的妻子，又在给他和两个女儿谋划了。

可是事已至此，多说无益，反正今日公主府的两位女官都在场，只有一条法子，那就是壮士断腕。

他心灰意冷，低声道：“我去求大哥，我和你回鄂州老家，留下母亲和觉晓澄明在京城。咱们完了，可是女儿们还得往上走，回了鄂州，她们只能嫁给乡下土老财，一世没有出头之日，白瞎了咱们女儿的好容颜。”

方氏放声哭了起来：“我都听老爷的……”

周老太太瘫在了正房明间内的罗汉床上。

周夫人沉默地立在那里，连话都不肯和周老太太说了。

王妈妈走了进来，低声道：“夫人，服侍老太太的那几个丫鬟婆子，如今都关在西耳房里，让芙蕖看着；服侍二夫人的丫鬟婆子，还有那两个姨娘，也都在东耳房里关着，水芝在那儿守着。”

周老太太躺在罗汉床上，听到王妈妈的话，冷笑一声，道：“我一大把年纪的人了，什么都不怕，王幼琳你也别想把脏水泼我身上，我是大郎的娘，他若是敢不孝顺，我这就去京兆尹衙门击鼓哭去，看他这官还能不能做。”

周夫人看都不看她，用帕子拭了拭嘴角，吩咐王妈妈：“把侍候老太太的丫鬟婆子，都堵了嘴绑了，送到东明县的庄子上。”

她和周胤在黄河边的东明县有一个庄子，因多是盐碱地，种庄稼收成不大好，所以专门种一味药材，每年也有不少收益。

周老太太一听，掀开锦被就坐了起来，伸手去拎一边的紫檀雕花小炕桌，要砸周夫人。

谁知紫檀小炕桌太沉，她一手没拎动，正要双手齐上，王妈妈探身过去，一把将紫檀小炕桌抢了过来，放在一边道：“老太太，这个紫檀小炕桌是我们夫人的陪嫁，嫁妆单子上记着的，您可小心点，摔坏了还得赔。”

周老太太做了这么多年的老封君，哪里被人这样对待过，心里怒极，正要发作，可是转念一想，如今这兰庭里里外外都是王幼琳的人，自己独木难支，还是先不要惹她，便抬手在锦褥上拍了好几下，怒喝道：“都是周似锦那小贱丫头害我，这是她做的一个局！”

周夫人即使再好的涵养，也撇了撇嘴。

王妈妈见状，便道：“老太太，大姑娘上午被崇宁公主府的两位女官接走，去给安国公府的许二姑娘上坟祭扫去了，午后才回来，阖府的人，可都看着，别空口诬赖一个未出嫁的姑娘，这可是您老人家的亲孙女。”

周老太太无法反驳，恨恨地捶床：“周似锦这小贱人，我不会放过她！不会放过她！”

周夫人不想再看周老太太的丑态了，吩咐王妈妈：“你好好照顾老太太。”

说罢，她给周老太太屈膝道福，起身带着泽芝离去了。

周老太太刚强了一辈子，哪里会容易屈服？

她狠狠瞪着周夫人的背影，在臆想中挥刀把周夫人和周似锦一起大卸八块了。

孙浴泉早已平静了下来。

他坐在椅子上，双手不停，把发髻解散，用衣带绑好，又用衣袖擦去脸上的脂粉，理好被周永扯开的衣襟，把自己收拾得体面了一些。

周胤立在外面，思索着对策。

孙浴泉如今可真成了烫手山芋。

思索片刻之后，周胤低声吩咐韩勇：“打断腿，打晕过去，天擦黑时出城，跟伺候老太太和二房的丫鬟婆子一起送到东明县那个庄子上关起来。”

韩勇答了声“是”，带了两个打手进了厢房。

孙浴泉正在想着如何威胁周胤，出去后投奔庆王，帮庆王扳倒皇太子林岐，忽然见眼前光线变暗，抬头一看，却见两个壮汉立在前头，不由得瑟缩了一下。

两个壮汉一个上前擒住孙浴泉，一个用布巾堵住孙浴泉的嘴，然后两人齐齐查数：“一，二，三！”

一数到三，两人齐齐抬起右脚踩出，一人踩孙浴泉的左腿，一人踩孙浴泉的右腿，两声“咔嚓”几乎同时响起。

孙浴泉只觉得疼痛从双腿生发，瞬间爆炸开来，疼得大脑一片空白，只恨不得立刻死去。他挣扎着，哭喊着，缩成一团，想要抵御这种疼痛，却被两个壮汉齐齐动手，绑了手脚，只能无助地颤抖着，希望这股剧痛减弱。

最后，他活活疼晕了过去。

周胤来到兰庭，正好遇到了周夫人。

周夫人看着丈夫，心里一阵怜惜——摊上这样的娘，也不是他的错。

她伸手握住周胤的手，低声道：“子承，我的意思是把老太太和二房的丫鬟婆子全都换了，老家的管家管事都换成咱们的人。今日就送老太太和二房回鄂州老家，不然以后不知道他们再做出什么事来，她们能害似锦，也会害倩兮和盼兮，咱们的姑娘，可不能被连累了。”

周胤思索片刻，点了点头：“我去和周永谈。”

妻子的意思,其实也是他的意思,妻子只不过是怕他内疚,替他说出来罢了。

周夫人道：“其余事情我安排，不过崇宁公主府的那两位女官……”

周胤低头道：“似锦很懂事，她会解决这件事的。”

夫妻俩商议停当，分工完毕，便各自忙碌去了。

似锦知道林岐时间宝贵，而且抹额勒得他眉毛眼睛都难受，便不再多留他，送他和叶女官上了车，故意立在车窗外叮嘱道：“多谢两位女官，改天我亲自上门道谢。”

“林女官”一脸凝重，点了点头，放下了车帘。

似锦目送崇宁公主府的马车消失在拐角处，这才带着素心回望花楼去了。

回到望花楼，似锦才觉察出饿来——今日实在是一件事赶着一件事，到了现在，她连午饭还没吃呢！

似锦吩咐春剑带了小丫鬟香祖去厨房取她和素心的饭，自己窝在卧室窗前的榻上等着。

她悄悄摸了摸自己柔软的肚皮，心道：小凤凰也跟着我饿了大半天，真可怜，我肚皮上还有些肥肉支撑着，他可什么都没有呀……

春剑和香祖用食盒把饭菜送了过来，摆在了小炕桌上。

似锦一看，是四菜一汤外加两盘点心。

四菜是松鼠鳜鱼、响油鳝糊、碧螺虾仁和清炒小棠菜，汤是莼菜银鱼汤，两盘点心分别是枣泥拉糕和桂花糕，都是苏州风味。

她尝了尝，觉得风味清鲜，浓而不腻，淡而不薄，正是周府厨房的大厨钱妈妈的手艺，不由得笑了，道：“夫人看来很感谢我，今日钱妈妈亲自下厨给我做菜。”

钱妈妈是周夫人的陪嫁，厨艺高妙，善做苏州风味，只是一般只给周夫人下厨。

春剑也笑：“钱妈妈的手艺的确是好，不过咱们府里一般人可没机会尝到。”

似锦觉得自己今日功劳很大，把恶心了周夫人好几个月的周老太太和周家二房给赶走了，因此心安理得大吃了一顿，然后回房睡午觉去了。

说不定晚上家里还要有大事发生，她得先养精蓄锐。

傍晚时分，似锦正在房里欣赏以前小凤凰临摹的山水画谱，小丫鬟幽客从外面回来了，一脸喜色道：“老太太和二房的人都被送回老家了，现在兰庭已

经搬空了。”

似锦略一思索，问道：“四姑娘和五姑娘呢？”

幽客忙道：“四姑娘和五姑娘被叫到了惠畅堂，老爷和夫人正在和她们说话。”

似锦点了点头，笑道：“你辛苦了，吃点东西歇歇吧！”

幽客笑嘻嘻道：“姑娘，我不累，我和香祖踢毽子去。”

似锦一听，忙放下手中的画谱：“我也去踢。”

似锦带着几个小丫鬟踢了半天毽子，累得满头大汗，索性要水洗了个澡。

她正晾着头发和素心、春剑说话，孙妈妈却打着灯笼过来了：“大姑娘，老爷请你去外书房说话。”

外书房依旧是老样子，晚风轻拂，藤蔓瑟瑟，竹叶飒飒。

周胤原本瞧着比实际年龄年轻不少，很是俊美，今晚看上去瘦了许多，也有了些棱角分明的意味，似乎更英俊了，是一种颓废的英俊。

似锦笑盈盈道：“给爹爹请安。”

周胤道：“似锦，你还挺开心。”

似锦瞪圆了眼睛：“我为什么不开心？”

她理直气壮道：“如今我可全知道了，原来有人要害我，若是我真中了她们的计，这会儿说不定已经上吊自杀了——恶人自有天报，我为何不能开心？”

转念想到似锦生母兰氏当年的遭遇，他一时无话可说。

似锦才不考虑她爹的心情呢，双手合十拜了拜，道：“先前我还想着话本里说的‘杀人放火金腰带，修桥补路无尸骸’是真的，谁知老天有眼，善有善报恶有恶报，不是不报，时候未到。”

她又长长感叹了一声，道：“人啊，还是不要造恶业，免得反噬己身。”

周胤：“你也少说几句。”

他低头整理着书案上的一摞书信：“孙浴泉的腿，我让人打断了，堵了嘴送到东明县黄河边那个庄子上去了。”

似锦默然片刻，道：“爹爹，孙浴泉这人跟毒蛇似的，您以为把他给打死了，说不定天暖和一点，他就又缓过劲儿来，趁您不注意，猛地用他的毒牙在您腿上咬一下。”

她几乎是咬牙切齿：“爹爹，这样的人，只能让他死。”

似锦一直是开开心心待人宽容的，周胤从未见她和谁计较过，没想到似锦也有这样恨一个人的时候。

他抬眼看向似锦，却发现似锦眼里含着泪，嘴唇已经被牙齿咬出血了，不由得叹了口气。

泥人也有个土性，任谁被人这样暗害，也不会傻乎乎地要宽容待人。

周胤怜惜女儿，柔声道："回去歇着吧，让丫鬟收拾一下行李，明日你母亲带着你和倩兮、盼兮去温泉庄子住上几日。"

似锦眨了眨眼睛："双胞胎呢？"

周胤道："你二叔非要把她们留在咱家，我哪里有时间管她们，明日送她们去善德女学上学去。"

善德女学位于嵩山之中，距离嵩山书院不远，是一所专门收贵族及官员家闺秀的女学，以教学严厉，条件清苦著称。

似锦听了，道："善德女学啊，很适合双胞胎。希望她俩学成归来，温柔贤淑，德才兼备，不再烦人。"

周胤看了她一眼，不由得笑了："你才烦人呢，回去吧！"

似锦屈了屈膝："爹爹，以后我二叔不再给您惹祸了，您也开心些，我走啦！"

周胤一怔。

是啊，周永离开了京城，自然不会再与庆王搅和在一起，他倒是真省心了。

第二天巳时，周夫人带了似锦、倩兮和盼兮，乘了马车去了城外的温泉庄子。

似锦总觉得自己似乎忘记了什么事情。

待在温泉庄子安顿下来，她才想起来，忘记往金石街林记画斋送封信，告诉小凤凰自己出城游玩去了。

似锦亲自研墨，写了一封信，交给春剑，让她以回家探望她娘的名义，回城把这封信送到金石街的林记画斋。

春剑把信和碎银子收好，正要出去，却又被似锦叫住了。

似锦边想边说："春剑，你问一下你哥哥，愿不愿意写一份投身文书，投身到我门下。"

她思忖了一下，接着道："若是你哥愿意，我答应在投身文书上写明每月五两银子月银，开铺子的话，还另有分红。"

经过上次之事，似锦发现自己手里能用的人太少了，遇到事情就束手束脚的，因此有心培养一些亲信。

孙秀做事灵活，为人忠诚，办事效率挺高，似锦很欣赏他，因此条件开得很好。

春剑闻言大喜——姑娘给她哥哥开出的条件实在是太好了——当即道："姑娘，我回去和我哥我娘商议一下，明日回来给您回话。"

御书房中，洪武帝正与内阁商议政务，皇太子林岐旁听。

首辅韩朝提出与西洋通商的提议。

洪武帝不待内阁讨论，直接拒绝了："我朝物产丰盈，无所不有，原不借外夷货物以通有无，此议不必再提。"

韩朝心里着急，抬眼看向端坐一侧的皇太子林岐。

林岐察觉到了韩朝的求救，微不可见地摇了摇头。

大周朝的历代皇帝，已经习惯了站在制高点俯瞰别人，看不到海外诸国一直在迅疾追赶，故步自封，沾沾自喜。

这种风气在洪武一朝达到了顶峰，必须得改变，可是这种改变不是一朝一夕所能达到的，须得水滴石穿，循序渐进，让洪武帝和朝中大臣能够开阔眼界，重视与西洋诸国的交流贸易。

韩朝失望地叹了口气，低下了头。

议事结束之后，韩朝率领诸阁臣行礼退下了。

洪武帝忙了太久，觉得甚是疲惫，见林岐单手托着脸颊趴在御案上，一副心事重重的样子，便道："岐儿，来给朕按按肩膀。"

林岐乖乖起身走了过去，立在洪武帝身后，为他按捏着肩膀。

洪武帝发现林岐今日出奇沉默，心中好奇，便开口问道："岐儿，你今日为何心事重重？"

林岐正等着洪武帝问出这句话呢，闻言道："父皇，你记不记得我的启蒙先生？"

洪武帝自然记得。

那是当年他和许皇后一起给林岐挑选的，当时夫妻两人为此多次吵架，差点反目成仇，最后各自妥协后选出来的。

他一副沉浸往事的模样，道："我自然记得，泽州名士周群。"

他选的是周群眼界开阔，性子和善，善于与幼童交流。

许皇后看中的是周群是泽州人，父母妻小都在泽州，不至于轻易被人收买，暗害林岐。

林岐道："周先生大前年带了几个弟子，翻过天山，前往异域游历去了。他曾答应我，会一路记录异域国情，写一部《异域志》送给我——已经两年了，不知道周先生何时回来。"

洪武帝听出了林岐话语中对周群的怀念和孺慕之意，心中酸溜溜的，顿了顿，这才道："等他归来，若是献上《异域志》，拿来也让朕看看。"

林岐“嗯”了一声，算是答应了。

对于父皇这样固执的人，与其跟他争吵，不如慢慢渗透，让他不知不觉改变想法。

林岐的目的实现了，就不想再按了：“父皇，我累了，让何琛给你按吧！”

说罢，他起身就走。

洪武帝气急：“林岐，你这狗崽子……”

他转念一想：朕不能说林岐是狗崽子，这等于说朕是狗，林岐是崽子！

洪武帝当即改了口：“林岐，你这小崽子，答应我的太行山沙盘在哪儿？”

林岐装作没听见，一溜烟走了。

何琛笑着上前，卷起衣袖，用香胰子细细净了手：“陛下，让奴才来按吧！”

何琛正给洪武帝按摩肩膀，外面却传来通禀声：“陛下，太后携苏贵妃娘娘来了。”

回到东宫西偏殿，林岐换了罩衣，继续制作要送给洪武帝的太行山沙盘。

不知不觉他就做了一个时辰。

李越眼看太子殿下又要错过饭时了，心中着急，却又不敢进去提醒，正在着急，李青大步走了过来：“金石街那边送来了一封周姑娘的信。”

李越闻言大喜：“快给我，我送进去给太子殿下！”

林岐正在专心致志用胶泥和刻刀制作白马寺模型，听到李越说周姑娘的信来了，当下道：“快给我！”

李越抬了抬下巴：“殿下，您的手——”

林岐低头一看，发现自己手上沾了不少泥灰，这才放下刻刀，脱去罩衣，起身用香胰子洗手去了。

洗罢手脸，把自己整理得洁净可喜之后，林岐终于读到了似锦的信。

似锦的信依旧是大白话，先说了周胤是如何处置周老太太等人的，意犹未尽地说——“孙浴泉过于歹毒，没有弄死孙浴泉，我总觉得是个祸害”。

林岐读到这里，觉得自己和白又胖真是天生一对，他也觉得对孙浴泉这样从根子上烂掉的人，最好是斩草除根，方不留后患。

接下来似锦说了自己陪着周夫人和两个妹妹前往金水河边的温泉庄子游玩的事，还约林岐有空了也过去——“我常在温泉池里凫水玩，你可以去公主的碧漪园别业，我给你做了一套凫水用的衣服，是纯黑色的，你穿上，我教你凫水。”

林岐不由得微笑。

虽然他会凫水，不过让似锦教他似乎也不错。

最后，似锦说了自己在温泉庄子吃的饭——“我母亲带了家里的苏州厨子过来，做的苏州菜清淡美味，真想让你也尝尝。”

读到这里，林岐觉得自己好饿，当下吩咐李越：“我想尝尝苏州菜，让厨房去做吧！”

苏州菜很快送上来了。

胡乱用了些苏州菜之后，林岐觉得没有什么滋味，心道：东宫的苏州菜不怎么样，也许白又胖那边的苏州菜更正宗？

如此一想，林岐就更想去看似锦了，思索片刻，叫了李青进来，如此这般吩咐起来。

第二十五章

再聚

这日秋高气爽，金风习习，似锦和倩兮、盼兮正后面园子里散步，远远看见似锦的小丫鬟幽客和周夫人房里的小丫鬟菡萏一起过来了。

盼兮见俩小丫鬟走得甚急，便笑着道：“应该是有客人到了。”

果真菡萏走过来道：“学士府的蕙姑娘和菁姑娘到了，舅太太也来了。”

幽客在一边补充道：“还有蕙姑娘新结交的朋友，京兆尹程大人的千金程三姑娘。”

盼兮大喜道：“太好了，这下子咱们这儿可热闹了！”

似锦也盼着见王菁，心中也是欢喜，便与两个妹妹一起去前面迎接客人。

王菁已经下了马车，见似锦过来，忙迎上前，彼此见了礼，又和似锦说话：“似锦，谢谢你上次送的礼物。”

似锦握住她的手，笑吟吟道：“我也多谢你画的梅兰竹菊炕屏。”

这时候王夫人与周夫人一起过来了，似锦忙也上前行礼。

王蕙牵着一个身材高挑，五官明媚，肌肤微黑的女孩子上前，向大家介绍道：“这是京兆尹程大人家的姑娘，程三姑娘。”

众人寒暄着见了礼。

程三姑娘含笑打量着吏部尚书家的三位千金，发现最美丽的是嫡出的次女周倩兮，不过庶出的长女杏眼灵动，长得很甜美可爱，嫡出的三女还是小姑娘，没长开，不过也是个美人坯子。

她当下就把注意力放在了倩兮身上。

忙乱一阵子之后，周夫人和王夫人自去正房明间说话，似锦则带着一群女孩子去了东厢房。

似锦和王菁坐在一起，低声说着别后之事。

王蕙等人则在聊九月九重阳节金明池行宫的菊花花会。

似锦在一边听到了，看向王菁：“菊花花会？我才知道，是皇后娘娘主持的吗？”

王菁笑了：“我也不知道。”

这时候王蕙听到了她俩的对话，笑了笑，道：“听说这次金明池行宫的菊花花会，宫里只给嫡女下帖子呢！”

屋子里一下子静了下来。

似锦和王菁都不在乎这些，两人似没事人一般，倒是盼兮忍不住了，道：“我怎么瞧着宫里不讲究这些，贵妃娘娘不也是庶出？还有大苏嫔和小苏嫔娘娘，也都是庶出啊！不管嫡出还是庶出，都是自家姐妹，姐妹之间就该互助友爱。”

王蕙听了，瞪了盼兮一眼，道：“就你话多。”

倩兮这时候开口问道：“定了亲事的也去吗？”

这正是众人想知道的——若是只给未曾定亲的闺秀下帖子，说明这次菊花花会还是要给皇子选妃；若是连定过亲事的闺秀都收到帖子了，说明宫里娘娘们也就是想热闹热闹。

王蕙一时语塞。

她也不太清楚，因为她爹在宫中画院做待诏，所以她的消息比别人灵通些，但是到底是给皇子选妃，还是纯赏花，那她也不知道了。

这时程三姑娘道：“皇太子殿下十七岁了，德妃所出的平王殿下也十五岁了，淑妃所出的宁王殿下也十四岁了，都是适婚之龄，就算不是选妃，宫里的太后、皇后、贵妃、德妃和淑妃等诸位娘娘，也会用心相看的。”

王蕙插嘴道：“宫里的德妃娘娘，正是程三姑娘的亲姑母。”

周盼兮惊讶极了：“真的吗？不是很像啊！”

程德妃生得白皙美丽，怎么程三姑娘有点黑？

程三姑娘不太高兴，面上却也不显，道：“我长得像我母亲。”

似锦打量程三姑娘，这会儿距离近，才发现她五官大气明媚，只是毛发有些旺盛，肌肤有些黑，因此脂粉妆容略微浓了些。

王蕙笑着和倩兮说道：“倩兮，你可是定了亲事的人，到时候你接到帖子也别去，免得娘娘们看上你，占了我们的名额。”

她是带着笑说的，可是眼中却没一丝笑意，众人皆知她是认真的。

场面一时有些冷。

程三姑娘笑着开口道：“蕙姑娘，你以为是去选美啊，娘娘们底下的人怕是已经把参加的闺秀的家族背景呈上了，谁定过亲事，以及各自的性格，早就清清楚楚了。”

王蕙悻悻地看了她一眼，却也没说什么。

程三姑娘的父亲是京兆尹掌管京畿，是二品高官，姑母是宫中高位嫔妃，程三姑娘背景强大，她一个画院待诏的女儿，自然得让一让了。

王菁却凑到似锦耳边轻轻道："这位程三姑娘，倒是爽脆利落，颇有侠气。"

似锦含笑看着程三姑娘，总觉得没这么简单。

这位程三姑娘一派正义凛然的样子，可是这眼珠子转得未免太灵活了些。

这时候王蕙又提起了京中权贵适龄千金各自的背景底细，似锦觉得有些无聊，便给王菁使了个眼色。

王菁点了点头。

她也觉得和这几个姑娘在一起聊这个，怪无聊的。

似锦略一思索，正要寻个理由起身告辞，谁知外面传来王妈妈的声音："大姑娘，崇宁公主府的'林女官'，奉了公主之命，来看望您了。"

众闺秀一听，都目光灼灼看向似锦，其中顶数程三姑娘眼神最为锐利，不过她很快就明媚灿烂地笑了起来："咦？周大姑娘和崇宁公主关系很亲近吗？"

王蕙微不可见地撇了撇嘴，没有吭声。

盼兮道："我大姐姐和崇宁公主是好朋友，公主常派人来看她，接她去玩。"

似锦起身，微笑道："那我去见客了，各位告辞。"

王菁也跟着起身："我有些累，也回去了。"

似锦和王菁离开之后，屋子里沉默了片刻，接着程三姑娘就笑着问倩兮："倩兮，明明你和盼兮才是嫡女，怎么公主越过你俩，倒和你们的庶姐亲近起来？"

倩兮微笑，道："公主一向与我姐姐投缘。"

盼兮点了点头，道："我姐姐特别好玩，和她在一起开心轻松，我估计公主想法跟我一样。"

程三姑娘一副知心大姐姐的模样，有意无意地问起了似锦和公主的交往。

盼兮没发现她是在套自己的话，倒是说了不少。

倩兮察觉到了，轻咳了一声，岔开了话题："盼兮，今天母亲安排厨房烧什么菜？"

盼兮注意力被转移了："哦，应该是苏州菜，这次钱妈妈也跟着来了。"

程三姑娘看了倩兮一眼。

王蕙笑着问道："三姑娘，你何时进宫看你姑母？"

程三姑娘矜持一笑："我祖母和母亲已经往宫里递了牌子了，估计明日就能见到。"

程三姑娘的姑母，正是后宫颇为受宠的程德妃，她明日要进宫觐见德妃，因此傍晚就要离开回城。

似锦和王菁沿着游廊往前走。

王菁见似锦眼睛发亮，嘴角翘起，显见开心得都要飞起了，好奇道："似锦，要见公主府的女官，你就这么开心？"

似锦连连点头："这位'林女官'，特别好看，特别可爱，你见了就知道了。"

王菁故意笑道："比那位程三姑娘还好看吗？"

似锦白了她一眼："一个是天然去雕饰，一个是浓妆又艳抹，你会觉得哪个好看？"

王菁笑了起来，道："这位程三姑娘，这次进京，怕是雄心万丈，咱们就走着瞧吧！"

正房明间内，周夫人和王夫人正陪着"林女官"说话。

"林女官"始终淡淡的，见似锦进来，眼睛一下子亮了起来，起身道："周姑娘。"

似锦眼睛满是笑意："'林女官'。"

两人四目相对，忍不住都笑了。

王夫人和王菁在一边看了，都有些好奇——似锦和这位"林女官"感情也太好了吧？

似锦笑着和周夫人说道："母亲，中午吃苏州菜，好不好？"

似锦一向省事省心，近来在撵走周老太太和周家二房那件事上又出了大力，帮了周夫人大忙，周夫人自然不会拒绝她这个小小的请求，含笑道："好，我这就让人安排。"

似锦道了谢，挽着"林女官"的手出去了。

王夫人看着似锦牵着"林女官"出去，不禁觉得好笑："你家大姑娘，和公主府这位"林女官"感情还真好。"

不待周夫人回答，王夫人接着道："这'林女官'长得可真好看，轻俏俊丽，身材高而苗条，我还是第一次见这种类型的美人儿，一般好看的姑娘，也就那几个类型，倒是这位'林女官'，与众不同得很。"

王菁是爱好画画的，认真研究过古代的画像，临摹过不少洛阳石窟的佛像，在一边听了，深以为然，道："她骨相特别美，可塑性很强，眉眼神韵有些像洛阳石窟中的佛像……"

王夫人听了，笑着斥责道："你这孩子，瞎说什么，这可是渎神渎佛。"

王菁笑着撒娇："母亲，我也就是说着玩呢！"

虽然这样说了，可是她依旧坐在那里，思索着"林女官"和佛像眉眼神韵的相似点。

似锦拉着“林女官”回到自己下榻的冬竹楼。

这次来温泉庄子，她的住处比上次好了些，是后面园子里周胤让人新建的一个温泉小楼，名唤冬竹楼。

一楼建有温泉房，二楼则是一个大通间，用来住人。

似锦拉着“林女官”上了二楼，屏退丫鬟，这才笑吟吟伸手去摸“林女官”的脸：“小凤凰，让我摸摸你的小脸蛋儿！”

林岐脸被摸得有些痒，却也麻酥酥的挺舒服，便没有像往常那样挣开。

似锦摸了又摸，觉得触手细腻温软，又要去捏林岐的鼻子：“来，让我摸摸你的高鼻子。”

林岐见她如此无聊，这才推开她：“你说给我做了凫水时穿的衣服，衣服在哪里呢？”

似锦闻言，起身打开箱笼，从箱笼里取出一个青缎包裹：“在这里面呢。”

她解开包裹，取出了里面叠得整整齐齐的衣服，递给林岐：“是玄色麻布制成，很有质感，即使湿透了，也不会紧贴在身上，而且无论你怎么游水，都不用担心上下衣忽然分开，露出肌肤来……”

林岐翻看了一下，不得不佩服似锦想象力丰富，动手能力也强：“你还挺厉害的。”

他又道：“你的那套呢？”

“不给你看，”似锦微微一笑，“姑娘家的贴身衣物，怎么可能让你看。”

林岐眼睛一下子睁大了：“你在信里不是说要教我凫水吗？那我不就看到了？”

似锦笑容狡黠，理直气壮：“我是说‘教’，又没说一定要下水教啊！”

他低头笑了起来，过了一会儿抬头看着似锦，眼珠子亮晶晶，似有无数星星在里面：“白又胖，我饿了。”

似锦狐疑地打量着他，总觉得林岐又在打什么歪主意了。

不过也不能真饿着他啊！

似锦起身，吩咐春剑带着幽客去厨房取饭。

午饭很快就取回来了。

春剑把食盒送了进来，口中道：“钱妈妈得了赏银，很开心，又给姑娘加了一道酱方和一道白什盘。”

似锦抿着嘴笑，也不让人侍候，自己亲自在黄花梨小炕桌上摆盘，口中道：“这道酱方和这道白什盘是我们府里钱妈妈的拿手菜，特别道地，小凤凰，你

来尝尝吧！”

摆好杯盘碟箸，似锦又变戏法般拿出一个小酒坛出来：“这是我爹爹珍藏了多年的玉液酒，我借了两幅画给我爹欣赏一个月，他送了这坛酒给我。”

林岐净了手走了过来，两人相对而坐，开始用饭。

似锦给林岐斟了一杯酒，推到了他面前：“小凤凰，这苏州菜怎么样？”

林岐端起玉杯，饮了一口，道：“还不错。”

似锦笑眯眯地也举杯饮了一口酒：“将来我搬到西边宅子度日，要雇两个厨子，一个苏州菜厨子，一个西北菜厨子。”

林岐心里一动，垂下眼帘，看着手中玉杯里澄澈的酒液，似是无意道：“东宫厨房里有擅长苏州菜的厨子和擅长西北菜的厨子，手艺还都不错。还有一个专做鲁菜的厨子，善做一道汤，叫酸辣鱼丸，又酸又辣又鲜，他做的黄鱼炖豆腐，也特别鲜美。”

他慢悠悠地说着，似锦原本听得口水都要出来了，可是转念一想，觉得有些不对，抬眼观察林岐，片刻后道：“小凤凰，你是不是想哄我去东宫？”

一起长大就这点不好，他刚开始表演，白又胖就知道戏文的结局了。

不过林岐是不会承认自己演出失败的，他抬眼看向似锦，眼睛又亮又专注又温柔：“白又胖，我是想着你爱吃，所以特地向你介绍的，你不爱听就算了。”

他端起玉杯，一饮而尽，自己端起酒壶斟满。

似锦：“那你接着讲呗！”

她好奇心特别强，被林岐一撩拨，就特别想知道东宫厨子还会做哪些美食。

林岐抿嘴一笑，接着道：“还有一个善做洛阳菜的厨子，他做的洛阳燕菜，大家都说很地道。他做的一道菜叫红薯丸子，一粒粒红薯丸子似浸在蜜水中一样，可是尝一尝，会发现不是蜜水，风味很独特，不过太甜了，我不喜欢吃。”

似锦声音软绵绵，直咽口水：“可是我喜欢吃呀……”

林岐忍着心里的得意，继续道：“我那几个伴读，其中有一个叫秦羽，你知道秦羽吧？你未来妹夫，他最喜欢东宫厨房那个善做川渝菜的厨子……”

似锦忍无可忍，不再忍耐，双手托腮，笑盈盈地问林岐：“殿下，不知臣女什么时候能有幸尝尝东宫大厨们的手艺？”

看着这样的似锦，林岐心跳忽然有些快，他面上依旧很矜持：“后日宫里举办中秋宴，宴请各家闺秀，你应该能接到帖子，到时候我想办法让你饱饱口福。”

似锦笑了起来，端起玉杯，与林岐碰了碰，道：“小凤凰啊，你说你怎么就这么不坦白呢，想请我去东宫，直来直去和我说不就行了，还用得着这么多张智。”

林岐面无表情：“又被你识破了。”

似锦把酒饮了，这才道：“你和我在一起一直很耿直，今日如此做张做智，我怎么看不出来。”

林岐低头笑了起来。

他执壶给自己和似锦一人斟了一杯酒，两人碰了碰杯，一起仰首饮尽。

似锦酒量浅，不一会儿便抱着锦缎靠枕歪在了榻上。

林岐起身，把杯盘碟箸都收在了食盒里，送到了门外，让春剑收了，自己回到榻前，见似锦抱着靠枕睡得正香，姿势堪称扭曲，便微笑起来，弯腰打横抱起似锦，转身走到拔步床上放下，又解去她的外衣和裙子，让她舒舒服服躺在被窝里。

忙完这些，林岐坐在床边，背后似锦呼吸均匀，酒气袭人，令他也有些瞌睡了。

他起身又拿了床锦被，见似锦的枕头是白绫长枕，足够两个人枕了，便就着她的枕头躺下，展开锦被盖上，挤着隔壁的似锦，和衣睡下了。

睡着前的那一瞬间，林岐还在想：若是这会儿有人闯进来会怎么想？算不算捉奸在床？

没等他想明白，就睡着了。

林岐常常失眠，不过每次和似锦在一起睡，他入睡就特别快。

这会儿距离冬竹楼不远的温泉小楼倒是热闹得很。

今日天气甚好，秋阳灿烂，因此周夫人命人把席面摆在了温泉小楼前的重瓣黄木香花架下，又让两个学弹唱的丫鬟在一边弹唱曲词。

花香细细，酒气怡人，菜肴美味，琴声叮咚，女眷们觥筹交错，欢声笑语，很是惬意。

程三姑娘很有魅力，王蕙和盼兮都被她吸引，一左一右伴着她，听她讲述随着祖父祖母在外游历的故事。

倩兮和王蕙坐在一起，陪着周夫人和王夫人谈笑。

程三姑娘讲到了她随着祖父母攀登泰山之事：“我已经很累了，可是我告诉自己，你虽是女子，却也要坚强，要为天下所有女子做个榜样，因此我一步步坚持着攀登到了最高处……”

盼兮崇拜极了：“三姐姐，你可真厉害，的确是天下女子的榜样。”

王蕙用力点头：“正是，我也很崇拜三姐姐。”

王菁听到那句“要为天下所有女子做个榜样”，却觉得有些怪怪的。

她喜欢的是似锦那样的人，说得少，做得多，不吹牛，不说大话，与其在一起觉得很实在。

这位程三姑娘，如此爱说豪言壮语，她总觉得有些虚。

王菁若有所思看向倩兮，却发现倩兮微不可见地撇了撇嘴角，不由得笑了——原来一向喜怒不形于色的倩兮，也不喜欢程三姑娘这样的人。

那边程三姑娘已经聊到了后日宫里中秋宴的事："我得到的消息是，宴会在皇后娘娘的福宁宫举行，因为到底场地有限，所以帖子发放得不多，只有真正有底蕴人家的闺秀，或者是宫里娘娘们特别想见的闺秀，才能接到帖子。"

闻言王蕙有些消沉。

她爹只是个画院待诏，能接到帖子的可能性不大。

盼兮满是敬佩："三姐姐，按照你的资质，一定能拿到皇后娘娘的帖子！"

程三姑娘矜持一笑，道："姑母倒是给我弄到了一张帖子。"

她又感叹道："我们家倒也罢了，一般人家若是想得到这帖子，可真不容易啊！"

王蕙脸色不太好："能够在那样近的距离觐见贵人，自然不容易了。"

盼兮叹息道："金明池的菊花花会，贵人们高高在大殿内，闺秀们都在大殿外，隔着十万八千里；可是福宁宫中秋宴会，闺秀们也都在福宁宫正殿内，也许一抬头，就能瞻仰皇后娘娘凤仪。三姐姐可真厉害，像三姐姐这样有身份的闺秀，整个京城也没几份了。"

程三姑娘得意一笑，嘴里却谦逊得很："我也是普通人，不过是借了德妃娘娘的光。"

正在这时，一个打扮得甚是利落的妈妈从女贞小道那边走了过来，头上插戴着金钗，穿着深蓝绣花褙子，系了条秋香色裙子，富态白净，瞧着很是体面。

盼兮见了，好奇道："孙妈妈来做什么？爹爹的外书房哪里离得了她！"

见程三姑娘也在打量孙妈妈，盼兮便介绍道："这是管着我爹爹外书房的孙妈妈。"

她又补充了一句："原是我爹爹的乳母。"

程三姑娘微微颔首，记在了心里。

大周朝吏部尚书的外书房，虽不算是军机重地，倒也重要得很，一个中年妈妈能管着二品要员的外书房，怕是有几分能耐。

孙妈妈笑吟吟地上前，先屈膝行了个礼，起身后把一个盛放帖子的锦匣奉上前："夫人，这是老爷让我给您送来的。"

周夫人打开匣子，见里面是一封极精致的帖子，不由得吃了一惊，看向孙妈妈："这是……"

孙妈妈笑得眼睛眯成一条缝："夫人，皇后宫里的李公公送到咱们府里的，是皇后娘娘给咱们大姑娘的中秋宴帖子。"

四周瞬间静了下来。

王蕙、盼兮、王菁和倩兮齐齐看向程三姑娘——她刚才不是还说这个帖子很难得吗，怎么转眼周似锦就得到了？

程三姑娘脸色变了变，很快就又变得雍容起来："听说周大姑娘与崇宁公主交好，得到这个帖子，原也不难。"

周夫人打开帖子看了看，道："后日就要去啊……"

王夫人道："似锦既然要觐见皇后，那就代表了你们周家的体面，须得准备妥当的首饰衣裙，还得提前习练宫廷礼仪，剩下不到两天时间了，时间怎么够啊！"

程三姑娘忽然开口道："周夫人，如果不嫌弃的话，我去教周大姑娘宫廷礼仪吧！"

周夫人沉吟了一下，道："承蒙你盛情，不过似锦那里如今正有一个'林女官'在，可以让'林女官'教她。"

她吩咐王妈妈："你去冬竹楼和大姑娘说一声。"

王妈妈答了声"是"。

程三姑娘忽然笑着叫盼兮她们几个："咱们也去冬竹楼，瞧瞧你们周家的金凤凰！"

倩兮和王菁总觉得程三姑娘话中的"周家的金凤凰"五个字，似乎带了些酸溜溜的味道，好像在内涵什么，挑拨什么，便都看了过去，人却没有动。

王蕙去拉盼兮："盼兮，走吧，我也想去瞧瞧你家的金凤凰！"

王夫人笑着道："既如此，你们都去冬竹楼玩吧，反正也不远。"又和周夫人说道，"她们都是姑娘家，一起玩才会感情好，再说了，你们大姑娘也不是孤僻性儿。"

见程三姑娘和王蕙都站起来了，周夫人不好再拦，便道："那你们过去吧！"